Holly Martin

Weihnachtsküsse in White Cliff Bay

ROMAN

Aus dem Englischen v

Montlake Romance

Die englische Ausgabe erschien 2015 unter dem Titel »Christmas at Lilac Cottage« bei Bookouture, London.

Deutsche Erstveröffentlichung bei
Montlake Romance, Amazon Media EU S.à r.l.
5 Rue Plaetis, L-2338 Luxembourg
November 2017

Die Übersetzung dieses Buches wurde durch AmazonCrossing ermöglicht.

Umschlaggestaltung: semper smile, München, www.sempersmile.de
Umschlagmotiv: © Emma Innocenti / Getty: © Maryna Stamatova / Shutterstock; © Andrey tiyk / Shutterstock; © Normana Karia / Shutterstock; © Robyn Mackenzie / Shutterstock; © mexrix / Shutterstock; © Milosz_G / Shutterstock; © BK foto / Shutterstock; © Andrew Roland / Shutterstock
Lektorat und Korrektorat: Verlag Lutz Garnies, Haar bei München www.vlg.de
Printed in Germany
By Amazon Distribution GmbH
Amazonstraße 1
04347 Leipzig, Germany

ISBN 978-1-503-95401-4

www.montlake-romance.de

Für die wundervollen Blogger, die kontinuierlich twittern, retweeten, bloggen, rezensieren, teilen, schwärmen und sich auch sonst für mich begeistern. Ihr seid toll und ohne euch könnte ich es niemals schaffen. Ich habe euch alle gern. Hoffentlich können wir uns eines Tages bei einer Menge Kuchen treffen, damit ich euch alle einmal persönlich drücken kann. Bis dahin ist dieses Buch für euch.

Kapitel 1

Als der Küchenwecker klingelte, legte Penny rasch den Zeichenblock beiseite und schnappte sich ein Paar Ofenhandschuhe. Beim Öffnen der Herdtür drang ihr ein wunderbarer, fruchtiger Duft entgegen und erfüllte den Raum. Die Mince Pies waren goldbraun gebacken und sahen mit ihrer knusprigen Teighülle geradezu perfekt aus. Schnell beförderte Penny sie zum Abkühlen auf ein Kuchengitter und rührte den Glühwein um, der auf der Herdplatte vor sich hin zog.

Ihr Blick fiel auf die grünen Girlanden über dem Kamin, aus denen kleine Glühlämpchen hervorfunkelten, und auf die Lichterketten am Fenster, die dem Raum im düsteren winterlichen Nachmittagslicht einen festlichen Glanz verliehen. Sie wusste, dass es nebenan im Anbau genauso einladend aussah, da sie selbst stundenlang dort weihnachtlich dekoriert hatte, um den Neuankömmlingen einen angemessenen Empfang zu bereiten.

Alles war perfekt vorbereitet. Penny konnte es kaum erwarten, ihre neuen Mieter kennenzulernen.

Henry und Daisy waren ihr von der Agentur vermittelt worden, die sie mit der Mietersuche für ihren Anbau beauftragt hatte. Obwohl Penny eine alleinstehende Frau vorgezogen hätte, konnte das junge Paar sehr gute Referenzen vorweisen und hatte keine Kinder.

Wobei Penny überhaupt keine Probleme mit Kindern hatte, im Gegenteil. Sie liebte sie. Es hatte sogar mal eine Zeit in ihrem Leben gegeben, als sie gehofft hatte, selbst irgendwann welche zu haben, doch das war vorbei. Inzwischen freundete sie sich lieber mit Leuten an, deren Leben ihrem ungefähr ähnelte.

Ihre alten Freunde hatten einer nach dem anderen geheiratet und eine Familie gegründet, und immer, wenn irgendwo in der Stadt ein Baby geboren wurde, schien das Pennys einsames Leben noch zu unterstreichen. Jeder hatte einen Menschen, den er lieben und um den er sich kümmern konnte – Penny hatte einen dicken, faulen Hund namens Bernard. In letzter Zeit empfand sie ihre Einsamkeit oft als bedrückend. Wenn sie gefragt wurde, ob es ihr hier oben ganz allein auf dem Hügel nicht zu einsam war, tat sie das mit einem fröhlichen Lächeln ab. Es stimmte zwar, dass ihr Job als einzige Eisschnitzerin der Stadt sie mächtig auf Trab hielt. Doch sie wusste genau, dass sie nur deshalb so viele Aufträge annahm, um nicht darüber nachdenken zu müssen, wie unsagbar allein sie sich tatsächlich fühlte.

Penny lebte bereits ihr ganzes Leben lang im Flieder-Cottage und konnte sich nicht vorstellen, jemals irgendwo anders zu wohnen. Der Ausblick auf White Cliff Bay und die zerklüfteten Felswände, die der Küstenstadt ihren Namen verliehen hatten, war atemberaubend. Sie bekam nie genug davon. Doch das geschäftige Treiben der Stadt war gut und gerne zehn Fahrminuten von ihrem Cottage entfernt, und obwohl sie die Abgeschiedenheit ihres Zuhauses sehr genoss, wurde sie ihr allmählich gleichermaßen verhasst.

Die Vermietung des Anbaus bot ihr eine gute Gelegenheit, neue Freundschaften zu schließen. Und obwohl beide Parteien natürlich ihr eigenes Leben führen würden, hätte Penny hoffentlich zukünftig jemanden zum Plaudern in der Nähe.

Aufgeregt blickte sie auf die Uhr. Sie hatte eine Lasagne vorbereitet und hoffte, dass die beiden den Abend bei einem Glas Wein und gutem Essen bei ihr verbringen würden, damit sie sich richtig kennenlernen konnten.

Alles würde perfekt sein. Penny konnte es kaum erwarten, diesen neuen Abschnitt ihres Lebens zu beginnen.

* * *

Henry schlug entnervt aufs Lenkrad, weil er schon wieder an einer roten Ampel anhalten musste. Obwohl sich die Stadt nur über wenige Kilometer erstreckte, schien es an jeder Ecke eine Ampel zu geben, und bisher hatten alle auf Rot gestanden.

Dieser Tag würde als schlimmster Umzug aller Zeiten in die Geschichte eingehen. Er hatte auf die harte Tour gelernt, dass das Sprichwort »Qualität hat ihren Preis« tatsächlich stimmte. Da er in einen vollständig möblierten Anbau einzog, hatte er lediglich einen kleinen Umzugswagen für seine Habseligkeiten benötigt. In seiner Naivität hatte er den billigsten Anbieter genommen, und jetzt stand sein Möbelwagen in White Cliff Beach im tiefsten Yorkshire anstatt in White Cliff Bay im ländlichen Devon.

Und was war bloß mit den Menschen in dieser Stadt los? Sie stellten so viele persönliche Fragen. Dreimal hatte er angehalten – einmal zum Tanken an der einzigen Tankstelle im Ort, einmal am Supermarkt und einmal zum Mittagessen mit Daisy in einem Café, und dabei hatten insgesamt etwa dreißig verschiedene Leute Interesse an seiner Lebensgeschichte gezeigt. Daisy war nett und freundlich und unterhielt sich gern mit jedem; ganz im Gegensatz zu ihm. Er hätte am liebsten alle angeschnauzt, dass sie sich verziehen und ihn in Ruhe lassen sollten.

Daisy würde heute bei seiner Schwester übernachten. Angesichts seiner miesen Laune war das wohl auch besser so. Jetzt wollte er nichts weiter, als zu seinem Haus fahren, die wenigen Dinge ausladen, die er dabeihatte, und bei einem guten Buch vor dem Fernseher einschlafen.

Hoffentlich erwies sich seine Vermieterin Penny Meadows nicht als Plaudertasche. Da sie ganz allein und abgeschnitten von der Stadt auf einem Hügel wohnte, ging er davon aus, dass es sich bei ihr um eine Art Einsiedlerin handelte, was ihm nur recht war. Er wollte sich mit niemandem anfreunden oder reden müssen. Er wollte nichts weiter als seine Ruhe.

Er bog in eine lange Auffahrt ein, die hoffentlich zum Flieder-Cottage führen würde. Dreimal hatte er sich auf der Suche nach diesem verflixten Haus schon verfahren, und immer, wenn er angehalten und nach dem Weg gefragt hatte, schienen die Leute ihn absichtlich in die falsche Richtung zu schicken, als ob sie dafür sorgen wollten, dass niemand das Flieder-Cottage fand. Als er die Hügelkuppe erreichte, erblickte er es. Das Haus war in einem hellen Lilaton gestrichen. Eigentlich hatte er angenommen, dass es seinen Namen den nahe gelegenen Fliederbüschen verdankte und nicht tatsächlich lila war. Es sah aus, als könnte Barbie hier wohnen. In jedem Baum, Busch oder Zaun um das Haus herum funkelten fröhliche Lichter in allen Farben des Regenbogens, was dem kitschigen Aussehen des Cottages die Krone aufsetzte. Daisy würde es mit Sicherheit gefallen. Henry starrte die Lichter böse an, als hätten sie ihn persönlich beleidigt. Blödes Weihnachten. Der reinste Unsinn.

* * *

Ein silberfarbiger Range Rover fuhr in Pennys Einfahrt, und sie jauchzte beinahe auf vor Freude. Schnell sauste sie zur Tür, um die neuen Mieter zu begrüßen, hielt dann allerdings inne. Wenn sie die Tür aufriss, bevor die beiden überhaupt den Motor abgestellt hatten, würde das ein wenig übereifrig wirken. Sie wollte nicht aufdringlich erscheinen. Rasch zählte sie bis zehn und zog anschließend die Tür auf. Der Mann, der, von Schneeflocken umgeben, auf ihrer Schwelle stand, war … umwerfend attraktiv. Er war so groß, dass sie den Kopf in den Nacken legen musste, um ihm in die Augen zu sehen – schiefergraue Augen unter langen, dichten Wimpern und mit verärgertem Blick. Muskulös war er auch. Seine Haare waren dunkel und kurz und nur das tiefe Stirnrunzeln schmälerte sein ansonsten beeindruckendes Aussehen.

»Ich bin Henry Travis.«

Penny wusste, dass sie vermutlich etwas erwidern sollte, doch dummerweise brachte sie keinen zusammenhängenden Satz zustande. Angesichts ihres merkwürdigen Schweigens vertieften sich die Falten auf seiner Stirn noch mehr, bis sie schließlich ihre Stimme wiederfand. Henry war ungefähr in ihrem Alter, daher entschloss sie sich spontan, ihn zu duzen.

»Penny Meadows. Schön, dich kennenzulernen. Komm herein, ich zeige dir euer neues Zuhause.«

Sie machte ihm Platz und spähte an ihm vorbei in die Einfahrt hinaus, doch Daisy war nirgendwo zu entdecken. Vielleicht kam sie später. Penny schloss die Tür und ging zurück ins Wohnzimmer, das jetzt viel kleiner wirkte, da Henry mit seiner beeindruckenden Größe darin stand. Sie versuchte, sich an ihm vorbeizuquetschen, um ihn in die Küche zu führen, doch dafür war er zu breit. Verwirrt blickte er auf sie hinab, während sie probierte, sich durch den winzigen Spalt zwischen ihnen zu drängen, und ging schließlich einen Schritt zur Seite.

Sie betrat die Küche. In seiner Gegenwart fühlte sie sich ungeschickt und tollpatschig.

»Das hier ist die Verbindungstür«, erklärte sie überflüssigerweise und deutete auf die offensichtliche Verbindungstür. Vermutlich würde sie als Nächstes so etwas sagen wie: »Das hier ist der Türknauf und das hier das Sofa.«

»Aber wir haben doch unseren eigenen, separaten Eingang, oder?«, vergewisserte sich Henry.

»Natürlich, aber diese Tür ist immer unverschlossen, also könnt ihr gern jederzeit vorbeischauen.«

Henrys Stirnrunzeln vertiefte sich so stark, dass sie kaum noch seine Augen erkennen konnte. Er ging durch die Tür und stieß sich den Kopf am niedrigen Türrahmen. Leise fluchend rieb er sich über die Haare.

»Oh Gott, das tut mir leid. Mir war gar nicht bewusst, wie niedrig das ist.«

Er warf ihr einen bösen Blick zu und betrat sein Wohnzimmer. »Ach du liebe Zeit. Das ist ja winzig.«

Penny fand es niedlich und gemütlich, aber durch seine eindrucksvolle Statur wirkte das Zimmer wie eine Puppenstube.

»Äh … Hier durch geht es zur Küche und zur Eingangstür, die in den Garten führt. Genau genommen ist das also eure Hintertür.« Sie kicherte nervös und ärgerte sich darüber, wie dämlich sie klang. »Oben befinden sich die beiden Schlafzimmer und das Bad.« Beim Gedanken an das kleine Badezimmer zuckte Penny zusammen. Um unter der Dachschräge duschen zu können, würde sich Henry beinahe hinhocken müssen.

Mit zwei riesigen Schritten betrat er geduckt die Küche. Dabei schüttelte er ungläubig den Kopf, vermutlich angesichts ihrer Größe.

Er warf einen Blick zurück zu Penny. Wahrscheinlich war ihm die verzweifelte Hoffnung in ihren Augen nicht entgangen, denn seine Züge wurden ein wenig weicher. »Es ist sehr hübsch, und es ist ja nur für ein paar Monate. Bestimmt kann ich mir merken, dass ich mich ducken muss, wenn ich von einem Raum in den anderen gehe, bis wir etwas Bes… Größeres finden.«

Pennys Lächeln verblasste. »Ihr bleibt nicht hier wohnen?«

Henry schüttelte den Kopf. »Wir sehen uns nach einem Haus in der Stadt um. Rob vom Maklerbüro glaubt, dass er spätestens im März oder April etwas für uns findet. Hat er dir nicht gesagt, dass es sich hierbei nur um eine Übergangslösung handelt?«

Penny schluckte ihre Enttäuschung hinunter und schüttelte den Kopf. Monatelang hatte sie erfolglos versucht, den Anbau zu vermieten, und die Sache letztendlich dem Maklerbüro übergeben. Selbst dort hatte man Mühe gehabt, jemanden für sie zu finden. Und jetzt würden Henry und Daisy in ein paar Monaten wohl wieder ausziehen und Penny erneut ganz allein zurücklassen.

Sie zwang sich zu einem Lächeln und beschloss, aus diesen Monaten das Beste zu machen. »Ich habe ein Bett in das zweite Schlafzimmer gestellt, aber falls ihr es als Arbeitszimmer oder Ähnliches benutzen möchtet, kann ich es selbstverständlich wieder entfernen.«

Henry blickte sie an, als hätte sie den Verstand verloren. »Nein, wir brauchen doch das zweite Bett.«

Penny blinzelte. Vielleicht schliefen die beiden ja getrennt. Sie kannte viele Paare, die aus verschiedenen Gründen nicht im selben Zimmer schliefen. Sie selbst konnte sich zwar nicht vorstellen, nicht mit ihrem Ehemann im selben Raum zu übernachten, allerdings gab es diesen Ehemann auch nur in der Theorie, daher konnte sie sich kein Urteil erlauben.

»In Ordnung. Ich … äh, habe einige Mince Pies gebacken und Glühwein gemacht, falls ihr etwas essen möchtet, ehe ihr auspackt.«

»Nein, ich würde lieber alles reinholen, bevor es dunkel wird. Die meisten meiner Sachen kommen sowieso erst morgen an, weil die idiotischen Umzugsleute den Ort verwechselt haben und am anderen Ende des Landes gelandet sind.«

»Oh, das muss sehr frustrierend sein.« Vielleicht erklärte das sein beinahe permanentes Stirnrunzeln. »Nun, ich kann dir helfen, das Auto auszuladen, und ich habe Lasagne vorbereitet. Falls ihr also keine Lust habt zu kochen, sind du und Daisy herzlich dazu eingeladen.«

»Daisy übernachtet heute bei meiner Schwester.«

»Du kannst ja trotzdem rüberkommen …« Penny verstummte. War es unangebracht, den Ehemann einer anderen einzuladen? Es ging zwar nur um ein Abendessen, aber jetzt, wo sie nur noch zu zweit waren, konnte der gemütliche Abend mit dem neuen Nachbarn schnell eine etwas intimere Bedeutung erhalten. Henry schien ebenfalls dieser Meinung zu sein, denn bei ihrem Vorschlag zog er die Brauen hoch. »Oder ich bringe dir etwas davon rüber.« Der Gedanke, dass jeder von ihnen allein in seiner Küche essen würde, kam Penny sogar noch trostloser vor.

»Ich muss heute Abend auspacken. Ich will alles verstaut haben, ehe Daisy ihren Krempel anschleppt. Sie könnte problemlos den ganzen Anbau mit ihrem Mist vollstopfen, deshalb will ich lieber erst alle meine Sachen unterbringen. Vermutlich bestelle ich mir einfach eine Pizza und esse beim Einräumen.«

Penny ließ die Schultern hängen, gab jedoch noch nicht auf. »Dann lass mich dir wenigstens mit den Kartons helfen.«

»Ich würde wirklich lieber …«

»Wenn wir zu zweit anpacken, wird es nicht lange dauern. Außerdem fängt es gerade an zu schneien. Je schneller wir alles reinholen, desto besser.«

Henry nickte zögernd. Sie folgte ihm hinaus zu seinem Auto und konnte nicht verhindern, dass ihr Blick zu seinem

Hintern wanderte. Rasch zwang sie sich, woanders hinzusehen. Was war denn bloß mit ihr los? Der Mann war verheiratet!

Die Sonne tauchte die Wellen in einen rotgoldenen Schein. Dass Henry der wunderbaren Aussicht noch keinen einzigen Blick gegönnt hatte, enttäuschte sie. Als er den Kofferraum öffnete und ihr anscheinend mühelos einen Karton reichte, nahm sie an, dass er nicht allzu schwer sein konnte, doch das unverhoffte Gewicht riss ihn ihr aus den Fingern. Der Karton fiel zu Boden und unzählige Bücher verteilten sich über die kiesbestreute Einfahrt.

»Oh, das tut mir sehr leid! Ich habe nicht erwartet, dass die Kiste so schwer sein würde.«

Ungläubig starrte er sie an. Penny hockte sich hin und begann, die Bücher wieder in den Karton zu legen. Dabei entdeckte sie wunderbare Exemplare von Ernest Hemingway, John Steinbeck, James Lee Burke, Klassiker wie Dickens und Thomas Hardy und dazwischen Tolkien, Dan Brown und Iain Banks. Sie mochte Männer, die gern lasen.

Henry seufzte leise. »Hier, nimm den. Das sind Kissen, das dürfte etwas leichter für dich sein. Ich kümmere mich um die Bücher.«

Der Sarkasmus in seiner Stimme war nicht zu überhören. Penny nahm den Karton entgegen. Das lief gar nicht gut. Sie ging zurück ins Haus und hinüber in sein Wohnzimmer. Dabei fragte sie sich, wo sie den Karton am besten abstellen sollte, damit er nicht im Weg war. So, wie Henry den Raum ausfüllte, würde er ihm jedoch überall im Weg stehen. Da es sich um Kissen handelte, wäre es vielleicht am besten, wenn sie sie auf direktem Weg nach oben ins Schlafzimmer brachte. Sie drehte sich um und lief geradewegs in Henry hinein, der gerade gebückt durch die Tür kam. Durch den Aufprall wurde sie nach hinten geschleudert, fiel gegen die Pflanze auf dem Regal hinter sich und beobachtete entsetzt, wie der Topf zu Boden stürzte und auf dem cremefarbenen Teppich nach allen Seiten Erde verspritzte.

Mit einem tiefen Seufzer verdrehte er die Augen.

»Oh Mist. Ich hole schnell den Staubsauger und mache das sauber.«

»Versteh mich bitte nicht falsch, aber ich glaube, es ist am besten, wenn ich allein auspacke. Hier ist es schon eng genug, ohne dass wir zwei dauernd zusammenstoßen.«

»Natürlich, bisher war ich keine große Hilfe, oder? Lass mich das nur schnell wegmachen und …«

»Lass es einfach liegen.« Henry bemühte sich merklich um Ruhe, obwohl er ganz offensichtlich stinksauer war.

Penny nickte und trat einen Schritt zurück in ihre eigene Küche. »In Ordnung, aber du kannst gern durch mein Haus gehen, das ist vermutlich schneller …«

»Ich glaube, ich werde lieber meine eigene Tür benutzen, danke.«

Die Enttäuschung darüber, dass er für sich bleiben wollte, traf sie mit voller Wucht. »Soll ich noch kurz ein paar Dinge mit dir durchgehen, wie der Herd funktioniert und …?«

»Ich bin sicher, das kriege ich allein raus, und falls ich nicht weiterkomme, weiß ich ja, wo ich dich finden kann.« Er zwang sich zu einem Lächeln. »Vielen Dank für deine Hilfe. Bis irgendwann mal.«

Er schloss die Tür zwischen ihnen und Penny starrte auf seinen Schatten hinter dem Milchglas.

Bis irgendwann mal, hatte er gesagt.

Natürlich war es dumm von ihr gewesen, zu glauben, dass er die Verbindungstür als Eingang benutzen würde, dass sie das Haus immer über Pennys Küche betreten würden, sodass sie jeden Tag bei einer Tasse Tee oder einem gemeinsamen Abendessen plaudern konnten. Die beiden führten ihr eigenes Leben. Sie hatten ein Haus gemietet und mehr nicht. Sich mit ihrer Vermieterin anzufreunden, stand offensichtlich nicht ganz oben auf ihrer To-do-Liste, erst recht nicht, wenn sie schon bald wieder ausziehen wollten.

Sie beobachtete, wie Henry sich umsah und dann von der Tür wegtrat. Anschließend hörte sie, wie ein Möbelstück über den Boden gezogen wurde. Kurz darauf erschien der riesige Schatten des Bücherregals vor der Tür, das sämtliches Tageslicht vom Fenster schluckte, und dann wurde es vor die Tür gestellt. Ganz eindeutig hatte Henry nicht die geringste Absicht, jemals die Verbindungstür zu benutzen, weder jetzt noch in der Zukunft. Er hatte eine Blockade geschaffen, um sich Penny dauerhaft vom Hals zu halten. Die Geste trieb ihr Tränen in die Augen. Wütend wischte sie sie fort. Sie war zurückgewiesen worden.

Kapitel 2

Penny zog den Reißverschluss ihrer Jacke zu und betrat den kühlen Raum, der von der Küche abging. Hier drin war die Heizung nur auf Frostschutz eingestellt, und sie spürte sofort, wie die Kälte sie umhüllte. In ihrer warmen Kleidung war sie jedoch geschützt; lediglich das Gesicht und die Hände waren den kalten Temperaturen ausgesetzt.

Sie sah sich in dem neu eingerichteten Raum um. Hier war es deutlich geräumiger und netter als vorher. Das Zimmer war groß; in einer Ecke standen die Eisblockmaschinen, in denen sie die ein Meter langen Würfel herstellte, und in der Mitte befand sich ausreichend Platz, um dort zu arbeiten. Der Boden und die Wände waren gefliest, damit die kühlen Temperaturen erhalten blieben und um die Reinigung zu vereinfachen.

Sie öffnete eine der Maschinen. Darin wurde ständig Wasser durch langsames Heben und Senken bewegt, um das Eis rein und sauber zu halten. Unten war es bereits gefroren; nun war der perfekte Zeitpunkt, um die Dekorationen hinzuzufügen, um die ihr Kunde gebeten hatte. Er wünschte sich eine Lichterkette mit Schneeflocken. Sie verteilte die glitzernden Schneeflocken in der Mitte des Blocks und fädelte die Lichterkette dazwischen hindurch. Dann beschwerte Penny sie mit einem Gewicht, damit sie nicht nach oben gedrückt wurde, und befestigte das Kabel an der Seite. Es wirkte zauberhaft, und sie wusste, dass der Effekt an der fertigen Skulptur noch viel eindrucksvoller sein würde.

Am anderen Ende des Raums befand sich der begehbare Gefrierschrank. Penny öffnete die Tür. An der hinteren Wand reihten sich mehrere Blöcke Eis und warteten geduldig darauf, dass sie aus ihnen ihre Meisterwerke machte. An den Seiten standen ungefähr zehn Skulpturen, die fertig waren und nur noch ausgeliefert werden mussten.

Penny stellte seit etwa zehn Jahren Eisskulpturen her und hatte sich bisher noch keinen Tag bei ihrer Arbeit gelangweilt. Bei jeder Skulptur empfand sie wieder den gleichen Stolz, dass sie einen übergroßen Eiswürfel in etwas Wunderschönes verwandelt hatte. Sogar das Herstellen ihrer beliebtesten Figur, des Schwans, der für beinahe jede Hochzeit bestellt wurde, machte ihr noch immer Spaß.

Sie zog einen der Eisblöcke, der auf einer Art fahrbarem Podest stand, in den Kühlraum hinaus und schloss die Tür zum Gefrierschrank hinter sich. Anschließend stellte sie die Bremsen an den Rädern fest und betrachtete ihre noch leere Leinwand. Bildlich gesprochen.

Aus diesem Block sollte ein Weihnachtsbaum werden. Ein paar Stunden zuvor hatte sie bereits die Vorlage daran befestigt und jetzt würde sie den Baum herausarbeiten. Penny zog sich Handschuhe über, setzte die Sicherheitsbrille auf und nahm die Schleifmaschine in die Hand, um die Konturen nachzufahren. Mit ihrer dünnen Spitze war sie das perfekte Werkzeug, um den Entwurf zu übertragen. Penny übte nur sehr wenig Druck aus; die Einzelheiten kamen später.

Häufig verlor sie sich stundenlang darin, jede Kurve, jeden Wirbel, jedes Blatt oder jede Feder zu perfektionieren. Wenn sie in diesem Raum war, wurden ihre Gedanken ausschließlich vom

Schnitzen, Meißeln, Kratzen, Sägen und Schleifen beherrscht und davon, etwas Komplexes und Wunderschönes zu erschaffen. Deshalb liebte sie ihre Arbeit so sehr – es blieb keine Zeit, darüber nachzudenken, dass jedermann in White Cliff Bay sein Leben zu leben schien, während Pennys Leben wie eingefroren stagnierte, oder darüber, wie einsam sie sich fühlte, oder dass diese Einsamkeit vermutlich bis an ihr Lebensende andauern würde. Bei der Arbeit an einer Skulptur musste sie sich stundenlang nicht damit befassen. Erst wenn sie den schützenden Kokon des Kühlraums zum Aufwärmen verließ, bahnte sich die reale Welt wieder einen Platz in ihre Gedanken.

Nachdem sie die äußeren Umrisse der Vorlage übertragen hatte, nahm sie die Kettensäge zur Hand und begann, die großen Stücke abzuschneiden, die sie nicht brauchte. Sie zwang sich, nicht an Henry und seine schiefergrauen Augen zu denken oder daran, dass sich ihre Einsamkeit auf unerklärliche Weise verdoppelt zu haben schien, seit er das Bücherregal vor die Verbindungstür geschoben hatte.

* * *

Zögernd stand Henry vor Pennys Hintertür. Als er gerade die Hand hob, um an die Tür zu klopfen, tauchte sie aus einem Nebenraum auf. Sie trug eine wasserfeste schwarze Hose und eine schwarze Jacke, die sich an ihre attraktiven Kurven schmiegten und sie unglaublich sexy aussehen ließen. Sie wirkte, als wolle sie gleich ein Motorrad besteigen und in den Sonnenuntergang brausen. Er beobachtete, wie sie ein Paar schwere Arbeitsschuhe auszog und den Reißverschluss der Jacke öffnete. Schnell blickte er zur Seite für den Fall, dass sie darunter nackt war. Nach einigen Sekunden riskierte er einen verstohlenen Blick und stellte erleichtert fest, dass sie ein Tanktop trug. Unter der wasserfesten Hose kamen schwarze Leggings zum Vorschein.

Sie hängte die Kleidungsstücke in einen Garderobenschrank und zog ein riesiges Sweatshirt über, das ihren sexy Körper versteckte. Die kastanienbraunen Haare, die ihr vorhin lockig über die Schultern gefallen waren, steckten jetzt in einem unordentlichen Pferdeschwanz. Ihr ganzes Erscheinungsbild war zerzaust und chaotisch und unglaublich niedlich. Ihre grünen Augen blickten jedoch traurig, und er fragte sich, ob er dafür verantwortlich war.

Er sah hinunter auf die weißen Rosen in seiner Hand. War das übertrieben? Er wollte nicht, dass sie seiner Geste irgendwelche romantische Bedeutung beimaß.

In diesem Moment entdeckte Penny ihn und er winkte. Sie erwiderte den Gruß nicht; die fröhliche Person von vorhin war verschwunden, das Glitzern in ihren grünen Augen erloschen. Sie seufzte sichtbar und kam dann zur Tür.

Winzige Schneeflocken umwehten sie und landeten auf ihren Wimpern und in ihren Haaren. Sie hatte etwas an sich, das ihn unglaublich anzog. Dass sie schön war, stand außer Frage, aber da war noch mehr.

Henry streckte ihr die Rosen entgegen. »Ich wollte mich für mein Benehmen vorhin entschuldigen. Umzüge sind an sich schon schlimm, aber dieser hier war entsetzlich. Schon vor meiner Ankunft hier ist alles schiefgegangen, was überhaupt nur schiefgehen kann. Ich war missmutig und müde und es tut mir leid. Steht vielleicht das Angebot mit der Lasagne und den Mince Pies noch?«

Verwirrt starrte Penny ihn an. »Ich, äh …« Sie blickte sich um, als suchte sie nach einer Ausrede. Sie wollte ihn nicht hier haben und er kam sich wie der allerletzte Mistkerl vor. Er hatte eine Menge wiedergutzumachen. Da ihr anscheinend nichts Wichtiges einfiel, das sie vorschützen konnte, nickte sie schließlich zögerlich und ging einen Schritt zur Seite, um ihn einzulassen.

Er reichte ihr die Rosen.

»Wie ich sehe, hast du das Bücherregal umgestellt«, sagte Penny und bemühte sich erfolglos, es beiläufig klingen zu lassen, als wäre es ihr egal.

»Ich kann es zurückstellen, ich wollte nur … Ich werde es zurückstellen.«

»Nein, ist schon gut. Es ist jetzt dein Haus, du kannst tun und lassen, was du möchtest.« Sie zuckte mit den Schultern.

Es war ihm nicht mal in den Sinn gekommen, was Penny davon halten würde, dass er die Tür blockierte. Natürlich hatte sie das verletzt.

»In unserer letzten Wohnung haben wir nachts nicht nur alle Türen und Fenster verriegelt, sondern auch die Schlafzimmertüren abgeschlossen, und ich habe mit einem Baseballschläger unterm Bett geschlafen. Wir sind hierhergezogen, weil es eine bessere Gegend ist, besser für Daisy. Es wird allerdings ein bisschen dauern, bis ich mich daran gewöhnt habe, dass alle so freundlich und hilfsbereit sind. Es tut mir leid, dass ich dich verärgert habe. Ich schiebe das Regal noch heute Abend zurück.«

Penny sah auf die Blumen. »Ich stelle die hier in eine Vase und mache uns etwas zu essen.«

Erleichtert atmete Henry auf.

»Möchtest du vielleicht ein Glas Glühwein, solange du wartest?« Sie füllte eine Vase mit Wasser und stellte die Rosen in einem etwas planlos wirkenden Arrangement hinein.

»Gern, danke. Er riecht wunderbar«, erwiderte Henry und setzte sich an den großen Esstisch. Dann sah er zu, wie sie in der Küche herumlief. Sie hatte etwas unheimlich Fesselndes an sich, sodass er seinen Blick nicht losreißen konnte.

»Das ist eine Eigenkreation, ich habe einfach ein paar Zutaten zusammengewürfelt.« Penny schaltete die Herdplatte ein und rührte im Topf. »So eine Art Mischung aus Sangria und

Glühwein, mit Rotwein, Rum, Brandy, Saft, Obst und ein paar Gewürzen.«

»Das klingt ziemlich hochprozentig.«

Penny lachte, und erfreut stellte er fest, dass die Wärme und das Funkeln in ihre Augen zurückgekehrt waren.

»Ja, das kann sein. Ich habe ihn noch nicht versucht. Wenigstens muss keiner von uns beiden heute noch fahren.«

In diesem Moment kam ein riesiges rostrotes, zotteliges Biest in die Küche gesprungen und schnüffelte an der Backofentür, hinter der die Lasagne zum Aufwärmen stand. Henry lachte. So eine skurrile Kreatur hatte er in seinem gesamten Leben noch nicht gesehen.

»Wow, was ist denn das für eine Rasse?«

»Ich glaube, das weiß er nicht mal selbst so genau. Halb Irischer Setter, halb Englischer Schäferhund, halb Neufundländer vielleicht.«

»Das sind aber viele Hälften.«

»Ich weiß. Außerdem hält er sich für ein winziges Schoßhündchen und klettert immer zum Schmusen auf meinen Schoß. Dabei quetscht er mich jedes Mal fast zu Tode, so schwer ist er. Im Ernst, eigentlich könnte ich ihn kleinen Kindern als Reitpony anbieten.«

»Er könnte glatt als Mitglied der *Muppet-Show* durchgehen.«

»Sag das nicht, das kränkt ihn, aber du hast recht. Der Tierarzt meint, dass er noch nie zuvor einen so roten Hund gesehen hat, und bei dem zotteligen Fell könnte man wirklich annehmen, er käme geradewegs aus der *Sesamstraße*. Henry, das hier ist Bernard. Bernard, das ist Henry, unser neuer Nachbar.«

Bernard kam herüber und schnüffelte mäßig interessiert an ihm herum. Offenbar mit positivem Ergebnis, denn er setzte sich zu Henrys Füßen und verlangte nach Streicheleinheiten. Henry rieb ihm über den Kopf und die Brust. Als er aufsah, fing er Pennys Blick auf. Sie lächelte und sah schnell weg.

Er beobachtete, wie sie zwei Gläser mit ihrer Glühweinmischung füllte und zum Tisch brachte. Eins davon reichte sie Henry.

»Wie wär's mit einem Trinkspruch?«, fragte sie.

»Auf … einen Neuanfang.«

Lächelnd stieß sie ihr Glas gegen seines.

* * *

Der Blick aus seinen grauen Augen war so intensiv, als ob er sie studierte und die Antwort auf eine unbeantwortete Frage suchte. Ohne die Augen von ihr abzuwenden, trank er einen Schluck. Ihr fiel sofort auf, dass er keinen Ehering trug.

»Danke, dass du nebenan alles so weihnachtlich dekoriert hast. Das wird Daisy gefallen.«

»Das habe ich gern gemacht. Ich habe euch keinen Baum besorgt, weil ich dachte, dass ihr beide euch vielleicht gemeinsam darum kümmern möchtet.«

»Das ist eine tolle Idee, danke.« Henry lächelte und Pennys Herz machte einen Sprung. Bisher war sie nicht der Typ Frau gewesen, der sich in ein Lächeln verliebte, aber bei ihm veränderte es sein gesamtes Gesicht. Sie musste sich in Erinnerung rufen, dass er verheiratet war.

Um nicht länger über sein Lächeln nachdenken zu müssen, konzentrierte sie ihre Aufmerksamkeit auf Bernard.

»Also, was bringt euch nach White Cliff Bay?«, erkundigte sie sich und trank einen Schluck Wein.

»Hauptsächlich die Arbeit. Ich fange nach Weihnachten beim White-Cliff-Bay-Möbelwerk an.«

Penny bekam große Augen. »Als Schreiner?«

Er nickte. Das erklärte zumindest den fehlenden Ehering. Er arbeitete genau wie sie mit schweren Werkzeugen; da konnte Schmuck zu Verletzungen führen.

»Wow. Die sind sehr wählerisch bei ihren Mitarbeitern.« Penny war beeindruckt. »Ich habe mal gehört, dass sie auf jede Stellenanzeige fünfhundert Bewerbungen erhalten. Und muss man da nicht einen total irrwitzigen Bewerbungsprozess durchlaufen?«

»Ja, es war fast wie beim Casting für eine Fernsehshow. Wir mussten mehrere unterschiedliche Aufgaben lösen. Sie haben uns einen Arbeitsgang gezeigt und wir mussten ihn innerhalb einer bestimmten Zeit bei größtmöglicher Qualität wiederholen. Es hat den ganzen Tag gedauert. Am Vormittag war die Demonstration und am Nachmittag haben mich sieben Leute mehr als zwei Stunden lang befragt. Ich hatte hinterher das Gefühl, als wäre ich einen Marathon gerannt.«

»Da man dort nur die Allerbesten einstellt, hast du die Herren offensichtlich beeindruckt. Die Anstellung dort wird sich auf jeden Fall hervorragend in deinem Lebenslauf machen, falls ihr irgendwann weiterziehen wollt. Jeder weiß, wie prestigeträchtig diese Firma ist.«

Henry nahm einen großen Schluck Wein. »Wir haben nicht vor, weiterzuziehen. Eigentlich wollen wir erst mal eine Weile hier in White Cliff Bay bleiben.«

Die Art und Weise, in der er das sagte, während er ihr fest in die Augen blickte, sandte ihr einen Schauer über den Rücken. Flirtete er etwa mit ihr? Sie schüttelte den Kopf und verbannte den albernen Gedanken. Stattdessen trank sie einen kräftigen Schluck aus ihrem Glas. Der Glühwein war würzig und fruchtig und, wie Henry festgestellt hatte, sehr stark.

Sie bemühte sich, den Blick von ihm loszureißen, doch es fiel ihr schwer. Daher wandte sie sich ab, um die Lasagne aus dem Ofen zu holen.

»Bist du schon immer Schreiner?«

»Ja, ich liebe diese Arbeit. Es ist einfach wunderbar, wenn man mit den eigenen Händen etwas Schönes erschafft. Ich baue und verkaufe auch eigene Möbel, und ich habe ebenfalls schon Schmuck und Statuen aus Holz hergestellt. Das ist jedoch eher ein Hobby, etwas, das ich in meiner Freizeit mache. Das Maklerbüro hat mir gesagt, du hättest nichts dagegen, dass ich den Schuppen als eine Art Werkstatt nutze?«

Penny nickte. »Natürlich, er ist riesig und ich brauche nur einen kleinen Teil. Tu dir keinen Zwang an. Ich würde mir gern mal den Schmuck und die Statuen ansehen. Meine Arbeit ist eigentlich ganz ähnlich.«

»Was machst du denn beruflich, Penny?«

»Ich bin Eisschnitzerin.«

»Oh, das klingt cool. Und bekommt man in dieser Branche genügend Aufträge?«

Sie stellte einen Teller mit Lasagne vor ihn hin und setzte sich ihm mit ihrem eigenen Teller gegenüber. »Verdiene ich genug, um mir dieses Haus leisten zu können, meinst du?«

Henry reagierte sofort. »Es tut mir leid, das kam sehr neugierig rüber, oder? Ignorier meine Frage einfach. Ich kann es selbst nicht leiden, wenn Leute mich nach meiner Arbeit und dem Verdienst aushorchen wollen. Es geht mich wirklich nichts an.«

»Das Haus hat meinen Eltern gehört, ich bin hier aufgewachsen. Vor einigen Jahren sind sie jedoch nach Italien gezogen und haben es mir und meinem Bruder vermacht. Er lebt in der Nachbarstadt und ich habe ihn ausgezahlt. Ich bin die einzige Eisschnitzerin im Umkreis und jedes Wochenende finden Hochzeiten, Geschäftsjubiläen und Partys statt. Aus Zeitgründen muss ich sogar viele Aufträge ablehnen. Ich verdiene sehr gut.«

Henry wirkte überrascht, doch sie hatte sich inzwischen an diese Art Kommentare gewöhnt. Niemand nahm ihre Arbeit richtig ernst und die meisten konnten nicht glauben, dass sie damit ihren Lebensunterhalt bestreiten konnte.

»Und, äh … Gibt es einen Mr Meadows?«

Penny stieß die Gabel in ein Stück Lasagne. Warum nahmen die Leute immer an, dass sie einen Mann zu ihrem Glück brauchte? Sie kam sehr gut allein zurecht.

»Deinem Angriff auf das Essen nach zu urteilen, habe ich wohl einen Nerv getroffen. Ich entschuldige mich.«

Penny betrachtete die massakrierte Lasagne.

»Ich habe auch nur gefragt, weil dieses Sweatshirt viel zu groß wirkt, um dir zu gehören.«

»Ich mag eben große Strickjacken oder Sweatshirts. Sie sind gemütlich. Es gibt keinen Mr Meadows und hat auch nie einen gegeben. In der Stadt sind alle der Meinung, dass ich heiraten und Kinder bekommen sollte, daher bin ich das Thema allmählich leid. Mir … mir hat mal jemand das Herz gebrochen und seither stehe ich der Liebe äußerst skeptisch gegenüber.«

Entsetzt starrte sie auf ihren Teller. Warum hatte sie ihm das gerade erzählt? Sie kannte den Mann doch kaum. Wie viel Wein hatte sie getrunken? Erklärte das ihre lockere Zunge? Noch dazu stimmte es nicht einmal. Sie war nicht allein, weil sie Angst davor hatte, sich erneut zu verlieben, sie war allein einfach glücklicher. Es war unkomplizierter so. Sie trank den letzten Schluck aus ihrem Glas und ging zum Herd, um es nachzufüllen.

»Jetzt, wo ihr Einwohner von White Cliff Bay seid, müsst ihr am Heiligabend zum Weihnachtsball kommen«, plapperte Penny in einem verzweifelten Versuch, das Thema zu wechseln. »Das wird Daisy gefallen. Es gibt Musik und gutes Essen und es wird getanzt, und dieses Jahr findet auch ein großer Eisskulpturenwettbewerb dort statt.«

»Ich glaube, ein Ball ist nicht unbedingt das Richtige für mich. Wenn man so groß ist wie ich, sieht Tanzen alles andere als graziös aus.«

»Jeder geht zum Ball, also müsst ihr auch kommen. Das ist eine wunderbare Gelegenheit für euch, die Menschen hier kennenzulernen. Daisy wird bestimmt traurig sein, wenn du nicht mit ihr hingehst.«

Henry wirkte immer noch unentschlossen.

»Es ist ein Wohltätigkeitsball. Also ist man praktisch moralisch dazu verpflichtet.«

Er lächelte sie erneut an, und sie fluchte innerlich, dass sie darauf wie ein schwärmerisches Schulmädchen reagierte.

»Wenn es wohltätigen Zwecken dient, kann ich ja wirklich schlecht ablehnen, oder?«

Grinsend schüttelte Penny den Kopf. Da er mit seiner Lasagne fertig war, stand sie auf und brachte seinen Teller zum Spülbecken. »Wollen wir uns ins Wohnzimmer setzen? Dort ist es gemütlicher.«

Was tat sie denn da? Sie sollte es sich mit diesem attraktiven Mann nicht gemütlicher machen – diesem attraktiven, *verheirateten* Mann. Doch Henry war bereits aufgestanden und ging mit seinem neuen besten Freund Bernard ins andere Zimmer.

Sie sah ihm hinterher. Das würde sie doch wohl schaffen, sich im selben Raum mit einem Mann aufzuhalten, ohne sich ihm an den Hals zu werfen, egal, wie unglaublich anziehend sie ihn fand. Sie kicherte. In ihrem ganzen Leben hatte sie sich noch niemandem aufgedrängt, also würde sie sicher nicht jetzt damit anfangen. Außerdem stellte sie sich im Umgang mit Männern immer ungeschickt an. Sich mit Henry zu unterhalten, fiel ihr jedoch leicht. Obwohl sie sich von ihm angezogen fühlte, verschaffte ihr die Tatsache, dass er verheiratet war, mehr Sicherheit im Umgang mit ihm, weil er dadurch tabu war. Sie hatte an diesem Abend schon mehr mit ihm geredet als mit fast jedem anderen Mann in letzter Zeit. Sie würde einfach seine Gesellschaft genießen und morgen hoffentlich genauso freundschaftlich mit seiner Frau umgehen.

Mit zwei Tellern mit Mince Pies in der Hand folgte sie ihm. Als sie ihn auf allen vieren vor dem Kamin hocken sah, blieb sie jedoch wie angewurzelt stehen. Gütiger Himmel, sein Hintern konnte sich sehen lassen! Sie konnte nicht anders, sie starrte ihn an, wie er beim Versuch, Zweige und Papier zwischen die Holzstücke zu stopfen, damit hin und her wackelte.

Auch Bernard schien von Henrys Hintern fasziniert zu sein, und Penny schnappte ihn schnell am Halsband, ehe er auf die Idee kam, Henry anzuspringen. Beinahe hätte sie vergessen, dass er das bei fast jedem Gast in ihrem Haus tat. Hier oben bekam sie nicht oft Besuch, aber die arme Jill, ihre Putzfrau, war im Lauf der Jahre schon einige Male angesprungen worden, ganz besonders, wenn sie zum Saubermachen in die Hocke oder auf alle viere ging. Bernard hielt das Ganze offensichtlich für ein lustiges Spiel, und je mehr sein Opfer versuchte, sich unter ihm hervorzuwinden oder zu flüchten, desto stärker klammerte er sich an ihm fest, als würde er einen wilden Bullen reiten.

»Ins Bett!«, kommandierte Penny und zeigte auf Bernards Körbchen. Beinahe glaubte sie ihn theatralisch seufzen zu sehen, weil sie ihm den Spaß verdorben hatte. »Ins Bett. Sofort!« Enttäuscht schlich er davon und kletterte in sein Körbchen.

»Äh, das ist ein sehr nettes Angebot, aber wir haben uns doch gerade erst kennengelernt«, gab Henry zu bedenken und lachte lauthals auf, als sie rot wurde.

Sie setzte sich aufs Sofa und zu ihrer Überraschung setzte er sich neben sie. Drei Sessel hatten ebenfalls zur Auswahl gestanden, aber er hatte sich entschlossen, nah bei ihr zu sitzen. Am liebsten wäre sie von ihm abgerückt, aber das wäre äußerst unhöflich gewesen. Er duftete berauschend – süß, doch gleichzeitig würzig, nach Zimt, Zitrone und Nelken. Der Geruch erinnerte sie an die weihnachtlichen Duftkugeln, die sie früher mit ihren Eltern gebastelt und dann über den Kamin gehängt hatte. Nur zu gern hätte sie die Nase an seinen Hals gedrückt und tief eingeatmet.

Er sagte nichts, sondern starrte sie an wie ein Verhungernder ein saftiges Steak.

Plötzlich beugte er sich vor und strich ihr mit den Fingern über die Wange. Die sanfte Berührung durchzuckte sie wie ein Stromschlag und erschrocken lehnte sie sich zurück.

Entsetzt blickte er sie an. »Es tut mir leid, ich bin normalerweise nicht so merkwürdig, das schwöre ich! Ich laufe nicht umher und streichle fremde Frauen. Du hattest Soße an der Wange, die habe ich abgewischt. Im Nachhinein gesehen hätte ich es dir vermutlich einfach sagen sollen.« Er starrte hinab auf seinen Wein. »Was hast du da bloß reingetan? Der ist mir ganz schön zu Kopf gestiegen.«

Penny suchte nach Worten, um ihn zu beruhigen, doch sie konnte immer noch seine Finger an ihrer Wange spüren. War es wirklich schon so lange her, dass ein Mann sie angefasst hatte, sodass ihr Körper völlig überzogen auf eine winzige Berührung reagierte?

Sie räusperte sich. »Ich halte dich nicht für merkwürdig.«

»Nein?«

»Es war vielleicht ein wenig unangebracht, aber nicht merkwürdig.«

»Äußerst unangebracht. Es tut mir wirklich leid.«

Sie schwiegen, doch Penny hatte das Gefühl, die Funken zwischen ihnen genauso knistern zu hören wie die Flammen im Kamin.

Mit einem Schlag machte seine Gegenwart sie nervös – zum ersten Mal an diesem Abend. Sie reichte ihm einen Mince Pie. Er nahm den Teller und biss in das Gebäck. Sein Ausrutscher von eben war ihm ganz offensichtlich immer noch sehr peinlich.

»Mmm, der ist köstlich. Meine Mince Pies schmecken immer fürchterlich. Irgendwie krieg ich sie nie richtig hin.« Er nahm einen weiteren Bissen und stöhnte vor Genuss leise auf. »Also, erzähl mir ein bisschen mehr über diesen Ball. Muss ich einen Anzug tragen?«

Dankbar nahm sie den Themenwechsel an und begab sich erleichtert auf sicheres Terrain. Obwohl die Vorstellung von Henry in einem Anzug nicht dazu beitrug, ihre unangemessenen Gedanken zu unterdrücken.

»Äh, ja, alle ziehen sich schick an.«

Henry verzog das Gesicht.

»Ich bin sicher, dass du im Anzug sehr sexy aussehen wirst.« Gütiger Himmel, was hatte sie bloß in diesen Glühwein getan? Eine Art Wahrheitsserum? Er hatte gerade von seinem Mince Pie abbeißen wollen und saß jetzt wie erstarrt mit erhobener Hand da. Dann zog er die Brauen hoch. »Tut mir leid, ich verhalte mich in der Gegenwart von Männern immer ziemlich blöd. Ich habe versucht, mich mit dir zu unterhalten, als ob ich mit meinen Freundinnen spräche. ›Oh, du würdest in diesem Kleid super aussehen, und diese Schuhe stehen dir wirklich gut.‹ Bitte bekomm es nicht in den falschen Hals. Ich habe nicht versucht, dich anzubaggern.«

Er biss von seinem Pie ab, und Penny glaubte fast, einen kurzen Anflug von Enttäuschung in seiner Miene erkennen zu können, doch er war rasch wieder verschwunden.

Sie trank einen Schluck Wein.

»Und welcher Wohltätigkeitsorganisation kommen die Einnahmen zugute?«

»Das ändert sich jedes Jahr. Diesmal sammeln wir Geld für die Forschung zu Fehlgeburten, Totgeburten und Frühchen.«

»Ein guter Zweck. Meine Schwester Anna hatte eine Fehlgeburt, daher weiß ich, wie schrecklich das für die Betroffenen sein kann. Sie hat zwar gerade ihr zweites Kind bekommen, aber ich glaube, der Schmerz über das verlorene Baby verschwindet trotzdem niemals ganz.«

Sie starrte ihn an und ein großer Kloß bildete sich in ihrer Kehle. Er verstand es. Er erwiderte ihren Blick und kniff die Augen leicht zusammen. Als er sprach, war seine Stimme sanft. »Ich vermute, dass du ebenfalls ein Kind verloren hast.«

Sie schluckte schwer. »Dir entgeht wohl nicht viel. Das ist schon eine ganze Weile her, acht Jahre, um genau zu sein. Ich war damals erst einundzwanzig.« Darüber hatte sie schon lange nicht mehr gesprochen, doch bei ihm hatte sie das Bedürfnis, aufrichtig zu sein. »Normalerweise rede ich nicht darüber, aber mit dir kann man sich gut unterhalten. Chris und ich waren damals erst seit drei oder vier Monaten zusammen, aber ich war mir absolut sicher, dass er der Richtige für mich war und wir auf immer und ewig zusammenbleiben würden. Dann wurde ich schwanger. Er wollte das Baby nicht behalten, er wollte die Welt bereisen und nicht an ein Baby gebunden sein. Aber für mich stand nie zur Diskussion, das Baby loszuwerden. Vom ersten Moment an, als ich erfuhr, dass ich schwanger war, habe ich dieses Baby geliebt. Im vierten Monat habe ich es dann verloren. Chris war so erleichtert, dass er beinahe gejubelt hätte, als ich es ihm erzählte. Ich habe tagelang um das Baby und wegen seiner Reaktion darauf geweint. Kurz darauf hat er mich verlassen. Ich war am Boden zerstört.«

»Das tut mir sehr leid.«

»Ist schon gut. Nun ja, eigentlich nicht, aber es war vor langer Zeit. Und wenn ich heute zurückblicke, bin ich froh, dass wir nicht zusammengeblieben sind. Er war definitiv nicht der Richtige für mich. Ich kann mir überhaupt nicht vorstellen, wie es gewesen wäre, mit ihm gemeinsam ein Kind großzuziehen. Er war ein Mistkerl. Auf eine schreckliche Art und Weise war es also vermutlich am besten so.«

»Mir ist mit sechzehn etwas ganz Ähnliches passiert. Ich habe meine Freundin geschwängert. Sie war darüber völlig entsetzt und hat auf einer Abtreibung beharrt, weil ein Baby ihr

Leben ruinieren würde. Der Gedanke an eine Abtreibung war für mich unerträglich – hier ging es um mein Kind, und ich konnte nicht fassen, dass sie dieses Baby so sehr hasste, obwohl es noch nicht mal geboren war. Glücklicherweise waren ihre Eltern katholisch und haben einer Abtreibung nicht zugestimmt, aber sie gaben mir die Schuld an der ganzen Sache und haben mich nicht mehr in ihre Nähe gelassen. Dann sind sie weggezogen; das Baby wollten sie zur Adoption freigeben. Ich war vollkommen verzweifelt. Vermutlich hätte ich erleichtert sein sollen. Ein ausschweifender Abend, der zu einer Schwangerschaft geführt hatte, und ich war erst sechzehn. Mein ganzes Leben lag noch vor mir und ihre Eltern boten mir einen Ausweg, aber so habe ich das nicht empfunden. Das Mädchen habe ich nie wiedergesehen. Soweit ich weiß, ist sie kurz nach der Geburt des Babys nach Australien ausgewandert.«

Entsetzt starrte Penny ihn an. Was war schlimmer: dass Penny ihr Baby verloren hatte oder dass Henry irgendwo ein Kind hatte, das er nicht sehen durfte? »Was ist mit dem Baby passiert?«

In diesem Moment sprang Bernard am Fenster auf und bellte wütend etwas vor dem Haus an.

Henry ging rasch hinüber zur Tür und riss sie auf, als wäre er bereit, es mit der ganzen Welt aufzunehmen. Penny musste über seinen übertriebenen Schutzinstinkt lachen und Bernard flitzte hinaus in die Dunkelheit.

»Das sind nur Kaninchen. Bernard kann sie nicht leiden.«

Sie folgte Henry zur Tür. Mit geballten Fäusten stand er da und spähte in die Dunkelheit, um nach möglichen Bedrohungen Ausschau zu halten. Bernard schnüffelte an den Kaninchenlöchern herum, kratzte mit seinen riesigen Pfoten im Gras und hoffte offensichtlich, dass eins der Kaninchen geradewegs aus dem Bau in sein Maul rennen würde.

Da offenkundig niemand draußen wartete, um sie umzubringen, wandte sich Henry um und lief geradewegs in Penny hinein, wodurch sie rückwärts stolperte. Schnell griff er nach ihren Armen. Sie sah zu ihm auf. Er stand vor dem dunklen Nachthimmel und war von kleinen Schneeflocken umgeben, die wie Puderzucker auf ihn herabrieselten. Sein süßer, würziger Duft umhüllte sie. Sie hatte ihm gerade ihr Innerstes offenbart, und zum ersten Mal seit sehr langer Zeit wollte sie nichts weiter, als einen Mann küssen. Diesen Mann. Merkwürdigerweise sah er aus, als gingen ihm gerade die gleichen Gedanken durch den Kopf, denn sein Blick verdunkelte sich und fiel dann auf ihre Lippen. Was sollte das denn? Er war verheiratet. Es war schon schlimm genug, dass sie einem verheirateten Mann gegenüber solche Gedanken hegte, aber dass er genauso dachte, ging gar nicht.

Sie machte einen großen Schritt nach hinten. »Es ist schon spät und ich muss morgen früh raus, also solltest du vielleicht gehen.«

Verwirrt sah er auf sie herab. Ihr war klar, dass sie völlig unterschiedliche Botschaften aussandte.

»Ja, natürlich. Ich lasse dich schlafen gehen«, erwiderte er leise.

»Und ich freue mich darauf, morgen Daisy kennenzulernen«, setzte Penny hinzu und wartete auf den schuldbewussten Gesichtsausdruck bei der Erwähnung seiner Ehefrau. Doch er zeigte keinerlei Reue. Er nickte lediglich, durchquerte ihre Küche und verließ das Haus durch die Hintertür, ohne sich noch einmal nach ihr umzusehen.

Sie sog tief die kühle Nachtluft ein und war wild entschlossen, alle unangebrachten Gedanken aus ihrem Kopf zu verbannen. Dann rief sie Bernard herein. Er kam angeschossen, schüttelte eine Unmenge nasser Schneeflocken aus seinem Fell und warf sich dann aufs Sofa, wo sie nur wenige Minuten zuvor gesessen hatte. Seufzend ging sie in die Küche.

Wie ungerecht war es, dass der erste Mann, der sie seit Jahren interessierte, nicht nur attraktiv, interessant, intelligent und handwerklich begabt war, sondern auch verheiratet?

Allein war sie besser dran. Das war während der vergangenen acht Jahre ihr Mantra gewesen, und daran hielt sie sich.

Als plötzlich ein lautes Geräusch von nebenan erklang, zuckte sie erschrocken zusammen. Sie sah, wie das Bücherregal von der Verbindungstür verschwand. Das hatte er ihr zuliebe getan und am liebsten hätte sie ihn dafür umarmt und gleichzeitig geschüttelt. Er war verheiratet, und momentan sah es so aus, als müsste ihm das häufiger in Erinnerung gerufen werden als ihr.

Doch ab morgen wäre Daisy da, und das würde dem Funkensprühen zwischen ihnen hoffentlich ein Ende setzen.

* * *

Henry löschte die Lichter im Erdgeschoss und ging nach oben ins Bett. Penny hatte etwas unglaublich Anziehendes an sich. Sogar in dem übergroßen Sweatshirt, mit den schwarzen Leggings und dem unordentlichen Pferdeschwanz sah sie bezaubernd aus. Faszinierend fand er sie ebenfalls, und er hätte sich mühelos die ganze Nacht über mit ihr unterhalten können. Doch sie schien nicht zu wissen, was sie wollte. In der einen Sekunde flirtete sie mit ihm und in der nächsten ruderte sie zurück. Noch eine komplizierte Frau in seinem Leben brauchte er eigentlich nicht, dafür hatte er schon Daisy. Und sie war sein ein und alles. Doch als er im Bett lag, begleiteten ihn die Gedanken an Pennys Lächeln und ihre intensiv grün-goldfarbenen Augen in den Schlaf.

Kapitel 3

Henry spazierte die steilen, engen und kurvenreichen Gassen entlang und trug seine Nichte Bea, die er sich auf die Hüfte gesetzt hatte. Sie war zu klein, um mit seinen großen Schritten mithalten zu können, also war es leichter für ihn, sie zu tragen. Sie schien nichts dagegen zu haben.

Er ging an malerischen kleinen Cottages vorbei, deren Türen direkt auf die Kopfsteinpflasterstraße hinausblickten. Eine Art Ordnung oder System schien es nicht zu geben, sondern ein Haus reihte sich praktisch nahtlos an das andere. Alle waren in leuchtenden Farben gestrichen, unterschieden sich jedoch gewaltig in Stil und Aussehen. Er war sowohl an winzigen Bungalows als auch an großen dreistöckigen Häusern vorbeigekommen. Trotzdem passte jedes Haus hierhin.

Er betrat das Café und blickte zur Angebotstafel. Lächelnd stellte er fest, dass sich die Auswahl auf Cappuccino, Espresso und einige Kräutertees beschränkte. Das hier war definitiv kein Starbucks.

»Grundgütiger, wer ist denn dieser knackige Hintern?«, wollte eine Stimme hinter ihm in gespieltem Flüstern wissen.

»Sprich leiser, Jade. Er kann dich sonst hören.«

»Sieh ihn dir doch an. Solche Männer verirren sich normalerweise nicht nach White Cliff Bay.«

»Das ist Henry Travis, der Bruder von Anna Kent, mit seiner Nichte. Er ist in Pennys Anbau gezogen.«

Henry war entsetzt, dass die beiden so öffentlich über ihn sprachen, als wäre er ein Stück Fleisch.

Eine dritte Frau lachte laut auf. »Ich wette, Penny glaubt, Weihnachten und Ostern seien auf einen Tag gefallen.«

»Der geht doch nicht mit Penny aus!«, erklärte Jade bestimmt. »So ein Mann trifft sich ausschließlich mit schönen Frauen. Außerdem hätte sie nicht die geringste Ahnung, was sie mit ihm anfangen sollte. Sie weiß nicht, wie man einen Mann beglückt.«

»Aber du schon?«

»Oh ja. Bei mir würde er vor Freude weinen.«

»Du bist ganz schön von dir eingenommen.«

»Halt die Klappe, Beth, oder willst du etwa dein Glück versuchen?«

»Ich hätte mehr Erfolg als du.«

»Willst du wetten? Wer von uns ihn zuerst ins Bett kriegt, bekommt einhundert Pfund.«

Ungläubig starrte Henry auf die Theke und wartete darauf, dass er seine Bestellung aufgeben konnte. Wie alt waren denn diese Mädchen? Zwölf? Er warf einen schnellen Blick in ihre Richtung und erspähte drei künstliche Blondinen mit langen, manikürten Fingernägeln. Für einen Samstagmorgen im Café waren sie völlig overdressed. Auf diesen Typ Frau konnte er verzichten.

»Abgemacht«, sagte die eine und streckte eine Hand aus, damit die andere einschlagen konnte.

»Da ich ihn zuerst entdeckt habe, steht mir auch der erste Versuch zu«, bestimmte Jade und stand auf. Schnell blickte Henry zur Seite.

Er hörte sie mit klackenden Absätzen über den Fliesenboden auf sich zukommen.

»Entschuldigen Sie, Sie müssen Henry Travis sein. Ich bin Jade Ambleside.« Sie streckte ihm eine manikürte Hand entgegen, die er jedoch ignorierte.

»Tut mir leid, ich habe gerade die Hände voll«, behauptete er und deutete mit dem Kopf auf Bea.

»Ja, hallo, meine Süße«, wandte sich Jade in singendem Tonfall an die Kleine. »Wie heißt du denn?«

Bea starrte sie ausdruckslos an. Sie würde nicht mit Jade sprechen. Sie sprach mit überhaupt keinem Menschen außerhalb ihres Hauses. Anna machte sich große Sorgen, weil Bea zu Hause nonstop auf ihre Familie einredete, doch sobald sie das Haus verließen, verstummte sie.

»Ihr Name ist Bea. Sie ist sehr schüchtern.«

»Bei mir musst du nicht schüchtern sein, Liebes«, flötete Jade und versuchte, eine kinderfreundliche Miene aufzusetzen. Bea sah sie an, als hätte sie nicht mehr alle Tassen im Schrank. »Ich liebe Kinder! Mit ihnen zu spielen und zu reden … Kinder sind ganz verrückt nach mir.«

Daran hatte Henry so seine Zweifel. Er blickte zur Theke, wo noch dieselbe Person am Kopf der Schlange stand, die dort auch schon mit der Eigentümerin des Cafés geplaudert hatte, als er hereingekommen war. Die beiden unterhielten sich immer noch angeregt.

»Henry, ich finde, wir sollten uns mal treffen, für eine Verabredung«, ging Jade in die Offensive und streckte die Brust heraus.

»Zum Spielen? Sie haben also auch Kinder?«, erwiderte Henry, der sie absichtlich missverstand. »Da würde sich Anna freuen. Am anderen Ende der Stadt gibt es einen Indoor-Spielplatz, dort ist es sehr laut und sehr stickig, aber die Kinder finden es dort toll. Ich gebe Anna Bescheid, dass Sie Lust haben, da mal mit ihr und Bea hinzugehen. Tut mir leid, ich bin ein bisschen in Eile, aber ich sage Anna, dass sie sich bei Ihnen melden soll.«

Er drehte sich um und verließ das Café. Vielleicht sollte er anfangen, einen Ehering zu tragen, damit die Leute merkten, dass er für Beziehungen nicht zur Verfügung stand. Obwohl das Frauen wie Jade wohl nicht abhalten würde.

* * *

Penny saß am Fenster der Bäckerei und aß ein frisch gebackenes Schokocroissant. Es war Samstag, und die Kinder aus der Schule im Ort jagten sich um den riesigen Weihnachtsbaum auf dem Marktplatz, bewarfen sich mit Schneematsch und quietschten vor Freude auf, wenn die eiskalte Masse in Kontakt mit ihrer Haut kam. Bisher hatte es noch nicht richtig geschneit. Das tat es in White Cliff Bay nie. Während der vergangenen Tage hatte es ein wenig Schneegestöber gegeben, das sich an den Straßenrändern gesammelt hatte und über Nacht gefroren war, aber vom Anblick eines wunderschönen schneebedeckten Ortes wie auf einer Postkarte waren sie noch meilenweit entfernt.

Die mehrfarbigen Lichter im Baum tanzten und flackerten im trüben Morgenlicht und warfen blaue, grüne, lilafarbene und rote Lichtkegel auf das nasse Pflaster. In jedem Schaufenster funkelte eine festliche Beleuchtung, hingen Zuckerstangen, standen Weihnachtsmannfiguren, Rentiere und Krippen. Einige Fenster waren wunderschön dekoriert und jeder Stern, jedes Funkeln und Glimmern hatte seinen

Platz. Bei anderen war einfach alles lustig und stimmungsvoll angehäuft.

Das fröhliche, lebhafte Stadtleben heiterte sie immer auf. Die Menschen hier waren so freundlich und gesprächig. Manchmal dauerte ein Spaziergang von knapp dreißig Metern eine halbe Stunde, weil man ständig stehen blieb und plauderte, auch wenn man sich erst am Vortag gesehen hatte.

Die Tür zur Bäckerei flog auf. Die Wärme und der köstliche Kuchenduft im Inneren wurden kurzzeitig von einer Brise kalter Luft gestört.

Lächelnd sah Penny ihre Freundin Maggie hereinwatscheln. Sie war dick und wurde täglich noch breiter. Natürlich würde sie ihr das niemals ins Gesicht sagen, auch wenn jeder andere in der Stadt der Meinung war, er hätte das Recht dazu.

Maggie ließ sich Penny gegenüber in einen braunen Ledersessel fallen und biss ein großes Stück von dem Croissant ab, das Penny ihr gekauft hatte.

»Wo sind denn deine kleinen Engel heute?«, fragte Penny und sah sich nach Maggies Söhnen um.

»Daniel hat sie zum Fußball mitgenommen, damit ich ein paar Stunden lang meine Ruhe habe, aber eigentlich vermisse ich sie, wenn sie nicht bei mir sind. Es ist viel zu ruhig.«

»Du hast ja bald noch ein Baby, damit es dir nicht zu still wird. Wie geht es denn meinem Patensohn heute?«, erkundigte sich Penny.

Maggie strich sich liebevoll über den gerundeten Bauch. »Momentan schläft er, aber nachts wird er aktiv. Als ob er da drin Samba tanzt.«

»Er kann es nicht mehr abwarten.«

»Ein bisschen warten muss er schon noch, mindestens sechs Wochen. Bis zum 13. Januar. Ich will ihn keinen Tag früher hier sehen. Dafür habe ich noch viel zu viel zu tun.«

»Wie läuft es mit den Vorbereitungen für den Weihnachtsball?« Da es bis dahin nur noch zehn Tage waren, war Penny überzeugt, dass Maggie alles mit militärischer Präzision vorbereitet hatte.

»Gut, glaube ich. Das Festzelt wird ein paar Tage vorher angeliefert. Das Essen ist geklärt und Tische, Stühle und Heizstrahler werden am Balltag gebracht. Ich habe ein Team von Leuten organisiert, die alles aufbauen. Du kennst mich doch, das habe ich alles schon vor Monaten in die Wege geleitet. Trotzdem bekomme ich immer noch ungefähr zwanzig E-Mails pro Tag mit Fragen oder Änderungen oder Forderungen. Die Band will eine eigene Umkleide, was mir Kopfzerbrechen macht, aber den größten Stress verursachen mir diese verdammten Eisschnitzer.«

Penny grinste. Ihre Kollegen waren schon ein merkwürdiger Haufen. Es würden vermutlich zehn von ihnen zum Wettbewerb antreten, sie eingeschlossen, und ihre Skulpturen beim Ball ausstellen. Schon im Vorfeld fand ein kleinerer Wettbewerb statt. Während der nächsten Tage würden sich einige der besten Eisschnitzer Europas in White Cliff Bay einfinden. Dass sie Zeit mit der Crème de la Crème ihres Berufs verbringen durfte, freute Penny, aber sie hatte manche von ihnen schon kennengelernt und wusste, dass sie hochgradig wettbewerbsorientiert waren. Einige von ihnen waren sogar geradezu gehässig.

»Wie sind denn deine neuen Nachbarn so?«, fragte Maggie durch einen Mund voller Croissant.

»Bisher hab ich nur Henry kennengelernt.«

Maggie trank einen großen Schluck Tee. »Was bedeutet denn dieser Blick, Penny Meadows?«

»Welcher Blick?«

»Tu nicht so unwissend.«

»Er …« Penny rieb sich über die Augen und verfluchte die Tatsache, dass Maggie sie so gut kannte. »Er ist der attraktivste Mann, den ich je gesehen habe.«

Maggie klatschte in die Hände und quietschte vor Begeisterung auf.

»Mags, er ist verheiratet!«

Maggie runzelte die Stirn. »Ich kenne seine Schwester Anna. Sie hat mir erzählt, wie sehr sie sich freut, dass er hierherzieht. Eine Ehefrau hat sie nicht erwähnt.«

»Sie heißt Daisy.«

»Ach ja, jetzt fällt mir wieder ein, dass Anna von einer Daisy gesprochen hat, aber ich kann mich nicht mehr genau erinnern, worum es da ging. In letzter Zeit vergesse ich alles.«

»Egal, das Komische dabei ist … Ich glaube, er hat mit mir geflirtet.«

»Was ist daran komisch? Du bist witzig, nett, schön und unglaublich talentiert.«

»Und er ist verheiratet.«

»Ach so, ja. Bäh, wie abartig. Die Männer sind doch alle gleich. Null Loyalität.«

»Das musst du gerade sagen. Du bist mit einem der hingebungsvollsten Männer verheiratet, die ich kenne.«

Maggie lächelte breit. »Daniel ist schon was ganz Besonderes, oder? Neulich hat er mich nach Hause getragen, weil ich müde war und mir der einminütige Weg den Hügel hinauf übermenschlich anstrengend vorkam. Seit Beginn meiner Schwangerschaft habe ich überhaupt nicht mehr kochen müssen. Ich liebe ihn.«

»Er freut sich so, wieder Vater zu werden. Als ich ihn neulich getroffen habe, hat er von nichts anderem geredet.«

Die Tür wurde geöffnet und erneut drang ein Schwall kalter Luft herein. Penny sah auf, geradewegs in Henrys sanfte graue

Augen. Er hatte ein kleines Mädchen dabei, das seine Hand fest umklammert hielt. Penny kannte die Kleine vom Sehen und vermutete, dass es sich bei ihr um seine Nichte handelte. Er winkte Penny kurz zu und ging zur Theke. Sie konnte den Blick nicht von ihm nehmen, und auch er schien Schwierigkeiten zu haben, woanders hinzusehen. Etwas war am Vorabend zwischen ihnen passiert, und sie wussten es beide.

Maggie zischte, um Pennys Aufmerksamkeit zu erregen, und die schaffte es endlich, den Blick von ihrem sexy Nachbarn abzuwenden.

»Ist er das?«, flüsterte Maggie glücklicherweise leise genug, dass niemand sie hörte.

Penny nickte unauffällig.

»Der ist scharf.«

»Maggie!«

»Was denn? Jeder hier denkt genauso.« Maggie warf Henry einen anerkennenden Blick zu. Und tatsächlich, jede Frau im Café, ob alt, jung oder glücklich verheiratet, starrte ihn bewundernd an.

»Ist das seine Nichte?«, wisperte Penny und versuchte damit einen leichten Themenwechsel.

Maggie nickte. »Sie heißt Bea. Ich glaube, sie ist gerade in den Kindergarten gekommen.«

Seufzend zwang sich Penny, von Henry weg und aus dem Fenster zu sehen. »Mags, ich glaube, ich muss mich wieder mit Männern verabreden. Ich war schon viel zu lange allein.«

»Nachdem jetzt dieser überaus attraktive Mann nebenan eingezogen ist, überrascht mich diese Entscheidung nicht.«

»Er ist verheiratet!«, rief ihr Penny verärgert in Erinnerung.

»Ja, natürlich. Nun, es gibt genügend andere ledige Männer in der Stadt.« Maggie sah ebenfalls zum Fenster hinaus, als würde eines dieser Exemplare vielleicht gerade vorbeikommen.

»Wie wäre es mit George?« Sie deutete auf den lockigen Mann auf der anderen Straßenseite. Sie waren beide mit George zur Schule gegangen, und obwohl Penny nicht viel Zeit mit ihm verbracht hatte, wusste sie, wie nett er war. »Er ist freundlich, sieht gut aus, ist witzig und geschieden.«

Penny beobachtete, wie Libby aus dem Laden gegenüber trat, zwei Becher heiße Schokolade mit Schlagsahne in der Hand. Einen davon reichte sie George; er wischte ihr liebevoll Sahne von der Nase und gab ihr etwas, das nach einer Tüte Süßigkeiten aussah. Libby war über den Inhalt offensichtlich begeistert und küsste ihm als Dankeschön die Wange. Penny lächelte, als sie Georges Blick sah. »Und er ist bis über beide Ohren in seine beste Freundin verliebt. Ich glaube nicht, dass ich da Chancen habe.«

»Wirklich?« Maggie sah zu den beiden hinüber. »Und ich dachte, er wäre in Polly verschossen.« Sie deutete auf die niedliche Rothaarige im Geschäft, die dort zusammen mit ihrer Mutter Linda arbeitete.

Penny betrachtete Polly, die gerade mit Matt aus dem Juwelierladen sprach. »Nein, aber Matt ist es, und ich bin ziemlich sicher, dass dieses Gefühl auf Gegenseitigkeit beruht.«

Jeder Topf hatte seinen Deckel. Sie hatte zwar immer behauptet, sie bräuchte niemanden zu ihrem Glück, aber in Wahrheit war es nicht besonders lustig, allein zu sein.

In diesem Moment kam Linda Forbes, die Eigentümerin der Bäckerei, mit ihrer kleinen sechsjährigen Enkelin Tilly herüber. Tilly hatte feuerrote Locken, eine große Zahnlücke und strahlte übers ganze Gesicht. Penny war dankbar für die Ablenkung, obwohl Henry ihr über Lindas Schulter immer noch Blicke zuwarf.

»Tilly möchte wissen, ob ihr unsere neueste Kreation probieren möchtet, die Marshmallow-Schneemänner.«

»Danke«, wandte sich Maggie in Zeichensprache an Tilly, nahm sich eins der Plätzchen und hatte es in Sekundenschnelle verdrückt.

Penny lächelte Tilly an und fragte sie in deutlichen Gebärden: »Hast du die gebacken?«

Tilly strahlte und zeigte mit fliegenden Händen in Gebärdensprache ihre Antwort an. Penny musste sich sehr konzentrieren, um sie zu verstehen. »Ich habe beim Dekorieren geholfen. Von mir sind die Marshmallows, und Nanny hat Augen, Nase und Mund aufgemalt. Einige habe ich auch ganz allein verziert, aber Nanny meint, die wollen wir lieber selber essen und sie nicht zum Verkaufen in den Laden legen.«

Penny antwortete ebenfalls mit Gebärden: »Ich möchte die Plätzchen sehen, die du gemacht hast. Ich wette, die sehen toll aus.«

Grinsend rannte Tilly hinter die Theke, zweifellos, um ihre kunstvoll verzierten Plätzchen zu holen.

Linda lächelte Penny herzlich an. »Du gehst so wunderbar mit ihr um. Wann bekommst du endlich eigene Kinder? Du wärst eine tolle Mutter.«

Beim Gedanken an eine eigene Familie spürte Penny den vertrauten Schmerz in der Brust. Auch Maggie schenkte ihr ein mitfühlendes Lächeln, während sie den Rest ihres Plätzchens vertilgte.

»Alle Mädchen aus deiner ehemaligen Klasse haben inzwischen Kinder«, fuhr Linda fort. »Genau genommen bist du die Einzige über fünfundzwanzig, die noch immer kinderlos …«

»Das stimmt nicht«, warf Maggie ein. »Jade war auch in unserer Klasse und sie hat keine Kinder, genauso wenig wie Beth oder Chelsea oder der Rest der Blonden Bimbobrigade.«

»Und dafür sind wir auch alle äußerst dankbar. Was würden die denn für Mütter abgeben? Die betrinken sich und landen jede Nacht im Bett eines anderen Mannes. Aber Penny hier wäre eine tolle Mama.« Linda wandte ihre Aufmerksamkeit wieder Penny zu. »Wie alt bist du jetzt, neunundzwanzig, dreißig? Warte nicht zu lange. Deine biologische Uhr tickt. Heutzutage braucht man dafür nicht mal einen Mann; du könntest dich künstlich befruchten lassen. Oder willst du etwa für den Rest deines Lebens allein bleiben?«

Entsetzt starrte Penny sie an. Es war zwar nicht das erste Mal, dass die Einwohner der Stadt glaubten, Pennys Kinderlosigkeit ginge sie etwas an, aber zum ersten Mal hatte jemand so deutliche Worte gefunden. Und dass Henry jedes Wort mithörte, machte es nur noch peinlicher.

»Eigentlich möchte ich keine Kinder«, behauptete Penny leise, obwohl es gelogen war.

Linda starrte sie an, als wäre sie ein Monster. »Warum denn nicht?«

»Entschuldigung.« Plötzlich stand Henry vor ihnen. »Kann ich etwas Kuchen kaufen? Ich bin ein wenig in Eile, deshalb …«

»Natürlich, tut mir leid, dass Sie warten mussten.« Linda nahm rasch ihren Platz hinter der Theke ein und Henry warf Penny einen besorgten Blick zu, ehe er sich abwandte.

Er war dazwischengegangen, um sie zu retten.

Tilly kam mit einem Teller voller verunstalteter Plätzchen herbeigelaufen. Ihre Schneemänner wirkten entweder betrunken oder als stammten sie aus einem Gemälde von Picasso, mit schiefen Augen und manischem Grinsen.

»Ich finde sie wunderschön«, lobte Penny in Gebärdensprache und Tilly reichte ihr lächelnd einen Kekssschneemann. »Oh nein, das geht nicht, das sind deine.«

Doch Tilly bestand darauf und Penny biss hinein. »Köstlich.«

Mit ihren Kreationen in der Hand verschwand Tilly wieder hinter der Theke.

Maggie beugte sich vor. »Ignorier die neugierige alte Schachtel. Kinder zu haben, ist nicht lustig. Ständig weinen und kacken sie, man schläft nicht genügend, man verbringt sein gesamtes Leben damit, sie herumzukutschieren, weil sie ein viel aktiveres gesellschaftliches Leben führen als man selbst, und jeden Cent, den man verdient, muss man für sie ausgeben. Ohne Kinder bist du viel besser dran.«

»Das hier ist dein drittes, richtig?«, erkundigte sich Penny lachend.

Strahlend blickte Maggie hinab auf ihren Bauch. »Wie es aussieht, habe ich nichts dazugelernt.«

Penny stand auf. »Ich muss los, ich habe noch eine Skulptur für heute Abend fertig zu machen.« Sie küsste Maggie auf die Wange. »Wir sehen uns.«

Maggie winkte ihr zu und wandte ihre Aufmerksamkeit dann wieder dem Kuchen zu, der in einer Glasvitrine zum Verkauf angeboten wurde.

Penny erreichte die Tür im selben Moment wie Henry. Er hielt sie ihr auf und ließ Penny vorangehen, wobei er Bea wieder auf seine Hüfte setzte.

Schweigend gingen sie gemeinsam die Straße entlang.

»Danke für, äh …« Penny deutete zurück auf die Bäckerei.

»Kein Problem. Sind hier alle so unverschämt?«

»Sie wollte nicht unverschämt sein, aber die Menschen hier kümmern sich nicht wirklich nur um ihre eigenen Angelegenheiten.«

»Das gefällt mir nicht. Wo ich herkomme, interessiert sich niemand dafür, was jemand anderes mit seinem Leben anfängt.«

»Die Leute hier kümmern sich umeinander, sie sorgen sich. Es wirkt vielleicht neugierig, aber sie wollen wirklich nur das Beste für jeden. Ich tue gern so, als wollte ich keine Kinder oder keine eigene Familie, aber das stimmt nicht, und die Menschen hier wissen das.«

Henry starrte sie an und sie zuckte zusammen.

»Tut mir leid. Du hast irgendwas an dir, das alle meine dunklen Geheimnisse ans Licht bringt. Ich würde gern dem Glühwein die Schuld geben, aber heute geht das wohl nicht mehr.«

»Was hast du da drin mit deinen Händen gemacht?«, meldete sich Bea von ihrem sicheren Platz in Henrys Griff.

Henry sah verwirrt auf sie hinab. »Das kleine Mädchen in der Bäckerei, Tilly, ist taub. Das bedeutet, dass sie nichts hören kann …«

»Gar nichts?« Bea bekam große Augen.

»Nein, deshalb kann sie auch nicht hören, was die Leute zu ihr sagen. Also redet sie mit ihren Händen. Man nennt das Gebärdensprache. Dabei kann sie durch unterschiedliche Handbewegungen verschiedene Wörter signalisieren.«

Bea nickte mit der Ernsthaftigkeit einer Vierjährigen, die die Last der Welt auf ihren winzigen Schultern spürt.

»Soll ich dir deinen Namen in Gebärdensprache beibringen? Wenn du Tilly dann das nächste Mal siehst, kannst du dich vorstellen.«

Bea willigte begeistert ein und Penny zeigte ihr die drei einfachen Gebärden für die Buchstaben B, E und A. Nur allzu deutlich war sie sich bewusst, dass Henrys Blick die ganze Zeit über auf ihr ruhte. Er sah nicht auf ihre Hände, sondern blickte geradewegs sie an. Als sie kurz aufsah, nahm ihr der hungrige Ausdruck in seinen Augen den Atem. Schnell wandte er den Blick ab; ganz offensichtlich war es ihm peinlich, dass sie ihn erwischt hatte.

Er räusperte sich. »Du hast also Zeichensprache gelernt, damit du dich mit Tilly unterhalten kannst?«

Penny lächelte. »Nicht nur ich, sondern die ganze Stadt. Als Tillys Mum Polly erfuhr, dass ihre Tochter taub ist, hat sie uns bei einer Gemeindeversammlung darüber informiert, dass sie bei sich zu Hause einen Gebärdensprachkurs organisiert. Sie wollte wissen, ob jemand daran teilnehmen möchte, damit wir uns mit ihrer Tochter unterhalten können, wenn sie älter ist. Fast jeder Einwohner kam. Der Kurs musste von ihrem Wohnzimmer ins Gemeindehaus verlegt werden, damit alle Platz fanden. Einige haben nur die Grundlagen erlernt, aber viele Menschen hier können sich inzwischen ziemlich flüssig in Gebärdensprache unterhalten. Tilly ist zu einem wirklich selbstbewussten Mädchen herangewachsen, weil sie mit beinahe jedem in der Stadt kommunizieren kann und sich nicht ausgeschlossen fühlen muss. Die Menschen hier kümmern sich umeinander, und auch, wenn die Art und Weise nicht immer ideal ist, weil sie häufig auch tratschen und ihre Nasen in Dinge stecken, die sie nichts angehen, ist ihre Sorge echt.«

Henry nickte nachdenklich. »Ich sehe, dass es seine …«

Genau in diesem Moment kam Beth, die zweite Vorsitzende der Blonden Bimbobrigade, zu ihnen herüber. Sie drängte Penny zur Seite und schaffte es, sich mit dem Geschick einer Person, die das bereits viele Male zuvor getan hat, zwischen sie und Henry zu schieben. Beth war wunderschön und hatte eine viel sanftere Art an sich als ihre Freundin Jade. Die meisten Männer wurden in ihren Händen zu Wachs.

»Henry, ich bin Beth …«

Henry blieb wie angewurzelt stehen, was Penny nicht überraschte. Diese Wirkung schien Beth auf alle Männer zu haben.

Penny verharrte einen Moment lang unangenehm berührt, bis ihr klar wurde, dass ihr Gespräch mit Henry vorüber war. Er hatte bloß noch Augen für Beth.

Sie wollte sich gerade abwenden, als Henry ansetzte: »Ist Ihnen überhaupt bewusst, wie unhöflich es ist, uns mitten im Gespräch zu unterbrechen?«

Schockiert sah Penny ihn an.

Beth blickte sich um, als ob sie Penny gerade erst entdeckte. Sie kicherte. »Oh, es ist doch nur Penny. Dir macht das doch nichts aus, oder?«

Penny schüttelte den Kopf. Sich darüber aufzuregen, würde nichts bringen.

»Aber mir macht es etwas aus«, erklärte Henry und stürmte an Beth vorbei, bis er wieder an Pennys Seite stand. Er legte ihr eine Hand auf den Rücken und führte sie sanft den Hügel hinauf. »Tut mir leid, war das eine Freundin von dir?«

»Nein, wir waren zwar Klassenkameradinnen, aber befreundet sind wir definitiv nicht.«

»Unhöflichkeit kann ich nicht ausstehen. So, ich muss leider los, Daisy abholen.«

»Ich hab Daisy lieb«, meldete sich Bea zu Wort und kuschelte sich an Henrys Brust. »Hast du Daisy lieb, Onkel Henry?«

»Sehr lieb.«

»Und mich auch?«

»Natürlich.«

Diese Antwort schien Bea zufriedenzustellen. Henry ging wunderbar mit seiner Nichte um. Er hätte einen hervorragenden Vater für sein Kind abgegeben, und es brach Penny das Herz, dass ihm diese Chance verwehrt geblieben war. Doch ein Baby großzuziehen, wäre für einen Sechzehnjährigen, der selbst noch ein halbes Kind war, sicher alles andere als leicht gewesen. Es gab nicht viele Menschen, die in diesem Alter schon reif genug für eine so große Aufgabe waren. Vielleicht war es daher am besten für alle, dass man das Baby zur Adoption freigegeben hatte.

»Wir kommen später kurz vorbei, damit du Daisy kennenlernen kannst, falls dir das recht ist. Sie brennt darauf, dich zu treffen.«

Penny nickte und Henry eilte den Hügel hinauf, während Bea ihr wild über seine Schulter hinweg zuwinkte.

Während sie ihm nachsah, reagierte ihr Körper auf seine ganz eigene Weise. Auch ohne Gebärdensprache verstand sie die Signale, die Henry aussandte – dass er sich körperlich zu ihr hingezogen fühlte. So wie er hatte sie bisher niemand angesehen. Die meisten Männer in der Stadt hielten sie für verkorkst, dafür hatte Chris gesorgt. Er hatte herumerzählt, dass sie nach ihrer Fehlgeburt stundenlang geweint hatte. Danach hatten viele Männer in ihrem Alter Angst gehabt, sich ihr zu nähern. Selbst nach all diesen Jahren spürte sie immer noch ein vorsichtiges Misstrauen bei ihnen, als ob sie befürchteten, sie könnte jeden Moment in Tränen ausbrechen. Henry bildete eine rühmliche Ausnahme – er sah einfach nur sie und nicht ihren emotionalen Ballast. Dass er ihr so gut gefiel und die Gedanken an ihn sie die ganze Nacht über wach gehalten hatten, ärgerte sie. Er war verheiratet und er liebte Daisy. Diese Sache konnte auf keinen Fall gut für sie enden.

* * *

Eine Weile später hielt Penny hinter Henrys Auto und sah ihn am Rand des Hügels stehen, den Arm um eine Frau mit hellblondem Haar gelegt. Sie betrachteten die Aussicht und die Frau deutete auf verschiedene Stellen unten in der Stadt. Sie war klein, vermutlich noch ein wenig kleiner als Penny, und dünn wie eine Bohnenstange. Ihre Arme und Beine wirkten regelrecht kindlich. Sie trug blumenbestickte Jeans, ein schwarzes T-Shirt und klammerte sich an Henry, als ob sie ihn vergötterte.

Als Penny ausstieg, warf er ihr über die Schulter hinweg einen Blick zu. Offenbar hatte er etwas zu seiner Frau gesagt, denn die Blondine drehte sich um und strahlte Penny an. Penny ging auf die beiden zu und bemühte sich, Henrys Frau nicht anzustarren. Sie konnte unmöglich älter als achtzehn sein. Sie hatte große blaue Augen und rosige Wangen und war unzweifelhaft wunderschön, aber sie sah aus wie eine Collegeabsolventin. Penny fiel das Kätzchen auf Daisys T-Shirt auf. Sie war ein Kind, und ihre Meinung von Henry sank schlagartig.

»Daisy, das ist unsere Vermieterin, Penny. Penny, das hier ist Daisy.«

»Hi«, grüßte Penny leise und kam sich in der Gegenwart seiner jungen, schönen Frau plötzlich alt und verhärmt vor.

»Hi, ich freue mich so, dich kennenzulernen. Ich habe Bernard durchs Fenster gesehen und kann es kaum erwarten, ihn zu begrüßen. Bernard ist der coolste Hundename aller Zeiten«, plapperte Daisy ausgelassen.

»Dann komm mit«, sagte Penny und bedeutete Daisy, ihr zu folgen. Diese sah in vollkommener Ergebenheit zu Henry auf, als wollte sie ihn um Erlaubnis bitten, die er ihr tatsächlich durch ein Nicken erteilte.

»Macht ihr nur, ich schaue schnell mal nach dem Mittagessen«, erklärte er und verschwand durch seine eigene Eingangstür.

Daisy folgte Penny ins Haus, und Bernard bequemte sich vom Sofa und schlenderte herüber, um die Besucherin willkommen zu heißen. Dabei fegte er mit seinem wedelnden Schwanz die Zeitschriften und Zeitungen vom Couchtisch.

Ohne zu zögern, kniete sich Daisy hin, um ihn zu streicheln. »Du bist ja ein Süßer.«

Bernard rollte sich auf den Rücken, damit Daisy ihm den Bauch kraulen konnte, und sie kicherte. »Ich liebe Hunde, aber mein Dad hat mir keinen erlaubt.«

Penny betrachtete ihre Begeisterung für Bernard. Daisy war nicht nur körperlich noch ein Kind, sondern auch mental. Sie war nett und bezaubernd, aber sie entsprach überhaupt nicht Pennys Vorstellung von Henrys Ehefrau.

»So, Daisy, gehst du zur Uni oder …« Sie verstummte, weil sie Daisy nicht beleidigen wollte. Vielleicht sah sie einfach viel jünger aus, als sie tatsächlich war.

Daisy kicherte erneut. »Ich werde immer für älter gehalten, als ich tatsächlich bin. Ich bin letzte Woche erst sechzehn geworden. Ich gehe zur Schule und mache dieses Jahr meinen Abschluss, und im September will ich dann aufs College.«

Vor lauter Wut drehte sich Penny beinahe der Magen um. Das Mädchen war gerade erst sechzehn! Henry hatte sie ihrer Familie weggenommen und in ihrem Haus eine Art perverses Liebesnest eingerichtet. Das würde sie auf keinen Fall zulassen.

»Würdest du einen Moment hier bei Bernard bleiben? Ich muss kurz mit Henry sprechen.«

»Klar.« Daisy sah kaum auf, sondern streichelte weiter Bernard.

Penny ging durch die Verbindungstür, und es war ihr egal, dass sie unerlaubt Henrys Wohnung betrat. Er steckte den Kopf zur Küchentür heraus und schien überrascht, statt Daisy sie zu sehen.

Als sein Blick auf ihre Miene fiel, zog er besorgt die Augenbrauen hoch. »Stimmt was nicht?«

Penny schloss die Tür hinter sich. »Sie ist ein Kind!«, schleuderte sie ihm entgegen.

»Das hast du sehr scharfsinnig bemerkt.«

»Und du bist mit ihr verheiratet! Ist das überhaupt legal? Muss man dafür nicht volljährig sein? Schau dich doch einmal an! Du bist riesig, und sie ist so zart. Das ist abartig! Du widerst mich an!« Sie stieß ihm einen Finger gegen die Brust.

Wenn sie splitterfasernackt in sein Haus getanzt gekommen wäre, hätte Henry nicht schockierter sein können. »Moment mal. Ich bin nicht mit ihr verheiratet.«

»Das macht es kein bisschen besser!« Penny merkte, dass sie schrie. »Ich habe dich für einen anständigen, netten Mann gehalten, und jetzt stellt sich heraus, dass du nichts weiter bist als ein widerlicher Perverser.«

Er runzelte wütend die Stirn. »Erstens, nur weil du meine Vermieterin bist, heißt das nicht, dass du einfach hier hereinspaziert kommen kannst, wann und wie es dir passt.« Henry öffnete die Tür hinter ihr. »Zweitens ist Daisy nicht meine Frau oder meine Freundin, sie ist meine Tochter. Und jetzt verschwinde aus meinem Haus, bevor ich richtig sauer werde.«

Kapitel 4

Penny fuhr die steilen, gewundenen Straßen zu ihrem Haus hinauf. Rechts und links standen immer weniger Häuser.

Wie hatte sie nur so dumm sein können? Warum hatte sie nicht um genauere Informationen über die Leute gebeten, die in ihr Haus einziehen würden? Hatte sie so verzweifelt nach Gesellschaft gesucht, dass ihr jeder X-Beliebige recht gewesen wäre? Das Maklerbüro hatte nie erklärt, dass Henry und Daisy Vater und Tochter waren, daher hatte sie automatisch angenommen, dass es sich um ein verheiratetes Paar handelte. Vielleicht hatte der Makler es ihr absichtlich nicht erzählt, weil er annahm, dass sie von einem Teenager nebenan nicht begeistert sein würde, oder sie hatten einfach nicht daran gedacht, diese Informationen weiterzugeben.

Den ganzen Nachmittag über, während sie ihre Eisskulptur fertigstellte, hatte sie Henry nicht gesehen, und auch später nicht, als ihr Assistent Josh vorbeikam, um ihr beim Verladen zu helfen. Daisy war ausgegangen, um die Stadt zu erkunden, aber obwohl Henry zu Hause war, drang kein einziges Geräusch aus dem Nebenhaus herüber. Die Stille hatte etwas Unheilverkündendes.

Sie musste das wiedergutmachen.

Es dämmerte, und der Himmel war mit blaubeer- und pflaumenfarbenen Wolken bedeckt.

Während sie den winzigen Pfad entlangfuhr, der über die Hügel zu ihrem Haus führte, erspähte sie Daisy, die sich auf dem Rückweg befand. Penny hielt an und ließ das Fenster herunter.

»Es ist zwar nicht mehr weit, aber soll ich dich mitnehmen?«, fragte sie, und Daisy stieg nur allzu bereitwillig ein.

»Dieser Anstieg ist ganz schön steil. Wenn ich den jeden Tag hoch- und runterlaufen muss, werde ich ganz schön fit«, sagte Daisy und schloss die Tür.

»Man gewöhnt sich dran.«

»Dad ist echt sauer auf dich. Dabei wird er eigentlich nur selten wütend. Ich meine, knurrig ist er manchmal, aber wütend eigentlich nie.«

»Ich habe ihn einen Perversen genannt. Das würde vermutlich auch den sanftmütigsten Menschen auf die Palme bringen.«

Daisy kicherte. »Ich kann nicht glauben, dass du gedacht hast, wir wären zusammen. Ich meine, er ist so alt!«

Penny lächelte sie an. »Ich bin froh, dass du darüber lachen kannst. Ich wünschte, Henry würde es ebenfalls witzig finden.«

»Das wird er schon noch. Komm doch heute Abend zum Essen rüber. Wenn ich dabei bin, wird er nicht sauer auf dich sein. Das lasse ich nicht zu.«

»Ich glaube nicht, dass er mich momentan sehen möchte. Von einem gemeinsamen Essen ganz zu schweigen.«

»Was ist das Schlimmste, was passieren kann? Wütender als jetzt kann er jedenfalls nicht werden.«

Da musste Penny ihr zustimmen, während sie in die Einfahrt bog und ihr Auto neben Henrys Range Rover parkte.

»Ich hab ihm Blumen gekauft«, sagte sie matt und stieg mit einem Strauß grell orangefarbener und lilafarbener Blüten aus.

Daisy lachte. »Du hast ihm Blumen mitgebracht? Das ist der Brüller.«

Penny wand sich innerlich. Es war eine blöde Idee gewesen, aber da er ihr am Vorabend Blumen mitgebracht hatte, um sich zu entschuldigen, hatte sie gehofft, er fände es witzig, wenn sie genau das Gleiche tat.

Daisy forderte Penny auf, ihr zur Haustür zu folgen, und bat sie dann, einen Moment zu warten. Das war doch lächerlich. Er würde nur einen Blick auf sie werfen und ihr die Tür vor der Nase zuknallen.

»Hi, Daddy«, flötete Daisy.

»Ich wollte gerade losgehen und dich suchen. Wir hatten doch ausgemacht, dass du vor Einbruch der Dunkelheit zu Hause bist.«

Obwohl Henry sich um einen lockeren Ton bemühte, hörte Penny die Sorge aus seiner Stimme heraus.

»Den Hügel hochzulaufen, hat länger gedauert, als ich dachte. Außerdem ist es noch nicht dunkel, sondern höchstens dämmrig. Ich hab eine Freundin mitgebracht, kann sie zum Essen bleiben?«

»Du hast schon eine Freundin gefunden? Natürlich kann sie mit uns essen. Wo ist sie denn?«

»Draußen. Sie fürchtet sich ein wenig vor dir«, kicherte Daisy.

»Das ist doch albern. Ich beiße nicht.«

Penny sah Henrys großen Schatten auf die Tür zukommen. Kurz darauf streckte er den Kopf heraus. Als er sie erblickte, verfinsterte sich seine Miene.

»Sie ist meine Freundin, und du hast gesagt, dass sie mit uns essen kann, also musst du sie reinlassen.« Daisy lachte mit dem Selbstbewusstsein eines Menschen, der genau wusste, dass sie ihren Vater um den kleinen Finger wickeln konnte.

Mit einem tiefen Seufzer trat Henry zurück, um Penny hereinzulassen.

»Ich habe dir Blumen gekauft, um mich zu entschuldigen.« Penny streckte ihm den kleinen Strauß entgegen.

Verwirrt starrte er sie an. »Mir hat noch nie jemand Blumen geschenkt. Das ist normalerweise was für Frauen.«

»Warum denn, Dad? Oder siehst du irgendwo ein Schild, auf dem steht: ›Nur für Frauen‹?«, protestierte Daisy. »Ich finde das eine fantastische Idee.«

Penny betrat die warme Küche und betrachtete Daisy, die das Ganze offensichtlich urkomisch fand.

Henry nahm die Blumen, hielt sie jedoch wie eine scharfe Bombe vor sich hin. Er holte ein Bierglas, füllte es mit Wasser und schob die Stengel hinein, die immer noch in ihrer Plastikhülle steckten.

Dann verschränkte er die Arme, drehte sich zu ihr um und zog die Brauen zusammen.

»Es tut mir wirklich schrecklich leid.«

»Das hast du bereits gesagt.«

Wow. Er wollte ihr das wirklich nicht leicht machen.

»Ich muss schnell noch eine E-Mail schreiben«, verkündete Daisy. »Wann gibt's Essen?«

»In ungefähr fünf Minuten«, antwortete Henry, ohne den Blick von Penny zu nehmen.

Daisy verließ das Zimmer und Penny hörte sie nach oben laufen.

Die unangenehme Spannung hing zwischen ihnen wie eine Regenwolke.

»Es ist schon gut, ich muss nicht zum Essen bleiben. Ich wollte mich lediglich entschuldigen, und das habe ich getan. Ganz sicher möchte ich nicht, dass du dich meinetwegen in deinen eigenen vier Wänden unwohl fühlst. Sag Daisy, dass es mir leid tut, aber ich musste dringend weg.«

Sie ging zur Tür. Er versuchte nicht mal, sie aufzuhalten.

Penny verließ das Haus, ging in ihre eigene Küche und schaltete alle Lampen ein. Bernard hob den Kopf von der Sofalehne, doch als er erkannte, dass es seine Herrin und kein Einbrecher war, widmete er sich wieder seinem Nickerchen. Penny war sich sicher, dass er die gleiche Reaktion gezeigt hätte, wäre sie tatsächlich ein Einbrecher gewesen.

Sie setzte sich an den Küchentisch und stützte den Kopf in die Hände. Wenn es so etwas wie eine beginnende Freundschaft zwischen ihr und Henry gegeben hatte, dann war die jetzt vorbei. Das Zusammenleben mit ihm nebenan würde ziemlich unangenehm für alle Beteiligten werden.

In diesem Moment wurde die Verbindungstür geöffnet. Als sie aufsah, entdeckte sie Henry im Türrahmen.

»Kommst du jetzt zum Essen oder nicht?«

Penny starrte ihn an. Sie wusste, dass die Spannung unerträglich sein würde, und glaubte nicht, dass sie das aushalten konnte. »Nein, schon gut, ich mache mir ein Sandwich.«

»Meine finstere Miene auszuhalten ist sicherlich immer noch besser, als allein hier zu sitzen. Daisy wird sich auf jeden Fall mit dir unterhalten, auch wenn ich es nicht tue.«

Auch wenn sie das schwerlich als das beste Angebot ihres Lebens bezeichnen konnte, schien die Diskussion für ihn beendet zu sein, da er zurück in seine Wohnung ging.

Sie stand auf und folgte ihm. Er füllte bereits drei Teller mit einer Art Nudelauflauf.

»Daisy, schwing deinen Hintern hier runter!«, rief er, aber es war gutmütig gemeint und sie hörte Daisy oben lachen. Henry stellte einen Teller vor Penny hin. »Bedien dich selbst beim Salat und dem Knoblauchbrot«, sagte er brummig. Dann setzte er sich ihr gegenüber und wandte sich seinem eigenen Teller zu, ohne noch einmal aufzusehen.

Penny versuchte, sich zum Essen zu zwingen. Ein Sandwich allein klang momentan deutlich verlockender.

Daisy kam in die Küche gerannt und setzte sich zwischen sie. Beherzt stürzte sie sich auf ihre Nudeln und nahm sich drei Scheiben Knoblauchbrot. Erst als sie die erste davon schon halb hinuntergeschlungen hatte, fiel ihr auf, dass die Stimmung zwischen Penny und Henry unerträglich angespannt war.

»Sei kein Blödmann, Dad«, bat sie.

Seufzend legte Henry Messer und Gabel zur Seite. Penny konzentrierte sich auf ihr Essen. Auf keinen Fall würde sie sich noch einmal entschuldigen.

Plötzlich landete eine Nudel seitlich an ihrem Gesicht, rutschte ihr hinab aufs Kinn und landete schließlich auf ihrem T-Shirt.

Entsetzt sah sie hoch und Daisy lachte lauthals auf. Überrascht erkannte Penny, dass Henry gegen ein Grinsen ankämpfte.

»Nenn mich nie wieder einen Perversen.«

»Hast du gerade eine Nudel nach mir geworfen?«, fragte Penny ungläubig.

»Er und seine Schwester machen das ständig. Man sollte nicht glauben, dass sie beide erwachsen sind«, erklärte Daisy.

Henry zuckte mit den Schultern. »Ich glaube, jetzt sind wir quitt.«

Penny nahm eine Nudel und wog sie in der Hand.

»Wag es nicht«, drohte Henry lachend.

Penny zielte und traf Henry mitten auf die Stirn. Ein Lachen brach aus ihrer Kehle, ein echtes, wieherndes Lachen, wie sie es schon seit langer Zeit nicht mehr von sich gehört hatte. Sie lachte immer weiter und verschluckte sich.

Henrys Miene leuchtete auf. »Hast du gerade geschnaubt?«

Penny schüttelte den Kopf, weil sie nicht in der Lage war, ihr Lachen zu kontrollieren. Wie, um sie Lügen zu strafen, entwich ihr erneut ein schnaubendes Geräusch.

Henrys dröhnendes Gelächter füllte die Küche und er nahm sein Besteck zur Hand und aß weiter. Die düstere Stimmung zwischen ihnen war verschwunden.

* * *

Henry beobachtete Penny über den Tisch hinweg. Sie attackierte ihr Essen jetzt mit deutlich mehr Begeisterung als noch vor wenigen Minuten. Er war ein Idiot und hätte wegen ihrer Bemerkung am Nachmittag nicht so überreagieren sollen. Es war ein völlig verständliches Missverständnis gewesen, über das er hätte lachen sollen.

Er fand es schön, sie hierzuhaben. Er und Daisy hatten selten Besuch. Wenn er sich mit Frauen verabredete, brachte er sie normalerweise nicht mit nach Hause. Diesen Teil seines gesellschaftlichen Lebens wollte er von seinem Privatleben mit seiner Tochter trennen. Doch das kleine Familienessen zu dritt kam ihm irgendwie richtig vor. Penny passte perfekt zu ihnen. Ihre Anziehung ging weit über ihr Aussehen hinaus. Sie war faszinierend, und er könnte sie Tag und Nacht anschauen, ohne sich sattzusehen.

»Also, Daisy, wirst du auf die White Cliff Senior School gehen?«, fragte Penny.

»Nach Weihnachten«, bestätigte Daisy mit dem Mund voll Knoblauchbrot.

»Man redet nicht mit vollem Mund«, mahnte Henry.

Daisy schluckte. »Ich geh erst mal für einen Tag hin, um meine Mitschüler und einige Lehrer kennenzulernen, aber ich fange erst nach Weihnachten an, weil vorher kein Platz für mich da ist. Einer der Schüler verlässt die Klasse, daher passt das gut, sonst hätte ich im Nachbarort zur Schule gehen müssen und die Busfahrt dauert über eine Stunde. Außerdem ist der Kunstlehrer hier fantastisch; er hat seine Arbeiten schon in Londoner Galerien ausgestellt.«

»Mr Cartwright?«

Daisys Miene erhellte sich. »Ja, kennst du ihn?«

»Er war auch mal mein Lehrer. Du magst also Kunst?«

»Es ist mein Lieblingsfach. Zuzusehen, wie unter den eigenen Händen etwas entsteht, ist einfach wunderbar.«

Lächelnd stellte Henry fest, wie seine Tochter auflebte, sobald sie über ihre große Leidenschaft sprach.

»Dad hat mir erzählt, dass du Eisschnitzerin bist.«

»Das stimmt.«

Daisy bombardierte Penny daraufhin mit Hunderten von Fragen über ihren Schaffensprozess, und Henry hörte zu, wie Penny sehr detailliert alles erklärte. Ganz offensichtlich empfand sie ebenfalls große Leidenschaft für ihre Arbeit. Ihm gefiel, dass Penny mit Daisy wie mit einer Erwachsenen sprach und keine ihrer Erklärungen übermäßig vereinfachte. Die meisten der Frauen, mit denen er zusammengewesen war, redeten mit Daisy wie mit einem Kind, und das hatte sie gehasst. Viele Menschen hatten keine Ahnung, wie man sich im Umgang mit Teenagern verhielt, aber für Penny schien es geradezu natürlich zu sein. Genauso war es in der Stadt mit Bea gewesen – keine alberne Singsangstimme oder süßliche Miene wie bei Jade.

Er beendete das Essen und stand auf, um den Teller ins Spülbecken zu stellen, als es klopfte. Durch das Fenster sah er Jade draußen stehen. Wenn man vom Teufel sprach … Ganz offensichtlich hatte sie seine Botschaft im Café nicht verstanden. In ihrem roten hautengen Kleid und mit High Heels sah sie aus, als wäre sie auf dem Weg zu einem Fotoshooting.

Seufzend öffnete er die Tür und sofort lehnte sie sich an ihn, wobei ihn eine Wolke ihres süßlichen Parfums einhüllte, von der ihm beinahe übel wurde. Er machte einen Schritt rückwärts und sie zog einen Schmollmund.

»Henry, ich hab Ihnen etwas zu essen gebracht. Ich dachte mir schon, dass Sie nach all der Auspackerei bestimmt müde sind, und habe deshalb etwas aus einem italienischen Restaurant geholt. Ich dachte mir, wir essen es gemeinsam.«

»Das ist sehr aufmerksam von Ihnen, vielen Dank, aber ich habe gerade gegessen. Aber Daisy und ich können uns das morgen aufwärmen. Wir müssen immer noch eine Unmenge von Sachen auspacken, daher ist uns das eine große Hilfe.«

Er hörte Daisy über seine höfliche Abfuhr kichern und versuchte, ein Lächeln zu unterdrücken.

»Daisy?«, hakte Jade verwirrt nach.

»Meine Tochter.« Er deutete zum Tisch. Jade hatte bisher noch nicht mal bemerkt, dass sich noch weitere Personen im Raum befanden. Er wusste nicht, ob er sich geschmeichelt fühlen oder genervt sein sollte, weil sie Penny und Daisy völlig ignoriert hatte.

Jade blickte zu ihnen hinüber und Daisy lächelte sie mit aus dem Mund hängenden Nudeln an. Henry runzelte angesichts ihrer Unhöflichkeit die Stirn, musste sich jedoch zwingen, nicht zu lachen.

»Ach, die ist aber süß.«

Penny hatte sie immer noch nicht begrüßt, was ihn ärgerte, obwohl er nicht mal wusste, warum.

»Penny, magst du italienisches Essen?«, rief Henry zu ihr hinüber. »Es sieht so aus, als hätte Jade uns eine Unmenge davon gebracht. Komm doch morgen Abend rüber, dann kannst du gemeinsam mit Daisy und mir essen.«

Penny nickte verwirrt. Sie war wieder sehr still geworden und hatte sich in ihren Panzer zurückgezogen, aus dem sie gerade ein wenig herausgekommen war.

Jade lachte nervös über Henrys Bemerkung. Anscheinend gefiel ihr dieses traute Beisammensein zwischen ihm und Penny nicht besonders.

»Hoffentlich leben Sie sich gut ein. Gibt es irgendwas, das ich für Sie tun kann?«, gurrte sie und wickelte sich eine Haarsträhne um den Finger, was keinen Zweifel daran ließ, auf welche Art und Weise ihm Jade gern bei der Eingewöhnung helfen würde.

»Ja, das können Sie tatsächlich. Penny und ich gehen am Dienstag zusammen aus. Hätten Sie Zeit, so lange auf Daisy aufzupassen?«

Daisy verschluckte sich an ihren Nudeln. Es war schon eine ganze Weile her, dass sie einen Babysitter gebraucht hatte. Er warf einen Blick hinüber zu Penny, die aussah wie ein Reh im Scheinwerferlicht.

»Normalerweise würde ich meine Schwester darum bitten, aber sie hat mit dem Baby alle Hände voll zu tun. Könnten Sie das übernehmen, Jade? Ich weiß doch, wie sehr Sie Kinder lieben.«

Jades verführerisches Lächeln erlosch. »Sie gehen mit Penny aus?«

Sie klang so angewidert, dass er wütend wurde. Nur mit Mühe unterdrückte er das, was er eigentlich sagen wollte, weil es nett von ihr gewesen war, ihm Essen zu bringen. Auch wenn sie dabei ein ganz anderes Ziel verfolgt hatte.

»Ja, wir haben uns vom ersten Moment an blendend verstanden. Es wäre wirklich nett von Ihnen, wenn Sie zum Babysitten herkommen könnten.«

»Ich, äh … habe an dem Tag keine Zeit.«

»Ach, wie schade, aber ich bin sicher, wir finden jemanden. Danke für das Essen. Wollen Sie gern reinkommen und mit uns gemeinsam den Nachtisch essen? Wir haben Wassereis und irgendwo im Gefrierschrank findet sich bestimmt auch ein Magnum.« Henry ging hinüber zum Kühlschrank. Er war sich sicher, dass Jade der letzte Mensch auf der Welt sein würde, der sich gemeinsam mit Daisy und Penny an den Tisch setzen und an einem Magnum lecken würde.

Jade schüttelte den Kopf. Ihr war immer noch der Schock über die Sache mit Penny anzusehen. »Nein, ich muss los, ich … habe noch was vor.«

»Oh, wie schade. Danke fürs Vorbeikommen!«

Jade stolperte hinaus und verschwand ums Haus. Henry schloss leise die Tür hinter ihr.

Dann setzte er sich wieder an den Tisch.

»Du kannst echt unhöflich sein, Dad«, kicherte Daisy.

»Sie ist unhöflich. Ich mag sie nicht besonders.« Er wandte sich an Penny. »Noch eine Klassenkameradin von dir?«

Penny nickte.

»Wie oft war sie während der letzten Jahre hier oben bei dir?«

»Heute Abend war das erste Mal. Ich bin überrascht, dass sie überhaupt den Weg gefunden hat. Sie, äh …« Sie sah hinüber zu Daisy und versuchte, die richtigen Worte zu finden. »Sie war eine Zeit lang mit Chris zusammen.«

»Wer ist Chris?«, fragte Daisy.

»Mein Ex.«

»Lass mich raten. Sie war mit ihm *zusammen*, während er gleichzeitig mit dir liiert war«, vermutete Henry.

Penny nickte.

Blöde Kuh.

Er trank einen Schluck Wasser und betrachtete Penny über den Tisch hinweg. Jades Einstellung zu Penny widerte ihn an. Und die von Beth auch. Plötzlich hatte er den Drang, es diesen ganzen Idioten in der Stadt zu zeigen, die glaubten, dass Penny keinerlei Beachtung verdiente. »Du weißt, was das bedeutet, oder? Du und ich haben am Dienstag eine Verabredung.«

Penny zog die Brauen hoch und Daisy grinste ihn an.

Kapitel 5

Mitten in der Nacht erwachte Penny von Gemurmel und panischen Schreien aus ihrem Wohnzimmer. Schnell stand sie auf und lief nach unten.

Überrascht entdeckte sie Daisy auf dem Sofa. Neben ihr lag Bernard. Offenbar hatte sie einen Albtraum. Penny wusste nicht, ob sie Daisy aufwecken sollte. Sie wollte sie nicht erschrecken. Außerdem hatte sie nicht die geringste Ahnung, warum Daisy in ihrem Wohnzimmer lag.

»Daisy«, flüsterte sie, erhielt aber keine Reaktion. Was sollte sie jetzt tun? Was wäre sie bloß für eine Mutter geworden, wenn sie nicht mal wusste, wie man mit einem Kind umging, das Albträume hatte? Ihr Instinkt riet ihr, Daisy über den Kopf zu streichen und sie in den Arm zu nehmen, doch das Mädchen war nicht ihre Tochter, daher ging das nicht.

Also ließ sie sie auf dem Sofa mit Bernard als Wachtposten zurück, ging durch die offene Verbindungstür und schlich sich ins Obergeschoss.

Henrys Tür stand offen und sie gestattete sich einen kurzen Moment, um den Anblick des schlafenden Mannes zu bewundern. Die Decke hatte sich um seine Taille verfangen und seine nackte muskulöse Brust leuchtete im Mondlicht, das durch die offenen Vorhänge fiel.

Sie berührte ihn am Arm. Beim Kontakt mit seiner samtigen Haut zog sich ihr Inneres mit einer Sehnsucht zusammen, die sie bereits seit Jahren nicht mehr gespürt hatte.

Da er sich nicht regte, schüttelte sie ihn sanft.

Er schlug die Augen auf und sah sie mit trübem Blick an. Plötzlich lächelte er jedoch und fuhr mit einer Hand ihren Arm hinauf.

* * *

Sie war hier, in seinem Schlafzimmer. Beim Einschlafen hatte er pausenlos an sie gedacht und jetzt war sie tatsächlich hier. Das musste ein Traum sein, doch sie fühlte sich sehr real an. Ihre Haut war so weich. Sie trug zwar nicht die aufregende Reizwäsche, die die Frauen in seinen Träumen normalerweise anhatten, aber in ihrer mit Schneeflocken bedruckten Schlafanzughose und dem übergroßen T-Shirt sah sie trotzdem süß aus. Er wollte sie zu sich ins Bett ziehen und den traumhaften Körper erkunden, den sie unter diesen riesigen Klamotten verbarg.

Er ließ eine Hand zu ihren Fingern gleiten und verflocht sie mit seinen. Dann schob er sich ein Stück zur Seite und zog sie sanft mit sich. Einen wundervollen Moment lang kam sie ihm willig entgegen, doch dann hielt sie inne und entzog ihm die Hand.

»Henry, ich bin es, Penny.«

Er wusste ganz genau, wer sie war. Je wacher er wurde, desto offensichtlicher wurde jedoch, dass sie nicht für eine Nacht voll heißem Sex in sein Schlafzimmer gekommen war.

Er räusperte sich und rieb sich übers Gesicht, um die Bilder zu vertreiben, die sich vor seinem inneren Auge abspielten.

»Stimmt was nicht?«, fragte er und setzte sich auf.

»Daisy hat einen Albtraum.«

Innerhalb von Sekundenbruchteilen waren alle Gedanken an leidenschaftlichen Sex verschwunden. Er schoss aus dem Bett. »Wo ist sie?«

»In meinem Wohnzimmer. Ich wollte sie nicht aufwecken, damit sie sich nicht erschrickt.«

Er sauste nach unten. Warum war Daisy denn bei Penny? Er wusste, dass sie nicht einschlafen konnte, und er hatte sie nach unten gehen hören, vermutlich um fernzusehen oder zu lesen. Keine Ahnung, warum sie nach nebenan gegangen war.

* * *

Penny folgte ihm die Treppe hinunter in ihr eigenes Wohnzimmer. Dort beobachtete sie, wie er Daisy vorsichtig auf die Arme hob und sie liebevoll auf die Stirn küsste, ehe er sie zurück in seine Hälfte des Hauses trug.

Einen Moment lang fragte sie sich, ob sie ihm folgen sollte, doch Henry wusste, wie er mit der Situation umgehen musste. Sie würde ihm nur im Weg sein.

An Schlaf war jetzt nicht mehr zu denken, erst recht nicht nach dem, was im Schlafzimmer zwischen ihnen passiert war.

Er hatte versucht, sie zu sich ins Bett zu ziehen, und eine Sekunde lang hätte sie es beinahe geschehen lassen. Wie hätte er wohl reagiert, wenn er richtig aufgewacht wäre und sie in seinem Bett vorgefunden hätte statt dem wunderschönen Model, von dem er sicherlich geträumt hatte?

Sie goss gerade Milch in einen Topf, um sich einen Kakao zu machen, als sie plötzlich hinter sich ein Geräusch hörte. Sie drehte sich um und erblickte Henry, der mit nichts weiter als seinen Boxershorts bekleidet in ihrer Küche stand. Er sah fantastisch aus. In der Hand hielt er einen Morgenmantel, allerdings hatte er sich nicht die Mühe gemacht, ihn anzuziehen. Rasch wandte sie den Blick ab.

»Geht es ihr gut?«

»Ja, sie schläft tief und fest. Der Albtraum scheint vorüber zu sein.« Er seufzte tief und Penny fühlte mit ihm.

»Kommt das häufig vor?«

»Häufiger, als mir lieb ist, aber inzwischen nicht mehr so oft wie früher in ihrer Kindheit.«

Penny hörte die Angst in seiner Stimme und sah ihm ins Gesicht. Er registrierte ihren mitfühlenden Blick und lächelte traurig.

»Die meisten ihrer Albträume drehen sich um ihre Furcht, zurückgewiesen oder abgelehnt zu werden, obwohl ich alles in meiner Macht Stehende tue, um ihr zu versichern, dass ich sie niemals verlassen würde. Bis zu ihrem zehnten Lebensjahr war sie unheimlich anhänglich. Sie blieb höchstens mal bei meinen Eltern oder bei Anna, und selbst das war schwierig. Sie war erst zwei Monate alt, als ihre Mum sie verließ, und obwohl sich Daisy nicht an sie erinnern kann, fiel es ihr als Kind unheimlich schwer, zu verstehen, warum ihre Mum nicht mehr da war. Als sie sich einen Monat später gerade daran gewöhnt hatte, dass ihre Großeltern mütterlicherseits sie aufzogen, brachten die sie mir übers Wochenende für einen Besuch und holten sie einfach nicht mehr ab. In den kommenden Jahren war sie verständlicherweise sehr, sehr anhänglich. Sogar wenn ich sie hinlegte und im selben Zimmer blieb, weinte sie. Vermutlich hat sie unbewusst darauf gewartet, dass auch ich sie verlassen würde. Die ersten sechs Monate, nachdem sie bei mir war, haben wir zusammen in einem Bett geschlafen. Ich konnte sie nicht mal allein lassen, sobald sie eingeschlafen war. Sobald sie aufwachte und ich nicht mehr neben ihr lag, weinte sie und war nicht zu trösten. Es dauerte lange, bis sie begriff, dass ich tatsächlich bei ihr bleiben würde, aber wenn sie immer noch Albträume hat, heißt das wohl, dass sie der Sache immer noch nicht ganz traut.« Er rieb sich übers Gesicht und wirkte plötzlich entsetzt, dass er so viel preisgegeben hatte. »Tut mir leid, ich wollte dich nicht damit belasten.«

»Keine Angst, ich werde nicht mit ihr oder jemand anderem darüber sprechen. Aber ihre Albträume müssen nicht zwangsläufig ein schlechtes Licht auf dich werfen.«

»Oh doch. Sie hat Albträume, weil sie glaubt, dass ich sie verlassen werde.«

»Du bist bei ihr geblieben, als niemand anderes es getan hat. Du hast sie aufgezogen, obwohl du selbst fast noch ein Kind warst, und darauf solltest du unglaublich stolz sein. Deinetwegen ist sie zu einem wunderbaren Menschen herangewachsen. Du hast ihre Bedürfnisse über alles andere gestellt. Zweifle niemals an deinen Fähigkeiten als Vater – du hast ihr Liebe geschenkt, und etwas Besseres gibt es nicht.«

Er lächelte sie an. »Danke.«

Penny war unfähig, den Blick von ihm zu wenden, und ihm schien es genauso zu gehen. Zwischen ihnen knisterte es, als stünden sie kurz vor einem Blitzeinschlag. Sie sah zur Seite und konzentrierte sich auf die Milch.

»Tut mir leid, dass sie in deinem Haus lag. Ich habe keine Ahnung, was sie hier wollte. Morgen werde ich mit ihr darüber sprechen.«

Sie spürte, wie er sich hinter sie stellte, und peinlicherweise erzeugte seine Nähe bei ihr eine Gänsehaut. Warum fühlte sie sich zu diesem Mann nur so hingezogen? Klar, er war attraktiv. Jeder konnte das erkennen, aber es gab jede Menge gut aussehender Männer in der Stadt, und in deren Nähe reagierte sie nie so. War es die Art, wie er sie ansah? Als könnte er bis tief in ihr Innerstes blicken? War es die Tatsache, dass er sich auf ihrem Terrain befand, in ihrem Zuhause, dem einzigen Ort, an dem sie sich immer sicher gefühlt hatte? Er würde ihr niemals wehtun, das wusste sie. Zumindest nicht körperlich. Allerdings war er genau die Sorte Mann, die ihr Verderben sein konnte. Davor fürchtete sie sich.

»Du frierst ja. Hier, zieh den über«, sagte Henry und legte ihr seinen weichen Morgenmantel um die Schultern. Sofort wurde sie von seinem würzigen Duft eingehüllt. Sie schob die Arme in die Ärmel. Doch auch der warme Mantel konnte nichts gegen ihre Gänsehaut ausrichten.

»Es tut mir leid, dass sie dich aufgeweckt hat.«

Sie drehte sich zu ihm um, fest entschlossen, ihm in die Augen zu sehen und nicht auf die festen Bauchmuskeln, die sie nur allzu gerne berührt hätte.

»Das macht überhaupt nichts.«

Er starrte sie an. Was bedeutete nur dieser feste Blick aus seinen grauen Augen? Am liebsten wäre sie davor fortgerannt und hätte sich versteckt.

»Und es tut mir leid wegen …« Er deutete vage nach oben in Richtung seines Schlafzimmers. »Ich war gerade erst aufgewacht und dachte, ich träume.«

Sie lächelte und versuchte es mit einem Scherz, um die Spannung zwischen ihnen zu lockern. »Das habe ich mir schon gedacht, weil du versucht hast, mich ins Bett zu ziehen. Für wen hast du mich denn gehalten, Angelina Jolie oder Keira Knightley? Ich habe mal geträumt, ich läge mit Brad Pitt im Bett, und dann habe ich gemerkt, dass es der arme Bernard war.«

Er runzelte die Stirn. »Ich habe von dir geträumt, und als ich aufwachte, warst du plötzlich da.«

Pennys Kopf war wie leer gefegt.

Henry machte einen Schritt auf sie zu und zog den Mantel fester um ihren Körper. Dann verknotete er den Gürtel. »Es war der beste Traum, den ich je hatte.«

Ein Teil von ihr genoss seine Aufmerksamkeit, doch ein wenig ärgerte sie sich auch. Er war nicht wirklich an ihr interessiert – für ihn war Flirten wie Atmen. Henry konnte jede Frau haben; ganz sicher würde er sich nicht für jemanden wie sie entscheiden.

Er war ihr jetzt so nah, dass sie seinen Atem auf ihrem Gesicht und die Wärme, die er ausstrahlte, spüren konnte. Allerdings berührte er sie nicht, sondern griff um sie herum und nahm den Topf vom Herd.

»Deine Milch kocht über.« Er goss die Milch in die Tasse mit dem Kakaopulver, rührte kräftig um und schob sie ihr zwischen die Hände. »Trink das, und geh zurück ins Bett.«

Er schenkte ihr ein umwerfendes Lächeln und ging, ohne sich noch einmal umzudrehen.

* * *

Am nächsten Morgen erwachte Penny vom Duft nach gebratenem Schinkenspeck. Durch die Ritzen im Vorhang fielen bereits die Strahlen der hellen Wintersonne. Also musste es schon viel später sein, als ihr lieb war. Nachdem Henry gegangen war, hatte sie kaum geschlafen. Die ganze Nacht lang hatte sie sich den Kopf darüber zerbrochen, ob die Blicke, Bemerkungen und kleinen Berührungen etwas zu bedeuten hatten oder nicht. Gegen sechs Uhr früh, als die Dunkelheit schon langsam in ein morgendliches Grau überging, war sie endlich eingeschlafen.

Sie stand auf und verharrte einen Moment lang mit der Hand auf Henrys Morgenmantel. Aus einer Vielzahl von Gründen entschied sie sich dagegen, ihn anzuziehen, und nahm stattdessen ihren eigenen.

Dann ging sie nach unten und lächelte ihre Freundin Jill an, die in der Küche Schinkenspeck briet.

Penny ging zu ihr hinüber und legte ihr die Arme um die Taille und den Kopf an den Rücken. Erschrocken zuckte Jill zusammen, drückte dann jedoch Pennys Hände und widmete sich wieder ihrer Bratpfanne.

»Das ist aber eine schöne Begrüßung am frühen Morgen«, meinte Jill.

»Vom Frühstücksduft aufzuwachen, ist wunderbar, aber du weißt doch, dass du nicht mehr für mich zu kochen brauchst.«

»Und du weißt, dass ich das gern tue. In der Kanne ist Tee. Schenk mir bitte auch eine Tasse ein.«

Penny lächelte liebevoll. Sie kannte Jill Stratton schon ihr ganzes Leben lang, da sie früher bei ihrer Familie als Haushälterin, Köchin und inoffizielle Nanny für sie und ihren Bruder gearbeitet hatte. Doch Penny wusste nicht genau, warum Jill immer noch ein- oder zweimal pro Woche vorbeikam, um für sie zu putzen. Jill brauchte ganz sicher nicht das Geld, und Penny brauchte eigentlich keine Hilfe, aber es war ein Arrangement, das den Lauf der Zeit überdauert hatte. Penny war sehr dankbar für die Gesellschaft und Jills unerschütterliche Freundschaft, daher hütete sie sich wohlweislich davor, Jill vom Kommen abzuhalten.

Penny schenkte zwei Tassen Tee ein und setzte sich an den Tisch, um Jill beim Kochen zu beobachten. Sie gehörte zu den stilvollsten Menschen, die Penny kannte. Sogar heute, wo sie zum Staubwischen und Saugen hergekommen war, trug sie einen hellblauen Hosenanzug, der eher auf eine Hochzeitsfeier der High Society gepasst hätte. Um den Hals hatte sie einen tiefblauen Seidenschal geschlungen und dazu trug sie ein Paar Ohrringe mit Diamanten und Saphiren, von denen Penny wusste, dass sie echt waren. Über ihre Kleidung hatte Jill eine Schürze gebunden, aber das tat ihrer zeitlosen Eleganz und Schönheit keinen Abbruch. Die braunen Haare waren zu einem glatten Bob geschnitten, und es schien, als wäre sie keinen Tag gealtert, seit Penny sie kannte.

Jill stellte ein Schinkensandwich vor Penny hin und setzte sich mit ihrem eigenen Teller gegenüber.

»Wie sind die neuen Nachbarn? Henry und Daisy, nicht wahr?«

»Sie sind nett, aber Daisy ist Henrys Tochter, nicht seine Frau …«

»Oh.« Jill biss in ihr Sandwich und kaute nachdenklich. Dabei ließ sie Penny nicht aus den Augen. Sie schluckte und fragte: »Und wie ist Henry so?«

Penny wurde rot. »Er … ist sehr groß und … äh …« Total heiß, brummig, aber freundlich, und er flirtet sehr gern. Obwohl sie nichts davon sagte, lächelte Jill in ihre Tasse. »Daisy ist wirklich nett, ich mag sie sehr.«

In diesem Moment klopfte es hinter Penny, und sie hörte, wie die Verbindungstür geöffnet wurde. Jills Augen leuchteten auf, was ein Hinweis darauf war, dass vermutlich Henry dort stand und nicht Daisy.

Penny drehte sich um und betrachtete ihn. Im Vergleich zum Vorabend hatte er zumindest so viel Anstand besessen, sich ein T-Shirt überzuziehen, das auch seine engen Boxershorts bedeckte, aber er trug keine Jeans. Seine fabelhaft muskulösen Oberschenkel waren deutlich sichtbar.

»Hi, entschuldigen Sie bitte die Störung, meine Damen. Penny, könnte ich meinen Morgenmantel zurückhaben?«

»Ja, natürlich, er ist oben im Schlafzimmer. Ich hole ihn schnell.«

Sie ignorierte Jills überraschten Blick und lief nach oben. Als sie einen Moment später zurückkam, saß Henry am Tisch und unterhielt sich mit Jill, als würden sie sich schon jahrelang kennen. Jill hatte ihm sogar einen Tee gemacht.

Penny hielt ihm den Morgenmantel hin. Er nahm ihn entgegen, stand aber nicht auf. Da er genau neben dem Platz war, auf dem Penny zuvor gesessen hatte, berührte sie einen Moment lang mit ihrem Bein seinen Oberschenkel, als sie sich zurück an den Tisch setzte. Der Kontakt durchzuckte sie wie ein elektrischer Schlag und sie rückte einige Zentimeter von ihm weg.

»Wie ich sehe, habt ihr euch schon bekannt gemacht«, kommentierte Penny, die sich einerseits über das neue, heimelige Familienfrühstück ärgerte, sich andererseits aber auch darüber freute.

»Ja, Jill hat mich gerade gefragt, ob ich Single bin«, erklärte Henry grinsend und fügte in gespieltem Flüstern hinzu: »Ich glaube, sie interessiert sich für mich.«

Jill lachte. »Wenn ich zwanzig Jahre jünger wäre, vielleicht, aber ich bin seit knapp fünfundzwanzig Jahren glücklich mit meinem Thomas verheiratet, daher glaube ich nicht, dass ich ihn in nächster Zeit verlassen werde, ganz egal, wie gut Sie aussehen.«

Henry lächelte Jill an und wandte sich dann Penny zu. »Außerdem können wir uns vermutlich sowieso nicht treffen, Jill. Ich bin am Dienstag schon mit Penny verabredet.«

Penny sah, wie sich Jills Lächeln zu einem breiten Strahlen ausweitete.

»Es ist keine richtige Verabredung«, erklärte Penny.

»Nicht?«, erkundigte sich Henry mit schelmischem Blick.

»Nein, das tust du nur, um Jade zu ärgern.«

»Das ist einer meiner Gründe, aber nicht der einzige.«

Sie starrte ihn an und er hielt ihrem Blick stand.

Hinter ihnen ertönte ein Geräusch, und als sie sich umsahen, stand dort Daisy. Sofort rutschte Henry ein Stückchen von Penny ab.

»Rieche ich hier Schinkenspeck?«, fragte Daisy hoffnungsvoll.

»Komm rein, ich mach dir ein Sandwich«, bot Jill an und stand auf.

Henry runzelte die Stirn. »Nein, Jill, ist schon gut. Wir haben nebenan auch Schinkenspeck im Kühlschrank. Das faule kleine Fräulein hier kann sich selbst welchen machen.«

»Ein guter Vater würde mir welchen braten, statt mich verhungern zu lassen.« Daisy grinste ihren Vater liebevoll an und er schmunzelte.

Jill stand längst am Herd. »Das macht mir keinerlei Umstände. Henry, möchten Sie auch eins?«

»Na ja, falls Sie sowieso eins für die faule Trine hier machen, dann gern.«

Penny klopfte auf den Platz neben sich und Daisy ließ sich zwischen sie und Henry fallen. Henry stupste sie spielerisch an und sie erwiderte die Geste. Die beiden gingen so liebevoll miteinander um. Penny fragte sich, ob Henry wohl ansprechen würde, dass Daisy in Pennys Wohnzimmer geschlafen hatte, aber als er es nicht tat, beschloss sie, das Thema ebenfalls nicht zu erwähnen.

»Daisy, das hier ist meine liebe Freundin Jill.«

»Das ist aber ein hübscher Name«, sagte Jill und legte Schinkenspeck in die Pfanne.

»Ich finde ihn schrecklich. Daisy ist ein niedlicher Name für kleine Mädchen, aber ich bezweifle, dass mich jemand als Erwachsene damit ernst nehmen wird.«

»Daisy ist ein toller Name«, fand Penny. »Mir fallen da viel schlimmere ein. Ich habe neulich einen Artikel über merkwürdige Babynamen gelesen, und da waren Frodo, Bilbo, Hashtag und Goldlöckchen dabei.«

Daisy lachte. »Wer nennt denn sein Kind Goldlöckchen?«

»Dem Baby zuliebe sollte man hoffen, dass es nicht stimmt, aber ich schwöre, so stand es in dem Artikel. Und möchtest du wissen, wofür Penny die Kurzform ist?«

»Penelope, nehme ich an.«

Penny schüttelte den Kopf. »Tuppence.«

Daisy bekam große Augen und Henry lachte lauthals auf.

»Du heißt Tuppence? Das ist dein richtiger Name?« Daisy hatte offensichtlich Spaß an dieser neuen Information.

»Ja. Meinen Bruder hat es allerdings noch schlimmer erwischt. Er heißt Rainbow Sky.«

»Im Ernst?« Daisy kicherte.

»Was soll ich sagen, unsere Eltern waren Hippies. Heute nennen ihn alle nur Sky. Ich glaube, er hat seinen Namen vor einigen Jahren sogar offiziell ändern lassen. Aber falls du ihn mal kennenlernst, verrat ihm bitte nicht, dass du seinen richtigen Namen weißt. Den hält er normalerweise geheim.«

Daisy lachte. »Gott sei Dank habt ihr mich nicht Regenbogen oder Mondschein genannt.«

»Da siehst du es, Daisy ist ein ziemlich normaler Name«, kommentierte Henry.

Daisy nickte. In ihrer Tasche piepte das Handy und sie zog es heraus. »Oh, mein Akku ist gleich leer. Ich schalte es aus.« Sie drückte einige Tasten und steckte es zurück. »Das wollte ich eigentlich fragen. Der Handyempfang hier ist nicht so toll. Gibt es irgendwo ein stärkeres Signal?«

»Ja, das ist hier problematisch. Im Schuppen hat man relativ guten Empfang und auch etwa zwanzig Meter die Auffahrt hinunter. Manchmal funktioniert das Handysignal in der Küche. Merkwürdigerweise habe ich im begehbaren Gefrierschrank super Empfang.«

»Wenn ich also meine Freunde anrufen will, muss ich mir den Arsch … Hintern abfrieren«, stellte Daisy lachend fest und ignorierte Henrys strafenden Blick, weil sie »Arsch« gesagt hatte.

»Im Schuppen ist es relativ warm. Dort kannst du jederzeit hingehen, da steht auch ein Heizstrahler. Eventuell gibt es auch ganz hinten in Henrys Schlafzimmer Empfang. Das W-LAN ist aber gut. Vielleicht kannst du ja stattdessen mit deinen

Freunden skypen oder ihnen Nachrichten über WhatsApp schreiben.«

»Das ist eine gute Idee. WhatsApp ist ja sowieso das Einzige, was Dad mir an Social Media erlaubt. Er hat immer Angst davor, dass ich mich auf Facebook oder Twitter mit Fremden unterhalte.« Daisy warf ihm schnell einen Blick zu und flüsterte dann laut genug, damit Henry es hören konnte: »Er ist ein wenig überfürsorglich.«

»Bin ich nicht! Mir missfällt einfach der Gedanke, dass du mit irgendwelchen Perverslingen plauderst, das ist alles.«

Penny konnte sehen, dass es sich hierbei um ein empfindliches Thema zwischen den beiden handelte, deshalb beschloss sie, das Thema zu wechseln.

»Was hast du heute vor?«, fragte sie Daisy.

»Nichts Besonderes. Vermutlich spiele ich nur ein paar Videospiele oder lese.« Daisy zuckte mit den Schultern.

»Oder du könntest deinen ganzen Kram auspacken«, schlug Henry vor.

»Wenn du möchtest, kannst du zu mir rüberkommen und mir beim Eisschnitzen zusehen, wenn du ein paar Kisten ausgepackt hast. Ich zeige dir, wie man das macht. Heute muss ich zwei Skulpturen fertigstellen. Im Dezember ist immer eine Menge los.«

»Au ja, das wäre toll. Darf ich, Dad?«

»Wenn du die große Kiste oben am Treppenabsatz ausgepackt hast.«

Daisy runzelte die Stirn.

»Ich werde sowieso den Großteil des Tages damit zu tun haben, also kannst du jederzeit rüberkommen. Geh einfach in den Kühlraum.« Penny deutete auf das Zimmer, das von der Küche abging.

»Ist das so was wie ein Gefrierschrank?«

»Nein, dort ist es einfach kühler als im übrigen Haus, weil die Heizung entweder nur auf Frostschutz eingestellt oder ganz ausgeschaltet ist. Von dort aus geht es aber in den Gefrierschrank. Zieh dich warm an, aber nicht zu dick. Du musst dich noch gut bewegen können.«

»Bitte sehr.« Jill verteilte zwei weitere Teller mit Schinkensandwiches.

»Danke, das sieht lecker aus. Dad verbrennt normalerweise den Schinken, deshalb muss ich ihn bei uns immer braten«, erklärte Daisy und stieß Henry spielerisch in die Rippen.

Henry grinste. »Danke, Jill, das ist sehr nett von Ihnen.«

Penny beobachtete lächelnd, wie beide ihre Sandwiches in einer dicken Schicht Ketchup ertränkten.

»In der Stadt gibt es eine Freiluftschlittschuhbahn, können wir da hingehen?«, fragte Daisy, bevor sie beinahe die Hälfte ihres Sandwiches mit nur einem Biss hinunterschlang.

»Klar, heute Abend«, willigte Henry ein und tat es ihr mit seinem eigenen Sandwich nach.

Penny konzentrierte sich auf die Krümel auf ihrem Teller und arrangierte sie zu einer Art Muster. Die beiden standen sich so nah, waren so vertraut miteinander – daran konnte sie niemals teilhaben. Es verband sie eine sechzehnjährige gemeinsame Vergangenheit. Henry würde vielleicht mit ihr flirten und ab und zu eine Mahlzeit mit ihr teilen, aber zur Welt der beiden würde Penny niemals richtig gehören.

»Also, ich muss auspacken. Bis später, Penny, und danke für das Sandwich.« Daisy winkte Jill zu und verschwand mit lautem Fußgetrappel in den Anbau.

Aus den Augenwinkeln konnte Penny erkennen, dass Henry sie anblickte, aber da er schwieg, sagte sie ebenfalls nichts.

Irgendwann stand er auf, wickelte sich in seinen Morgenmantel und verknotete den Gürtel in der Taille, so wie er es am Vorabend bei ihr getan hatte. Er ging um den Tisch herum zu Jill, die in der Zeitung las und sich große Mühe gab, so zu tun, als wäre sie gar nicht da.

»Jill, es hat mich sehr gefreut, Sie kennenzulernen. Vielen Dank für das Frühstück«, sagte Henry und gab ihr einen Kuss auf die Wange. »Wir sehen uns sicher bald wieder.«

Dann kam er auf Penny zu, und einen kurzen Moment fragte sie sich, ob er sie auch küssen würde, aber das tat er nicht. Er lächelte sie kurz an und verschwand dann in seinen Teil des Hauses, wobei er die Tür leise hinter sich schloss.

Jill blickte Penny über den Rand ihrer Teetasse hinweg an. »Nun, hässlich ist er nicht gerade.«

Das konnte Penny nicht leugnen.

»Und er mag dich.«

Penny schüttelte den Kopf. »Nein, ich glaube, so behandelt er alle Menschen. Mit dir hat er schließlich auch geflirtet. Das ist einfach seine Art.«

»Da war ein gewaltiger Unterschied, wie er dich behandelt und wie er mich behandelt hat. Die erotische Spannung zwischen euch beiden ist nahezu greifbar.«

Darauf wusste Penny keine Antwort. Ihr war es selbst aufgefallen, allerdings glaubte sie nicht, dass Henry in naher Zukunft etwas dagegen unternehmen würde.

»Wovor hast du Angst?«

»Dass mir noch mal jemand das Herz bricht.«

Jills Miene wurde weich und sie kam um den Tisch herum und zog Penny in die Arme. »Liebling, du verdienst es, glücklich zu sein und geliebt zu werden, aber das wird nie passieren, wenn du nicht gewillt bist, ein Risiko einzugehen. Henry scheint ein guter Mann zu sein. Gib ihm eine Chance und lass die Dinge einfach ihren Lauf nehmen.«

Penny nickte. Zum ersten Mal seit mehr als acht Jahren fühlte sie sich zu jemandem hingezogen, und das auf eine Art und Weise, die sie zuvor nie erlebt hatte. Sie wäre strohdumm, wenn sie das wegwerfen würde, ohne es zu versuchen. Sie musste einfach nur hoffen, dass auch Henry bereit war, ihr eine Chance zu geben.

* * *

Henry lehnte sich gegen die Zimmertür und sah zu, wie Daisy herumging und glitzernde Rahmen mit Bildern ihrer Freundinnen ins Regal stellte, Plüschtiere aufs Bett legte und ihre CDs sortierte. Es gab einfach nicht genügend Platz für ihre Sachen. Im ganzen Anbau würde der Platz dafür vermutlich nicht reichen, von dem winzigen Zimmer ganz zu schweigen. Das meiste würde bis zu ihrem Auszug in Kisten bleiben müssen. Penny hatte ihnen angeboten, sie im Schuppen einzulagern.

Daisy fing seinen Blick auf und lächelte.

»Wie kommst du mit dem Umzug hierher zurecht? Ich weiß, dass du deine Freunde vermisst, aber …«

»Das macht nichts. Natürlich werden sie mir fehlen, aber ich wollte schon immer gern am Meer leben und hier ist es wunderschön. Außerdem ist es für dich eine großartige Gelegenheit, für eine Firma wie das White-Cliff-Bay-Möbelwerk zu arbeiten. Es bedeutet mehr Geld und geregeltere Arbeitszeiten. Außerdem können wir Anna mit dem Baby helfen, wenn sie uns braucht. Ich glaube wirklich, dass es richtig war, hierherzukommen.«

Henry lächelte. Trotz ihrer endlosen, beinahe naiven Begeisterung für alles, insbesondere für Weihnachten, versteckte sich unter dem kindlichen Äußeren eine sehr kluge junge Dame.

»Mir gefällt es hier im Flieder-Cottage wirklich gut. Können wir hierbleiben? Ich weiß, dass du eigentlich ins Stadtzentrum ziehen wolltest und nach einem größeren Haus für uns suchst, aber … hier fühle ich mich irgendwie heimisch. Ich weiß, dass das komisch klingt, wo wir doch erst so kurze Zeit hier wohnen, aber wir sind während der vergangenen Jahre so oft umgezogen, und das hier ist der erste Ort, an dem ich gern bleiben würde. Keine Ahnung, ob es an der tollen Aussicht aus meinem Zimmer liegt oder daran, dass Penny und Bernard nebenan wohnen, aber es ist schön hier.«

»Mir gefällt es auch.«

»Penny ist nett, ich mag sie. Vielleicht bleibt sie ja meine einzige Freundin hier, deshalb …« Unangenehm berührt verstummte sie.

Henry hatte das Gefühl, als hätte ihm jemand in die Magengrube geboxt. Dass Daisy so dachte, tat ihm weh. »Du wirst eine Menge Freunde finden. Du bist klug, witzig, nett und freundlich. Wer würde denn da nicht mit dir befreundet sein wollen?«

Daisy wandte schulterzuckend den Blick ab, und Henry fragte sich, ob die Angst davor, keine Freunde zu finden, und die Eingewöhnung schuld an ihrem schlimmen Traum gewesen waren.

»Was hast du denn gestern Abend drüben bei Penny gemacht? Sie hat mich geholt, weil du auf ihrem Sofa einen Albtraum hattest.«

Obwohl Daisy nicht einfach so zu Penny hinübergehen durfte, machte ihm der Albtraum am meisten Sorgen. Normalerweise träumte Daisy nur schlecht, wenn ihr etwas auf der Seele lag.

»Ach du liebe Zeit, das tut mir leid. Ich war in unserem Wohnzimmer und die Tür stand offen. Ich wollte nur mal kurz nach Bernard sehen. Dabei muss ich eingeschlafen sein.«

»Und der Albtraum?«

Daisy zuckte mit den Achseln. »Keine Ahnung.«

»Machst du dir wegen irgendetwas Sorgen? Wegen der neuen Schule, oder hat es etwas mit … Penny zu tun?«

Sie wirkte verwirrt. »Warum sollte ich mir denn wegen Penny Sorgen machen? Sie ist doch total nett.«

»Weil ich mich für Dienstag mehr oder weniger mit ihr verabredet habe. Obwohl es keine richtige Verabredung ist. Wenn du willst, sage ich ab.«

»Dad, ich will doch, dass du ausgehst. Es ist allerhöchste Zeit, dass du eine nette Frau findest, die sich um dich kümmert. Ich will es jedenfalls nicht mehr länger tun müssen.« Sie grinste mutwillig. »Such dir aber bitte eine nette Frau aus, nicht so eine blöde Kuh wie Emily.«

»Hey! So etwas sagt man nicht.«

»Stimmt doch aber.«

»Ich weiß, aber ich möchte trotzdem nicht, dass du so etwas sagst.«

»Dann sag mir doch mal, wie man deine Ex-Freundin beschreiben soll, ohne ein Schimpfwort zu benutzen.«

Das konnte Henry nicht. »Okay, niemanden wie Emily. Versprochen.«

»Allerdings finde ich, dass du auch nicht mit Penny ausgehen solltest, zumindest nicht ernsthaft«, fuhr Daisy fort und Henry spürte eine riesige Woge der Enttäuschung in sich aufwallen.

»Warum denn nicht?«

»Sie ist … verletzbar. Wie diese Welpen in der Werbung für Tierheime, die geschlagen oder vernachlässigt wurden.«

Himmel, das Kind war aufmerksam.

»Ich weiß, dass es andere Frauen gegeben hat, nicht nur die, mit denen es dir ernst war. Frauen, die du nie mit nach Hause gebracht hast. Manchmal triffst du dich mit ihnen und …« Daisy machte eine vage Handbewegung. Henry wurde rot. Verdammt, er hatte geglaubt, er sei diskret gewesen. »Für Penny gibt es nur alles oder nichts. Du darfst sie nicht einfach benutzen und dann für die Nächste abservieren. Entweder gibst du ihr alles, oder du gehst gar nicht erst mit ihr aus.«

»Das sind weise Worte für jemanden, der noch so jung ist.«

Lächelnd setzte Daisy ihre Auspackerei fort.

Konnte er Penny alles geben? Sie war wunderbar und warmherzig und witzig und verdammt sexy, aber trotz Daisys großzügiger Einstellung seinen Verabredungen gegenüber würde es nicht einfach werden, ihre eingeschworene Zweiergemeinschaft auf eine Dreiergemeinschaft zu erweitern. Momentan lief alles mit Daisy wunderbar und er wollte diese empfindliche Balance nicht stören. Dass es bei Penny nichts Unverbindliches geben konnte, wusste er selbst. Er würde sie nie so verletzen. Also sah es so aus, als wäre sie tabu.

Kapitel 6

Penny war damit beschäftigt, einen riesigen Engel für den Wettbewerb am folgenden Abend zu schnitzen. Aufgrund der Weihnachtsbestellungen hatte sie sich bisher nicht darum kümmern können. Die Skulptur war wegen der vielen Falten im Kleid des Engels, des langen wehenden Haars und der Federn an den Flügeln ziemlich schwierig, aber ihr gefiel die Herausforderung. Dabei lauschte sie ihrem Lieblingsalbum von Westlife und sang lauthals mit, während sie die Einzelheiten im Gesicht des Engels herausarbeitete. Falls man das Gesang nennen konnte – Jaulen traf es vermutlich eher. Als sie aus dem Augenwinkel eine Bewegung wahrnahm, wirbelte sie herum und sah Henry und Daisy im Türrahmen stehen.

Rasch zog sie die Ohrstöpsel heraus. »Wie lange steht ihr beiden schon da?«

»Lange genug, um deine wunderschöne Stimme zu bewundern«, gab Henry grinsend zurück.

»Und lang genug, um deinen wunderbaren Tanz zu betrachten«, fügte Daisy hinzu und bemühte sich, ein Kichern zu unterdrücken.

Penny wurde rot, weil sie wusste, dass ihr »Tanz« hauptsächlich aus wildem Gewackel mit dem Hintern bestand.

»Ich wollte nur sichergehen, dass es wirklich in Ordnung ist, wenn Daisy für ein paar Stunden hierbleibt«, sagte Henry und legte seiner Tochter liebevoll einen Arm um die Schultern.

»Natürlich.« Penny lächelte Daisy an.

»Schick sie einfach raus, sobald sie dir auf den Geist geht. Sie wird das nicht persönlich nehmen.«

Daisy lachte.

»Nebenan hängt eine alte Jacke von mir im Garderobenschrank. Sie ist leicht und dünn, wird dich aber warmhalten. Dort findest du auch ein altes Paar Arbeitsstiefel mit Stahlkappen und Handschuhe. Zieh das über und dann zeige ich dir ein bisschen was.«

Daisy verschwand und ließ Henry allein mit Penny zurück.

Erst nach einer Weile sprach er. »Danke, dass du das für sie tust. Das ist sehr nett von dir. Sie brennt geradezu für Kunst, ganz besonders für Skulpturen. Im Sommer hat sie an einem Holzschnitzkurs teilgenommen, so was gefällt ihr. Aber im Ernst, sobald sie dir im Weg steht, schick sie einfach nach Hause.«

»Sie wird mir nicht im Weg sein.«

Henry blickte sie immer noch an. Verlegen fuhr er sich über den Kopf. »Hör mal, wegen unserer Verabredung am Dienstag …«

»Ich bin so weit!«, verkündete Daisy und stand mit in die Hüfte gestützten Händen im Eingang zum Gefrierschrank wie eine Superheldin.

Penny lachte. »Na, dann komm rein.«

Daisy tat wie geheißen und betrachtete bewundernd die Skulptur. Penny fragte sich, wie sie wohl in Daisys Augen aussehen mochte.

»Darf ich sie berühren?«

»Ja, natürlich«, erwiderte Penny und Henry sagte zur gleichen Zeit: »Nein.«

»Kein Problem, du kannst ihr nicht schaden. Außerdem ist sie völlig trocken. Um zu schmelzen, ist sie noch nicht lange genug aus dem Gefrierschrank heraus.«

Vorsichtig streckte Daisy eine Hand aus. Penny sah hinüber zu Henry und fragte sich, was er wohl gerade hatte sagen wollen, bevor Daisy hereingekommen war.

»Ich lasse die Damen dann mal allein.« Henry warf ihr ein trauriges Lächeln zu und ging, wobei er die Tür hinter sich schloss. Penny vermutete, dass er ihre Verabredung hatte absagen wollen. Sie versuchte, die Enttäuschung zu ignorieren, die sich in ihr breitmachte, und wandte sich wieder Daisy zu.

»So, ich habe mir gedacht, du möchtest es vielleicht selbst einmal versuchen, nachdem ich dir die Grundprinzipien gezeigt habe.«

Überrascht und begeistert sah Daisy sie an. »Wirklich?«

»Klar. Die Grundlagen sind ziemlich leicht zu lernen, und dein Dad hat mir verraten, dass du schon ein bisschen Ahnung vom Holzschnitzen hast. Im Prinzip funktioniert Eisschnitzen genauso. Ich habe einen Block in zwei kleinere Stücke zerteilt, mit denen du experimentieren kannst. Mach daraus, was immer du möchtest. Normalerweise befestige ich eine Vorlage an der Seite und ziehe die Umrisse vorsichtig mit diesem Meißel nach, aber du kannst auch einfach deinen eigenen Entwurf gestalten.« Penny hämmerte mit dem Meißel in den großen Eisblock auf dem Tisch. Es dauerte nicht lange, bis die Silhouette eines Sterns erkennbar war. »Wenn du das getan hast, kannst du die Umrisse ein wenig tiefer ziehen. So.« Sie schaltete die Schleifmaschine ein und fuhr mit der kurzen Spitze sorgsam die Linien nach. Sie sah, dass Daisy ihr gebannt zusah, den Winkel betrachtete, in dem Penny das Gerät hielt, wie viel Druck erforderlich war. Sie sog alles in sich auf. »Anschließend kann ich mit der Kettensäge die Stücke entfernen, die du nicht brauchst.«

»Darf ich auch die Kettensäge benutzen?«, wollte Daisy eifrig wissen.

Penny lächelte über ihre Begeisterung. »Heute nicht. Das ist ein ziemlich leistungsstarkes Gerät; wenn du damit abrutschst, könntest du dir schnell die ganze Hand abschneiden. Das würde mir dein Dad bestimmt übel nehmen. Aber ich werde dir zeigen, wie man die anderen Geräte sicher benutzt. Wenn ich mit der Kettensäge fertig bin, kannst du mit diesem V-förmigen Meißel die Stücke wegkratzen, die du nicht brauchst. Danach zeige ich dir, mit welchen Werkzeugen man welche Effekte erzeugt. Das hängt davon ab, welche Wirkung du erzielen willst und welches Motiv dir vorschwebt. Es gibt unterschiedliche Techniken, mit denen man Federn oder Kleidung oder Fell imitieren kann. Am besten versuchst du dich zuerst an etwas Einfachem, wie einer Glocke oder einem Weihnachtsbaum oder …«

»Einem Engel.« Daisy starrte bewundernd auf Pennys Skulptur.

»Ja, wenn du möchtest, aber das ist ein kniffliges Modell, ganz besonders als Miniatur. Aber wenn es das ist, was du willst, dann nur zu.« Penny reichte ihr eine Sicherheitsbrille.

Daisy nahm den Meißel zur Hand, befühlte ihn und begann dann, sehr vorsichtig die ersten Eisteile von einem der kleineren Blöcke, die Penny für sie vorbereitet hatte, abzusprengen. Penny beobachtete sie einen Moment, damit sie notfalls Daisys Technik verbessern konnte, aber Daisy war ein echtes Naturtalent. Sie nahm sich Zeit und setzte das Werkzeug durchdacht ein. Dabei achtete sie darauf, nicht zu tief zu geraten. Penny freute sich, als die Umrisse einer aufwendigen Schneeflocke erschienen. Das Mädchen hatte große Erwartungen, aber das mochte sie so an Daisy – ganz offensichtlich hatte sie keine Angst vor Herausforderungen.

»Sag mir Bescheid, wenn du die Schleifmaschine benutzen möchtest, dann zeige ich dir, wie man das macht«, sagte Penny und ging wieder zurück zu ihrem Engel.

Ein paar Minuten lang werkelte Daisy schweigend vor sich hin. Penny fand es schön, zur Abwechslung mal nicht allein zu arbeiten. Obwohl sie nicht sprachen, genoss sie Daisys Gesellschaft.

»Magst du meinen Dad?«, wollte Daisy wissen, ohne den Blick vom Eisblock zu nehmen.

Dieses Gespräch wollte Penny eigentlich mit niemandem führen, schon gar nicht mit Henrys Tochter.

»Alle Frauen mögen ihn«, fuhr Daisy fort. »Obwohl ich nicht sehen kann, warum.«

»Von Töchtern wird das auch nicht verlangt.«

»Ha. Stimmt. Aber so, wie sich die Frauen überschlagen, muss er wohl gut aussehen.«

»Also hat er eine Menge Freundinnen?«, hakte Penny nach und vermied immer noch, sich zu Henrys Attraktivität zu äußern.

»Ja. Ich meine, keine Freundinnen, sondern eher Frauen, mit denen er sich ab und zu trifft. Eigentlich soll ich von denen nichts wissen. Lang hält das jedoch nie an; nach ein paar Verabredungen zieht er weiter zur Nächsten. Ich glaube, an etwas Ernsthaftem hat er kein Interesse. In den letzten Jahren hat er nur zwei mehr oder weniger ernsthafte Beziehungen gehabt. Rosie war wirklich nett, aber die andere Frau war einfach schrecklich. Normalerweise versucht er, Beziehungen mir zuliebe zu vermeiden, und das macht mir ein schlechtes Gewissen. Er glaubt, dass er nicht beides sein kann – Dad und Partner –, aber natürlich geht das. Eines Tages wird er einen wundervollen Ehemann abgeben und ich bin mir sicher, dass er gern noch weitere Kinder hätte. Mit Bea und Oliver geht er jedenfalls toll um.« Daisy arbeitete weiter an ihrem Block und klopfte ab und zu etwas Eisstaub ab.

Penny bückte sich, um ein paar Kratzspuren am Kleid des Engels zu glätten. »Wie wäre das für dich, wenn er heiraten und noch mal Vater werden würde?«

»Ehrlich gesagt, ich fände es toll. Er hat mich am Hals, seit er sechzehn war. Er verdient ein bisschen Glück.«

»Dein Vater betet dich an. Ich glaube nicht, dass er je das Gefühl hatte, er hätte dich am Hals.«

»Oh, ich weiß, dass er mich liebt, das merke ich jeden Tag. Aber ganz offensichtlich konnte er meinetwegen nicht das Leben führen, das er geplant hatte. Ich wünsche mir, dass er jemanden findet, den er liebt und der diese Liebe erwidert. Ich bemühe mich wirklich, seinen Verabredungen gegenüber verständnisvoll zu sein. Ihm steht ein Leben zu, das mehr ist, als nur mein Daddy zu sein. Aber die letzte Frau, mit der er zusammen war, war eine saudumme Kuh. Bitte verrat ihm nicht, dass ich das gesagt habe, er mag es nicht, wenn ich Schimpfwörter benutze. Ich möchte, dass er sich eine nette Frau sucht, obwohl mir natürlich klar ist, dass die Frauen, die ich für ihn aussuchen würde, nicht zwangsläufig die sind, die ihm gefallen. Allerdings glaube ich, dass er dich mag, und dass wir beide dieselbe Frau mögen, ist eine Premiere für uns.«

Penny spürte einen Kloß im Hals und räusperte sich. »Wirklich?«

Daisy nickte. »Allerdings war das Ende seiner letzten Beziehung relativ übel und wurde meinetwegen auch zu einer ziemlichen Schlammschlacht, deshalb sucht er momentan nicht nach etwas Festem. Ich hab ihm gesagt, dass er nichts mit dir anfangen soll, solange er nicht zu einer ernsthaften Beziehung bereit ist, aber ernste Beziehungen sind einfach nicht so sein Ding.«

Penny starrte ihren Engel an, ohne ihn überhaupt wahrzunehmen. Deshalb hatte er also vorhin versucht, ihre Verabredung abzusagen – weil es Henry mit ihr nicht ernst war. Nun ja, wenn er sowieso bloß an einer schnellen Affäre interessiert gewesen war, dann war es gut, dass es vorbei war, ehe es überhaupt richtig angefangen hatte.

»Hab ich was Falsches gesagt? Ich wollte bloß nicht, dass du verletzt wirst«, sagte Daisy, der Pennys offensichtliche Enttäuschung über die jüngste Entwicklung der Ereignisse nicht entgangen war.

War sie so bedürftig und mitleiderregend, dass es sogar einem sechzehnjährigen Mädchen auffiel?

»Nein, überhaupt nicht. Ich bin glücklich mit meinem Singledasein. Ich mag Henry, aber nicht auf diese Art.«

»Na, dann ist es ja gut, dann könnt ihr Freunde sein. Er braucht Freunde in White Cliff Bay, und ich nehme an, dass du dich hier oben auch manchmal einsam fühlst. Es wird euch beiden guttun.«

Das war die Wahrheit. Sie hatte den Anbau nicht vermietet, um einen Mann kennenzulernen, sondern weil sie gehofft hatte, Freunde zu finden. Und wie es aussah, war ihr das mit Henry und sogar mit Daisy gelungen. Dafür war sie dankbar.

»Komm doch heute Abend mit uns zum Schlittschuhlaufen.«

Penny konnte sich nichts Schlimmeres vorstellen, als aus Mitleid irgendwohin eingeladen zu werden. Auch wenn die Alternative in Wiederholungen von *Zurück in die Vergangenheit* bei einer Packung Eiscreme bestand. »Ich kann nicht Schlittschuh laufen.«

»Mein Dad kann dir helfen, er ist richtig gut. Er hat früher Unterricht im Schlittschuhlaufen gehabt. So haben er und meine Mum sich offenbar kennengelernt, an der Eisbahn. Sie war so beeindruckt von seinem Können, dass sie … Nun ja, neun Monate später kam ich auf die Welt.«

Ihre Freimütigkeit überraschte Penny. »Siehst du deine Mum manchmal?«

»Nein, glücklicherweise nicht. Angeblich steckt sie bis über beide Ohren in einem Sumpf aus Alkohol und Drogen. Da hab ich gerade noch mal Glück gehabt.« Sie schlug hart auf den Eisblock ein.

»Hat Henry dir das erzählt?«

»Nein, meine Tante Caitlyn, die Schwester meiner Mum. Ich treffe mich manchmal mit ihr und meinen Großeltern, obwohl sie auch keinen Kontakt mehr zu meiner Mum haben. Die nörgeln zwar immer an der Art und Weise herum, wie Dad mich erzieht, aber zumindest ist er bei mir geblieben und nicht sofort nach meiner Geburt nach Australien geflüchtet.«

Bitterkeit sprach aus ihrer Stimme, und Penny hätte Daisy gern umarmt, aber dafür kannten sie sich nicht gut genug.

Daisy trat einen Schritt zurück, um ihre Arbeit zu inspizieren. »Ich glaube, ich bin jetzt bereit für die Schleifmaschine.«

Penny nahm das Gerät zur Hand und ging hinüber, um Daisys Werk zu betrachten. Ihre Schneeflocke war schon gut erkennbar und sehr kunstvoll. Dass Daisy sie genauso filigran herausarbeiten konnte, war unwahrscheinlich, aber es war ein tolles Modell für verschiedene Fertigkeiten. Penny schaltete die Schleifmaschine ein und fuhr die Linien nach, die Daisy mit dem Meißel gezogen hatte.

»Drück nicht zu stark auf, sondern lass die Maschine die Arbeit für dich erledigen«, erklärte Penny und reichte das Werkzeug an Daisys wartende Hände weiter. Sie sah zu, wie Daisy die Spitze vorsichtig in das Eis schob. »Genau so, ganz langsam und bleib auf den Linien.«

»Was ist, wenn ich einen Fehler mache?«

Penny zuckte die Achseln. »Die meisten Fehler kann man irgendwie in den Entwurf einbinden. Außerdem ist das dein erster Versuch, da sind Fehler normal. Nur keine Panik, falls dir einer unterläuft.«

Sie trat einen Schritt zurück, um Daisy zu beobachten, die die Schleifmaschine so konzentriert führte wie ein Schachgroßmeister seine Figuren bei einem Match. Nachdem sie sich versichert hatte, dass Daisy das Werkzeug sicher handhabte, wandte sie sich wieder ihrem Engel zu, wobei sie gleichzeitig Daisy im Auge behielt. Doch deren Konzentration ließ keine Sekunde nach.

Penny sah ihr beim Arbeiten zu und spürte ein Stechen im Herzen. Daisys Mum hatte verpasst, wie dieses wunderbare Kind zu einer talentierten, klugen jungen Dame herangewachsen war. Wie hatte sie sich nur von ihr abwenden können? Henry hatte allein Unglaubliches geleistet und konnte sehr stolz auf Daisy sein. Doch es war offenkundig, warum er keine feste Beziehung wollte. Niemand sollte Daisy so verletzen können, wie ihre Mum es getan hatte.

So enttäuschend das auch war, Penny würde die Freundschaft akzeptieren und nicht auf etwas anderes hoffen. Sie ignorierte die Stimme in ihrem Inneren, die ihr zuflüsterte, dass das womöglich leichter gesagt war als getan.

* * *

Henry steckte den Kopf zur Verbindungstür herein, um zu sehen, ob Daisy schon den Kühlraum verlassen hatte. Er wusste, dass sie unkompliziert war, aber er wollte nicht, dass sie anfing, Penny zu nerven. Jill schnitt gerade einen riesigen Laib Brot an und lächelte ihm zu.

»Hallo«, begrüßte sie ihn. »Kann ich Ihnen etwas zum Mittag anbieten?«

»Oh nein, danke. Ich wollte nur sichergehen, dass Daisy nicht auf den Nerven von Penny herumtrampelt.«

Jill bedeutete ihm, sich an den Tisch zu setzen. Da er erkannte, dass sie der Typ Mensch war, mit dem man sich nicht auf Diskussionen einließ, folgte er ihrer Aufforderung.

»Ich kann mir nicht vorstellen, dass Penny überhaupt in der Lage ist, schlecht über jemanden zu denken. Selbst wenn Daisy jeden Tag vorbeikäme, würde es Penny vermutlich nicht stören. So ist sie einfach.«

»Ja, sie ist sehr nett.«

»Sie mögen sie.«

Das war keine Frage und Jill schien Ehrlichkeit zu erwarten.

»Ja.«

»Sie ist nicht der Typ für eine Affäre. Sie ist verletzbar und ich will sie niemals wieder so geknickt sehen.«

»Sie hat mir ein bisschen was über Chris und das Baby erzählt. Ganz sicher war sie am Boden zerstört.«

»Ja, aber Chris war ein Arsch. Normalerweise benutze ich dieses Wort nicht, aber für ihn gibt es kein geeigneteres. Außerdem gibt es viel schlimmere Wörter. Ich denke, alles wäre gut geworden, wenn er wenigstens einen oder zwei Monate nach der Fehlgeburt bei ihr geblieben wäre. Natürlich wäre sie wegen des Babys traurig gewesen, aber sie zwei Tage nach der Fehlgeburt zu verlassen, war einfach nur mies. Das Schlimmste, was er tun konnte. Später fand sie heraus, dass er sie auch noch betrogen hatte, was alles noch viel schlimmer machte. Doch am übelsten war, wie er sich danach benahm. Die Leute in der Stadt wussten, was er getan hatte, und waren sauer auf ihn. Um das Gesicht zu wahren, redete er schlecht über Penny. Er hat allen erzählt, sie sei irre und völlig neben der Spur und noch ein paar andere schreckliche Dinge. Obwohl die meisten das nicht glaubten und er dadurch seine eigene Situation nur noch verschlechterte, waren einige darunter, die es geschluckt haben, vor allem seine Freunde. Ihre Eltern haben sie vor dem meisten Gerede geschützt, aber es war trotzdem ein harter Schlag für sie, weil sie ja auch noch die Fehlgeburt zu verarbeiten hatte. Seither war sie mit niemandem mehr zusammen, und ich weiß, dass es so ist, weil sie Angst davor hat, noch einmal so verletzt zu werden.«

»Ich werde sie nicht verletzen, obwohl ich nicht weiß, wie sich die Dinge zwischen uns entwickeln werden. Mehr als alles andere möchte ich ihr Freund sein. Vielleicht wird aus dieser Freundschaft im Lauf der Zeit mehr, vielleicht auch nicht, aber ich habe ganz sicher nicht die Absicht, ihr wehzutun.«

Jill nickte ernsthaft und wurde dann rot. »Ich muss mich entschuldigen, ich hätte darüber gar nicht mit Ihnen reden sollen. Penny wäre jedenfalls nicht begeistert. Aber wenn Sie Zeit mit ihr verbringen, werden Sie selbst merken, was für eine wunderbare Person sie ist. Ich liebe sie, als wäre sie mein eigenes Kind, und ich wünsche mir nur das Beste für sie.«

»Genau wie ich.«

»Oh, lassen Sie uns das Thema wechseln, sie würde mich umbringen, wenn Sie wüsste, was ich Ihnen alles erzählt habe. Möchten Sie Tomaten auf Ihr Sandwich?«

Henry nickte und sah zu, wie Jill sich mit der Zubereitung des Sandwichs beschäftigte. In Wahrheit hatte er längst bemerkt, was für ein wunderbarer Mensch Penny war, und es fiel ihm schwer, Gründe dafür zu finden, warum er sich von ihr fernhalten sollte. Eine ernsthafte Beziehung war nicht gut für Daisy, nicht so kurz nach dem Desaster mit Emily, aber mit Penny konnte es keine andere Art von Beziehung geben.

* * *

»Na komm.« Penny ignorierte Daisys Schmollen, nachdem sie ihr mitgeteilt hatte, dass sie eine Pause einlegen würden. »Wir essen Mittag und dann kommen wir später am Nachmittag wieder hierher. Es ist wichtig, dass man genügend Pausen macht, wenn man bei niedrigen Temperaturen arbeitet, und hier drin ist es nicht gerade warm. Normalerweise schnitze ich maximal zwei Stunden am Stück, ehe ich mich zu einer langen Pause zwinge. Deine Schneeflocke wird später auch noch hier sein.«

Sie bewunderte Daisys Arbeit. »Das ist wirklich gut. Wenn du jemals einen Job brauchst, würde ich dich gern einstellen. Ich muss so viele Aufträge aus Zeitmangel ablehnen.«

»Das wäre klasse!« Daisy schrie beinahe vor Begeisterung, und Penny bedauerte, dass sie etwas gesagt hatte, ohne sich vorher mit Henry abzusprechen. Es war eine spontane Idee gewesen, aber Daisy besaß ganz offensichtlich Talent, und Penny konnte ihr mühelos die Techniken beibringen, die ihr noch fehlten. Sie lernte eindeutig schnell.

»Gut, dann reden wir erst mal mit deinem Dad, ob er damit einverstanden wäre, und dann könntest du mir an den Wochenenden aushelfen, solange es nicht in Konflikt mit deinen Hausaufgaben gerät. Bei den schwierigen Stellen werde ich dir helfen und natürlich bezahle ich dich auch für deine Arbeit.«

Daisy trug ein breites Grinsen zur Schau, als Penny beide Skulpturen zurück in den Gefrierschrank schob und dann mit ihr in die Küche ging.

Erfreut fiel ihr Blick auf die beiden Teller mit Sandwiches, die offenbar für sie und Daisy bestimmt waren. Wie es aussah, hatte Jill ihnen das Mittagessen vorbereitet. Doch ihr Lächeln vertiefte sich, als sie Henry am Tisch sitzen sah. Er trank eine Tasse Tee. Schnell versuchte sie, das Lächeln zu unterdrücken und auch das Gefühl, das er in ihr auslöste.

Henry sah auf, schenkte ihr ein strahlendes Lächeln, und bereits diese einfache Geste wärmte sie von innen heraus.

»Jill hat für uns alle etwas zu Mittag gemacht. Sie ist gerade gegangen und wollte dich nicht stören. Sie ist ein echter Schatz; wo hast du sie bloß gefunden?«

»Sie hat während meiner Kindheit als Haushälterin, Köchin und Nanny bei uns gearbeitet und gewohnt. Sogar heute noch kommt sie regelmäßig vorbei, obwohl jetzt nur noch ich hier lebe. Manchmal habe ich ein schlechtes Gewissen deswegen, weil ich durchaus in der Lage bin, hier selbst sauber zu machen. Aber als ich mal versucht habe, ihr das auszureden, hat sie mir riesige Schuldgefühle gemacht und mir einen Vortrag darüber gehalten, was sie schon alles für uns getan hat. Anschließend hat sie zwei Wochen lang nicht mehr mit mir geredet, trotz all meiner Entschuldigungen. Eines Tages ist sie plötzlich wieder zum Saubermachen hier aufgetaucht, als wäre nichts gewesen. Wir haben seither nicht wieder darüber gesprochen, und ich habe nie wieder angedeutet, dass sie hier nicht mehr putzen soll. Ich hab sie unheimlich gern; sie ist praktisch wie eine zweite Mutter für mich.«

»Vielleicht braucht sie das Geld.«

»Ihr Mann gehört zu den reichsten Männern der Gegend, daher bezweifle ich das. Ihm gehört das White-Cliff-Bay-Möbelwerk.«

Henry wurde sichtlich blass. Vermutlich ging er gerade in Gedanken alles noch einmal durch, was er zu Jill gesagt hatte, um sicherzugehen, dass nichts Unangebrachtes dabei gewesen war.

»Mach dir keine Sorgen, er hat nichts mehr mit der Firma zu tun. Er ist vor vielen Jahren als CEO zurückgetreten. Ihm gehören noch Firmenaktien und er sitzt im Vorstand des Unternehmens, aber das Management überlässt er seinem Sohn und seiner Tochter.«

Penny sah, dass Daisy sich ihr Sandwich schnappte und bereits einen riesigen Bissen davon genommen hatte, noch bevor sie überhaupt am Tisch saß. Das brachte ihr einen bösen Blick von Henry ein. Penny wusch sich die Hände und setzte sich zu den beiden.

»Ich hatte den Eindruck, dass Jill keine Kinder hat.«

»Hat sie auch nicht. Clara und Edward sind ihre Stiefkinder aus der ersten Ehe von Thomas. Auch für diese Familie hat sie als Haushälterin gearbeitet; so haben sie und Thomas sich kennengelernt. Nach dem Tod seiner Frau war sie für ihn da. Ein Jahr später hat er sie geheiratet und seither sind sie ein glückliches Paar.«

»Ich glaube, ich habe Edward bei meinem Bewerbungsgespräch kennengelernt«, erwiderte Henry nachdenklich.

»Bestimmt, er ist sehr in den Firmenalltag integriert. Er kennt jeden Mitarbeiter mit Namen und überwacht alles. Er scheint ein sehr liebenswerter Mann zu sein.«

»Soweit ich mich erinnern kann, war Clara jedoch nicht dabei.«

»Vermutlich nicht. Ich glaube, sie hat mit dieser Seite des Geschäfts nichts zu tun. Obwohl sie ebenfalls als CEO fungiert, aber ihre Rolle liegt eher im Bereich Design oder Marketing oder so. Zumindest ist ihr Team dafür verantwortlich. Ich kenne sie zwar nicht persönlich, aber sie soll nicht besonders nett sein.«

Penny deutete auf den leeren Teller vor Henry. »Hat Jill dir auch etwas zu essen gemacht?«

Er nickte. »Ich bin vor etwa einer halben Stunde vorbeigekommen, um nach Daisy zu sehen, und sie beharrte darauf, dass ich zum Essen bleibe. Tut mir leid – wenn das so weitergeht, essen wir dir noch die Haare vom Kopf. Aber du kannst dafür heute Abend zu uns zum Essen kommen, bevor wir Schlittschuhlaufen gehen. Bei uns gibt es heute das italienische Gericht, das Jade freundlicherweise vorbeigebracht hat.«

Penny biss in ihr Sandwich. In ihrem Magen rumorte es, allerdings nicht vor Hunger. Worüber hatten er und Jill sich eine halbe Stunde lang unterhalten? Jill war eine wunderbare

Freundin und würde niemals schlecht über Penny reden, aber sie fragte sich, wie weit Jills Überfürsorglichkeit ihr gegenüber bei einem Gespräch mit Henry durchscheinen würde.

Als ob er ihre Gedanken lesen könnte, setzte Henry hinzu: »Wir haben über die Kreuzfahrt gesprochen, die sie mit Thomas dieses Jahr unternommen hat.«

Penny versuchte, sich ein wenig zu entspannen, aber so wie er sie anstarrte, war sie felsenfest davon überzeugt, dass sich das Gespräch irgendwann um sie gedreht haben musste.

»Ich habe Penny eingeladen, uns heute Abend zum Schlittschuhlaufen zu begleiten«, mischte sich Daisy ein und stopfte sich den letzten Rest ihres Sandwichs in den Mund.

Henry zögerte mit seiner Antwort gerade so lange, dass Penny glaubte, er wolle sie eigentlich nicht dabei haben.

»Natürlich, komm ruhig mit.«

»Nein, danke. Ich habe noch zu arbeiten und im Fernsehen läuft ein Film, den ich unbedingt sehen wollte …« Sie hörte selbst, wie lahm und erbärmlich ihre Ausrede klang.

»Ach bitte, das wird doch lustig. An Weihnachten muss man alles genießen, was geboten wird«, beharrte Daisy.

»Nein, ich möchte mich nicht aufdrängen. Ich finde es toll, dass ihr beide zusammen hingeht. Aber mir macht es überhaupt nichts aus, hierzubleiben.«

»Aber …«, setzte Daisy an.

»Daisy, wenn sie nicht mitkommen möchte, dann können wir sie nicht dazu zwingen«, gab Henry zu bedenken.

Mit gerunzelter Stirn nippte Penny an ihrem Tee. Obwohl sie sich nichts Schlimmeres vorstellen konnte, als mit Henry auszugehen, weil seine Tochter ihn dazu gedrängt hatte, war sie ein bisschen traurig darüber, wie schnell er sich mit ihrer Absage abgefunden hatte. Offenbar war er erleichtert, dass Penny nicht mitkommen wollte.

»Aber sie hat doch nur abgelehnt, weil sie nicht Schlittschuh laufen kann. Natürlich will sie nicht allein hier oben sitzen, während alle anderen in der Stadt Spaß haben.«

»Stimmt das, du kannst nicht Schlittschuh laufen?«, fragte Henry und blickte sie aus seinen sanften grauen Augen forschend an.

»Ich weiß, dass das ziemlich seltsam klingt, weil ich doch Eisschnitzerin bin, aber nein, ich kann es nicht.«

»Wenn das wirklich der Grund ist, kann ich es dir beibringen.«

»Nein, wirklich, ich möchte euch nicht im Weg sein.«

Henry beugte sich über den Tisch zu ihr hinüber, den Blick ausschließlich auf sie gerichtet. Dann sprach er mit tiefer Stimme: »Wenn du mitkommen möchtest, dann komm mit, wenn nicht, dann lass es bleiben. Aber bleib nicht zu Hause, weil du dir die komische Idee in den Kopf gesetzt hast, dass ich dich nicht dabeihaben will, denn das stimmt nicht.«

Daisy starrte zwischen ihnen hin und her, als beobachtete sie ein Tennismatch.

»Okay«, stimmte Penny leise zu. Sie war sich nicht ganz sicher, wie die richtige Antwort lautete. Sie wollte eigentlich gern mit, aber nicht, wenn Henry dazu gedrängt wurde, sie mitzunehmen.

»Okay, du kommst mit?«

Penny nickte und kam sich plötzlich sehr albern vor, weil sie so einen Aufstand gemacht hatte.

»Gut«, erwiderte Henry, stellte seine Tasse ab, stand auf und ging.

»Tut mir leid, er ist sehr ungeduldig. Aber wenn er nicht gewollt hätte, dass du mitkommst, dann hätte er das gesagt. Du hast doch gesehen, wie er das neulich mit Jade gemacht hat«, erklärte Daisy.

»Daisy, schwing deinen Hintern hier rüber und lass Penny mal für ein paar Stunden in Ruhe!«, rief Henry durch die offene Tür.

»Wir sehen uns später«, verabschiedete sich Daisy und lief hinaus. Ein paar Sekunden später erschien Henry im Durchgang, lächelte Penny kurz zu und schloss die Tür.

Verwirrt starrte Penny die Tür an. Was zum Teufel war hier gerade passiert?

Kapitel 7

Penny konnte sehen, wie Henry im Schuppen herumlief und sich bei der Arbeit anscheinend vollkommen wohl in seiner Haut fühlte.

Da sie den Eindruck gehabt hatte, sie müsste ihre aufkeimende Freundschaft reparieren, obwohl sie nicht genau wusste, warum eigentlich, hatte sie ihm ein großes Stück Weihnachtskuchen abgeschnitten, ihm eine Tasse Tee gekocht und war damit zum Schuppen gegangen.

Zuerst nahm er sie überhaupt nicht wahr. Auf der Werkbank war ein kleines, etwa dreißig Zentimeter langes Holzstück eingespannt und er meißelte kleine Stücke davon ab. Penny glaubte die Umrisse eines kleinen Rentiers zu erkennen.

Sie beobachtete, wie er liebevoll über das Holz strich und die Späne entfernte. Seine Hände waren groß und kräftig. Zweifellos war er sehr talentiert und liebte den kreativen Aspekt seiner Arbeit, und wenn er mit bloßen Händen etwas so Kleines und Detailliertes schaffen konnte, dann war es kein Wunder, dass das White-Cliff-Bay-Möbelwerk ihn eingestellt hatte. Als er einen Moment innehielt, trat sie vor.

Da er ihre Bewegung entweder hörte oder spürte, drehte er sich um. Bei ihrem Anblick lächelte er breit, was eine innere

Wärme in ihr erzeugte. Dieses Gefühl verschwand jedoch schnell, da sie sich plötzlich sehr albern vorkam. Sie hatte sich entschuldigen wollen, obwohl ihm das, was vor ein paar Stunden zwischen ihnen vorgefallen war, anscheinend nichts ausmachte. Jetzt stand sie hier mit einem Kuchen und einer überflüssigen Entschuldigung auf den Lippen und wirkte damit flirtender, als sie beabsichtigt hatte, ähnlich wie Jade mit ihrem italienischen Essen am Vorabend. Ganz sicher wollte sie nicht mit den Frauen aus der Stadt in einen Topf geworfen werden, die sich ihm an den Hals warfen. Sie stöhnte innerlich. Warum ließ er sie ständig an sich zweifeln? In seiner Nähe fühlte sie sich so verwundbar, als hätte jemand das Pflaster von einer acht Jahre alten Wunde abgerissen und er stieße ständig dagegen, ohne es zu merken.

»Hi«, begrüßte er sie immer noch lächelnd.

»Ich habe gedacht, du hast vielleicht Hunger«, erklärte Penny und wand sich innerlich beim Gedanken, wie unangenehm die Situation war, obwohl ihm das bisher noch nicht aufgefallen zu sein schien.

»Danke.« Mit zwei großen Schritten stand er vor ihr. Dankbar nahm er den Kuchen und biss ein großes Stück ab. Dabei blickte er ihr geradewegs in die Augen.

Sie zwang sich, wegzusehen, und konzentrierte sich auf das Rentier. Jetzt, wo er nicht mehr davorstand, konnte sie es richtig erkennen. Es war wunderschön.

Sie machte einen Schritt weg von ihm und seiner intensiven Nähe, um es genauer zu betrachten. »Das sieht toll aus.« Mit den Fingern strich sie über das winzige verzweigte Geweih. »Willst du das verkaufen?«

Er schluckte den Kuchen hinunter und schüttelte den Kopf. »Nein, das mache ich nur so zum Spaß. Wir haben so eine Art Tradition, dass ich jedes Jahr einen neuen Baumschmuck für Daisy bastle. Und meine fürchterlichen Mince Pies am Weihnachtstag backe. Daisy bastelt inzwischen selbst Baumschmuck aus Holz und am Weihnachtsmorgen beschenken wir uns immer gegenseitig damit.«

»Das ist eine tolle Idee.«

Er trat auf sie zu. »Findest du? Vielleicht mache ich ja dieses Jahr auch einen für dich.«

Sie blickte ihn an und sah dann schnell zurück auf das Rentier. Seine Flirterei machte sie befangen. Falls sie zuließ, dass seine Bemerkungen und liebevollen Blicke ihr unter die Haut gingen, würde er ihr zweifellos nach ein paar Wochen das Herz brechen. Er war nicht auf der Suche nach einer ernsthaften Beziehung.

»Du bist sehr talentiert«, stellte Penny fest und ärgerte sich über ihre brüchige Stimme. Er sollte nicht merken, wie sehr ihr seine Nähe zu schaffen machte. Als ihr bewusst wurde, dass dieser Satz ebenfalls als Flirterei gedeutet werden konnte, wurde sie rot. Sie war tatsächlich völlig ahnungslos, wie man mit Männern umging. Schließlich hatte sie nie richtige Verabredungen gehabt. Chris war ihr einziger fester Freund gewesen und die Beziehung war von ihm ausgegangen. Sie hatte nie versuchen müssen, ihn zu beeindrucken oder das Richtige zu sagen, denn er war während des ersten Monats völlig hingerissen von ihr gewesen. Obwohl sich das wohl schnell gelegt hatte.

»Möbel zu bauen, ist das, womit ich mich am besten auskenne. Das hier ist eher eine Spielerei und nichts im Vergleich zu den Skulpturen, die du kreierst«, erwiderte Henry und beugte sich vor, um noch ein wenig Sägespäne abzuwischen. »Ich wette, du könntest problemlos auch so etwas herstellen. Hast du dich schon mal am Holzschnitzen versucht?«

Penny schüttelte den Kopf und schluckte, weil sein würziger, weihnachtlicher Duft sie umhüllte.

»Dann probier es doch einfach mal aus.« Er hielt ihr einen winzigen Meißel hin.

»Oh nein, das geht nicht. Ich will es nicht ruinieren.«

Er beugte sich vor, legte beide Arme um sie, nahm ihre Hände und platzierte sie auf dem Meißel. Bei seiner Berührung bekam sie Gänsehaut. Sie hielt den Meißel an das Fell am Hals des Rentiers. Henry ließ seine Hände auf ihren liegen, obwohl sie beide wussten, dass dies nicht nötig war. Wie Penny bereits Daisy erklärt hatte, hinsichtlich der Technik unterschied sich Eisschnitzen in keiner Weise vom Holzschnitzen. Gehorsam meißelte sie einige kleine Holzstücke ab und arbeitete das dichte Fell stärker heraus. Es machte ihr Spaß, sich mal an einem anderen Medium auszuprobieren. Holz war deutlich haltbarer als die Skulpturen, die sie erschuf.

Hinter ihnen ertönte ein Räuspern und sofort trat Henry einen Schritt von Penny weg.

Daisy stand mit gerunzelter Stirn im Türrahmen. Sie nahm den Blick von ihrem Dad und wandte sich an Penny. »Hier ist ein Mann, der zu dir will. Josh?«

Penny nickte. »Kannst du ihm bitte sagen, dass ich gleich da bin?«

Daisy zögerte einen Moment, ging dann jedoch.

Penny merkte, dass sie den Atem angehalten hatte, und strich sich frustriert die Haare aus dem Gesicht.

»Okay, ich habe nicht die geringste Ahnung, was hier vorgeht. Sind das Flirten, die Blicke, die Berührungen, die Bemerkungen alles Teil eines Spiels für dich, oder musst du zwangsläufig mit jeder Frau flirten, die dir über den Weg läuft? Zwischen uns beiden wird nichts passieren, du kannst also jetzt damit aufhören.«

Henry wirkte verblüfft. »Aber du flirtest doch mit mir!«

»Tue ich nicht.«

»Du hast mir Kuchen gebracht!«, rief er verärgert.

»Tut mir leid, mir war nicht bewusst, dass Kuchen das internationale Signal dafür ist, dass man jemanden ins Bett kriegen will. Falls das stimmt, habe ich mit meiner Freundin Maggie während der letzten fünf oder sechs Jahre an jedem Samstag geflirtet.«

»Ich bin nicht gerade gut darin, Frauen zu verstehen, aber für mich war es ziemlich offensichtlich, dass du dich von mir angezogen fühlst.«

Penny blieb der Mund offen stehen. Womit genau hatte sie ihm denn diesen Eindruck vermittelt?

Henry machte einen Schritt auf sie zu. »Wenn ich in deiner Nähe bin, atmest du schneller, deine Pupillen weiten sich, und ich sehe, wie die kleine Ader an deinem Hals pulsiert. Wenn ich dich berühre, bekommst du Gänsehaut«, fuhr er fort, legte ihr die Finger auf den Arm und ihr verräterischer Körper lieferte ihm den Beweis für seine Worte.

»Na schön. Ich fühle mich zu dir hingezogen.«

»Ich fühle mich auch sehr zu dir hingezogen, also wo liegt das Problem?«

»Bei dir.« Hektisch deutete sie auf ihn in all seiner Pracht. Dann hielt sie jedoch kurz in ihrem Protest inne, um seine Worte zu genießen. Er fühlte sich zu ihr hingezogen. Die endlose Flirterei war nicht einfach nur ein alberner Zeitvertreib für ihn gewesen, er fand sie tatsächlich anziehend. Sogar sehr, wenn sie seinen Worten glauben durfte.

»Wieso bin ich denn das Problem?«, wollte Henry wissen.

Sie starrte ihn an und erkannte, dass tatsächlich nicht er das Problem war, sondern sie.

»Ich kann mich nicht mit dir einlassen. Wenn ich jemanden mag, dann gebe ich alles von mir. Das ist sicher nicht das, wonach du suchst.«

Er widersprach nicht, antwortete jedoch schließlich: »Damit hast du recht. Ich bin momentan nicht auf der Suche nach etwas Ernsthaftem.«

»Und ich bin nicht an einer Gelegenheitsbeziehung interessiert. Ich war mit niemandem mehr zusammen, seit mir beim letzten Mal auf schlimme Art und Weise das Herz gebrochen wurde. Falls ich mich je wieder auf eine Beziehung einlasse, muss es jemand sein, bei dem ich mir sicher sein kann, dass er mich nicht verletzen wird. Du bist nett und freundlich und Daisy vergöttert dich. Aber du wirkst auch wie ein Mann, der jede Frau haben kann, die er will, und ich bin sicher, dass du dich nicht mit meinen Altlasten und Unsicherheiten und dem ganzen Mist belasten willst. Können wir also bitte diese Flirterei beenden? Denn das bringt mich um.«

Penny merkte plötzlich, dass Daisy zurückgekehrt war, und drehte sich zu ihr um.

»Tut mir leid, Penny, Josh sagt, er hat es ziemlich eilig.«

Penny nickte, und nach einem letzten Blick in Henrys entgeisterte Miene eilte sie nach draußen. Nun ja, wenn sie Henry ein für alle Mal abschrecken wollte, hatte sie das jetzt mit ihrem verrückten Auftritt geschafft. Die Männer in der Stadt hatten recht. Sie war wirklich nicht mehr ganz normal.

* * *

Henry sah ihr hinterher und war verwirrt, wie schnell dieses Gespräch gekippt war. Er hatte nicht die geringste Ahnung, was ihn an Penny so fesselte; erst einige Stunden zuvor hatte er sich geschworen, dass die Sache mit ihr keine Zukunft hatte und er es deshalb nicht mehr darauf anlegen würde, und trotzdem schien er sich nicht von ihr fernhalten zu können. Er sah hinüber zu Daisy, die ihn mit verschränkten Armen böse ansah.

»Was denn?«

»Du hast gesagt, du fängst nichts mit ihr an.«

»Habe ich nicht.«

»Wir waren uns einig, dass es bei Penny entweder um alles oder nichts geht. Du bist zu etwas Ernsthaftem gar nicht in der Lage. Du wirst ihr wehtun, und ich hab sie wirklich gern. Sie hat versprochen, mir das Schnitzen beizubringen, und dass ich nach der Schule bei ihr aushelfen darf und sie mir sogar Geld dafür gibt. Du hast keine Ahnung, wie gern ich für sie arbeiten möchte. Das wäre mein erster richtiger Job, und dann auch noch etwas, das mir wirklich Spaß macht. Und jetzt machst du mir das alles kaputt.«

»Ich mache dir gar nichts kaputt. Ich hab nicht vor, ihr wehzutun. Das ist das Letzte, was ich will.«

»Aber das wirst du. So wie bei Rosie. Du hast ihr das Herz gebrochen.«

»Mit Rosie war es mir nie ernst.«

»Ihr schon.«

Er wusste, dass er Rosie bei ihrer Trennung verletzt hatte, und fühlte sich mies deswegen, aber am schlimmsten war, wie sehr auch Daisy unter der Trennung gelitten hatte. Er schüttelte den Kopf. Warum versuchte er, seine Beziehungen vor seiner sechzehnjährigen Tochter zu rechtfertigen? Das müsste doch eigentlich andersherum sein.

»Sie hat nicht gut zu uns gepasst.«

»Sie muss nicht gut zu uns passen, sie muss gut zu dir passen. Du hast die Sache mit ihr beendet, weil sie dir zu nahe gekommen ist.«

Es stimmte, dass er sich nur schwer vorstellen konnte, jemandem genügend zu vertrauen oder ihn genügend zu lieben, um ihn dauerhaft in sein und Daisys Leben zu lassen. Er hielt Frauen immer auf Distanz. Doch nach der Trennung von Rosie hatte Daisy ihm einen Vortrag über Bindungsangst gehalten, und er hatte versucht, ihr zu beweisen, dass er damit überhaupt kein Problem hatte, und deshalb Emily in ihr Leben geholt. Allerdings hatte das zu genau dem Effekt geführt, vor dem er

Daisy jahrelang hatte beschützen wollen. Daisy hatte große Angst vor Zurückweisung, das wusste er. Sie befürchtete, dass er sie eines Tages genauso verlassen würde wie ihre Mutter. Doch Henry hatte Angst davor, dass eine Frau, mit der er zusammen war, Daisy ablehnen und ihr das Gefühl geben würde, ungeliebt und ungewollt zu sein. Und genau das hatte Emily getan. Es würde lange dauern, bevor er wieder jemandem genug traute, um ihn in ihr Leben zu lassen.

»Hör zu, ich mag Penny und das Eisschnitzen ist mir wichtig. Wenn du ihr das Herz brichst, wird sie mich kaum noch um sich haben wollen. Sei nett zu ihr, sei freundlich zu ihr, aber schlaf bitte nicht mit ihr«, bat Daisy.

»Moment mal, du bestimmst nicht, mit wem ich ausgehe. Ich würde dir schließlich auch nie vorschreiben, mit wem du dich treffen darfst.«

»Wenn das so ist, hast du bestimmt nichts dagegen, wenn ich mich mit dem großen tätowierten Kerl verabrede, der gerade in der Küche mit mir geflirtet hat.«

Henry stöhnte auf. »Das ist was anderes, und das weißt du genau.«

»Ich hab dich bisher noch nie darum gebeten, nicht mit jemandem zusammen zu sein, nicht mal bei der blöden Kuh Emily.«

»Nenn sie nicht immer so.«

»Mir geht es darum, dass du verstehst, wie wichtig mir dieser Job ist. Mir gefällt es hier. Ich weiß, dass das Haus klein ist, aber die Aussicht ist unglaublich und ich wohne gern neben Penny und Bernard. Ich halte sie für wunderbar.«

»Genau wie ich.«

»Möchtest du also wirklich eine potenziell fantastische Freundschaft für euch beide und meinen ersten Job nur für ein paar Wochen Spaß ruinieren?«

Henry kam sich vor, als hätte man ihn ins Zimmer des Direktors bestellt.

Daisy ging zurück ins Haus und Henry rieb sich angesichts der plötzlichen Komplikationen über den Kopf. Aber wenn es wirklich so wichtig für Daisy war, dann würde er die Sache mit Penny ein für alle Mal zu den Akten legen.

Daisy hatte recht, er wollte nichts Ernstes und Penny wollte nicht verletzt werden. Es war besser für alle, wenn er sich von ihr fernhielt.

* * *

Später am Abend klopfte Henry leise an die Verbindungstür, während sich Daisy mit großem Appetit über das italienische Essen hermachte. Das Mädchen war der reinste Vielfraß und aß ständig und alles und blieb trotzdem dünn wie eine Bohnenstange.

»Heb uns auch noch etwas auf, du Gierschlund.«

Daisy warf ihm ihr erprobtes Lächeln zu und schaufelte weiter das Essen mit Rekordgeschwindigkeit in sich hinein.

Aus Pennys Wohnung kam keine Antwort, also öffnete Henry vorsichtig die Tür.

Er wollte nicht nach ihr rufen; vielleicht arbeitete sie gerade im Kühlraum, und wenn er sie erschreckte, schnitt sie sich womöglich noch mit den schweren Werkzeugen einen Finger ab. Er spähte in den Kühlraum hinein, doch er war leer. Da entdeckte er sie auf dem Sofa im dunklen Wohnzimmer.

Er trat näher und bemerkte, dass sie offenbar über einem Liebesroman eingeschlafen war. Vorsichtig nahm er ihr das Buch aus der Hand, markierte die Seite mit einem Stückchen Papier und legte es auf den Couchtisch. Sie schlief friedlich, die Lippen leicht geöffnet. Die langen Wimpern warfen Schatten auf ihre

Wangen. Er setzte sich auf den Couchtisch. Ihr seliger Schlaf hatte eine unglaublich verführerische Wirkung auf ihn, obwohl er sich ein wenig abartig vorkam, sie dabei zu beobachten.

Er fuhr mit einer Hand ihren Arm entlang und schüttelte sie sanft. Sie schlug die Augen auf.

»Hey«, sagte er leise. »Das Essen ist fertig und wenn wir nicht bald rübergehen, hat die hungrige Raupe da drüben alles verspeist.«

Verwirrt sah sie sich um. »Bin ich eingeschlafen?«

»Sieht so aus.«

Sie setzte sich auf und schwang die Beine vom Sofa, doch er legte ihr eine Hand auf die Schulter, um sie aufzuhalten. »Werd erst mal richtig wach.«

»Normalerweise schlafe ich tagsüber nicht einfach ein.« Sie rieb sich übers Gesicht und blickte zu ihm auf. Ihre Haare standen in alle Richtungen ab, was sie bezaubernd aussehen ließ.

Sie stand auf und erschauerte. Er nahm die Decke vom Sofa, legte sie ihr über die Schultern und führte sie mit einer Hand auf ihrem Rücken zur Verbindungstür.

Als sie die Küche betraten, sah Daisy entsetzt über Pennys Aussehen zu ihnen herüber. Mit der grellroten Decke, dem blassen Gesicht und den abstehenden Haaren wirkte sie, als hätte man sie gerade vor einem Wirbelsturm oder aus einem Flugzeugabsturz gerettet. Henry gestikulierte wild hinter Pennys Rücken, damit Daisy nichts sagte, um Penny zu verunsichern. Glücklicherweise kannte sie ihn nach sechzehn gemeinsamen Jahren gut genug, um ihn zu verstehen.

»Hier, setz dich«, bot Daisy ihr sanft einen Platz an, als hätte Penny gerade schlimme Neuigkeiten erfahren und brauchte jetzt liebevolle Fürsorge.

Daisy klopfte auf den Stuhl neben sich und Penny gehorchte. Offenbar war sie immer noch nicht ganz wach.

Penny tat sich ein wenig von dem Essen auf, und Daisy stellte Henry über ihren Kopf hinweg lautlos die Frage, ob mit ihr alles in Ordnung sei. Henry nickte und machte ein Zeichen, dass sie geschlafen habe. Erleichtert seufzte Daisy.

Daisy mochte Penny, und es war nicht schwierig zu sehen, warum. Er mochte sie auch sehr gern. Dass ihm und Daisy dieselbe Frau gefiel, war jedoch ungewohnt. Abgesehen von Rosie hatte sie keine seiner Freundinnen wirklich gemocht, und obwohl er auch den einen oder anderen Fehlgriff getan hatte, fragte er sich, ob es etwas damit zu tun hatte, dass sie ihn nicht teilen wollte, nachdem sie ihn die letzten sechzehn Jahre für sich allein gehabt hatte. Er wollte ihr keinen Kummer machen. Würde seine Tochter Penny auch noch mögen, wenn er etwas mit ihr anfing? Oder würde sie dann wie bei all den anderen Fehler an ihr finden? Daisy hatte ihm praktisch das Versprechen abgerungen, sich nicht mit Penny einzulassen. Das durfte er nicht vergessen.

Sie aßen und plauderten eine Weile über den bevorstehenden Ball. Dann stand Daisy auf und räumte den Tisch ab.

»Wir müssen los«, sagte Henry nach einem Blick auf die Uhr.

Penny nickte. »Ich hole nur schnell meine Schuhe und den Mantel, das dauert nur eine Minute.«

Tatsächlich stand sie wenige Sekunden später mit Schuhen in der Küche und knöpfte sich den Mantel zu. Ihre Haare waren jedoch immer noch wirr und zottelig.

Henry biss sich auf die Lippe. Obwohl es ihm nicht das Geringste ausmachte, so mit ihr vor die Tür zu gehen, wusste er, dass es ihr etwas ausmachen würde.

»Äh … Vielleicht solltest du dich vorher noch mal kurz kämmen«, schlug er vor.

Entsetzt sah Penny ihn an. »Warum, was ist denn mit meinen Haaren?« Sie suchte ihr Spiegelbild im Fenster und riss die

Augen auf. »Um Gottes willen, warum hast du mir denn nicht gesagt, wie ich aussehe?!«

»Weil wir Freunde sind und es mir sogar egal wäre, wenn du in einem löchrigen alten Schlafanzug zum Essen aufgetaucht wärst.«

Ein breites Lächeln erschien auf Pennys Gesicht. »Wir sind Freunde?«

»Natürlich.« Er war sich zwar nicht ganz sicher, was dieses Lächeln hervorgerufen hatte, aber es gefiel ihm sehr. Penny sagte nichts weiter, sondern ging einfach hinaus, vermutlich, um etwas gegen ihre fliegenden Haare zu tun. Doch das breite Grinsen in ihrem Gesicht blieb.

Verwirrt blickte er hinüber zu Daisy, die zu ihm herüberkam und ihn umarmte. »Manchmal kannst du trotz deiner ganzen Grummeligkeit sehr nett sein.«

»Was genau hab ich denn getan?«

Daisy ließ ihn los. »Ich hole nur schnell meine Mütze.«

Sie lief nach oben und er sah ihr hinterher. Frauen. Er würde sie nie verstehen.

Als Penny zurückkam, waren ihre Haare ordentlich gekämmt und steckten in einem lockeren Pferdeschwanz. Auf dem Weg zur Tür griff er nach ihrem Arm.

»Hör mal, es tut mir leid wegen …«, er deutete auf den Schuppen, »der Flirterei und so. Ich möchte nichts tun, wobei du dich unwohl fühlst, und ganz sicher will ich dich nicht verletzen, aber ich wäre gern mit dir befreundet. Ich verspreche auch, ab jetzt nicht mehr mit dir zu flirten.«

Einen Moment lang musterte sie ihn forschend, lächelte dann jedoch: »Ich wäre auch gern mit dir befreundet.«

Sie streckte ihm eine Hand entgegen und er schüttelte sie lächelnd. Beim Gefühl von ihrer Haut an seiner durchzuckte ihn ein kleiner elektrischer Schlag. Ihre Augen sprühten vor Glück und schienen ihm bereitwillig zu vertrauen, obwohl er sich selbst kaum traute. Eine Freundschaft war für alle Beteiligten am besten.

* * *

Pennys Herz rutschte ihr in die Hose, als sie auf die Küste zugingen und ihr klar wurde, dass die Schlittschuhbahn direkt vor der *Sardine* verlief, dem Pub von Chris' Eltern. Seit acht Jahren versuchte sie, diesen Ort zu meiden. Seine Eltern waren immer sehr nett zu ihr gewesen und hatten sich auf ihr erstes Enkelkind gefreut, obwohl sie recht früh in ihrer noch jungen Beziehung schwanger wurde. Doch nach der Fehlgeburt und der Trennung kurz darauf hatte Chris allen, die es mies von ihm fanden, dass er sie nur wenige Tage nach dem Verlust ihres Babys sitzen gelassen hatte, erzählt, dass sie verwirrt, gestört und ein Fall für die Klapsmühle sei. Glücklicherweise hatten die meisten Leute ihm nicht geglaubt. Sie war nicht ganz sicher, was seine Eltern dachten, aber dass sie sie in den Monaten nach dem Tod ihres Enkelkinds nicht besucht hatten, hieß vermutlich, dass sie die Lügen ihres Sohnes für bare Münze genommen hatten. Manchmal sah Penny sie in der Stadt, doch sie waren bei ihrem Anblick immer schnell in die andere Richtung davongeeilt, was die unangenehme Situation noch verschlimmert hatte. Zum Glück lebte Chris nicht mehr in White Cliff Bay, aber manchmal kam er her, um seine Eltern zu besuchen. Der Gedanke, ihm dabei über den Weg zu laufen, wenn sie ihm gegenüber immer noch so viel Wut hegte, war nicht gerade reizvoll.

Sie betrachtete die Eisbahn und beschloss, den Abend zu genießen und nicht zuzulassen, dass ihre Gefühle Henry und Daisy den Spaß verdarben.

Ein Feuerspucker unterhielt die Menge mit seinem gefährlichen Talent und der goldfarbene Schein der Flammen stand in krassem Gegensatz zu der glitzernden Eisbahn im Hintergrund.

Die Schlittschuhbahn wirkte magisch und einladend. Darüber hingen kreuz und quer Lichterketten und sandten Lichtkegel auf die dunklen Wellen, die unmittelbar hinter der Eisbahn ans Ufer rollten. Bis Weihnachten waren es nur noch neun Tage, und wie es schien, waren die Festlichkeiten bereits in vollem Gange.

Lächelnd beobachtete Penny die jungen und alten Paare, die eng umschlungen graziös an ihr vorbeiliefen. Dazwischen erblickte sie Familien mit kleinen Kindern, die sich an den Händen hielten und dadurch kleine Menschenketten auf der Schlittschuhbahn bildeten.

Sie bezahlten und zogen sich ihre Schlittschuhe an. Penny stand wacklig auf. Wie sollte man in diesen Dingern bloß laufen, ganz zu schweigen davon, elegant übers Eis gleiten? Ihre Füße taten jetzt schon weh, aber das lag vermutlich daran, dass die Muskeln nicht gewohnt waren, ihre Fußgelenke in so einer aufrechten Position zu halten. Sie schwankte zum Eingang und wusste, dass alle Versuche, Henry zu beeindrucken und sexy auszusehen, gerade kläglich gescheitert wären. Daisy betrat als Erste das Eis und schoss mit der Leichtigkeit eines Menschen davon, der bereits seit Jahren Schlittschuh lief. Henry wartete auf sie und streckte ihr beide Hände entgegen, damit sie sich daran festhalten konnte.

Sie griff zu und betrat das Eis. Sofort benahmen sich ihre Beine wie die von Bambi und glitten in unterschiedliche Richtungen davon. Sie versuchte, auf der Stelle zu laufen, um sich vor einem Sturz zu retten. Durch ihr Quieken zog sie eine Menge unerwünschte Aufmerksamkeit auf sich. Henry zog sie zu sich heran und hielt sie aufrecht, indem er ihr die Arme um den Rücken legte und ihr Gesicht an seine Brust presste.

Oh Gott, in seinen Armen zu liegen, fühlte sich toll an. Er war warm und stark. Vorsichtig legte sie ihm die Hände um die Taille und versuchte, sich aufzurichten, doch die Emotionen, die über sie hinwegspülten, weil er sie hielt, trugen nicht dazu bei, ihre Nerven zu beruhigen.

»Keine Panik, ich habe dich. Ich lasse dich nicht fallen, vertrau mir«, bat Henry leise. Er sprach geduldig und sanft mit ihr wie mit einem verängstigten Kind.

Er hielt ihre Unterarme fest umklammert, zog sich leicht von ihr zurück und hielt sie aufrecht.

»Okay, entspann dich. Geh ein wenig in die Knie und beug dich ein bisschen vor. Ich drehe dich jetzt um. Schau mich an, nicht auf deine Füße.«

Sie sah zu ihm auf und er begann, auf für sie unfassbare Weise rückwärts übers Eis zu gleiten und sie mitzuführen. Ab und zu warf er einen Blick über die Schulter, aber davon abgesehen, waren seine Augen die ganze Zeit über auf sie gerichtet.

»Du machst das toll. Schau nicht nach unten.«

Sie sah sich um und stellte überrascht fest, dass fast jeder auf dem Eis und auch die Zuschauer sie und Henry beobachteten. Lief sie wirklich so schlecht, dass sich alle über ihre wackligen Fahrkünste amüsierten? Peinlich berührt, wurde sie rot.

»Was ist los?«

»Die Leute starren uns an.«

»Ach wo, mach dir nicht so viele Gedanken.«

Sie blickte sich erneut um. »Doch, sie starren uns definitiv an.«

Henry bemerkte es nun ebenfalls und runzelte angesichts der vielen Blicke, die ihnen folgten, die Stirn.

»Wahrscheinlich gucken sie meinetwegen. Du weißt doch, ich bin der Neue in der Stadt. Die Leute sind vermutlich einfach neugierig«, versuchte er, sie zu beruhigen.

Sie musterte einige der Stadtbewohner. Manche lächelten ihr aufmunternd zu und Suzanna, eine ältere Dame, mit der sie gut bekannt war, reckte den Daumen und grinste sie breit an, als sie an ihr vorbeifuhren. Plötzlich erkannte Penny, warum sie so viel Aufmerksamkeit erhielten: Die Leute dachten, sie und Henry seien ein Paar, und freuten sich, weil es seit mehr als acht Jahren das erste Mal war, dass Penny sich mit einem Mann zeigte. Wie peinlich, denn es stimmte ja nicht.

»Die Leute glauben, wir seien zusammen«, erklärte Penny leise. »Tut mir leid, die Menschen hier kommen nicht viel raus, und dass ich mit einem Mann Händchen halte, hat für sie Schlagzeilenwert.«

Henry lächelte. »Mich stört das überhaupt nicht, und dich sollte es auch nicht stören. Wenn die Leute glauben wollen, dass ich mit einer wunderschönen Frau zusammen bin, dann habe ich nichts dagegen.«

Bei dem Kompliment wurde Penny erneut rot.

»Jetzt heb deine Füße ein wenig an, damit du üben kannst, wie man das Gewicht verlagert.« Er demonstrierte es, indem er seine Füße nacheinander vom Eis abhob und es mehrere Male wiederholte.

Penny ignorierte die forschenden Blicke, beobachtete seine Füße und versuchte, es ihm nachzumachen. Überraschenderweise war es gar nicht so schwer.

Er gab ihr noch einige weitere Tipps, zum Beispiel, wie sie die Beine nach hinten schieben sollte, und kurz darauf glitt sie über das Eis. Obwohl er immer noch ihre Hände festhielt, hatte sie inzwischen das Gefühl, beinahe eigenständig zu laufen. Er war ein toller Lehrer – sehr geduldig und er erklärte verständlich.

Dann hielt er sie an und drehte sie an seine Seite, sodass er nur noch eine ihrer Hände festhielt. »Lass uns das mal probieren. Ich verspreche, dich nicht fallen zu lassen.«

Sie glaubte ihm. Vorsichtig setzte sie sich in Bewegung und stellte erfreut fest, dass sie den Dreh allmählich raus zu haben schien, obwohl sich ihre Beine von der Belastung inzwischen ein wenig zittrig anfühlten. Die Füße taten ihr immer noch weh, und manche Muskeln, deren Existenz sie nicht mal geahnt hatte, meldeten sich schmerzhaft. In diesem Moment erblickte sie Daisy, die zu ihnen herüberstarrte. Penny wollte keinesfalls, dass Daisy sich ausgeschlossen fühlte, also hielt sie an und fasste sich in die Seite.

»Ich brauche mal eine kleine Pause. Fahr doch ein bisschen mit Daisy und ich komme in ein paar Minuten zurück.«

Henry nickte und führte sie sicher vom Eis, ehe er zu Daisy hinüberfuhr und sie über die Schlittschuhbahn jagte.

Penny setzte sich auf eine Bank, zog die Schlittschuhe aus und lehnte sich gegen die Ufermauer. Nur etwa zwanzig Meter unter ihr krachten die Wellen gegen die Felsen und sie sah hinüber zu dem kleinen rot-weiß gestreiften Leuchtturm, der die Schiffe vor den felsigen kleinen Inseln warnte, die die Bucht umgaben.

Über das Donnern der Wellen hinweg hörte sie Gelächter von der anderen Seite der Ufermauer.

Penny kniete sich hin und spähte über die Mauer. Die Ablaufbahn hinter ihr, auf der die Boote zu Wasser gelassen wurden, wirkte leer, doch da erregte eine Bewegung ganz am äußersten Ende, wo sie aufs Wasser traf, Pennys Aufmerksamkeit.

Wegen der hellen Lichter der Eisbahn verengte sie die Augen ein wenig und erkannte zwei Jungen, Sam und Alex, die dicht am Wasserrand spielten. Die Wellen schlugen nur wenige Zentimeter von ihnen entfernt theatralisch gegen die Ufermauer, doch die Jungen schienen das überhaupt nicht zu bemerken.

Wo waren denn Mike und Pippa, die Eltern der beiden?

Tagsüber spielten viele Kinder auf der Ablaufbahn, allerdings normalerweise nur bei Ebbe. Im Lauf der Jahre waren drei Schiffe in der Bucht gesunken und beinahe wöchentlich wurden kleine Schätze wie Teller, Tassen, Münzen, Schmuck und diverses Segelzubehör angespült. Das meiste davon war völlig wertlos, aber für die Kinder der Stadt war die Ablaufbahn die reinste Fundgrube. Sie beobachtete, wie Sam und Alex ihre Eimer mit Glasstückchen und anderen kleinen Schätzen füllten.

Sie sah sich nach Mike und Pippa um. Die beiden hatten den Kindern doch bestimmt nicht erlaubt, bei Flut dort unten zu spielen?

Plötzlich spülte eine große Welle über die Ablaufbahn und bedeckte die Jungen vollständig. Und als sich das Wasser zurückzog, stand zu Pennys Entsetzen nur noch einer von ihnen dort.

Kapitel 8

Bevor sie genau wusste, was sie da tat, war Penny schon aufgesprungen, hüpfte über die kleine Absperrung der Eisbahn und rannte zur Ablaufbahn hinüber.

Sie lief an Daniel vorbei, Maggies Ehemann, der seine beiden kleinen Söhne im Schlepptau hatte. Erschrocken sah er ihr nach.

»Hol Hilfe, ruf das Rettungsboot!«, rief sie ihm zu und sprintete weiter die Ablaufbahn hinunter. Noch im Laufen zog sie ihren Mantel aus.

Alex, der Ältere der beiden Jungen, stand am Rand und versuchte, Sam zu erreichen, der im Wasser kämpfte. Doch er war viel zu weit weg.

Penny schnappte Alex an einem Arm und zog ihn vom Rand weg. »Hol Hilfe!«

»Aber …« Alex schluchzte.

»Los!«

Alex rannte zum Ufer hinauf und Penny sprang ins Wasser. Eisige Wellen schlugen über ihr zusammen und das Gewicht ihrer Kleidung zog sie nach unten. Sie schwamm, so weit sie konnte, unter Wasser an die Stelle, wo sie Sam zuletzt gesehen hatte. Unter der Wasseroberfläche ging das leichter, weil sie da nicht gegen die Wellen ankämpfen musste. Dann tauchte sie auf und wurde sofort von einer Welle überrollt. Die Kälte durchdrang jeden Zentimeter ihres Körpers und sie versuchte blinzelnd, Sam zu entdecken. Einen Moment lang tauchte ein blonder Haarschopf über den Wellen auf und war eine Sekunde später wieder verschwunden. Penny schwamm darauf zu und kämpfte mit aller Kraft gegen die Wellen an. Sie entdeckte den Jungen nur wenige Meter von sich entfernt, doch als sie versuchte, ihn zu greifen, rissen ihn ihr die Wellen aus der Hand. Sie schwamm und schob und tastete umher und schließlich bekam sie seine Kapuze zu fassen und zog seinen kleinen Körper zu sich heran. Sie versuchte verzweifelt, seinen Kopf über Wasser zu halten, während eine weitere Welle über ihnen zusammenschlug. Sie konnte nichts sehen und bekam keine Luft, doch mit ganzer Kraft presste sie Sams Körper an sich. Als sie kurz darauf wieder auftauchten, erkannte sie eine Menge Menschen auf der Ablaufbahn, ehe sie erneut von einer Welle verschluckt wurden. Sie kämpfte sich in Richtung Ufer, doch die Wellen um sie herum zogen sie immer weiter vom Land weg. Wild strampelte sie mit den Beinen, doch es schien hoffnungslos.

Plötzlich begannen die Menschen auf der Ablaufbahn zu winken und deuteten hektisch auf sie und Sam. Einige jubelten sogar.

Sie drehte sich um und sah das grellorangefarbene Rettungsboot durchs Wasser pflügen. Die Rettungsmannschaft suchte im Wasser nach ihnen, konnte sie jedoch nicht entdecken. Zu winken traute sie sich nicht, aus Angst, sie könnte dann Sam aus ihrem Griff verlieren.

Die Wellen schlugen über ihnen zusammen, und sie hoffte inständig, dass das Rettungsteam sie rasch finden würde.

Vom Boot her drang Rufen zu ihr und unmittelbar darauf wurde ihr ein Seil mit einem kleinen Schwimmkörper daran zugeworfen. Sam fest im Arm, griff sie danach und ließ sich zum Boot ziehen.

Sie hob Sam aus dem Wasser, damit die Männer ihn ihr abnehmen konnten, doch dadurch tauchte sie unter. Eine Hand griff nach ihr und zog sie zurück an die Wasseroberfläche.

Mit trübem Blick sah sie in die Augen ihres Freundes George, der sie mit wilder Entschlossenheit festhielt. Eine weitere Hand griff nach ihrem zweiten Arm und George und ein anderer Mann zogen sie an Bord.

George kniete sich vor sie hin und zog ihr eine Rettungsweste über den Kopf. »Geht es dir gut?«

Sie nickte, unfähig zu sprechen. Die kalte Nachtluft schnitt ihr in die Haut.

Rasch manövrierte George das Boot zurück zur Ablaufbahn. Penny sah hinüber zu Sam, der sich in Daves Arme kuschelte. Er zitterte, doch er lebte und schien unverletzt.

Das Boot schlug seitlich am Steg an. Dave stand auf und beugte sich vor, um Sam an seinen Vater weiterzureichen.

George half Penny auf die Beine und Dave reichte ihr eine Hand, um sie ans Ufer zu führen. Plötzlich stand Henry vor ihr und hob sie aus dem Boot. Er zog ihr die Rettungsweste aus und hüllte sie fest in seinen Mantel, obwohl das kaum etwas gegen die Kälte ausrichtete. Wütend starrte er auf sie herab.

»Bringt sie in die *Sardine*«, schlug jemand vor. »Dort brennt der Kamin.«

Oh Gott, bloß nicht.

Henry marschierte durch die Menge und zog sie mit sich.

»Wo ist der Pub?«, fragte er und anscheinend antwortete ihm jemand, denn er machte sich in die richtige Richtung auf, ohne seinen Griff von ihr zu lösen.

Die Menge scharte sich um sie und schob sie die Rampe hoch, weil Pennys Beine nicht in der Lage schienen, allein zu laufen. Bei jeder Bewegung von ihr und jeder Berührung durch andere kam ihre nasse Kleidung jedoch in Kontakt mit ihrer Haut und ließ sie noch stärker frieren.

Sie nahm vage wahr, dass auch Henry nur Socken trug. Offensichtlich hatte er die Schlittschuhe irgendwann ausgezogen.

Als die *Sardine* vor ihnen auftauchte, versuchte sie, sich zurückzuziehen, doch das ließen er und die Menge nicht zu. Kurz darauf hüllte die Wärme des Pubs sie ein, und Penny hoffte inständig, dass Chris heute Abend nicht unter den Gästen sein würde. Menschen drängten sich um sie und es gab eine Menge Rufe und Verwirrung und die Ansage, aus dem Weg zu gehen, als Henry sie zum Feuer zog.

Wo war Sam? Man würde ihn doch sicher auch hierherbringen? Penny sah sich um und wurde dann in einen Sessel direkt vor dem Feuer gedrückt. In diesem Moment begegnete ihr Blick dem von Kathleen, Chris' Mum, die sich durch die Menge drängte, um zu sehen, was der Aufruhr zu bedeuten hatte.

Man musste ihr zugutehalten, dass sie nur den Bruchteil einer Sekunde zögerte, als sie sah, um wen es da ging, ehe sie aktiv wurde.

»Na los, Penny, holen wir dich aus diesen nassen Klamotten heraus.« Kathleen nahm ihre Hand und zog sie durch die Tür, die in den Wohnbereich führte.

Trotz der Kälte und Erschöpfung bemerkte Penny, dass sich nichts verändert hatte, seit sie während der Zeit mit Chris beinahe täglich hier gewesen war. Die dunklen Holzpaneele, der geflieste Boden, die Fotos an den Wänden – alles war noch genauso wie früher.

Sogar Kathleen hatte sich nicht verändert. Vielleicht hatte sie inzwischen einige Falten mehr um die Augen und ein wenig mehr Grau in den Haaren, aber im Großen und Ganzen sah sie aus wie immer. Sie trug sogar eins ihrer Lieblingsshirts, das

Penny schon oft an ihr gesehen hatte, als sie noch mit Chris ausging.

Der Geruch nach diversen Reinigern und Alkohol, der nie ganz verschwand, war noch genauso dominant wie früher und vermischte sich mit Essensgerüchen aus der Küche.

Penny wollte diese Erinnerungen nicht; acht Jahre lang hatte sie sorgfältig darauf geachtet, sie unter Verschluss zu halten. Am Abend ihrer Fehlgeburt war sie hier gewesen und der Gedanke daran kehrte jetzt mit voller Wucht zurück. Panik, Angst und ein unglaubliches Verlustgefühl durchzuckten sie, gekoppelt mit der Erinnerung daran, wie mies Chris sie danach behandelt hatte.

Kathleen ging mit ihr nach oben zum Schlafzimmer und ihr schien dieses Wiedersehen unangenehm zu sein.

»Möchtest du gern duschen oder baden, um dich aufzuwärmen?«

Penny schüttelte den Kopf. Sie wollte so schnell wie möglich hier verschwinden, und Kathleen nickte verständnisvoll.

Sie legte Penny einige saubere Kleidungsstücke und ein Handtuch aufs Bett und blieb dann einen Moment lang unbeholfen in der Tür stehen.

»Danke«, murmelte Penny.

Kathleen lächelte ihr verhalten zu und verließ dann den Raum.

Trotz der kalten Finger schaffte Penny es schließlich, sich die nasse Kleidung auszuziehen. Sie trocknete sich ab und zog in Rekordgeschwindigkeit die warmen Sachen der Mutter ihres Ex-Freunds an. Sie musste hier raus – die Brust wurde ihr eng und ihre Kehle war vor unterdrückten Emotionen ganz rau.

Penny sah sich nach einer Plastiktüte um, in die sie die nasse Kleidung stecken konnte. Sie entdeckte eine vor der Kommode. Vorsichtig holte sie den Inhalt heraus und legte ihn aufs Bett, doch als sie die winzigen Babysachen und einen

Teddybären mit dem Wort »Enkelsohn« auf der Brust erblickte, setzte ihr Herz einen Schlag lang aus. Da Chris ein Einzelkind war, mussten die Sachen für ihn sein beziehungsweise für seinen Sohn. Sie strich über den weichen Bären und fühlte sich völlig taub, doch das hatte nichts mehr mit der Kälte zu tun. Durch die Gerüchteküche hatte sie erfahren, dass Chris geheiratet hatte, doch von einem Sohn hatte sie nichts gewusst. Diese Information hatten ihr die Tratschweiber erspart. Sie schloss die Augen und betete, dass der kleine Junge, für den dieser Bär gedacht war, von seinem Vater geliebt und vergöttert wurde und nicht so gehasst wie ihr Kind all die Jahre zuvor. Sie hoffte aus ganzem Herzen, dass Chris zu einem wundervollen Mann wie Henry geworden war, der Daisy so sehr liebte, dass in seinem Herzen kein Platz für jemand anderen blieb.

Sie steckte die nasse Kleidung in die Tüte und ging die Treppe hinunter. Als sie den Pub betrat, ertönte ein lautes Jubeln ihres »Fanklubs«. Alle versammelten sich um sie, klopften ihr auf den Rücken und versuchten, ihr Getränke in die Hand zu drücken.

Penny bekam kaum noch Luft und die Enge in ihrer Brust wurde allmählich unerträglich. Plötzlich tauchte Henry vor ihr auf. In seinen Augen las sie ein ganzes Kaleidoskop an Emotionen.

»Ich kann hier nicht bleiben, ich möchte nach Hause.«

Er nahm ihre Hand und zog sie durch den Pub zum Ausgang, trotz der gestöhnten Proteste hinter ihnen. Die Leute hatten offenbar vor, Pennys Heldentat bis in die frühen Morgenstunden zu feiern, doch sie war davon überzeugt, dass sie das auch ohne ihre Anwesenheit tun würden.

Draußen war es bitterkalt und Penny wusste, dass es ihr sogar noch kälter vorkam, weil sie immer noch nicht richtig aufgewärmt war. Ihr taten jeder Muskel im Leib und der gesamte Körper weh.

»Bleibt ruhig hier und genießt das Schlittschuhlaufen, ich rufe mir ein Taxi«, schlug Penny leise vor, als Henry sie ein Stückchen über die Straße führte.

»Daisy holt gerade unsere Schuhe. Ich habe das Auto so nahe herangebracht, wie ich konnte.« Er bugsierte sie auf den Beifahrersitz, und bevor er auf dem Fahrersitz Platz nehmen konnte, war Daisy schon hinten eingestiegen.

»Tut mir leid, dass ich euch den Abend verdorben habe.«

Ungläubig starrte Henry sie an. »Indem du ein Kind gerettet hast. Du hast recht, das war wirklich egoistisch von dir. Ich habe dich ins Meer springen sehen. Keine Ahnung, ob ich dir zu deinem Mut gratulieren oder wegen deiner Dummheit mit dir schimpfen soll. Du hättest sterben können.«

»Dann entscheiden wir uns doch für Gratulationen zu ihrem Mut, oder, Dad?«, schlug Daisy vom Rücksitz aus vor und drückte Penny die Schulter. »Du bist eine Heldin.«

Besonders heldenhaft fühlte Penny sich allerdings nicht; genau genommen spürte sie in diesem Moment überhaupt keine Emotionen.

Henry schien zu ahnen, dass sie nicht reden wollte, und daher fuhren sie die gewundenen Straßen schweigend zurück. Je weiter sie sich von der *Sardine* entfernten, desto mehr löste sich der Druck in ihrer Brust. Sie versuchte, ihre Gefühle zu ordnen. Um das Baby hatte sie bereits ausgiebig vor acht Jahren getrauert, daher ergab es keinen Sinn, deswegen jetzt wieder unglücklich zu sein. Doch das Betreten der *Sardine* hatte die Erinnerung an jenen schrecklichen Abend zurückgebracht. Nach dem Tod des Babys hatte sie von Chris Schlag um Schlag einstecken müssen, und aus irgendeinem Grund war das für sie alles mit dem Pub verbunden. Er hatte sie nicht nur zwei Tage nach der Fehlgeburt verlassen, sondern auch gemeine Lügen über sie verbreitet. Als sie schließlich herausfand, dass er während ihrer gesamten Schwangerschaft mit Jade geschlafen hatte, war das für sie der ultimative Verrat gewesen.

Die Entdeckung, dass Chris inzwischen Vater geworden war, hatte sie schockiert, erst recht, nachdem er damals so vehement gegen das Baby gewesen war. Aber er war jung gewesen, genau wie sie. Dass sie nun wusste, dass er inzwischen erwachsen geworden war und sein Leben lebte, dass er hoffentlich ein besserer Mensch geworden war, ließ einen Großteil der Bitterkeit und der Wut, die sie ihm gegenüber hegte, verschwinden. Vielleicht führte der Verlust seines Babys vor all diesen Jahren nun dazu, dass er seinen kleinen Jungen wie einen Prinzen behandelte und richtig zu schätzen wusste, was für ein Geschenk er war. Das hoffte sie für ihn.

Sie fuhren vor ihrem Haus vor. Penny verabschiedete sich von Henry und Daisy und ging ins Haus. Dort lief sie nach oben und zog sich rasch um. Kathleens Kleidung war zwar sauber gewesen, roch aber immer noch nach dem Pub.

Als sie im Schlafanzug zurück nach unten kam, wartete Henry dort auf sie. Er hatte Feuer gemacht und der goldfarbene Schein erfüllte den Raum mit Wärme und Licht.

»Geht es dir gut?«

Sie ging näher zu ihm hinüber, zögerte jedoch, weil sie nichts lieber wollte, als sich in seine Arme zu werfen, damit er sie festhielt, aber sie hatte nicht die geringste Ahnung, wie sie ihn darum bitten sollte. Doch irgendwie wusste er instinktiv, was sie brauchte, und gab es ihr. Mit einem großen Schritt war er bei ihr und zog sie an sich. Sie schlang ihm die Arme um die Taille und lehnte den Kopf an seine Brust.

Er fühlte sich so gut an, so warm und fest und verlässlich. Obwohl sie ihn erst kurz kannte, vertraute sie ihm unerklärlicherweise. Alles floss aus ihr heraus, das Adrenalin und die Angst bei Sams Rettung, die Erinnerungen im Pub, ihre Wut auf Chris, ihre Unfähigkeit und Furcht, sich von der Vergangenheit zu lösen. In diesem Moment in seinen Armen sah sie zum ersten Mal seit langer Zeit eine Zukunft für sich. Und selbst falls diese Zukunft diesen Mann nicht mit einschloss, würde sie sich verdammt noch mal nicht länger verstecken.

Eine gefühlte Ewigkeit lang hielt sie sich an ihm fest.

Penny sah zu ihm auf. »Danke. Du hast ja keine Ahnung, wie sehr ich das gebraucht habe.«

Er legte seine großen, rauen Hände an ihre Wangen und küsste sie auf die Stirn. Sehnsüchtiges Verlangen nach ihm durchzuckte sie mit einer solchen Wut, dass es beinahe wehtat. Sein Blick fiel auf ihre Lippen. Im Schein des Feuers erkannte sie, wie er sich verdunkelte. Diesmal zögerte sie nicht – sie zog ihn zu sich heran und küsste ihn.

Kapitel 9

Er reagierte sofort; sanft hielt er ihr Gesicht umfasst und seine Lippen berührten ihre in einem weichen Kuss. Er leckte ihr über die Unterlippe und sie öffnete den Mund für ihn. Als seine Zunge ihre berührte, explodierte sein Geschmack in ihrem Mund und sie errötete, als ein tiefes Stöhnen aus ihrer Kehle drang. Sein süßer, würziger Duft drang in ihre Sinne und seine Berührung an ihrem Gesicht und an ihren Lippen war zu viel auf einmal. Sie wollte jede dieser Empfindungen separat erleben, jedes Gefühl, jeden Moment und alles für sich langsam genießen, doch dafür blieb keine Zeit.

Irgendwann zog er sich leicht zurück und sah sie lächelnd an. »Das habe ich schon tun wollen, seit du mir am ersten Abend die Tür aufgemacht hast.«

Sie erwiderte sein Lächeln. »Ich auch.«

Er ging mit ihr zum Sofa, setzte sich und zog sie an seine Brust. Dann legte er ihr einen Arm um die Schultern.

»Möchtest du über den heutigen Abend reden?«, fragte er sanft.

Sie nickte und erzählte ihm von Chris, seinen Eltern und ihrem Enkel, und er hörte ihr aufmerksam zu, ohne sie zu unterbrechen oder den Blick abzuwenden. Es war geradezu befreiend, nach so langer Zeit jemandem davon zu erzählen. Während sie redete, wickelte er sie in eine Decke und wärmte sie mit dieser freundlichen Geste nicht nur von außen, sondern auch von innen.

Als sie fertig war, legte sie den Kopf an seine Brust und schloss die Augen. Sie fühlte sich, als wäre sie gerade einen Marathon gerannt. Obwohl sie nicht genau wusste, was die Zukunft für sie und Henry bringen würde, schien es in diesem Moment, in seinen Armen, egal zu sein.

Er bewegte sich leicht unter ihr und sie packte instinktiv sein T-Shirt, ließ es jedoch schnell wieder los. Dann öffnete sie die Augen und sah, dass er sie anlächelte.

»Keine Angst, ich gehe nirgendwo hin.«

Mit einem Lächeln auf den Lippen gestattete sie sich einzuschlafen.

* * *

Als Henry am nächsten Morgen erwachte, lag er ausgestreckt auf dem Sofa und Penny auf ihm. Ihr Gesicht hatte er an seinem Hals vergraben. Ihr sanfter Atem auf seiner Haut war eins der wunderbarsten Gefühle, die er je verspürt hatte.

Ständig musste er an den Kuss denken – wie er sich angefühlt und wie sie geschmeckt hatte. Er wollte noch viel mehr.

Mit einem Mal überkamen ihn Schuldgefühle. Zum ersten Mal in seinem Leben hatten seine ersten Gedanken nicht Daisy gegolten. Sie hatte ihn ausdrücklich darum gebeten, nichts mit Penny anzufangen, und obwohl er ihr nichts versprochen hatte, hatte er ihren Wunsch respektieren und der Sache Einhalt gebieten wollen. Doch als Penny ihn am Vorabend geküsst und er diesen Kuss eindeutig erwidert hatte, war ihm das nicht mal in den Sinn gekommen. Mist. Daisy hatte ihn nur um eins gebeten, und genau das hatte er trotzdem getan. Dabei wollte er Daisy keinesfalls verärgern oder verletzen.

Allerdings steckte er dafür schon viel zu tief in der Sache drin. Er mochte Penny wirklich. Vielleicht sollte er erst mal abwarten, wie sich die Dinge im Lauf der nächsten Tage entwickelten. Womöglich passierte ja gar nichts zwischen ihnen, und dann wäre es sinnlos, es Daisy gegenüber überhaupt zu erwähnen. Möglicherweise blieb es bei diesem einen Kuss. Er kannte Penny jedoch erst seit einigen Tagen und hatte sie bereits geküsst und die Nacht mit ihr verbracht, wenn auch auf eine ritterlichere Art, als er das sonst bei Frauen tat. Es sah nicht so aus, als wäre die Sache lediglich eine Affäre.

Sein Blick fiel auf die Uhr über dem Kamin, und er wusste, dass er aufstehen musste, obwohl er am liebsten den ganzen Tag so verbracht hätte. Er wurde heute für ein paar Stunden im Möbelwerk erwartet, damit seine Kollegen ihn etwas herumführen und er sich mit den Werkzeugen und der Ausrüstung vertraut machen konnte. Außerdem sollte er seinen direkten Vorgesetzten sowie einige Leute aus seinem Team kennenlernen.

Er verlagerte das Gewicht und versuchte, aufzustehen, ohne Penny aufzuwecken, doch sie schlug die Augen auf.

»Hi«, sagte er und widerstand der Versuchung, ihr die Haare aus dem Gesicht zu streichen.

»Hi.«

»Ich muss los. Ich soll heute im Betrieb vorbeikommen, und ich möchte nicht, dass Daisy aufwacht und ich nicht da bin.«

»Das verstehe ich.« Sie setzte sich auf und rutschte von ihm herunter, sodass er aufstehen konnte. Sie wirkte schläfrig und sehr niedlich.

»Sie wird dich bestimmt fragen, ob sie rüberkommen kann. Schick sie einfach weg, falls sie dir auf die Nerven geht.«

»Ich habe sie gern um mich, sie ist wirklich bezaubernd.«

Er nickte und wusste nicht so recht, wie er sich verabschieden sollte.

»Danke, dass du gestern Abend hier warst und bei mir geblieben bist und für …« Sie verstummte und berührte ihre Lippen bei der Erinnerung an den Kuss. Auch in seinem Kopf tauchten die wunderbaren Erinnerungen auf.

Lächelnd winkte er ihr kurz zu und ging. Gott, dieser Kuss war so grandios gewesen, dass er am liebsten zurückgegangen wäre und ihn wiederholt hätte. Er schaffte es bis in die Küche, ehe seine Selbstkontrolle ihn verließ. Schnell ging er zurück, nahm ihr Gesicht zwischen die Hände und küsste sie heftig. Zuerst schien sie ein wenig erschrocken, doch dann schlang sie ihm die Arme um den Hals, fuhr mit den Fingern über die feinen Haare an seinem Hinterkopf und erwiderte seinen Kuss. Dann zog sie sich leicht zurück.

»Du musst los.«

Er nickte und gab ihr noch einen schnellen Kuss. »Wir sehen uns heute Abend.«

Plötzlich freute er sich deutlich mehr auf seinen Tag. Als er durch die Verbindungstür ging, kam Daisy gerade die Treppe herunter. Schuldgefühle überfielen ihn. Warum hatte er nicht an Daisy gedacht, als er die Nacht mit seiner wunderbaren Nachbarin kuschelnd auf der Couch verbracht hatte?

Entsetzt riss sie die Augen auf, als sie erkannte, dass er noch dieselbe Kleidung wie am Vorabend trug.

»Hast du die Nacht mit ihr verbracht?«

Er schloss die Tür hinter sich. »Ja, aber nicht so, wie du denkst. Sie war durcheinander und ich habe sie getröstet. Dann bin ich auf dem Sofa eingeschlafen, aber ich kann dir versichern, dass wir beide angezogen waren. Ich bin einfach bei ihr geblieben, das ist alles.«

Das und zwei unglaublich schöne Küsse, aber davon wollte er Daisy momentan noch nichts erzählen. Er musste erst selbst herausfinden, wie er zu Penny stand, bevor er seine Tochter informierte. Dass sie nicht glücklich darüber sein würde, war ihm klar.

»Ich muss duschen und dann fahre ich für ein paar Stunden ins Möbelwerk. Kommst du hier allein zurecht?«

Daisy nickte. »Ich frage mal Penny, ob sie mich wieder beim Eisschnitzen zuschauen lässt. Oder vielleicht können wir mit Bernard Gassi gehen.«

»Aber geh ihr nicht auf den Geist. Sie hat bestimmt viel mit ihren Aufträgen zu tun, und ich glaube, dass heute Abend auch der Wettbewerb stattfindet.«

»Ich werde ihr nicht im Weg stehen.«

Er lächelte. »Da bin ich sicher.«

Schnell lief er die Treppe hinauf. Sie sollte niemals wieder das Gefühl haben, jemandem im Weg zu sein.

* * *

Penny betrachtete die Blumen. Sträuße in allen Farben, Größen und Zusammenstellungen bedeckten ihren Tisch. Sie nippte an ihrem Tee und fragte sich, ob es sicher war, später in die Stadt zu gehen, oder ob die Menschen sie auf ihre Schultern setzen und mit ihr durch die Straßen ziehen würden. Vielleicht wäre es einfacher, wenn sie hier oben bliebe.

Sie hörte, wie die Verbindungstür geöffnet wurde, und erspähte durch die Blumen ein Paar pinkbestrumpfte Füße, die vermutlich Daisy gehörten.

»Wow, ist jemand gestorben?«, wollte Daisy wissen.

»Die Blumen stammen von Sams und Alex' Eltern, Großeltern, Tanten, Onkeln, Nachbarn und allen anderen in der Stadt, die von unserem kleinen Abenteuer gestern

Abend erfahren haben. Dass Pippa, die Mutter der Jungs, die Bürgermeisterin von White Cliff Bay ist, hat es nur schlimmer gemacht. Es bringt einem einen gewissen Ruhm ein, wenn man die Kinder der Bürgermeisterin rettet.«

»In diesem Fall erhältst du doch sicher das Victoria-Kreuz oder eine andere Medaille.«

Penny lachte. »Ich habe etwas viel Besseres bekommen: In meinem Kühlschrank befinden sich fünf Kuchen und vier Flaschen Wein. Möchtest du gern ein Stück Kuchen?«

»Sehr gern, wenn eins übrig ist.« Daisy setzte sich Penny gegenüber und machte sich einen kleinen Platz frei, sodass sie Penny trotz der Blumen sehen konnte. Penny stand auf, um den Kuchen zu holen. »Dann waren die Eltern von Sam und Alex also hier?«

»Ja, ich kam gerade von meinem Spaziergang mit Bernard zurück. Sie standen vor der Haustür, und seither sind die Lieferungen nicht abgerissen.«

»Was haben sie gesagt? Wir haben einen Mann gesehen, der aus dem Café gerannt kam, als alles losging. Vermutlich war das der Vater. Was für Eltern lassen denn ihre Kinder draußen auf der Straße spielen, während sie sich in ein Café setzen? Alex war doch höchstens acht oder neun und Sam sah aus wie fünf. Das ist doch eine Verletzung der Aufsichtspflicht.«

Penny stellte den Schokoladenkuchen auf einen Teller und schnitt zwei Stücke ab. »Pippa ist schwanger und wäre beinahe ohnmächtig geworden, als sie dem Feuerschlucker zusahen. Deshalb hat Mike sie schnell ins Café gebracht und den Jungs gesagt, sie sollten einen Moment da bleiben, wo sie waren. Insgesamt war er höchstens zwei Minuten weg.«

»Er hätte die beiden überhaupt nicht allein lassen dürfen.«

Penny lächelte über die Empörung von jemandem, der noch nie vierundzwanzig Stunden am Tag für ein Kind verantwortlich gewesen war.

»Man kann sie nicht jede Sekunde im Auge haben, und selbst falls doch, geschehen trotzdem Unfälle. Mike hat offenbar Jade gebeten, kurz auf die Jungs aufzupassen, solange er sich um Pippa kümmern musste.«

»Was? Das ist ja sogar noch schlimmer, als die beiden allein zu lassen!«

»Na ja, sie stand gerade am nächsten.«

»Und Jade ist einfach fortgegangen und hat die Jungs allein gelassen?«

»Mike hat keine Ahnung. Als er zurückkam, war sie nirgendwo zu sehen. Die beiden waren sehr dankbar und haben sich mehrmals entschuldigt. Ich finde, wir sollten nicht allzu hart mit ihnen ins Gericht gehen.«

Penny reichte Daisy den Kuchen und setzte sich wieder an den Tisch. Daisy nahm einen Bissen und stöhnte glücklich auf. »Na gut, wenn sie solchen Kuchen vorbeibringen, dann nicht. Dad liebt Schokoladenkuchen. Wenn du einen Weg zu seinem Herzen suchst, dann versuch es auf jeden Fall hiermit.«

Penny löffelte ein wenig Schokoladenglasur vom Teller und vermied absichtlich Daisys Blick. Sie hatte den Eindruck, dass Daisy nicht wollte, dass sie mit Henry zusammenkam, obwohl sie nicht genau wusste, warum.

»Ich weiß, dass er hier übernachtet hat.«

»Es ist nichts passiert«, versicherte ihr Penny unangenehm berührt. Abgesehen vom besten Kuss aller Zeiten. »Ich war ziemlich durcheinander.«

»Weswegen denn?«

Angesichts ihres Selbstbewusstseins, völlig ungeniert eine so private Frage zu stellen, musste Penny lächeln. »Der Pub gehört den Eltern meines Ex-Freunds. Das hat einige Erinnerungen zurückgebracht. Möchtest du heute an deiner Schneeflocke weiterarbeiten?«

Daisy bemerkte den Themenwechsel nicht, doch bei der Aussicht, wieder schnitzen zu dürfen, leuchteten ihre Augen auf.

»Ich nehme heute Abend am Wettbewerb teil. Du kannst mitkommen, wenn du möchtest. Dort lernst du auch einige andere Eisschnitzer kennen. Ich würde ja gern behaupten, dass es eine freundliche Gruppe ist, doch einige von ihnen sind ein bisschen merkwürdig. Trotzdem wird es bestimmt lustig. Manche von ihnen arbeiten völlig anders als ich und ich kann dir ihre Techniken erklären.«

»Das wäre super. Dad hat bestimmt nichts dagegen.«

»Prima. Josh wird übrigens auch da sein.«

Daisy grinste breit. »Er ist echt nett. Wir haben uns ein bisschen unterhalten, während wir gestern auf dich gewartet haben. Arbeitet er für dich?«

»Er ist mein Assistent und für alles Schwere verantwortlich. Die Eisskulpturen haben ein ziemliches Gewicht und man braucht zwei Personen, um sie zu transportieren. Er kommt zwei- bis dreimal pro Woche her und hilft mir dabei, die Eisblöcke aus der Maschine zu holen und die Skulpturen zu den Veranstaltungen zu fahren. Ich hatte eine Anzeige in der Lokalzeitung aufgegeben und nach einem großen, starken Mann gesucht. Er hat sich darauf beworben. Noch Monate später hat man sich deswegen über mich lustig gemacht. Er ist sehr nett und sehr ruhig und erst siebzehn. Ich bin sicher, dass du dich gut mit ihm verstehen wirst.«

»Es wäre auf jeden Fall schön, wenn ich hier ein paar Freunde hätte«, erwiderte Daisy mit einem mutwilligen Funkeln in den Augen, das Penny gar nicht gefiel.

»So, dann ziehen wir uns jetzt um, damit wir vor dem Wettbewerb heute Abend noch ein bisschen an unseren Skulpturen arbeiten können.«

Henry wäre ganz sicher nicht begeistert, wenn sie seine Tochter mit einem tätowierten, muskulösen Siebzehnjährigen verkuppelte. Warum konnten die Dinge auch zur Abwechslung nicht mal einfach sein.

* * *

Henry stand im Lagerbereich des White-Cliff-Bay-Möbelwerks. Er betrachtete die anderen Arbeiter und das Tageslicht, das durch die Fenster fiel und goldene Bänder über das dunkle Holz legte. Die Arbeit hier würde ihm gefallen. Er würde täglich mit den Händen arbeiten dürfen und wunderschöne handgefertigte Möbel herstellen und perfektionieren. Außerdem würde er neue Verfahren und Fertigkeiten lernen und auch darauf freute er sich sehr. Das White-Cliff-Bay-Möbelwerk zählte zu den größten Namen in der Branche für handgefertigte Möbel und er würde bald ein Teil davon sein.

Bisher hatte er bereits mehrere Kollegen kennengelernt, mit denen er nach Weihnachten zusammenarbeiten würde, wenn er richtig hier anfing. Sie schienen alle fröhliche, zufriedene Männer zu sein und sangen, plauderten und lachten bei der Arbeit. Er wusste, dass die Zusammenarbeit mit ihnen toll werden würde.

Momentan wartete er auf Daniel, seinen direkten Vorgesetzten, der gerade einige Unterlagen holte, die Henry noch unterschreiben musste, als er das Klacken von Absatzschuhen hörte. Die Frauen in der Produktion trugen alle Arbeitsstiefel mit Stahlkappen, daher drehte er sich um, um zu sehen, wer das ungewöhnliche Geräusch erzeugte.

Zuerst fiel ihm die feuerrote Haarmähne auf, die in langen Locken seitlich an ihrem Gesicht herabfiel. In einem schwarzen Hosenanzug und mit sehr hohen roten Pumps sah sie aus wie jemand, den man nicht unterschätzen sollte. Sie war wunderschön, daran gab es nichts zu deuteln, aber in ihren Zügen lag auch eine gewisse kalte Arroganz. Sie gönnte niemandem einen Blick, als sie an den Arbeitern vorbeiging – fast so, als wären sie nicht gut genug, um angesehen zu werden.

Sie kam geradewegs auf ihn zu.

»Clara Stratton, CEO.« Sie streckte ihm eine Hand hin und hoffte offenbar, dass er von diesem Titel beeindruckt sein würde. Doch das war er nicht. Er hatte bereits die Person kennengelernt, die er für den richtigen Chef hielt – Edward, der vorhin hiergewesen war und mit beinahe jedem geredet hatte. Trotzdem schüttelte Henry ihr die Hand und stellte fest, dass ihr Blick eiskalt war, was in direktem Kontrast zu ihren feurigen Haaren stand.

»Henry Travis. Ich fange nach Weihnachten hier an.«

Das schien sie zu überraschen. Es sah so aus, als hätte sie nicht die geringste Ahnung von Neueinstellungen, wohingegen Edward sich vom Bewerbungsgespräch an ihn erinnert hatte und vorhin extra eine halbe Stunde lang hergekommen war, um mit ihm zu plaudern.

»Oh, das sind aber gute Neuigkeiten. Das wird ja die reinste Augenweide für mich.«

Henry wäre beinahe der Kiefer heruntergeklappt. Wenn Edward so mit einer neuen Mitarbeiterin geredet hätte, hätte die ihn sofort wegen sexueller Belästigung am Arbeitsplatz verklagen können. Doch Henry würde freundlich bleiben – das musste er. Er wollte nichts tun, um seinen Job hier zu riskieren, ehe der überhaupt richtig begonnen hatte. Er zwang sich zu einem Lächeln.

»Ich glaube, Sie werden hier sehr glücklich werden. Wenn Sie möchten, helfe ich Ihnen bei der Eingewöhnung. Wir könnten uns zum Abendessen treffen und über das White-Cliff-Bay-Möbelwerk und die Erwartungen sprechen, die wir an Sie haben.«

»Ich glaube, Edward und Daniel, mein Vorgesetzter, haben mir die schon sehr deutlich vermittelt. Ich weiß, wie wichtig der Ruf dieser Firma ist, und ich freue mich sehr, dass mir aufgrund meiner Fähigkeiten und meiner Erfahrung hier eine Stelle angeboten wurde.«

Er hoffte, dass die Sache damit erledigt war.

»Wir sind ein Familienunternehmen. Ich weiß gern, wer für unsere Familie arbeitet. Bei einem Abendessen könnten wir uns besser kennenlernen.«

»Nun ja, ich wollte gerade Daniel zum Mittagessen in die Personalkantine begleiten. Sie können sich uns gern anschließen. Wie ich höre, sind die Käsesandwiches dort hervorragend.«

Angesichts seiner offenkundigen Weigerung, sie richtig zu verstehen, verengte sie die Augen. In diesem Moment kam Daniel zurück. Verwirrt blickte er zu Clara – offensichtlich war es nicht üblich, dass sie mit den Schreinern redete.

»Oh, hallo, Ms Stratton«, begrüßte Daniel sie. »Haben Sie sich verirrt?«

Henry presste die Lippen zusammen, um zu verhindern, dass er laut loslachte.

Clara wandte den Blick von Henry ab und sah Daniel an. »Wie meinen Sie das, verirrt?«

»Normalerweise bekommen wir Sie hier unten nicht zu Gesicht, deshalb dachte ich, Sie wären vielleicht irgendwo falsch abgebogen«, erklärte Daniel unschuldig. »Henry, hier ist Ihr Papierkram. Kommen Sie mit zum Essen?«

»Ja, natürlich. Clara, möchten Sie uns begleiten?«

Daniel brach in wieherndes Gelächter aus, das er schnell als Hustenanfall tarnte.

Sie funkelte ihn böse an und wandte ihre Aufmerksamkeit wieder Henry zu. »Vielleicht ein anderes Mal.«

Sie drehte sich um und eilte auf dem gleichen Weg zurück, auf dem sie gekommen war, wobei ihr Hintern wild hin und her schwang.

»Verdammt noch mal, Henry, Clara Stratton ist die letzte Frau, mit der Sie sich einlassen sollten«, warnte ihn Daniel nach ihrem Abgang. »An Ihrer Stelle würde ich ihr ab jetzt aus dem Weg gehen.«

Henry seufzte. Der perfekte Job hatte eine rothaarige Kehrseite.

* * *

Penny trat einen Schritt von dem fertigen Schlitten zurück. Sie musste ihn heute Abend noch für eine Party ausliefern, ehe sie zum Wettbewerb ging. Ihr gefiel der bauchige Sack darauf, aus dem Geschenke hervorpurzelten. Es hatte ziemlich lange gedauert, die feinen Schleifen und Verzierungen auf den Geschenken herauszuarbeiten, aber sie war sehr stolz auf das fertige Ergebnis.

Sie sah hinüber zu Daisy, die während der letzten Stunde schweigend vor sich hin gearbeitet hatte und sich viel Zeit für ihre Skulptur nahm. Penny hatte ihr einige Techniken gezeigt, die sich für ihr Werkstück am besten eigneten, und da Daisy schnell lernte, hatte Penny sie danach ihrer Arbeit überlassen.

Jetzt war die Schneeflocke beinahe fertig und Penny fiel vor Begeisterung die Kinnlade herunter. Vorhin hatte Daisy sie gebeten, den Block senkrecht durchzuschneiden, um die Skulptur schmaler zu machen, obwohl sie Daisy gewarnt hatte, dass dadurch das Schnitzen womöglich viel schwieriger werden könnte. Es bestand die Gefahr, dass kleine Teile abbrachen. Doch Daisy hatte das mit Bravour gemeistert. Sie hatte die winzigen, filigranen Enden perfekt herausgearbeitet, und jeder

Zweig war gerundet, sodass es aussah, als bestände die Flocke aus dünnen Röhren.

»Daisy, das ist unglaublich!«

Starr vor Schreck sah Daisy sie an. »Wirklich?«

»Ja, du hast echtes Talent. Ich kann kaum glauben, dass das hier dein erstes Werk ist.«

»Na ja, bei dem Schnitzkurs im Sommer hab ich eine Menge gelernt.«

»Aber trotzdem bist du ein echtes Naturtalent. Beim Schnitzen von Skulpturen ist es so, dass man entweder ein Auge dafür hat oder nicht. Man kann das nicht wirklich erlernen. Du hast definitiv die Fähigkeiten, daraus einen Beruf zu machen.«

»Ach wo. Ich meine, sie ist okay, aber noch lange nicht so gut wie deine Stücke.«

»Sie ist sogar besser als meine Skulptur, und ich mache diesen Job seit zehn Jahren. Warum meldest du deine Schneeflocke nicht für den Wettbewerb heute Abend an?«

»Oh Gott, das geht doch nicht. Lauter Profis und dazwischen meine stümperhafte Schneeflocke.«

»Was hast du schon zu verlieren?«

»Meine Würde, wenn ich Letzte werde.«

»Ich mache nie mit, um zu gewinnen. Dabeisein ist alles! Na los. Ich verspreche dir, dass deine Schneeflocke gut genug für den Wettbewerb ist.«

Daisy starrte auf ihre Skulptur und dann hinüber zu Penny. Allmählich zog ein breites Grinsen über ihr Gesicht. »Okay.«

»Super. Dann wollen wir uns mal aufwärmen und umziehen. Josh wird bald hier sein und ich muss die Skulpturen noch für den Transport verpacken.«

Daisy half Penny dabei, die Kunstwerke zurück in den begehbaren Gefrierschrank zu bringen, und lief beim Verlassen des Kühlraums geradewegs Henry in die Arme, der durch die Hintertür hereinkam.

»Hey Dad, hast du mich gesucht?«

Henry warf Penny einen kurzen Blick zu, der ihr verriet, dass er eigentlich ihretwegen gekommen war. »Ja, ich hab mir schon gedacht, dass ich dich hier finde.«

Daisy schlang ihm einen Arm um die Taille, und er küsste sie auf die Stirn. Penny gefiel, dass die beiden sich nicht scheuten, ihre Zuneigung so offen zu zeigen.

»Wie lief's bei der Arbeit?«, erkundigte sich Daisy.

»Es war interessant«, antwortete Henry und sah erneut zu Penny hinüber. »Meine Kollegen machen einen netten Eindruck. Ich freue mich schon auf die Zusammenarbeit mit ihnen. Sie bauen wirklich schöne, stilvolle Möbel. Dass ich bald zum Team gehöre, macht mich stolz. Clara habe ich heute ebenfalls kennengelernt.«

Penny bemühte sich um eine ausdruckslose Miene. Sie war Clara einige Male in der Stadt begegnet und wusste daher, dass sie umwerfend aussah. Sie fragte sich, was Henry wohl von ihr hielt.

»Ist das die Chefin?«, hakte Daisy nach.

»Ja, sie kam extra vorbei, um mit mir zu sprechen.«

»Ach, das war aber nett von ihr. Vielleicht habe ich mich ja in ihr geirrt«, sagte Penny und wandte sich ab. Dabei war sie sich ganz sicher, dass Clara nur aus einem einzigen Grund das Gespräch mit Henry gesucht hatte: weil er unglaublich attraktiv war.

»Sie hat mich zum Essen eingeladen.«

Penny öffnete eine Dose Bohnen, schüttete den Inhalt in einen Topf und warf die leere Dose ein wenig heftiger als nötig in den Müll.

Wie fühlte sich Henry wohl dabei, dass sich ihm ständig diese klugen, schönen, reichen und erfolgreichen Frauen an den Hals warfen? Er könnte jede haben, stattdessen hatte er jedoch sie geküsst. Hatte er das nur aus Mitleid getan, weil sie so aufgewühlt gewesen war? Der Gedanke war schrecklich. Jetzt hatte ihn seine Chefin eingeladen. Eine Absage wäre vermutlich beruflicher Selbstmord. Außerdem verabredete er sich bestimmt gern mit dieser schönen Frau.

»Dad, geh bloß nicht mit deiner Chefin aus. Das ist doch das größte Klischee aller Zeiten!«

»Ich hab nicht die Absicht, mich mit ihr zu verabreden. Falls es schiefgeht, würde es uns beide in eine absolut unangenehme Situation bringen. Außerdem ist sie nicht mein Typ.«

Penny sah zu ihm hinüber, und obwohl er mit Daisy sprach, hatte sie das Gefühl, als wären seine Worte ausdrücklich für ihre Ohren bestimmt.

»Du meinst, sie hat keine langen blonden Haare, großen Brüste und eine winzige Taille«, fasste Daisy lachend zusammen. Sie schnappte sich einen Apfel aus der Obstschale, doch Henry nahm ihn ihr aus der Hand und legte ihn zurück. Daisy schmollte.

Penny sah auf ihre kleinen Brüste und die definitiv nicht winzige Taille hinab. Dieses Gespräch wurde von Sekunde zu Sekunde besser.

»Ich steh doch gar nicht bloß auf Blondinen. Ich hab keinen Typ. Auf mich wirkt die Persönlichkeit, nicht das Aussehen«, behauptete Henry.

»Ja, genau. Deshalb sahen auch alle deine Freundinnen aus wie Supermodels.«

»Du präsentierst mich hier nicht gerade in einem besonders guten Licht«, knurrte Henry, und Daisy lachte, völlig unbeeindruckt von der leeren Drohung in seinem Tonfall.

»Du hast dir deinen Ruf selbst geschaffen; mit mir hat das überhaupt nichts zu tun.«

»Komm mit, du Plagegeist. Gönnen wir Penny ein wenig Ruhe und Frieden.«

»Sie hat mich gefragt, ob ich heute Abend zum Wettbewerb mitkommen will; die anderen Eisschnitzer und ihre Skulpturen zu sehen, wäre eine tolle Erfahrung für mich. Darf ich?«

Penny wartete darauf, dass Daisy Henry verriet, dass sie selbst eine Skulptur für den Wettbewerb anmelden wollte, doch das tat sie nicht.

Henry suchte Pennys Blick. »Wäre das in Ordnung?«

»Ja, natürlich.«

Er zuckte die Achseln. »Na gut. Dann los, wir wollen essen. Penny kann rüberkommen und klopfen, wenn sie abmarschbereit ist.«

Er schob Daisy durch die Verbindungstür und lächelte Penny zu, ehe er die Tür hinter ihnen schloss.

Falls dieses Gespräch über Clara dazu gedacht gewesen war, dass sie sich besser fühlte, war genau der gegenteilige Effekt eingetreten.

Kapitel 10

Henry beendete gerade den Abwasch, als eine Bewegung vor dem Fenster seine Aufmerksamkeit erregte. Ein großer Mann betrat Pennys Haus durch die Hintertür.

Schnell eilte Henry hinüber zur Verbindungstür und öffnete sie einen Spaltbreit. Der Mann war groß und muskulös, aber auch noch ziemlich jung, vielleicht Anfang zwanzig. Er trug ein T-Shirt und seine Arme waren mit Tätowierungen bedeckt. Er sah sich in der Küche um, entdeckte Pennys Rucksack und steckte ihre Geldbörse und ihr Handy hinein. Auch eine Kamera legte er dazu. Dann holte er einige Schokoriegel aus dem Kühlschrank und packte sie zu den anderen Sachen. Anschließend verschloss er den Rucksack und ging damit zur Tür.

Henry riss die Verbindungstür auf und der junge Mann zuckte zusammen.

»Wo willst du denn mit den ganzen Sachen hin?«, verlangte er zu wissen.

Der Mann starrte ihn aus großen, erschrockenen Augen an. Er deutete vage auf die offene Tür, stieß einen kleinen Angstschrei aus und stürzte mit dem Rucksack in der Hand nach draußen.

Henry war ihm dicht auf den Fersen. Der Kerl war schnell, doch Henry war schneller, und als der Mann um die Hausecke rannte, warf sich Henry gegen seine Beine und brachte ihn mit dem Gesicht nach unten in der Einfahrt zu Fall. Der Mann schrie vor Schmerz auf und Henry nutzte sein gesamtes Körpergewicht, um ihn auf dem Boden festzuhalten.

»Henry, was zum Teufel machst du denn da?« Penny kam von der Vorderseite des Hauses auf sie zugelaufen.

»Ich hab diesen Dieb hier dabei erwischt, wie er dir Geldbörse, Handy und Kamera geklaut hat. Ruf die Polizei!«

»Henry, das ist Josh, ein Freund von mir. Er hilft mir beim Transport meiner Skulpturen. Ich habe ihn gebeten, meine Sachen zu holen, und du hast ihn gerade zu Boden gerissen.«

»Ein Freund von dir?«

»Ja. Er arbeitet für mich.«

Nachdem Henry diese Information verarbeitet hatte, stand er auf, zog Josh auf die Füße und klopfte Staub und Steine von ihm ab.

»Tut mir leid, Kumpel, ich hab dich in Pennys Haus kommen und ihre Sachen nehmen sehen, und ich dachte … Entschuldige. Du hast dir doch nicht wehgetan, oder? Warum bist du denn weggelaufen? Du hättest mir doch einfach sagen können, dass du mit Penny befreundet bist.«

Josh wirkte immer noch völlig eingeschüchtert und befürchtete offenbar immer noch, jeden Moment Schläge einstecken zu müssen.

»Vermutlich, weil du ihm Angst eingejagt hast. Weißt du überhaupt, wie furchteinflößend du aussiehst? Mir machst du auch Angst.«

Henry wirkte bestürzt über diese Information. »Du hast Angst vor mir?«

»Ach, es gibt tausend Sachen, die mir an dir Angst machen. Josh, steig ein, wir müssen los.«

Penny reichte Josh den Rucksack und ging um die Hausecke herum zu ihrer Küche. Einen Moment lang blieb Josh wie erstarrt stehen, doch Henry lief Penny hinterher und erwischte sie gerade, als sie seine Hintertür öffnen wollte.

»Warum fürchtest du dich denn vor mir? Ich würde dir doch nie etwas antun.«

Ihre Miene wurde sanft und sie fuhr mit einer Hand über seine Bartstoppeln. Ihre Berührung war wie Feuer auf seiner Hand und instinktiv legte er ihr die Hände um die Taille.

»Ich fürchte mich nicht davor, dass du mir körperlich wehtust, wobei das Endergebnis vermutlich dasselbe sein wird.«

»Was meinst du damit?«

»Warum hast du mich gestern Abend geküsst?«

»Du kennst den Grund.«

»Aber du hast mir erzählt, dass du nicht auf der Suche nach etwas Ernsthaftem bist, und ich verstehe das auch, wirklich. Daisy ist deine oberste Priorität, und ich will ihr diese Position auch ganz bestimmt nicht streitig machen, aber wir hatten uns geeinigt, es bei Freundschaft zu belassen. Ich weiß, dass ich dich zuerst geküsst habe. Es ist meine Schuld. Ich mag dich wirklich sehr und ich vermute, dass es die Unterschiede bei dem, was wir wollen, sein werden, die uns am Ende am meisten wehtun werden.« Sie seufzte. »Ich muss los.«

Sie öffnete seine Hintertür und steckte den Kopf hinein. »Daisy, wir müssen los, bist du fertig?«

Er hörte das Getrappel von Füßen. Als seine Tochter die Treppe heruntergestürmt kam, nahm er schnell die Hände von Pennys Taille.

Penny warf ihm einen demonstrativen Blick zu und ging zur Seite.

Daisy kam herausgerannt, schob die Füße in ihre Converse-Schuhe und zog sich eine Jacke über. Henry stellte überrascht fest, dass sie ihre Haare gelockt und sogar ein wenig Make-up aufgelegt hatte.

»Um zehn soll sie wieder zu Hause sein«, bestimmte Henry und versuchte, sich von Pennys Worten abzulenken.

»Dad!«

»Okay, halb elf.«

Penny nickte. »Allzu spät dürfte es nicht werden.«

Henry beobachtete, wie Daisy sich bei Penny unterhakte und mit ihr um die Hausecke verschwand.

Ein wenig genervt betrat er das Haus. Warum durfte seine Tochter mit Penny ausgehen, aber er nicht?

* * *

Nachdem Josh Pennys Wettbewerbsstück aufgebaut hatte, ging er zurück, um Daisys Skulptur zu holen, während Penny für sich und Daisy die Teilnehmergebühr bezahlte. Da sie so spät dran waren, hatte sie bisher noch keinen Blick auf die Skulpturen der anderen Teilnehmer werfen können.

Als sie ins Rathaus zurückkehrte, fand sie Daisy an die hintere Wand gepresst vor, weil sie offenbar zu nervös war, um sich unters Volk zu mischen und sich umzusehen. Der Raum war dunkel und wurde nur von den Scheinwerfern unter den Skulpturen erhellt, wodurch diese in den silbernen Lichtpfützen magisch und überirdisch wirkten. Penny sah zu, wie Josh die kleine Schneeflocke durch das Zimmer trug, als hätte er ein neugeborenes Baby im Arm. Mit der gleichen Sorgfalt packte er sie auch aus.

»Alle werden sich über meine Schneeflocke kaputtlachen. Ich hätte sie nicht zum Wettbewerb anmelden sollen.«

»Doch, natürlich. Du hast echtes Talent. Ehrlich gesagt, ich glaube nicht, dass eine von uns beiden heute Abend gewinnen wird. Ich habe gerade die Teilnehmerliste gesehen, und es gibt mindestens drei Mitbewerber, die immer etwas wirklich Fantastisches einreichen. Fabio stammt aus Italien und hat angeblich dieses Jahr in Amerika einen großen internationalen Wettbewerb gewonnen. Ich glaube nicht, dass wir da mithalten können, aber es ist doch wundervoll, die Arbeiten und Techniken der anderen bestaunen zu können.«

»Ich möchte nur nicht Letzte werden; das wäre total peinlich.«

»Letzter zu werden ist überhaupt nichts Ehrenrühriges. Allerdings werden bei diesen Wettbewerben immer nur die ersten drei Plätze prämiert, daher gibt es überhaupt keinen letzten Platz. Wenn du nicht unter den ersten drei bist, kannst du immer noch behaupten, gemeinsam mit den anderen den vierten Platz belegt zu haben.«

Daisy grinste sie an.

»Ich selbst war oft gemeinsame Vierte.«

»Hast du auch schon mal gewonnen?«

»Einmal, letztes Jahr. Deshalb findet der große Wettbewerb dieses Jahr beim Ball in White Cliff Bay statt – die Heimatstadt des Gewinners richtet ihn aus. Einige Male war ich Zweite oder Dritte, aber wie gesagt, manche dieser Künstler ziehen alle Register. Oktavia hat in einem Jahr ein winziges Dorf ausgestellt, mit sich bewegenden Menschen, Autos und Lichtern, die an- und ausgingen. Alles aus Eis mit einer Art Funksteuerung im Inneren. Daraufhin hat der Verband der Eisbildhauer eine Vorschrift erlassen, dass ab sofort nur noch Eis in den Skulpturen erlaubt war, denn die Schnitzer hatten angefangen, blinkende Lichter und Ähnliches in ihre Skulpturen einzufrieren. Das sieht zwar bei einer Party oder einer Hochzeit toll aus, aber bei einem Eisschnitzwettbewerb nehmen sie den Fokus von der Schnitztechnik, die eigentlich bewertet werden soll.«

Penny beobachtete, wie Josh zu ihnen herüberkam. Normalerweise half er ihr beim Aufbau und ging dann; für den Wettbewerb selbst blieb er nur selten. Doch er und Daisy hatten sich auf dem Weg hierher ziemlich ausführlich unterhalten. Da er üblicherweise nicht viel redete, war es für Penny völlig neu, ihn so viel sprechen zu hören. Er rieb sich erneut übers Handgelenk und Penny fragte sich, ob er sich bei Henrys Angriff wehgetan hatte.

»Wollen wir uns die anderen Skulpturen ansehen? Allerdings musst du dich vor den Eisschnitzern vorsehen, das ist ein merkwürdiger Haufen. Halt dich einfach von ihnen fern und rede am besten nicht mit ihnen, bis ich dir mein Okay gebe. Sie sind ziemlich wettbewerbsorientiert.«

»Ist deshalb die Polizei hier?«, witzelte Daisy.

Penny zuckte zusammen. »Ja, beim letzten Mal gab es eine Schlägerei zwischen Geoffrey und Fabio, und das war nicht das erste Mal, dass es zwischen den beiden zu einer Auseinandersetzung gekommen ist. Einmal hat sich Geoffrey betrunken und Fabios Skulptur angepinkelt, die daraufhin geschmolzen ist.«

»Igitt, das ist ja widerlich.«

»Ich weiß. Er ist vermutlich der Komischste von allen. Nach diesem Vorfall wurde er für zwei Jahre von den Wettbewerben ausgeschlossen, doch seit letztem Jahr ist er wieder mit dabei. Allerdings gab es dann schon vor Beginn des Wettbewerbs diese Schlägerei zwischen den beiden.«

Sie gingen hinüber zur ersten Skulptur, einer wunderschönen Meerjungfrau, die aus den Wellen emporstieg. Handwerklich war sie toll gemacht, obwohl einige der glatten

Oberflächen nicht ganz so eben waren, wie sie hätten sein können. Es deutete darauf hin, dass die Eisschnitzerin erst relativ kurz dabei war. Trotzdem war das Kunstwerk wunderschön. Penny suchte den Namen der Teilnehmerin. Es war ein Mädchen namens Melody. Da ihr der Name von den bisherigen Wettbewerben nicht bekannt vorkam, freute sie sich darüber, dass eine neue Künstlerin zu ihrer verrückten kleinen Gruppe gestoßen war. Penny sah sich nach Melody um, aber es stand niemand in der Nähe. Sie nahm sich fest vor, später zurückzukommen und das Mädchen zu begrüßen.

Sie gingen weiter zum nächsten Ausstellungsstück, einem Drachen, der grimmig und kampfbereit wirkte. Die winzigen Schuppen hatten sicherlich viele Stunden akribischer Arbeit erfordert. Penny suchte die Namenstafel und stellte fest, dass der Drache das Werk von Geoffrey war, dem unglaublich talentierten Eisschnitzer aus dem entferntesten Winkel von Schottland, mit Abstand einem der unhöflichsten Männer, die ihr je begegnet waren. Daisy streckte die Hand aus, um die Skulptur zu berühren, doch Penny schlug ihr gerade noch rechtzeitig die Hand weg. Sie wusste, dass Geoffrey durchdrehen würde, wenn er sah, wie jemand sein kostbares Kunstwerk berührte. Doch es war bereits zu spät. Plötzlich kam er aus dem Schatten einer dunklen Zimmerecke zu ihnen herübergeeilt.

»Wag es ja nicht, meinen Drachen anzufassen!«, herrschte er Daisy an, und sie zuckte erschrocken zurück. »Daran habe ich siebenunddreißig Stunden geschnitzt. Siebenunddreißig Stunden, in denen meine Hände aufgesprungen sind und geblutet haben. Hast du überhaupt eine Ahnung, welche Hingabe und Entschlossenheit man für dieses hohe Niveau aufbringen muss?«

»Sie hat sie nicht berührt, sie hat …«, begann Penny, doch sie verstummte, als Josh wie ein schweigender Bodyguard zu ihnen trat. Er legte Geoffrey eine Hand auf die Brust und schob ihn von Daisy weg. Geoffrey wollte gerade seinen Zorn an Josh auslassen, doch als er dessen Statur erblickte, ließ er es sein. Mit einem letzten bösen Blick auf Daisy und Penny verschwand er wieder in die dunkle Ecke, wie ein Monster, das sich in seine Höhle zurückzieht.

»Mach dir nichts draus, manche dieser Eisschnitzer sind die merkwürdigsten Menschen, die ich kenne«, murmelte Penny in Daisys Ohr und nahm ihren Arm in der aussichtslosen Hoffnung, sie vor diesen Verrücktheiten schützen zu können.

»Penny!« Eine laute, tiefe Stimme durchdrang den Raum und Penny zuckte zusammen, als sie Fabio auf sich zukommen sah. Vermutlich hatte Fabio irgendwann mal nachgeschlagen, wie ein typisch italienischer Macho auszusehen habe, und sich dementsprechend gekleidet. Er war der Inbegriff eines Pornostars aus den Achtzigern, mit taillenlangem, glattem schwarzem Haar, das ihm beim Laufen über die Schulter fiel, in schwarzer Lederhose und mit schwarz glänzendem Hemd. Der Look wirkte unglaublich veraltet, sodass es schwerfiel, ihn ernst zu nehmen. Penny konnte sich kaum vorstellen, dass sich jemand freiwillig so anzog, es sei denn, für ein Kostümfest. Fabio hatte ein unglaublich attraktives Gesicht und Muskeln an all den richtigen Stellen, aber er war auch ein Schleimer durch und durch. Allerdings schien sie die Einzige zu sein, die so dachte, denn alle Frauen im Raum schwärmten für ihn.

»Bella donna«, begrüßte er sie und küsste sie mit übertriebener Geste auf beide Wangen. »Im Vergleich zu deiner Schönheit verblassen die Sterne.«

Daisy musste ein Kichern unterdrücken. Penny war davon überzeugt, dass Fabio nicht wirklich Italiener war; sein Akzent klang schrecklich und er war ein wandelndes Klischee, aber sie hatte sich bisher nicht getraut, ihm das zu sagen. Seinem Erfolg bei den Damen schien es jedenfalls keinen Abbruch zu tun.

»Wie geht es dir, Fabio?«

»Immer sofort besser, wenn ich dich sehe. Wann wirst du mich endlich heiraten und mir wunderhübsche Babys schenken?«

Wenn die Hölle zufriert. Vermutlich nicht mal dann. Seit Jahren bettelte Fabio darum, dass sie ihn heiratete, seit ihrem ersten Wettbewerb, genauer gesagt. Da er die Veranstaltungen jedoch schließlich immer am Arm einer anderen Frau verließ, hatte sie seine Anträge nie ernst genommen.

»Ach, ich habe beruflich so viel zu tun, da bleibt mir keine Zeit für Babys«, gab Penny achselzuckend zurück.

»Wenn ich heute Abend gewinne, wirst du mich dann heiraten? Diese Skulpturen hier sind nichts im Vergleich zu meiner.« In einer theatralischen Geste riss er die Arme hoch, und für den Bruchteil einer Sekunde sah es so aus, als ob winzige Kristalle aus seinen Händen flogen und Geoffreys Drachen in funkelnder Magie bedeckten, ehe sie nicht mehr sichtbar waren. Penny blinzelte. Hatte sie sich das nur eingebildet? Bei dieser Beleuchtung war Staub deutlicher zu erkennen, und die Lichtstäbe im Raum zeigten Hunderte Partikel, die in der Luft schwebten, daher war es womöglich einfach nur Staub von seiner Kleidung gewesen.

»Komm mit und schau sie dir an. Sie wird dir gefallen.«

Fabio nahm Penny am Arm und führte sie durch den Raum. Die Menge machte ihnen Platz und Penny starrte seine Skulptur verwirrt einen Moment lang an, ehe sie vor Entsetzen nach Luft schnappte. Sie stand vor einer in Eis gebannten lebensgroßen Skulptur von sich, nackt in leidenschaftlicher Umarmung mit Fabio. Sie war hervorragend herausgearbeitet, zeugte von großem handwerklichem Geschick und war mit Abstand das Verstörendste, was sie je gesehen hatte.

Daisy neben ihr brach in schallendes Gelächter aus und Josh wandte schnell das Gesicht ab, doch Penny schaffte es nicht, wegzusehen.

»Gefällt es dir, *bella donna*? Das bist du, *sì*?«

»Ich … Warum?«

»Weil ich dich liebe und dich heiraten möchte.« In einer dramatischen Geste ließ er sich vor ihr auf ein Knie herab. Die Menge um sie herum applaudierte. Penny sah hinüber zu Daisy, die das Ganze mit dem Handy filmte.

Genau in diesem Moment ertönte ein Schmerzensschrei durch den Raum. Alle Blicke flogen von dem bizarren Heiratsantrag hinüber zu Geoffrey, der ebenfalls kniete, allerdings vor seinem Drachen. Doch Geoffrey schien eher aus Verzweiflung gebrüllt zu haben, denn seine Skulptur schmolz und sprudelte wie ein Springbrunnen. Innerhalb von Sekunden waren von dem einen Meter achtzig hohen Drachen nichts weiter übrig als ein kleiner Eisklumpen und eine riesige Wasserpfütze.

So etwas hatte Penny noch nie zuvor gesehen. Sosehr sie Geoffrey auch wegen seiner Unhöflichkeit verabscheute, niemand hatte es verdient, dass sich das Ergebnis stundenlanger harter Arbeit vor aller Augen auflöste. Wer war denn bloß zu so etwas fähig?

Obwohl sie eine Person kannte, die ohne mit der Wimper zu zucken die Arbeit eines Mitbewerbers zerstören würde. Sie sah hinunter auf Fabio, der immer noch zu ihren Füßen kniete. Er zwinkerte ihr zu und sie entzog ihm ihre Hand, weil sie nicht Teil seiner gemeinen Aktion sein wollte.

»DU! Du warst das!«, brüllte Geoffrey und kam mit rasender Wut im Blick durch den Raum auf Fabio zugerannt.

Rasch schob Josh Daisy zur Seite und Penny trat einen Schritt zurück, als Fabio aufsprang und Geoffrey ihn mit voller Wucht attackierte. Beide fielen in Fabios pornografische Eisskulptur, die auf dem Tisch zu wackeln begann. Fabio versetzte Geoffrey einen Schlag in den Magen und Geoffrey zog Fabio an den Haaren und schob ihn erneut gegen den Tisch. Diesmal kippte die Skulptur um und fiel wie in Zeitlupe zu Boden, wo sie in tausend Stücke zersprang.

Das reichte zumindest aus, um den Kampf zu beenden, denn Fabio schrie entsetzt auf.

Endlich griff die Polizei ein. Bisher hatten die Beamten das Spektakel offensichtlich zu unterhaltsam gefunden, um es beenden zu wollen. Als Fabio sich erneut auf Geoffrey stürzte, trennten sie die beiden und zogen sie hinter sich her aus dem Gebäude.

»Lasst mich los!«, rief Fabio in perfektem Essex-Akzent und kämpfte gegen den Griff der Polizisten.

Dann schloss sich die Tür hinter ihnen und Stille legte sich über den Raum. Plötzlich begann die Menge zu klatschen und zu jubeln – offenbar hielten sie das Ganze für einen Teil des Wettbewerbs. Entweder das, oder es war das Unterhaltsamste gewesen, was die Menschen in White Cliff Bay seit langer Zeit erlebt hatten.

Penny drehte sich zu Daisy um, um sich zu vergewissern, dass es ihr gut ging, doch auch Daisy klatschte lachend.

Als Penny näher trat, gab Josh seine schützende Position vor Daisy ein wenig auf.

»Es tut mir leid. Ich hätte dich nicht mit hierhernehmen sollen. Niemals hätte ich gedacht, dass so etwas passiert.«

Daisy wischte sich die Lachtränen ab. »Das war das Beste, was ich seit Langem gesehen hab. Ab jetzt musst du mich zu allen Wettbewerben mitnehmen, auch wenn ich nicht teilnehme.«

Da das Schauspiel vorbei war, wandten sich die Zuschauer wieder den verbliebenen Skulpturen zu. Neben denen von Penny und Daisy waren es jetzt nur noch vier.

»Dass die beiden jetzt nicht mehr am Wettbewerb teilnehmen, erhöht unsere Chancen«, stellte Daisy fest. »Obwohl das Hogwarts-Schloss da drüben eine Menge Aufmerksamkeit erregt.«

Penny spähte durch die Menge hinüber zu dem Schloss, bei dem jeder winzige Backstein und die spitzen Türmchen kunstvoll herausgearbeitet waren. Sogar ein Drache saß auf dem Dach. Es war atemberaubend. »Das muss Octavias Skulptur sein; sie ist unglaublich talentiert. Damit wird sie gewinnen.«

Plötzlich ging ein Raunen durch die Menge, weil die Jury eintraf. Pippa, die Bürgermeisterin von White Cliff Bay, kam als Erste herein. Sie trug ihren dicken Schwangerschaftsbauch vor sich her und die goldene Amtskette um den Hals. Pippa winkte Penny zu, und ein ungutes Gefühl beschlich Penny, als ihr einfiel, wie dankbar ihr Pippa wegen Sams Rettung gewesen war. Aber ihre Dankbarkeit würde doch sicher nicht so weit gehen, dass sie ihr trotz des prachtvollen Schlosses den ersten Preis zuschanzen würde? Glücklicherweise war ein weiterer Juror bei ihr, Mr Cartwright, der Kunstlehrer der Schule. Er würde die richtige Entscheidung treffen.

Daisy neben ihr kreischte auf. »Das ist Jackson Cartwright, mein neuer Kunstlehrer!«

»Er war auch schon mein Kunstlehrer.«

»Wie cool. Dann muss er ja damals noch sehr jung gewesen sein.«

»Das stimmt, und alle Mädchen haben für ihn geschwärmt. Er fuhr ein Motorrad und trug Lederjacken und er hat geraucht. Dadurch war er hundert Mal cooler als all die anderen biederen Lehrer.«

»Er hat so tolle Skulpturen in Londoner Galerien ausgestellt. Ich bin ein großer Fan seiner Arbeiten.«

»Möchtest du, dass ich dich vorstelle?«

Daisy nickte. »Nein.«

Penny musste über diese Unentschlossenheit lachen. »Vielleicht kann ich mich mit ihm unterhalten und du stehst zufällig neben mir.«

»Ja, das klingt gut.«

»Die Wettbewerbsteilnehmer nehmen bitte ihre Plätze neben den Skulpturen ein, um die Juroren zu begrüßen«, dröhnte eine laute Stimme durch den Saal.

Penny fiel die junge Rothaarige auf, die neben der Meerjungfrauenskulptur stand, und nickte ihr freundlich zu. Wie vermutet, stellte sich Octavia neben das Hogwarts-Schloss, und Ignatius, ein Mann mit langem weißem Bart und dazu passenden langen Haaren, nahm seinen Platz neben einem großartig aussehenden Leuchtturm ein. Auf der anderen Seite von ihm befand sich Frank, in einen pinkfarbenen Hosenanzug gekleidet und neben einer hervorragend geschnitzten Vase mit Blumen.

Das Schloss würde offensichtlich gewinnen, aber wer den zweiten oder dritten Platz gewinnen würde, war für Penny nicht vorhersehbar. Sogar Daisys Schneeflocke offenbarte echtes Talent, auch wenn der Entwurf eher schlicht war.

Die Juroren gingen im Raum umher, bewunderten die Skulpturen und plauderten mit den Eisschnitzern.

Schließlich erreichten sie Daisy. Penny sah zu, wie sie ihre Skulptur studierten, und stellte fest, dass Daisy beinahe in Schockstarre verfallen war, weil sie ihrem Idol gegenüberstand. Sie hoffte inständig, dass Jackson etwas Nettes über Daisys Skulptur sagen würde. Das würde Daisy den Abend versüßen, selbst wenn sie es nicht bis auf die ersten drei Plätze schaffen sollte.

»Das ist eine tolle Arbeit«, stellte Jackson fest. »Die Äste sind so dünn und doch perfekt gerundet. Ich bin sehr beeindruckt von den Details, die Sie geschaffen haben.«

Pennys Herz quoll über vor Freude für Daisy. Sie konnte sehen, dass das Mädchen bereits über das ganze Gesicht strahlte.

Jackson blickte auf das Namensschild und dann wieder zu Daisy. »Wie alt sind Sie?«

»Sechzehn.«

Er wirkte überrascht. »Sie sind die neue Schülerin. Sie werden nach Weihnachten in meine Klasse kommen, und ich werde Sie auch in Kunst unterrichten.«

»Sie sind mein Klassenlehrer?«

Jackson nickte. Damit hatte er Daisy nicht nur den Abend, sondern das gesamte Schuljahr versüßt.

»Ich bin sehr beeindruckt von Ihren Fähigkeiten in so jungen Jahren. Hatten Sie eine umfangreiche Ausbildung?«

»Ich habe im Sommer einen Bildhauerkurs belegt, und Penny hat mir vieles beigebracht.«

Jackson sah hinüber zu Penny und lächelte. »Tuppence Meadows, wie schön, Sie hier zu sehen. Sie inspirieren also schon die nächste Generation. Bald werde ich Ihretwegen arbeitslos sein.«

»Ihre Stelle ist sicher«, gab Penny zurück. »Mit Daisy zu arbeiten, hat viel Spaß gemacht, aber ich glaube nicht, dass ich dreißig Teenager unterrichten möchte.«

Er lachte. »Ja, die können manchmal ziemlich schwierig sein.« Seine nächsten Worte richtete er wieder an Daisy. »Kommen Sie doch diese Woche mal vorbei, ehe die Weihnachtsferien beginnen. Dann können Sie zumindest schon mal den Rest der Klasse kennenlernen.«

»Ja, das habe ich für Donnerstag oder Freitag geplant.«

»Ich freue mich darauf, Sie zu sehen.«

Er ging weiter zu Penny und Pippa plauderte noch kurz mit Daisy.

»Dieser Engel ist atemberaubend, Tuppence.«

»Penny.«

Jackson lächelte. »Entschuldigung. Penny. Die Einzelheiten in den Haaren sind wunderschön. Ich bin sehr beeindruckt, aber ich habe nie daran gezweifelt, dass Sie mit Ihrem künstlerischen Talent Großes erreichen würden. Im Lauf der Jahre habe ich viele Ihrer Skulpturen in der Stadt gesehen; Sie machen mich sehr stolz. Falls Sie einmal in die Schule kommen und mit den Kindern einen Eisschnitzworkshop durchführen möchten, wäre das sicher sehr inspirierend. Ich wäre auch die ganze Zeit über anwesend, damit sich niemand danebenbenimmt.«

Penny freute sich über den Vorschlag. Sie hatte schon einmal darüber nachgedacht, am örtlichen College einen Schnitzkurs anzubieten; ihr gefiel der Gedanke, ihr Wissen weiterzugeben und auch andere zum Schnitzen zu inspirieren. Bisher hatte sie einige Eisschnitzpartys für Junggesellen- und Junggesellinnenabschiede und Teambuilding-Veranstaltungen durchgeführt, die viel Spaß gemacht hatten, und die Zusammenarbeit mit Daisy während der vergangenen Tage war ebenfalls sehr schön gewesen. Vielleicht wäre ein Kurs an der Schule eine gute Gelegenheit, auch einmal diese Seite ihrer Arbeit auszutesten.

»Ich werde darüber nachdenken«, versprach Penny.

Da trat Pippa zu ihnen.

»Dein Engel ist wunderschön, Penny, er gefällt mir überaus gut.«

»Danke.«

Pippa und Jackson gingen in die Mitte des Raums, um die Ergebnisse zu besprechen. Unter den Besuchern wurde viel gestikuliert, vor allem in Richtung von Octavias Schloss. Der Organisator der Veranstaltung trat zu den Jurymitgliedern und nahm nickend das Resultat zur Kenntnis. Jackson wirkte allerdings nicht besonders glücklich.

»Wir haben einen Sieger!«, dröhnte der Veranstalter in seiner tiefen Stimme. »Und ich muss sagen, das hohe Niveau, das wir hier erleben dürfen, hat sogar zu heftigen Diskussionen unter den Juroren geführt, aber das letzte Wort hat unsere bezaubernde Bürgermeisterin. Auf den dritten Platz hat die Jury gewählt …«, er machte eine dramatische Pause, »… Daisy Travis und ihre Schneeflocke.«

Es folgte kräftiger Applaus vom Publikum und Penny jubelte am lautesten. Als sie Daisy umarmte, fiel ihr auf, dass das Mädchen zitterte.

»Das hast du toll gemacht, ich freue mich für dich. Du hast dir das wirklich verdient«, versicherte ihr Penny.

»Den zweiten Platz belegt … Octavia Greene.«

Man hörte ein kollektives Luftschnappen darüber, dass Octavia nicht Erste geworden war. Jeder einzelne Besucher wusste, dass Octavias Skulptur hätte gewinnen müssen, einschließlich Octavia selbst, wie es schien. Ihr fiel die Kinnlade herab, allerdings nicht vor freudiger Überraschung, sondern vor blanker Wut. Penny zuckte innerlich zusammen. Sie wusste, was als Nächstes kommen würde. Dass Octavia Zweite geworden war, bedeutete, dass sie Erste werden würde. Es war Pippas Art, ihr für die Rettung ihres Sohnes am Vortag zu danken.

»Und der erste Platz geht an …«

Penny hoffte inständig, dass Franks Blumen oder der Leuchtturm von Ignatius die Jury überzeugt hatten.

»Penny Meadows.«

Es wurde höflich geklatscht, doch dass viele der Besucher den Kopf schüttelten und murmelten, machte deutlich, dass sie nicht mit dem Urteil der Jury einverstanden waren.

Penny wäre am liebsten im Erdboden versunken. Auf diese Art und Weise hatte sie nicht gewinnen wollen. Sie war stolz auf ihren Engel, er war eine gute Arbeit, doch Octavias Schloss war einfach phänomenal.

Daisy warf sich Penny in die Arme und quiekte lauthals. Es war offensichtlich, dass sie keine Ahnung über die wahren Hintergründe von Pennys Sieg hatte.

Die Juroren kamen herüber, schüttelten Penny die Hand und verliehen ihr einen Rosettenorden. Sie musste sich regelrecht zu einem dankbaren Lächeln zwingen. Einige andere Leute kamen ebenfalls, um sie zu beglückwünschen, und dann war der Wettbewerb vorüber und die Besucher verließen den Raum.

Octavia kam herübergestapft und Penny wusste genau, dass es nicht war, um ihr zu gratulieren. »Wir wissen beide ganz genau, warum du heute Abend gewonnen hast, und es hat nichts mit deiner Eisskulptur zu tun!«

Sie stürmte hinaus und Daisy sah Penny verwirrt an. »Das ist aber eine schlechte Verliererin.«

»Na komm, gehen wir nach Hause«, schlug Penny vor, weil sie sich trotz der schimmernden Schleife an ihrer Brust enttäuscht fühlte.

Josh und Daisy folgten ihr hinaus.

Daisy plauderte den gesamten Rückweg über mit Josh, doch Penny war genervt. Der Abend war eine Farce gewesen. Sie hatte Daisy anspornen wollen, auch weiterhin zu schnitzen, um ihr zu zeigen, dass man mit harter Arbeit und Engagement wunderschöne Skulpturen erschaffen konnte, die von den Menschen bewundert wurden. Stattdessen hatte sie sie in die verrückte Welt erbitterten Wettstreits eingeführt und ihr gezeigt, dass es ganz egal war, wie hart man arbeitete, am Ende zählte nur, wen man kannte und wer einem noch einen Gefallen schuldete. Ergab es überhaupt noch Sinn, am großen Wettbewerb beim Ball in einer Woche teilzunehmen, wenn der Gewinner bereits feststand?

Penny setzte Josh ab und sah lächelnd zu, wie er Daisy einen Kuss auf die Wange drückte, um ihr zu gratulieren. Den restlichen Heimweg über saß Daisy schweigend mit einem breiten Grinsen auf dem Gesicht da.

Sie fuhren vor ihrem Haus vor und Daisy sprang voller Begeisterung zur Tür. Penny ließ sie durch ihre Vordertür ein, und nachdem Daisy Bernard mit so viel überschwänglicher Liebe begrüßt hatte, dass es für ein ganzes Leben reichen würde, platzte sie durch die Verbindungstür in ihr eigenes Wohnzimmer.

»Das war der schönste Abend aller Zeiten!«, verkündete sie ihrem Dad. Penny stellte sich in den Türrahmen, um ihr zuzusehen. Henry las ein Buch auf dem Sofa, legte es aber sofort weg, um seiner Tochter seine ungeteilte Aufmerksamkeit zu schenken. Er trug eine Brille und hatte nackte Füße, und sie registrierte diese kleinen Details mit liebevoller Zuneigung.

»Dad, ich bin Dritte geworden! Gut, nur von acht Teilnehmern, oder genau genommen sechs, aber ich bin trotzdem Dritte geworden und Jackson Cartwright war in der Jury und er war beeindruckt von meiner Skulptur und …«

»Moment mal, du hast am Wettbewerb teilgenommen? Ich wusste gar nicht, dass du an einer eigenen Skulptur gearbeitet hast. Warum hast du mir das denn nicht erzählt? Dann wäre ich doch mitgekommen!«

»Ich hab nicht geglaubt, dass sie was taugt, weil es mein erster Versuch war, und … Ich weiß nicht, ich wollte nicht, dass du mich scheitern siehst.«

»Ich habe dir das doch schon früher gesagt, man kann nur scheitern, wenn man es gar nicht erst versucht. Ich bin sehr stolz, dass du dich das getraut hast. Ich wünschte nur, ich hätte es gewusst.«

»Manchmal äußerst du dich ein bisschen merkwürdig über meine Kunst.«

Henry wirkte schockiert. »Ich habe dich immer unterstützt. Ich habe deine Kurse bezahlt, bin mit dir in Ausstellungen gegangen, ich habe dir deine Ausrüstung gekauft …«

»Aber jedes Mal, wenn ich dir erzähle, dass ich später mal Künstlerin werden möchte, ermahnst du mich, die anderen Fächer nicht zu vernachlässigen.«

»Das hat aber nichts damit zu tun, dass ich deine künstlerischen Ambitionen nicht unterstütze, sondern ausschließlich damit, dass du eine faule Socke bist, wenn es um die Hausaufgaben geht.« In hoher, mädchenhafter Stimme fuhr er fort: »Dad, ich muss diese Mathehausaufgaben nicht machen, weil ich später mal Künstlerin werde. Dad, ich muss diesen Aufsatz für Geschichte nicht schreiben, weil ich Künstlerin werden will.«

Daisy kicherte über die schrecklich schlechte Imitation.

»Du bist ein kluges Mädchen, Daisy. Du kannst später alles werden, was du möchtest – Ärztin, Wissenschaftlerin, Astronautin. Wenn du Künstlerin sein möchtest, dann werde ich zu hundert Prozent hinter dir stehen, aber das bedeutet nicht, dass du alle anderen Fächer schleifen lassen kannst. In einigen Jahren willst du vielleicht keine Künstlerin mehr sein, sondern Tierärztin oder Übersetzerin oder Premierministerin. Ohne Schulabschluss geht das aber nicht. Du hast noch sechs Monate bis zu den Prüfungen; danach kannst du am College belegen, was du möchtest, aber bis dahin wirst du dich gefälligst richtig anstrengen.«

Daisy lächelte. »Okay.«

»Und beim nächsten Mal, wenn du an einem Wettbewerb teilnimmst, will ich Bescheid wissen. Dann kann ich am lautesten jubeln, wenn du gewinnst, oder richtig laut den Gewinner ausbuhen, falls du verlierst.«

»Penny hat gewonnen«, informierte ihn Daisy und Henry blickte zu ihr hinüber.

»Oh, wie wunderbar. In diesem Fall hätte ich natürlich nicht gebuht, wenn ich dabei gewesen wäre«, erklärte Henry und flüsterte Daisy dann gespielt laut zu: »Na ja, höchstens leise.« Daisy und Penny lachten. »Ich nehme an, dass es keine Fotos dieser wunderbaren Skulpturen zu bestaunen gibt?«

»Doch, ich hab welche mit dem Handy gemacht«, erwiderte Daisy und drückte einige Tasten auf ihrem Gerät, ehe sie es an Henry weiterreichte. »Das hier ist meine.«

»Wow, die ist toll, und das hast du wirklich alles allein gemacht?«

»Penny hat den Teil mit der Kettensäge übernommen. Das hat sie mir nicht erlaubt.«

»Zum Glück. Einige dieser Werkzeuge sehen ziemlich gefährlich aus.« Er warf Penny einen besorgten Blick zu.

»Sie geht sehr vernünftig mit den Werkzeugen um, und ich habe ihr genau gezeigt, wie man sie benutzt«, verteidigte sich Penny.

Henry wirkte immer noch nicht begeistert, hatte sich aber anscheinend entschieden, das Thema fallen zu lassen. »Sie ist sehr schön. Du hast tatsächlich Talent für so was.«

»Das hier ist Pennys Skulptur.«

Henry stieß einen Pfiff aus. »Die ist wirklich gut. Moment mal, was ist das hier?«

Daisy beugte sich vor, warf einen Blick auf das Display und lachte. »Das ist Fabios Skulptur, bevor sie zerbrochen ist.«

Penny wurde rot. Henry starrte auf das Foto. »Dieser Fabio scheint mit dem Thema seiner Arbeit sehr vertraut zu sein.«

»Wohl kaum, er hat alle meine schwabbeligen Stellen ausgelassen.«

Henry sah zu ihr hinüber. »Trotzdem scheint er das gut genug hingekriegt zu haben. Du und er, ihr seid also …?«

»Nein. Definitiv nicht. Niemals«, widersprach Penny energisch.

»Obwohl das nicht an Fabio liegt«, kicherte Daisy und drückte eine Taste auf ihrem Handy. Auf dem Display erschien das Video von Fabios bizarrem Heiratsantrag.

Henry lachte schallend auf.

»In diesem Sinne und aufgrund der Peinlichkeit verlasse ich euch jetzt. Daisy, ich bin wirklich froh, dass du heute Abend dabei warst. Ich hoffe, die Irren haben dich nicht abgeschreckt.«

Daisy schüttelte den Kopf. »Es war super, vielen Dank.«

Penny lächelte ihnen kurz zu und schloss dann die Tür. Sie ging ins Wohnzimmer, wo Bernard auf dem Rücken auf der Couch lag und mit aus dem Maul hängender Zunge laut schnarchte.

Sie suchte auf ihrem iPod herum, entschied sich für eine zufällige Playlist und etwas Sanftes und Langsames erscholl aus den Boxen. Penny entzündete ein Feuer im Kamin und einige Kerzen, die nach Zimtäpfeln und Glühwein dufteten. Ein perfekter romantischer Abend für eine Person. Sie seufzte. Nach Lesen oder Fernsehen war ihr nicht zumute, und sie hatte nicht die geringste Ahnung, was sie mit sich anfangen sollte. Von nebenan drangen die gedämpften Gespräche und das Gelächter von Henry und Daisy herüber.

Die vergangenen vierundzwanzig Stunden waren sonderbar gewesen: zuerst die Rettung aus dem Meer, dann das Zusammentreffen mit Kathleen, der abgekartete Eisschnitzwettbewerb und der unglaubliche Kuss, den der Mann, dem sie ihn verdankte, schon längst vergessen zu haben schien. Sie schloss die Augen und berührte ihren Mund, um sich in Erinnerung zu rufen, wie sich seine Lippen auf ihren angefühlt hatten. Ganz deutlich stand es ihr noch vor Augen: die sanfte Art, mit der er sie gehalten hatte, sein Geschmack, sein süßer, würziger Duft. Sogar jetzt noch konnte sie ihn riechen; die Wärme seines Dufts hüllte sie ein.

Als ihr jedoch bewusst wurde, dass die Wärme und der Duft real waren, schlug sie die Augen auf. Sie wirbelte herum und da stand er, kaum einen Meter von ihr entfernt.

»Tut mir leid, ich wollte dich nicht erschrecken. Du schienst meilenweit weg zu sein.«

Sie wurde rot. Ahnte er, dass sie an ihn gedacht hatte?

»Ich wollte mich nur für den heutigen Abend bedanken. Ich habe Daisy schon lange nicht mehr so glücklich gesehen.«

Penny versuchte die Gefühle zu ignorieren, die seine Nähe in ihr hervorrief. »Keine Ursache.«

Er bewegte sich nicht und blickte sie nur an. Sie sah hinüber zur Verbindungstür – sie war geschlossen. Er war nicht nur gekommen, um sich bei ihr zu bedanken.

Er streckte die Hand aus und berührte ihre Haare, fuhr mit einem Finger eine Strähne entlang und rieb mit dem Daumen darüber. Regungslos stand sie da. Er würde ihr Untergang sein, und es gab nichts, wodurch sie das verhindern konnte. Er strich ihr über die Wange und ihr wurden die Knie so weich, dass sie kaum glauben konnte, dass sie immer noch stand. Wie konnte eine derart einfache Geste nur so eine große Wirkung bei ihr auslösen?

Mit einem schweren Seufzer trat er einen kleinen Schritt zurück und brach damit den Zauber zwischen ihnen.

»Daisy hat meine Freundinnen immer gehasst. Sogar als sie klein war, hat sie geweint und geschrien, wenn ich mich mit einer Frau verabredet habe. Dabei gab es davon nicht mal allzu viele. Wenn man alleinerziehend ist, bleibt einem nicht viel Zeit. Als sie sechs oder sieben war, habe ich mal eine oder zwei Frauen zu uns nach Hause eingeladen. Jedes Mal hat sie hysterisch geweint. Schließlich habe ich niemanden mehr mit nach Hause gebracht und mich jahrelang heimlich mit meinen Freundinnen getroffen. Ich habe mir geschworen, nur dann eine Frau in unser Haus zu lassen, wenn es sich um eine ernsthafte Beziehung handelt. Seit sie älter ist, hat sie einige meiner Freundinnen kennengelernt, aber sie konnte keine von ihnen leiden. Rosie war vermutlich die einzige Ausnahme. Sie haben gemeinsam etwas unternommen, waren shoppen. Als ich mit ihr Schluss gemacht habe, war Daisy darüber vermutlich unglücklicher als Rosie selbst.«

Er verschränkte seine Finger mit ihren. »Obwohl sie fast keine meiner Freundinnen, die sie kennengelernt hat, ausstehen konnte, hat sie mich noch nie vorher gebeten, mich von jemandem fernzuhalten. Bis du kamst.«

Betroffen machte Penny einen Schritt nach hinten. »Ich bin nicht gut genug für dich.«

Henry schüttelte den Kopf. »Im Gegenteil. Ich bin nicht gut genug für dich. Sie hat dich wirklich gern und hat Angst, ich könnte dir wehtun. Ich habe keine besonders gute Erfolgsbilanz bei Beziehungen. Normalerweise suche ich mir Frauen aus, mit denen man sich gut amüsieren kann. Weiter denke ich da nicht. Dann beende ich die Sache immer, bevor sie zu persönlich wird, hauptsächlich wegen Daisy. Es fällt mir schwer, mir vorzustellen, unser Zweierteam langfristig in ein Dreierteam umzuwandeln. Es müsste jemand sein, mit dem Daisy gut klarkommt, und vor Rosie gab es das nicht. Ich wiederum habe Rosie nie als die Frau gesehen, mit der ich den Rest meines Lebens verbringen möchte. Ich habe mir nie vorgestellt, jeden Tag bis ans Ende meiner Tage neben derselben Frau aufzuwachen oder jeden Tag mit derselben Frau zu frühstücken. Bisher hat es niemanden gegeben, mit dem ich mir das gewünscht hätte.« Er seufzte tief auf. »Ich stelle mich wirklich in einem schlechten Licht dar, oder? Deshalb mache ich dir keine Vorwürfe, wenn du nur mit mir befreundet sein willst, aber …«

»Bisher?«, fragte Penny mit krächzender Stimme. Ihre Kehle war völlig ausgetrocknet.

Henry unterbrach sich, als ihm bewusst wurde, was er gerade gesagt hatte.

»Ich mache mir viel aus dir. Und das ist neu für mich. Ich bin gern in deiner Nähe, höre dir zu oder beobachte dich beim Arbeiten. Wir drei haben während der letzten paar Tage häufiger zusammen gegessen, als das je bei einer meiner früheren Freundinnen der Fall war, und es hat mir gefallen. Ich bringe dich gern zum Lachen, und dieser Kuss gestern Abend … So etwas habe ich noch nie zuvor verspürt. Ich weiß, dass sich das bescheuert anhört. Irgendetwas an dir zieht mich unglaublich an, so stark, dass …« Er suchte nach den richtigen Worten.

»Dass es wehtut«, beendete Penny leise seinen Satz.

Er fing ihren Blick auf. »Ja. Es tut weh, meine Brust schmerzt, wenn ich an dich denke, wie körperliche Sehnsucht. Spürst du das auch?«

Sie nickte. »Und es ist lächerlich. Ich kenne dich nicht mal richtig.«

»Ganz genau. Ich habe keine Ahnung, was das bedeutet, ob es sich nur um Lust oder Verlangen oder mehr handelt, aber ich möchte es herausfinden. Ist es falsch, dass ich es für den Augenblick gern nur zwischen uns beiden belassen möchte? Um zu sehen, ob es sich zu so etwas Besonderem und Wunderbarem entwickelt, wie ich hoffe, oder ob es vielleicht im Laufe der kommenden Woche im Sande verläuft. Das ist alles so neu für uns beide. Keiner von uns weiß, ob etwas daraus wird oder nicht. In einigen Tagen stellst du vielleicht fest, dass du mich schrecklich langweilig findest und wir als Freunde besser dran wären. Oder wir könnten eine Nacht mit heißem, leidenschaftlichem Sex erleben, aber dieser intensive Funke zwischen uns ist am nächsten Tag erloschen und wir beschließen, dass es eine einmalige Sache bleiben soll, oder wir verlieben uns Hals über Kopf ineinander, heiraten, bekommen viele Kinder und werden gemeinsam alt und grau. Wir wissen nicht, was auf uns wartet. Es gibt keinen Grund, Daisy jetzt damit zu belasten, wenn du vielleicht in einigen Wochen beschließt, dass du die Sache nicht weiterverfolgen möchtest. Wir hatten ein schwieriges Jahr und …«

Er verstummte und wirkte ehrlich geknickt bei der Vorstellung, seine Tochter durcheinanderzubringen.

»Ja, für eine Weile. Ich glaube, dass ihre Bitte, nichts mit dir anzufangen, zum Teil in ihrer Unsicherheit und Nervosität über den Umzug nach White Cliff Bay begründet ist. Sie ist gerade in eine neue Stadt gezogen und ich weiß, dass sie sich immer noch Gedanken über die neue Schule macht, und ob sie hier Freunde finden wird. Ich möchte nicht, dass sie sich zu Hause unwohl fühlt oder sich überflüssig vorkommt. Ihr gefällt es hier im Flieder-Cottage, sie hat sich wirklich schnell eingelebt. Wegen dir, wegen des Eisschnitzens, ihres neuen Jobs und …« Bernard ließ vom Sofa her einen lauten Schnarcher hören. »Und wegen Bernard. Sie glaubt, wenn ich etwas mit dir anfange und es schiefgeht, dann können wir hier nicht wohnen bleiben. Ich wäre völlig damit zufrieden gewesen, hier wieder auszuziehen, sobald das Maklerbüro etwas Passendes für uns gefunden hat, aber wenn sie hier bleiben möchte, dann schlage ich mir eben weiterhin jeden Tag den Kopf in dieser winzigen Dusche an, Hauptsache, sie ist glücklich. Lass Weihnachten vorbeigehen, lass sie sich noch ein bisschen besser einleben, und wenn es dann zwischen uns immer noch gut läuft, dann sagen wir es ihr, versprochen. Wir werden ihr das schon irgendwie erklären können. Und falls nicht … dann haben wir sie wenigstens nicht grundlos aufgeregt.«

»Ich möchte sie nicht anlügen.«

»Genauso wenig wie ich; das ist das Letzte, was ich will. Aber können wir vielleicht erst mal herausfinden, ob es zwischen uns überhaupt etwas gibt, für das es sich zu kämpfen lohnt? Der Umgang mit mir ist nicht gerade einfach: Ich bin knurrig, ungeduldig und in ein paar Tagen bist du vermutlich froh, wenn du mich von hinten siehst. So geht es den meisten Frauen. Doch wenn wir das überwinden und du mich immer noch um dich haben willst, dann werden wir es ihr sagen, versprochen.«

Penny nickte. »Okay. Also sind wir jetzt … zusammen?«

»Wenn es das ist, was du möchtest?« Er wirkte besorgt.

Sie konnte nicht anders, sie musste breit grinsen und nickte.

»Daisy möchte, dass ich mit dir ausgehe. Sie ist der Meinung, dass du Gesellschaft und Freundschaft brauchst, also können wir alles tun, was Paare normalerweise tun, aber das Kuscheln und den leidenschaftlichen Sex verlegen wir lieber hinter geschlossene Türen.«

Sie lachte. »Ach, verdammt, und ich habe gedacht, wir würden uns nackt ausziehen und es mitten auf dem Marktplatz miteinander treiben.«

Wärme und ein schelmisches Funkeln flackerten in seinen Augen auf. »Eines Tages vielleicht. Morgen ist Dienstag, da sind wir sowieso verabredet. Da können wir unsere geheime Partnerschaft feiern.«

»Okay.«

Momentan sprühte sie nicht gerade vor Geistesgegenwart und Witz. Ihr Herz klopfte wie wild, sie zitterte und ihr Kopf schien wie leer geblasen.

Er lächelte über ihre Verblüffung. Dann fuhr er mit einer Hand ihren Arm hinauf und legte sie um ihren Kopf. Langsam beugte er sich vor und küsste sie, mit der gleichen Zärtlichkeit wie am Vorabend, als wäre sie etwas, das man behutsam behandeln und sorgsam pflegen musste. Sie strich über die kurzen Haare in seinem Nacken und er legte die Hände um ihre Taille und zog sie näher zu sich heran. Oh Gott, schon allein ihn zu berühren war unglaublich. Ihre Emotionen für ihn schossen wie Blitze durch ihren Körper.

Schwer atmend zog er sich ein wenig zurück. »Einverstanden?«

Sie nickte, und er ließ sie los.

»Wir sehen uns morgen.«

Lächelnd beobachtete sie, wie er ging, wobei er ihr beim Schließen der Verbindungstür noch einen letzten Blick zuwarf. Sie war verabredet. Heute Abend würde sie zum ersten Mal seit langer Zeit mit einem Lächeln auf den Lippen einschlafen.

Kapitel 11

Am nächsten Morgen erwachte Penny, weil sie jemand sanft schüttelte. Sie schlug die Augen auf und sah Henry vor ihrem Bett stehen.

Oh Gott, ihre Haare standen mit Sicherheit nach allen Seiten ab, vermutlich hatte sie Knitterfalten vom Kissen im Gesicht und garantiert hatte sie den typisch morgendlichen Mundgeruch. Mit einem strahlenden Lächeln hielt er ihr eine Tasse Tee hin und sah sie an, als wäre sie die schönste Frau der Welt. Er trug seinen Morgenmantel und anscheinend nicht besonders viel darunter.

»Ich, äh …« Na toll. Ihre Begabung für geistreiche Konversation war zurück.

»Ich dachte mir, du möchtest vielleicht eine Tasse Tee, und ich habe dir Frühstück ans Bett gebracht.« Er deutete auf die Schüssel mit Müsli auf ihrem Nachttisch und sie lachte.

»Wow, dieses Frühstück hat sicherlich viel Zeit und Mühe gekostet, oder?«

»Du darfst nicht vergessen, dass diese Müslipackungen ziemlich schwer sind.« Er stellte die Tasse neben die Schüssel.

»Wie ist denn das Wetter heute so?«, fragte Penny, und als er sich umdrehte, um aus dem Fenster zu sehen, bot ihr das die perfekte Gelegenheit, ein paar Pfefferminzpastillen aus ihrer Handtasche zu holen und sich mit den Fingern durch die Haare zu fahren.

»Gestern Nacht hat es wieder geschneit. Nicht besonders stark, aber Daisy hat die Hoffnung auf weiße Weihnachten noch nicht aufgegeben.«

»Das mit dem Frühstück ist sehr lieb von dir, aber das wäre nicht nötig gewesen.«

Er kam auf das Bett zu. »Ich versuche, jetzt schon eine Menge Pluspunkte bei dir zu sammeln, weil ich sicherlich demnächst die ersten Minuspunkte einfahren werde.«

»Was meinst du denn damit?«

»Obwohl ich die vergangenen sechzehn Jahre damit verbracht habe, eine Frau großzuziehen, habe ich kein besonderes Händchen für den Umgang mit dem weiblichen Geschlecht. Und von Romantik habe ich null Ahnung. Da wirst du mich ab und zu in die richtige Richtung stupsen müssen. Rutsch rüber.«

Er musste ihren entsetzten Blick gesehen haben, denn er lachte lauthals auf. »Ich verspreche, nicht über dich herzufallen, aber ein bisschen kuscheln können wir doch, oder?«

Sie zögerte, rutschte dann jedoch ein Stück zur Seite.

Er schlüpfte neben ihr ins Bett, zog sie an seine Brust und legte die Arme um sie. Es war eine sehr vertraute Geste, so als würden sie sich schon seit Jahren kennen und nicht erst seit einigen Tagen. Sie konnte nicht anders, sie musste lächeln.

»Was ist denn?«, wollte er wissen und lächelte ebenfalls.

»Das hier. Das ist schön. Bisher stellst du dich mit dem Romantikkram ganz geschickt an.«

Er küsste sie sanft auf die Stirn. Seine Zärtlichkeit war unglaublich liebenswert.

»Also, Daisy ist mit Anna ins große Einkaufszentrum in die Nachbarstadt gefahren, deshalb können wir den ganzen Tag im Bett verbringen, wenn du das möchtest.«

»Das klingt verlockend, aber ich treffe mich mit Maggie zum Lunch.«

»Verdammt. Nun gut, aber Daisy übernachtet heute auch bei Anna. Wenn du also möchtest ... du könntest ... bei mir drüben bleiben.«

Eine Million Gründe und Ausreden rasten ihr durch den Kopf: Sie war noch nicht so weit, sie würde nicht besonders gut sein, sie würde ihn enttäuschen, ihre Bikinizone war nicht gerade in bestem Zustand.

Er schien es ihr vom Gesicht ablesen zu können. »Es muss überhaupt nichts passieren, wir können einfach nur kuscheln, so wie jetzt. Mir gefällt das. Ich fände es schön, wieder mit dir im Arm einzuschlafen. Gehe ich recht in der Annahme, dass es seit Chris keinen Mann mehr für dich gegeben hat?«

Vor Verlegenheit wurde sie rot. »Nein, aus verschiedenen Gründen war ich während der letzten acht Jahre mit niemandem zusammen. Außerdem war er mein erster Freund.«

Sie nahm an, dass er darüber lachen würde. Mit knapp dreißig Jahren hatte sie erst Erfahrungen mit einem einzigen Mann gesammelt, wohingegen Henry vermutlich mit sehr vielen Frauen zusammengewesen war, ob nun ernsthaft oder nicht. Aber er lachte keineswegs.

»Dann werden wir es wirklich langsam angehen lassen, bis du bereit bist. Wir können einfach miteinander ausgehen und uns besser kennenlernen, und ich verspreche, dich nicht zu drängen. Was aber nicht heißen soll, dass ich nicht auf ganz vielen Küssen bestehe.«

Vor Zuneigung zu ihm ging ihr das Herz auf. Es fühlte sich völlig unwirklich an – Männer waren normalerweise nicht so geduldig, wenn es um Sex ging. Zumindest war Chris es nicht gewesen. Jemand wie Henry konnte jede Frau haben, die er wollte, wie man aus den Reaktionen von Jade, Beth und Clara schließen durfte. Warum verschwendete er also seine Zeit damit, auf sie zu warten, wo er doch mit jeder alleinstehenden Frau der Stadt in die Kiste hüpfen könnte? Erst recht, weil er bei seiner Ankunft in White Cliff Bay überhaupt nicht auf der Suche nach einer festen Beziehung gewesen war.

»Ich möchte, dass es zwischen uns funktioniert«, sagte er leise. Offensichtlich hatte er ein Talent dafür, ihre Gedanken zu lesen.

Sie küsste ihn sanft und hoffte, dass das Pfefferminz ganze Arbeit geleistet hatte. Er zog sie näher zu sich heran und vertiefte den Kuss.

Seine Augen funkelten mutwillig. »Falls du aber nicht warten willst, könnten wir auch jetzt gleich zum heißen, leidenschaftlichen Sex übergehen.«

Er rollte sich auf sie, hielt sie mit seinem Körpergewicht gefangen und kitzelte sie.

»Nein!« Quiekend versuchte sie, seinen gnadenlosen Händen zu entfliehen.

»Na los, gib mir Sex!«

Sie lachte. »Nein, niemals!«

Sie wand sich aus seinem Griff, stieg schnell aus dem Bett und rannte lachend aus dem Zimmer, doch er war ihr dicht auf den Fersen. Er holte sie ein, schlang ihr einen Arm um die Taille und presste sie gegen die Wand, wo er sie erneut küsste und versuchte, dabei nicht zu lachen. Gleichzeitig ließ er langsam seine Zunge in ihren Mund gleiten und fuhr ihr mit den Händen über die Seiten. Ihr Körper vibrierte unter seiner Berührung, und sie fragte sich, warum sie sich zurückhielt. Wäre es wirklich falsch, mit ihm zurück ins Bett zu gehen und herauszufinden, wie tief dieser Funke zwischen ihnen tatsächlich inzwischen entzündet war? Sie kannte ihn kaum, aber sein Kuss, seine Berührung, alles an diesem Mann verriet ihr, dass er auf jede nur erdenkliche Weise perfekt für sie war. Sie war auf dem besten Weg, sich in ihn zu verlieben, so viel war klar. Hoffentlich ging es ihm genauso.

Er runzelte die Stirn. »Wann triffst du dich mit Maggie?«

»Maggie?«

Er grinste. »Deine Freundin?«

»Oh, äh, um zwölf.«

»Schade, denn es ist bereits halb zwölf.«

Als seine Worte zu ihr durchdrangen, riss sie die Augen auf. »Was? Wie kann es denn schon so spät sein?«

»Na ja, falls es dir genauso ging wie mir, hast du die halbe Nacht wach gelegen und über unsere Verabredung nachgedacht.«

Sie lächelte. »Das stimmt.«

Zögerlich gab er sie frei. »Dann mach dich fertig und wir sehen uns heute Abend. Du übernachtest doch bei mir, oder?«

Sie nickte, und er ging die Treppe hinunter. Vom vielen Lächeln tat ihr das Gesicht weh. Den Anbau zu vermieten, erwies sich als die beste Entscheidung ihres Lebens.

* * *

Penny platzte in die Bäckerei und sah sich um. Sie hatte zehn Minuten Verspätung, aber es sah so aus, als wäre sie trotzdem noch vor Maggie hier. Sie ging zur Theke und stellte sich in die kurze Schlange. Für einen Dienstag schien es ungewöhnlich voll zu sein und Linda wirkte durch die zusätzlichen Kunden ein wenig gestresst.

Plötzlich kam Tilly zu Penny gerannt, ein breites Grinsen und eine Menge Schokolade im Gesicht.

Penny ging in die Hocke und fragte in Gebärdensprache: »Hallo, was machst du hier? Haben deine Weihnachtsferien schon angefangen?«

Tilly nickte aufgeregt und signalisierte zurück: »Die Heizung ist kaputt, deshalb ist die Schule geschlossen. Vor Freitag wird sie vermutlich nicht repariert sein.«

Das erklärte die zusätzlichen Kunden und vermutlich Maggies Verspätung, falls die sich zu Hause um ihre beiden Söhne kümmern musste.

»Das ist prima, dann hast du ja extralange Weihnachtsferien. Hilfst du heute deiner Mummy und Nanny?«

»Ich habe Mince Pies gebacken. Möchtest du einen?«

»Sehr gern.«

Tilly sauste davon und Penny ging nach vorn, um ein Käsesandwich für sich und ein Schinkensandwich für Maggie zu bestellen. Als ihr Linda zu den beiden Sandwiches auch zwei Donuts reichte, war sie überrascht.

»Du musst bei Kräften bleiben«, behauptete Linda und zwinkerte ihr zu, während ihre Tochter Polly neben ihr kicherte.

Leicht verwirrt suchte sich Penny einen Tisch. Ein junges Paar war gerade aufgestanden, und einen Moment später stürmte Maggie herein.

»Tut mir leid.« Maggie biss anerkennend in ihr Sandwich und stöhnte genussvoll auf. »Die Kinder haben heute schulfrei und ich habe den ganzen Vormittag über versucht, sie zu bespaßen und gleichzeitig die Vorbereitungen für den Ball abzuschließen. Jetzt sind es noch sieben Tage und ich verfalle allmählich in Panik, dass ich etwas Wichtiges vergessen habe. Diese Schwangerschaft hat mein Gedächtnis total ruiniert.«

»Ich bin sicher, dass du alles bis ins kleinste Detail durchgeplant hast. Kann ich dir bei irgendetwas helfen?«

»Nein, ich glaube, wir haben es fast geschafft. Das Festzelt wird morgen geliefert und soll auch gleich für den Lebkuchenhauswettbewerb am Samstag und deinen Kurs am Sonntag genutzt werden. Alles andere ist für Dienstag, den Balltag, bestellt«, ratterte Maggie die Liste ihrer Vorbereitungen herunter. »Wie auch immer, meine Mum passt für eine Stunde auf die Jungs auf. Ich habe ihr erzählt, dass ich ein dringendes Notfalltreffen mit dir habe.«

Penny blinzelte. »Was denn für ein Notfall?«

»Dein wichtiges Date heute Abend.«

Penny bekam große Augen. »Woher weißt du denn davon?«

»Na ja, Jade hat das Samstagabend im Pub lautstark verkündet, nachdem sie auf spektakuläre Weise von Henry abgewiesen worden war, obwohl sie es natürlich anders hingestellt hat. Aber seither ist es Stadtgespräch.«

»Stadtgespräch?« Der Gedanke, dass alle über sie redeten, jagte Penny einen mächtigen Schrecken ein. Sie wusste, dass die Menschen Klatsch und Tratsch liebten und ihre Nasen gern in die Angelegenheiten anderer Leute steckten, aber bisher hatte sie nie im Mittelpunkt des Interesses gestanden; dafür war ihr Leben immer viel zu langweilig gewesen. Sie dachte an die Zeit ihrer Fehlgeburt zurück und dass auch da sicherlich alle über sie geredet hatten, aber damals war sie fernab von allem gewesen und hatte sich in ihr Haus auf dem Hügel zurückgezogen.

»Alle sind begeistert und freuen sich für dich«, versuchte Maggie sie zu besänftigen, obwohl Penny das alles andere als beruhigend fand. Wie peinlich! Henry und sie versuchten doch gerade erst, sich besser kennenzulernen. Da brauchten sie keine gesamte Stadt, die sich einmischte, bevor die Beziehung überhaupt richtig begonnen hatte. Außerdem sollte doch Daisy nichts davon wissen.

»Wir haben eine Versammlung abgehalten und …«

»Eine Versammlung? Und wen meinst du mit ›wir‹?«, quiekte Penny und wäre am liebsten zurück nach Hause gerannt, um sich dort zu verstecken.

»Der Buchklub«, erklärte Maggie und meinte damit die kleine Gruppe Mütter, die sich einmal pro Woche von ihren Familien freinahmen und sich abwechselnd besuchten, ein

Gläschen über den Durst tranken und über Privates redeten. Nach den Fotos von alkoholisierten Frauen auf Facebook zu schließen, war bei diesen Treffen noch keine einzige Seite in einem Buch gelesen worden.

»Ich war das Thema bei einer Versammlung des Buchklubs?«

»Ja, und die Frauen haben alle zugestimmt, dir zu helfen. Natalie kümmert sich um deine Haare und Christine hat dich für eine Wachsenthaarung eingetragen. Danach sollst du zu Monica ins *Seide & Spitze* rübergehen. Sie sucht mit dir sexy Unterwäsche aus, weil ich weiß, dass du so etwas nicht besitzt und alle deine BHs und Slips grau und löchrig sind. Das ist nicht der Look, der uns für den heutigen Abend vorschwebt, daher …«

»Moment mal, ich schlafe doch gar nicht mit ihm!«, rief Penny und in der Bäckerei wurde es schlagartig still. Alle Blicke flogen in ihre Richtung.

»Pst, wir wollen doch nicht, dass die ganze Stadt Bescheid weiß«, beschwichtigte Maggie sie, während die Gäste ihre Unterhaltungen wiederaufnahmen.

»Wie es scheint, wissen längst alle Bescheid. Habt ihr auch eine Nachricht über das SMS-Notfallnetz geschickt?«

»Aber doch nur, weil wir uns alle Gedanken machen. Schließlich ist es deine erste Verabredung seit acht Jahren. Wir möchten doch nur, dass es gut läuft.«

»Darf ich das nicht einfach allein versauen? Ob es gut läuft oder nicht, hängt doch nicht von meiner Frisur oder von glatten Beinen und sexy Unterwäsche ab.«

»Aber schaden werden diese Dinge ganz sicher nicht.«

»Maggie, ich habe dich wirklich gern, aber halt dich da raus.«

»Unsinn. Wenn du mich wirklich gern hättest, würdest du mich dir helfen lassen. Und jetzt beeil dich, dein Friseurtermin ist in einer Viertelstunde.«

»Ich gehe nicht zum Friseur.«

Warum wehrte sie sich so dagegen? Eigentlich hatte sie schon seit Ewigkeiten ihre Haare schneiden lassen wollen.

»Ach komm schon, nur die Spitzen. Einmal schneiden und föhnen. Gratis«, argumentierte Maggie.

»Na schön, aber ich lasse mir keine Haare entfernen und kaufe auch keine sexy Unterwäsche.«

»Warten wir erst mal ab, was du nach deinem Friseurtermin darüber denkst.«

Seufzend aß Penny ihr Sandwich und wurde anschließend von Maggie zur Tür hinausbugsiert und geradezu im Polizeigriff die Hauptstraße entlanggeführt.

»Ich muss erst kurz in die Drogerie; dauert auch nicht lange. Ich brauche eine neue Zahnbürste«, bat Penny und ließ Maggie vor der Tür stehen.

»Glaub ja nicht, dass du durch die Hintertür flüchten kannst, Penny Meadows!«, rief Maggie hinter ihr her und setzte sich auf eine Bank. »Ich habe meine Spione überall!«

Daran hatte Penny nicht den geringsten Zweifel. Sie ging durch die Gänge, bis sie die Zahnbürsten gefunden hatte, und wollte sich gerade zwischen den verschiedenen Modellen entscheiden, als eine Dame herbeigeeilt kam und durch die Regale nebenan stöberte.

»Man kann sich so schwer entscheiden, nicht wahr?«, sagte die Frau.

»Das stimmt.« Penny lächelte höflich. Eine feste Zahnbürste kam ihr ein wenig übertrieben vor, aber mit einer weichen würden ihre Zähne womöglich nicht richtig sauber werden.

»Ich persönlich mag ja die Gerippten.« Die Frau zwinkerte ihr zu, schnappte sich eine Packung aus dem Regal nebenan und ging damit zur Kasse.

Verwirrt betrachtete Penny das Regal neben den Zahnbürsten und erkannte, dass sie eine große Auswahl an

Kondomen anstarrte. Begriffe wie »Aufregend«, »Kitzeln«, »Vergnügen«, »Extrasicher«, »Gemeinsames Vergnügen«, »Ultradünn«, »Latexfrei«, »Extragroß« und »Intimgefühl« sprangen ihr von bunten Packungen entgegen. Daneben standen verschiedene Gleitmittel, die entweder wärmten, prickelten oder Geschmacksstoffe enthielten. Eins versprach sogar einen verbesserten Orgasmus. Seit ihren schnellen Nummern mit Chris hatte sich im Sexbereich viel getan. Damals hatte er sich immer um die Verhütung gekümmert, bis auf den einen alkoholisierten Abend, als er es ganz offensichtlich vergessen hatte.

Suzanna, die ältere Besitzerin der Drogerie, kam herüber, und Penny versuchte, rasch den Blick von den Kondomen zu nehmen, ehe Suzanna sie erwischte, aber es war zu spät.

»Schwierig, nicht wahr, meine Liebe, aber an deiner Stelle würde ich die extragroßen kaufen, dieser Henry scheint mir gut bestückt zu sein.«

Penny spürte, dass sie feuerrot wurde. »Ich interessiere mich für die Zahnbürsten.«

»Natürlich, meine Liebe.« Suzanna nahm eine Schachtel mit extragroßen Kondomen aus dem Regal und drückte sie Penny in die Hand. Dann führte sie sie zur Kasse. »Ich habe auch eine Unmenge an Kondomen, die wir immer vom Zentrum für Familienplanung erhalten und an Teenager ausgeben sollen, falls die vorbeikommen und nach so was fragen. Wie wär's, wenn ich dir auch davon einige mitgebe?«

Suzanna öffnete eine Schublade neben der Kasse, schnappte sich eine Handvoll unterschiedliche Kondome und legte sie in eine Papiertüte. »Da sind einige besonders sichere dabei und auch ein paar von den dünneren, aber auch welche mit Geschmack. Die mit Erdbeergeschmack sind nicht so toll, aber Schokolade ist ziemlich lecker und schmeckt fast wie echte Schokolade. Abgelaufen sind sie alle noch nicht, meine Liebe, darüber brauchst du dir also keine Gedanken zu machen.«

Sie schnappte sich noch eine weitere Handvoll und legte auch die dazu.

Penny sah sich um. Die anderen Kunden im Laden betrachteten sie höchst interessiert. Penny hatte nicht die geringste Ahnung, was sie sagen sollte, um die Situation ins Lächerliche zu verkehren oder sich aus der Affäre zu ziehen.

»Hier, leg deine extragroßen auch dazu, die gehen aufs Haus«, bot ihr Suzanna an, nahm ihr die Schachtel aus der Hand und steckte sie in die inzwischen prall gefüllte Tüte.

»Es … es ist unsere erste Verabredung, ich hatte eigentlich nicht vor …«

»Natürlich nicht, meine Liebe, aber vielleicht bei der zweiten oder dritten. Lass ihn aber nicht zu lange warten, sonst schwellen die Hoden des armen Kerls noch an wie zwei Wassermelonen.«

Penny schnappte sich ihre Tüte und rannte hinaus.

Maggie kämpfte sich von der Bank hoch und kam zu ihr herübergewatschelt. »Das hat aber lang gedauert. Was hast du denn gekauft?« Sie beäugte die volle Tüte.

»Suzanna hat mich gezwungen, Kondome mitzunehmen, und wenn du auch nur ein Wort darüber verlierst, werfe ich dich zu Boden und rasiere dir die Augenbrauen ab, schwanger oder nicht, Maggie Stone.«

Maggie machte eine Geste, als zöge sie sich die Lippen mit einem Reißverschluss zu, aber Penny bemerkte, dass sie kaum ein Lachen unterdrücken konnte.

»Na los, Natalie wird schon auf uns warten«, erklärte Maggie großmütig.

Immer noch entsetzt über die peinliche Vorstellung im Laden, glaubte Penny felsenfest, dass der Tag garantiert nicht noch schlimmer werden konnte.

Kapitel 12

Henry pfiff vor sich hin und ging ums Haus. So sehr wie heute hatte er sich schon lange nicht mehr auf eine Verabredung gefreut. Und im Gegensatz zu seinen sonstigen Dates, die fast immer mit Sex endeten, kam der heutige Abend mit einer Enthaltsamkeitsgarantie. Seltsamerweise war ihm das egal. Dass er gern mit Penny schlafen würde, ließ sich nicht leugnen, aber anders als bei anderen Frauen war es nicht sein endgültiges Ziel. Bei Penny kam es ihm mehr darauf an, sie kennenzulernen, Zeit mit ihr zu verbringen und sie zum Lachen zu bringen so wie an diesem Morgen. Er wollte gern Gutes und Schlechtes mit ihr teilen, Kleines und Großes. In der Stadt hatte er einen alten Mann getroffen, ein interessantes Gespräch mit ihm geführt, und auch davon wollte Henry ihr berichten.

Er spähte durch ihre Hintertür, um zu sehen, ob sie da war. Überrascht beobachtete er sie dabei, wie sie nervös in der Küche auf und ab lief. Vielleicht lag es an ihrer Verabredung. Ihre Haare waren mächtig aufgetürmt, als wäre sie in einen Windkanal geraten. Bei genauerer Betrachtung schien die Frisur allerdings so beabsichtigt zu sein.

Er öffnete die Tür und trat ein. Erschrocken sah sie ihn an. Hatte sie inzwischen Zweifel an ihrer Verabredung bekommen? Er beschloss, die Haare zu ignorieren, um sie nicht in Verlegenheit zu bringen, und einfach ein normales, alltägliches Gespräch mit ihr zu führen, um sie von ihrer Nervosität abzulenken.

»Ich hatte heute ein interessantes Gespräch mit jemandem in der Stadt …«

Penny stöhnte. »Es tut mir so leid. Keine Ahnung, wie das angefangen hat, aber es ist wie eine Lawine völlig außer Kontrolle geraten. Alle wissen Bescheid, alle. Offensichtlich ist es das Interessanteste, das seit Jahren in White Cliff Bay passiert ist. Um Himmels willen, ich war das Thema bei einem Treffen des Buchklubs! Ich hatte keine Ahnung von dem Plan, den sie dort ausgeheckt haben. Und dann wollte ich eine Zahnbürste kaufen, aber direkt daneben war die Kondomabteilung. Und ja, ich habe sie mir angeschaut, aber nicht unseretwegen, sondern nur, weil ich überrascht war, dass es so viele verschiedene Arten gibt. Eine Sekunde später kommt Suzanna herüber und behauptet, dass du extragroß brauchst und dass ich für unser erstes Mal lieber eine etwas breitere Palette vorrätig haben sollte. Ich war total entsetzt, aber sie hat darauf bestanden, dass ich die Kondome mitnehme. Und dann war Maggie mit mir beim Friseur, und jetzt sieh mich an. Ich sehe aus wie eine Pornoschauspielerin aus den Achtzigern mit den auftoupierten Haaren, dabei wollte ich mir nur die Spitzen schneiden lassen. Bevor ich flüchten konnte, kam Christine vom Schönheitssalon herein und hat mich hinüber zu sich geführt. Obwohl ich ihr gesagt habe, dass ich nichts möchte, hat sie mir überhaupt nicht zugehört, und um ehrlich zu sein, sie macht mir Angst. Ehe ich wusste, wie mir geschah, hat sie mir fast jedes Haar vom Körper gerissen, meine Augenbrauen, an den Beinen, der Bikinizone. Ganz ehrlich, ich bin da unten jetzt völlig nackt, und es zieht, das kann ich dir sagen. Und als ich gehen wollte, hat Monica von *Seide & Spitze* schon auf mich gewartet und mich in ihren

Laden mitgenommen und mich zu sexy Unterwäsche überredet. Ich habe in meinem ganzen Leben noch keine Reizwäsche gekauft, und jetzt besitze ich zwei Paar Spitzenhöschen mit passenden BHs und kleinen Rosenblüten drauf und einen schwarzen Satinslip, der kaum meinen Po bedeckt und mit silbernen Schneeflocken bestickt ist, und dazu eine Art passendes Top. Hier.«

Sie zog das Set aus Hemd und Slip aus einer Papiertüte und legte es auf den Tisch.

»Das ist die winzigste, dünnste Unterwäsche, die ich je gesehen habe, und es ist mir viel zu peinlich, so was überhaupt anzuziehen. Aber damit nicht genug, sie haben mich gezwungen, ein Kleid mit einem Seitenschlitz, lächerlich hohe Schuhe und ein Parfüm zu kaufen, das angeblich Männer in die Knie zwingt. Ich schwöre, nichts davon habe ich gewollt, ich bin nur zum Mittagessen und wegen einer neuen Zahnbürste in die Stadt gefahren, das war alles. Und jetzt glaubt die ganze Stadt, dass wir eine Nacht voller Leidenschaft vor uns haben, und dabei haben wir uns bisher erst ein paarmal geküsst. Daisy wird das vermutlich alles erfahren, und es tut mir so leid, dass sie dich heute alle damit aufgezogen haben«, sagte sie atemlos.

Entsetzt starrte Henry sie an. Am liebsten hätte er gleichzeitig gelacht, sich geärgert und sie umarmt. Er wusste nicht, ob er sich je an diese Einmischungen gewöhnen könnte, aber Penny lebte bereits ihr ganzes Leben hier und sie ärgerte sich offensichtlich trotzdem darüber. Sein Blick fiel auf die zarte Unterwäsche auf dem Tisch und er nahm das Hemdchen in die Hand und befühlte das Material. Gott, sie darin zu sehen, wäre die Erfüllung eines Traums. Auch wenn er ihr versprochen hatte, nichts weiter zu verlangen als einen Kuss, hätte er nur liebend gern ihr Date abgesagt und sie stattdessen den ganzen Abend im Arm gehalten und geküsst, während sie diese Unterwäsche trug.

Er sah auf. Sie wartete darauf, dass er sich ebenfalls aufregte, weil sie glaubte, man hätte ihn genauso behandelt, dabei hatte ihm gegenüber niemand ein Wort darüber verloren. Obwohl, wenn er so darüber nachdachte, manche hatten ihm bedeutsame Blicke zugeworfen und ihm zugezwinkert. Das hatte er jedoch den merkwürdigen Bürgern der Stadt zugeschrieben. Er musste ihr versichern, dass er nicht genauso belästigt worden war wie sie, aber dadurch würde sie sich wegen ihres beinahe hysterischen Ausbruchs nicht besser fühlen.

Schließlich räusperte er sich. »Ich wollte eigentlich sagen, dass ich heute mit jemandem in der Stadt gesprochen habe, der vor ein paar Jahren handgeschnitzte Möbel von mir gekauft und mir erzählt hat, dass es immer noch seine Lieblingsstücke im Haus sind.«

Penny wurde blass.

»Du hast gar nicht gewusst, dass ich Kondome und Reizwäsche gekauft habe?«

Henry schüttelte den Kopf.

Pennys Wangen wurden feuerrot. »Oh mein Gott.«

Sie sank auf die Küchenbank und nahm den Kopf zwischen die Hände, weil sie Henry nicht in die Augen sehen wollte.

Er lächelte. Am besten lachten sie darüber.

»Wo sind die Kondome?«

Sie deutete auf eine Tüte.

»Die nehme ich besser an mich. Ich möchte nicht, dass Daisy sie entdeckt.« Durch die Finger hindurch beobachtete sie, wie er in die Tüte sah. »Wow, du hast aber eine ganze Menge gekauft.«

»Hab ich nicht, die Drogistin hat sie mir gratis mitgegeben. Sie hat die Tüte randvoll gepackt, weil sie sich so darüber gefreut hat, dass ich nach all der Zeit wieder Sex habe. Ich habe es nicht übers Herz gebracht, ihr zu sagen, dass sie sich irrt.«

Er nickte und versuchte, ein Lächeln zu unterdrücken, doch dann sah er, dass sie ebenfalls verhalten grinste, und lachte lauthals los.

»Dann gehe ich wohl besser und bereite mich auf unser großes Date vor. Ich hole dich um sieben ab.« Er ging zur Tür.

»Ach Schatz, zieh mir zuliebe doch bitte das Schneeflockenset an. Dann wird es gleich viel amüsanter, wenn wir später im Bett liegen.«

»Ha, das hättest du wohl gern. Ich werde meine älteste, verfärbteste, löchrigste Unterwäsche anziehen, damit du lernst, dass du mich nicht so aufziehen sollst.«

Er zuckte mit den Achseln. »Ist mir ebenfalls recht.«

Lächelnd sah sie zu, wie er die Tür schloss. Der heutige Abend würde lustig werden, ganz unabhängig von seinem Ende.

* * *

Penny wartete nervös in der Küche darauf, dass Henry sie abholte. Sie hatte es geschafft, ihre Haare ein wenig zu glätten und zu einem losen Seitenzopf zu bändigen. Sie trug das Kleid mit dem Schlitz bis zum Oberschenkel, aber nur, weil die einzigen anderen Kleidungsstücke in ihrer Garderobe Jeans, Kapuzensweatshirts und ein Hosenanzug waren, mit dem sie aussehen würde wie auf dem Weg zu einem Bewerbungsgespräch. Ein Teil von ihr hätte die Verabredung am liebsten abgesagt, weil sie nicht das gesamte Abendessen unter den wachsamen Augen der Stadt verbringen wollte. Aber wenn sie sich tatsächlich regelmäßig verabreden wollten, dann mussten sie das erste Mal hinter sich bringen. Danach würden sie hoffentlich von allen normal behandelt werden.

Es war Viertel vor sieben und sie versuchte, sich mit einem Buch abzulenken, doch die Worte drangen nicht zu ihr durch. Plötzlich klopfte es an der Verbindungstür und Henry trat ein.

»Tut mir leid, ich konnte es nicht abwarten, dich zu sehen.«

Bei seinem Anblick machte ihr Herz einen Satz. Er trug einen silbergrauen Anzug und ein weißes Hemd, das am Kragen offen stand. Der Anblick war nicht von schlechten Eltern.

»Wenn du fertig bist, können wir schon los«, sagte er, als ihr nichts einfiel, um die Stille zu füllen.

Schnell sprang sie auf und wackelte ein wenig hin und her wegen der lächerlich hohen High Heels. Der Schlitz im Kleid gab den Blick auf ihre Oberschenkel frei. Sie war völlig overdressed und wollte nichts weiter, als nach oben zu laufen und sich wieder in ihre Lieblingsjeans zu werfen. Rasch richtete sie das Kleid und fluchte, dass sie sich nicht doch für den Hosenanzug entschieden hatte. Dass ihr die Leute den ganzen Abend über auf die Beine starren würden, war das Letzte, was sie wollte. Doch als ihr Blick auf Henry fiel, hielt sie inne. In seinen Augen entdeckte sie nackten Hunger. Chris hatte sie nie so angesehen – bestenfalls hatte sein Blick Zuneigung für jemanden ausgedrückt, mit dem er gern zusammen war. Noch nie zuvor hatte jemand sie angeschaut, als wollte er sie mit Haut und Haar verschlingen. Ihre Zweifel schwanden und ihr Selbstbewusstsein wuchs.

Henry nahm ihren Mantel vom Stuhl und legte ihn ihr um die Schultern. Dann knöpfte er ihn ihr mit charmanter Geste zu.

»Ich bin durchaus in der Lage, mir den Mantel allein anzuziehen«, kommentierte sie lachend.

»Ehrlich gesagt, wenn ich dich nicht bedeckt hätte, würden wir dieses Haus heute Abend wohl nicht verlassen.«

Sie beugte sich vor, um ihn zu küssen, und hielt sich dabei an den Aufschlägen seines Jacketts fest. Er schlang die Arme um sie und drückte sie so fest an sich, dass kein Blatt Papier mehr zwischen sie beide gepasst hätte. Sie wollte mehr als nur diesen Kuss, sie wollte alles – seine Haut an ihrer spüren, jeden

Zentimeter von ihm kosten. Dieses Verlangen hatte sie nie zuvor gefühlt; noch nie hatte sie jemanden mit so wilder, ursprünglicher Lust begehrt.

Er machte sich los. »Das hilft auch nicht gerade dabei, das Haus zu verlassen. Na los, wir können genau an dieser Stelle weitermachen, wenn wir zurückkommen. Vielleicht lassen wir Vorspeise und Nachtisch aus, fahren nur schnell bei McDonald's vorbei und kommen auf direktem Weg hierher zurück.«

»Klingt gut.«

Er führte sie hinaus und öffnete ihr die Autotür wie ein perfekter Gentleman.

»Ich möchte dich um einen Gefallen bitten«, sagte Penny.

»Natürlich. Alles, was du willst.«

»Na ja, da es genau genommen deine Schuld ist, kannst du sowieso nicht ablehnen. Josh hat mich vorhin angerufen. Er hat sich das Handgelenk gebrochen, als du ihn zu Boden gerissen hast.«

Henry wurde blass. »Um Himmels willen. Jetzt fühle ich mich deswegen total mies. Ich muss zu ihm fahren und mich noch einmal anständig entschuldigen.«

»Sei nicht zu streng mit dir; deine Absichten waren gut. Allerdings ist es keine gute Idee, dich bei ihm zu Hause blicken zu lassen. Seine Mutter ist die furchteinflößendste Frau, die ich kenne. Josh hat ihr weisgemacht, dass er auf einem Stück Eis ausgerutscht ist, und ich glaube nicht, dass sie die Wahrheit erfahren muss. Sie ist Anwältin, und es würde mich nicht überraschen, wenn sie dir eine Anzeige oder ein Verfahren wegen Misshandlung ihres Sohnes anhängt. Wenn du etwas gegen deine Schuldgefühle tun willst, dann kauf ihm ein neues Spiel für seine Xbox und er wird dir für immer dankbar sein. Aber er ist für mehrere Wochen nicht einsatzfähig und das stellt mich vor ein Problem. Ich bezahle ihn dafür, dass er mir hilft, die Eisblöcke und Skulpturen zu heben und zu transportieren. Das schaffe ich nicht allein. Sieht so aus, als hättest du für die nächsten paar Wochen einen Nebenjob.«

»Du willst mich wegen meines Körpers?«

»So in der Art.«

»Und mich dafür bezahlen? Jetzt komme ich mir so billig und schmutzig vor.«

»Du bekommst kein Geld, weil ich Josh weiterhin bezahlen werde, solange er krank ist. Dich bezahle ich nicht auch noch. Du kannst das aus deinem Schuldgefühl heraus tun oder aus der Güte deines Herzens, aber ich werde ab und zu für dich und Daisy kochen, also sei dankbar dafür.«

»Dir zu helfen, macht mir nichts aus, aber ich fühle mich wirklich schuldig wegen Josh.«

»Es geht ihm gut. Seine Mum verwöhnt ihn nach Strich und Faden und er genießt ihre Aufmerksamkeit. In ein paar Wochen ist er so gut wie neu.«

Henry fuhr die holprige Einfahrt entlang, doch anstatt am Ende nach links in Richtung Stadt abzubiegen, fuhr er nach rechts, weg von White Cliff Bay. Er fing ihren fragenden Blick auf.

»Ich dachte mir, es wäre doch schön, wenn wir bei unserem ersten Date allein wären, ohne die Hälfte der Einwohner von White Cliff Bay, die uns bestaunen wie Tiere im Zoo.«

»Oh, Gott sei Dank, in der Stadt wäre es unerträglich geworden. Aber jetzt werden alle enttäuscht sein, dass wir nicht aufgetaucht sind.«

»Vermutlich glauben sie, dass wir einfach zu Hause geblieben sind und uns wild und leidenschaftlich lieben.«

Penny lachte. »Und was wollen wir tun, wenn Daisy diese Gerüchte zu Ohren kommen?«

»Keine Ahnung. Darüber lachen, unwissend tun. Sie weiß, dass wir heute Abend verabredet sind, also können wir einfach behaupten, dass die Leute das missverstanden haben. Und so gern die Menschen hier auch ihre Nasen in fremde Angelegenheiten stecken, ich kann mir nicht vorstellen, dass jemand auf ein sechzehnjähriges Mädchen zugeht und fragt: ›Hey, hatte dein Dad gestern Abend Sex? Hast du das Bett quietschen gehört? Weißt du, ob er die extragroßen Kondome benutzt hat?‹ Ein bisschen mehr Diskretion traue ich den Leuten schon zu.«

»Das hoffe ich doch. Ich möchte nicht, dass sie sich aufregt. Ich habe sie sehr gern, und dich vergöttert sie.«

»Ha, sie erduldet mich.«

»Du bist ihr ein und alles.«

»Ich bin unglaublich überfürsorglich, und das macht sie wahnsinnig. Natürlich lasse ich sie auch allein ausgehen, aber es hält mich nicht davon ab, mir Sorgen zu machen, bis sie wieder zu Hause ist.«

»Verständlicherweise. Dieses Gefühl wird vermutlich nie ganz verschwinden. Du hast sie bei dir, seit sie drei Monate alt war, richtig? Ich erinnere mich, dass die Eltern ihrer Mum sie zur Adoption freigeben wollten.«

»Das stimmt, aber ich habe sie angefleht, es nicht zu tun. Sie wussten nicht so recht, was sie nach ihrer Geburt mit ihr anfangen sollten. Selbst aufziehen wollten sie sie nicht. Ich nehme an, dass sie gehofft haben, Tina würde sich in sie verlieben und ihr eine gute Mutter sein, aber der war das Baby völlig egal. Ich glaube, sie haben sich wegen der Adoption schuldig gefühlt und auch meine Eltern haben mit aller Macht dagegen gekämpft. Sie haben sie häufig zu mir gebracht, und an einem Wochenende haben sie bequemerweise vergessen, sie wieder abzuholen. Ich habe mich damals so schnell und so sehr in sie verliebt, dass es nie zur Diskussion stand, sie woandershin zu geben. Meine Eltern haben mich sehr unterstützt und Anna auch – sie hat Daisy genauso angebetet wie wir alle, aber das nächtliche Füttern, die schmutzigen Windeln, das habe ich übernommen.«

»Dafür bewundere ich dich unglaublich. Viele Sechzehnjährige hätten sich anders entschieden.«

»Es war schwierig, natürlich, aber letztendlich hatte ich nie das Gefühl, mich entscheiden zu müssen. Sie ist meine Tochter. Damit war alles klar.«

Ihr Herz floss beinahe über vor Zuneigung zu ihm.

»Trotzdem muss es dein Leben beeinflusst haben und die Dinge, die du tun wolltest – reisen, studieren. Das alles war plötzlich unmöglich.«

»Mit sechzehn hatte ich nicht die geringste Ahnung, was ich mit meinem Leben anfangen wollte, daher gab es keine Pläne, die sie durchkreuzen konnte. Ich wollte mich einfach um sie kümmern und ihr das bestmögliche Leben bieten. Ich habe bei meinen Eltern gewohnt, bis ich vierundzwanzig war, das hat mir einige Freiheiten verschafft. Ich habe schon immer gern mit den Händen gearbeitet und Dinge erschaffen, also hätte ich mir vermutlich sowieso eine Arbeit in diesem Bereich gesucht. Nicht eine Sekunde lang habe ich bereut, sie zu mir genommen zu haben. Sie ist das Beste, was mir je passiert ist.«

»Also arbeitest du schon immer als Schreiner?«

»Ja, und ich baue Möbel, Stühle, Tische und Kommoden. Eine Zeit lang habe ich in einer kleinen Möbelwerkstatt gearbeitet. Mir gefällt der Prozess – dass ein Stück erst als kleine Skizze auf einem Blatt Papier beginnt und sich dann durch harte Arbeit in eine wunderschöne Kommode oder einen Stuhl verwandelt. Außerdem kommt es darauf an, wie man es veredelt. Ob es nach verblasstem Treibholz oder polierter Eiche aussieht, die Scharniere und Griffe, die Rundungen des Möbelstücks. Ich hatte so viel Spaß daran, dass ich eigene Sachen gebaut und sie online über eine Website verkauft habe. Das war sehr rentabel. Daraufhin ist das White-Cliff-Möbelwerk auf mich zugekommen.«

»Wow, dann müssen sie von dem, was sie dort gesehen haben, ja sehr beeindruckt gewesen sein.«

Henry nickte. »Bei Edward steht eine meiner Kommoden im Büro. Ich habe sie neulich dort gesehen, und ich frage mich, ob sie darüber auf mich aufmerksam geworden sind. Ich werde auch weiterhin als kleines Nebengewerbe meine eigenen Möbel bauen. Falls aus der Stelle nichts wird, dann habe ich immer noch das in Reserve. Was mir bei der Arbeit im White-Cliff-Möbelwerk Sorgen macht, ist, dass ich nicht die Freiheit haben werde, die Stücke zu entwerfen, die ich gern bauen würde. Aber vielleicht muss ich das im Austausch für finanzielle Sicherheit zurückstellen.«

Henry bog auf eine kleine Nebenstraße ab, die zu einer winzigen Höhle führte. Penny runzelte verwirrt die Stirn. Abgesehen von der Höhle gab es dort nichts: keine Läden, Toiletten und vor allem keine Restaurants.

»Ich glaube, du hast dich möglicherweise verfahren«, gab sie zu bedenken.

»Moment mal, der Neuankömmling kennt etwas, von dem die Einheimische nichts weiß?«, fragte Henry.

Er parkte am Straßenrand in der Nähe des Pfads, der zum Strand führte. Überraschenderweise standen dort auch viele andere Autos.

Er stieg aus, nahm ihre Hand und ging mit ihr zu den Stufen, die zum Sand hinunterführten. Der Weg war gut beleuchtet. Kleine Laternen sandten Lichtkegel die Treppe hinab und über einen Holzpfad, der über den Strand zu den Höhlen hinführte. In ihren lächerlich hohen High Heels ging sie vorsichtig die Stufen hinunter und betrat den Pfad. Es war Flut, doch das Wasser reichte nicht bis zum hinteren Strand heran und ließ gut zwanzig Meter Sand unberührt.

»Als Kind habe ich in den Höhlen gespielt, aber ich war seit Jahren nicht mehr hier«, erklärte Penny und fragte sich immer noch, wo sie wohl hingingen.

Henry half ihr einige Steinstufen hinunter zur Höhle und sie folgte ihm durch einen gut beleuchteten Tunnel. Doch als sie um die Ecke bog, wo es früher zu einem großen Hohlraum gegangen war, blieb sie überrascht stehen. In der Mitte der Höhle befand sich ein kleiner See und rundherum standen etwa zwanzig von Laternen und Kerzen beleuchtete Tische. Die Lichter spiegelten sich wie Glühwürmchen in der Wasseroberfläche.

»Das ist wunderschön, Henry. Wie lange gibt es das hier schon?«

»Laut Anna seit etwa zwei Wochen. Sie war letzte Woche mit Steve hier.«

Ein Kellner kam zu ihnen herüber. Henry gab die Reservierungsdetails an und sie wurden zu einem Tisch geführt.

Penny sah sich um. In der Dunkelheit der Höhle wirkten die Lichter wie goldfarbene Himmelskörper, die über dem Wasser schimmerten. Große Pflanzen standen zusammen mit Außenheizstrahlern zwischen den Tischen und ermöglichten den Gästen dadurch eine gewisse Privatsphäre. Außerdem erzeugten sie ein mediterranes Ambiente.

»Die Speisekarte ist begrenzt; eine Menge davon ist Gegrilltes und sie haben einen großen Pizzaofen, aber das Essen soll wirklich gut sein.«

Penny griff über den Tisch und nahm seine Hand. »Danke, dass du mit mir hierhergekommen bist. Es ist wunderbar.«

»Ich wollte etwas Besonderes für unsere erste Verabredung, und dann fiel mir wieder ein, dass Anna dieses Restaurant erwähnt hat.«

Penny freute sich, dass er sich ihretwegen so viel Mühe gemacht hatte. »Es ist so gut versteckt, daher weiß kaum einer, dass es sich hier befindet.«

»Ein geheimer Ort, geheime Verabredungen. Ich wette, dass jeder hier eine Affäre hat.«

Lachend blickte sie sich um. Am Nachbartisch saß ein junger Mann in einem sehr teuren Anzug mit einer Blondine in einem sehr kurzen Rock.

»Er ist vermutlich der Chef eines großen Unternehmens und sie ist seine Assistentin, mit der er seine Frau betrügt«, mutmaßte Penny.

Henry nickte. »Und sieh dir mal dieses Pärchen an. Sie ist alt genug, um seine Mutter zu sein. Ich wette, sie hat etwas mit dem Mann ihrer Tochter.«

Penny sah hinüber und lachte. »Das sind Mary Buttercoombe und ihr Sohn Simon. Also würde ich das mit der Affäre eher verneinen. White Cliff Bay mag dir wie eine merkwürdige kleine Stadt vorkommen, aber Inzest zählt nicht zu den Hobbys der Einwohner.«

»Okay, und was ist mit diesen beiden?«

Penny betrachtete den leicht übergewichtigen Mann mit langem rotem Bart, Glatze und in Lederklamotten, der einer Frau in einem niedlichen Blümchenkleid gegenübersaß. »Sie haben sich online kennengelernt und das hier ist ihre erste Verabredung.«

Die Kellnerin kam zu ihnen herüber. Sie war sehr groß und hatte lange blonde Haare, die ihr über eine Schulter fielen. Ihre Brüste waren unerklärlich groß. Henry blickte zu ihr auf, unterdrückte ein Lächeln und senkte den Blick dann wieder auf die Speisekarte.

Sie nahm ihre Getränkebestellung auf und ging.

»Warum lachst du?«

»Ich dachte nur gerade, wenn wir schon Lebensgeschichten für die Leute hier erfinden, dann wäre sie ein heimlicher Pornostar.«

Penny lachte. »Ich muss zugeben, dass du völlig anders bist, als ich bei unserem ersten Treffen dachte.«

»Wofür hast du mich denn damals gehalten?«

»Für grummelig, launisch und leicht draufgängerisch, weil du mit mir geflirtet hast, obwohl ich dachte, du wärst verheiratet – und für verdammt sexy.«

Er lachte so laut, dass das Echo aus der Höhle dröhnte. »Und jetzt findest du mich nicht mehr verdammt sexy?«

»Na ja, so übel siehst du nicht aus, würde ich sagen.«

Er lachte erneut, und Penny genoss seine gute Stimmung.

»Ich bin tatsächlich grummelig, aber zum Glück nicht ständig. Doch wenn ich schlechte Laune habe, bleibt das kein Geheimnis. Ich habe ein ziemlich überschäumendes Temperament, das zum Glück nur wenige Male in meinem Leben mit mir durchgegangen ist, aber wenn, dann wird es hässlich. Und mein Verhalten ist tatsächlich leicht übergriffig, weil die Gedanken, die mir derzeit über dich durch den Kopf gehen, alles andere als angemessen sind für eine erste Verabredung, bei der ich versprochen habe, es langsam angehen zu lassen.«

»Oh.« Penny wurde rot.

»Wie du siehst, ist mein Verhalten tatsächlich unangemessen, ich hätte das nämlich besser nicht sagen sollen. Ich wollte dich nicht in eine unangenehme Situation bringen.«

»Nein, ist schon gut.« Sie fuhr ihm mit einem Daumen über die Hand. »Ich bin nur nicht gewohnt, so was zu hören, das ist alles. Chris hat so etwas nie zu mir gesagt.«

»Er hat dir nie gesagt, wie schön du bist und wie sehr du ihn antörnst?«

»Nein. So war unsere Beziehung einfach nicht. Er war … nicht besonders liebevoll oder auf körperliche Berührungen aus. Das macht nichts. Die Menschen sind verschieden.«

»Du hast etwas viel Besseres als ihn verdient. Lass mich dir sagen, wie unglaublich schön du heute Abend aussiehst.«

Penny senkte den Blick auf ihre Speisekarte.

»Du magst keine Komplimente«, stellte Henry fest. »Daran wirst du dich aber gewöhnen müssen, wenn du mit mir zusammen bist.«

»Ich werde es versuchen.«

Er schenkte ihr ein Lächeln. »Du wirst dich außerdem daran gewöhnen müssen, für dich einzutreten. Ich lasse es nicht zu, dass Menschen wie Jade und Beth so tun, als wärst du wertlos. Niemand hat das Recht, dich schlecht zu behandeln, und das musst du ihnen sagen. Du verdienst nur das Allerbeste.«

Sie lächelte, wusste aber nicht genau, was sie von seinem Beschützerinstinkt in Bezug auf sie halten sollte.

»Wollen wir uns eine Vorspeise teilen?«, erkundigte er sich.

Penny nickte.

Bei Henry würde sie sich an eine Menge Dinge gewöhnen müssen.

* * *

Henry fuhr vor dem Haus vor und stellte den Motor ab. Schweigend blieben sie einen Moment lang sitzen. Es war ein wunderbarer Abend gewesen. Mit ihm konnte man gut reden und er hatte sie häufig zum Lachen gebracht. Doch jetzt hatte sie das Gefühl, als würde sich der Abend gleich verändern. Obwohl Henry ihr versprochen hatte, die Dinge langsam anzugehen und sie zu nichts zu drängen, war sie nervös, was der weitere Abend bringen würde. Seit mehr als acht Jahren hatte sie mit keinem Mann mehr im Bett gelegen. Ein Teil von ihr wollte mit Henry den nächsten Schritt gehen; sie vertraute ihm völlig, und auch wenn sie sich erst wenige Tage kannten, konnte sie nichts gegen die Gefühle tun, die er in ihr hervorrief.

Er stieg aus und kam herüber, um ihr die Autotür zu öffnen. Dann reichte er ihr eine Hand.

Sie schlang ihm die Arme um den Hals. »Bist du immer so ein Gentleman?«

Er lächelte verlegen und zog sie dicht zu sich heran. »Nun ja, ich wurde dazu erzogen, Frauen gut zu behandeln, aber ich glaube, man hat mich noch nie zuvor bei einer Verabredung einen Gentleman genannt. Wenn ich mich verabrede, geht es mir in der Regel nur um eins.«

»Enden alle deine ersten Dates mit Sex?«

»Die meisten.«

Sie seufzte leise. Egal, was er am Vormittag behauptet hatte, er musste enttäuscht sein, dass es diesmal anders sein würde.

»Bei dir ist das anders«, versicherte er ihr. »Bei dir möchte ich das nicht.«

»Du möchtest nicht mit mir schlafen?«

»Oh Gott, natürlich, aber zwischen uns geht es um mehr als das. Ich möchte, dass es etwas Besonderes ist, und das ist eine Premiere für mich. Normalerweise gehe ich mit in die Wohnung meiner Dates, wir schieben eine schnelle Nummer, und dann hassen mich die Frauen, weil ich mich sofort danach anziehe und nach Hause zu meiner Tochter fahre.«

»Nimmst du sie auch manchmal mit zu dir nach Hause?«

»Nein. Ich möchte nicht, dass Daisy hört, sieht oder überhaupt weiß, was ich da mache. Sogar die Frauen, mit denen es mir halbwegs ernst war, haben nicht bei mir übernachtet. Manchmal habe ich sie zum Abendessen eingeladen, damit sie ein wenig Zeit mit Daisy verbringen konnten, aber dann habe ich sie zurück nach Hause gefahren. Sex hat immer nur bei den Frauen stattgefunden. Bei dir ist jedoch alles anders. Wenn du so weit bist, möchte ich dich in meinem Bett lieben.«

Seine Worte erfüllten ihr Herz mit Liebe.

»Schau, eine Sternschnuppe. Schnell, wünsch dir was!«, rief Henry und deutete aufs Meer hinaus.

Penny beobachtete den goldfarbenen Streifen, der den Nachthimmel durchschnitt. Sie schloss die Augen und dachte ganz fest an ihren Wunsch.

»Was hast du dir gewünscht?«

»Wenn ich dir das sage, wird es sich nicht erfüllen.«

Henry führte sie an der Hand um das Haus herum. Er betrat seine Küche und knöpfte ihren Mantel auf, ohne den Blick auch nur eine Sekunde von ihr zu nehmen.

Dann starrte er auf sie herab, als versuchte er, sich einen Reim auf sie zu machen. Das, was er entdeckte, entlockte ihm ein Lächeln. Er küsste sie, sanft und liebevoll, doch wie bei jedem seiner Küsse zuvor zuckte bei seiner Berührung sofort Verlangen durch ihren Körper.

»Ich möchte den Rest der Nacht damit verbringen, dich zu küssen«, murmelte er an ihren Lippen. »Na los, gehen wir ins Bett.«

»Warte.« Penny musste über seine Eile lachen. »Ich habe keinen Schlafanzug dabei.«

»Du kannst in einem T-Shirt von mir schlafen.«

Er führte sie in sein Schlafzimmer und begann, sich auszuziehen. Sie schlüpfte aus ihren Schuhen und flocht den Zopf auf. Dann fuhr sie sich mit den Fingern durch die Haare und sah zu, wie er sein Hemd und die Hose auszog, bis er nur noch in seinen schwarzen Boxershorts vor ihr stand. Auch er beobachtete sie und plötzlich fühlte sie sich zu schüchtern, um sich vor ihm auszuziehen.

Er legte ein T-Shirt auf das Bett vor ihr. »Ich gehe kurz raus, damit du dich umziehen kannst«, schlug er leise vor.

»Warte, kannst du mir den Reißverschluss am Rücken aufziehen?«

Henry trat hinter sie und die Berührung seiner Hände an ihrem Hals war wie flüssiges Feuer. Ganz langsam zog er das

Kleid auf und berührte ihren Rücken federleicht mit seinen Händen.

»Oh«, entfuhr es Henry, als das Kleid sich am Rücken teilte. »Du trägst die Schneeflockenunterwäsche.«

»Na ja, sie schien dir zu gefallen, deshalb …« Sie verstummte, als er mit den Händen über ihre Schultern strich und ihr das Kleid über die Arme streifte. Es fiel zu ihren Füßen auf den Boden. Zumindest schienen das schwarze Seidenhemdchen und der Slip ihren Körper besser zu bedecken als die winzigen BHs und Stringtangas, zu deren Kauf man sie gezwungen hatte.

Er umfasste ihre Taille und presste die Lippen auf ihren Nacken. Verlangen schoss durch sie hindurch, während seine Hände nach vorne wanderten und ihren satinbekleideten Bauch streichelten.

»Tu mir einen Gefallen.« Seine Stimme war rau. »Vergiss das T-Shirt und trag einfach das hier heute Nacht.«

Sie warf das T-Shirt auf einen Stuhl und kletterte ins Bett. Er folgte ihr rasch und zog sie sofort in seine Arme für einen Kuss.

Waren seine Küsse zuvor träge und zärtlich gewesen, so sprach aus ihnen jetzt drängende Sehnsucht. Ohne die Lippen von ihren zu nehmen, legte er sich auf sie.

Sie konnte seine Erregung spüren.

»Entschuldige, ignorier das einfach«, murmelte er an ihrem Mund und sie kicherte.

Die Gewissheit, wie sein Körper schon allein auf einen Kuss von ihr reagierte, ließ ihr Herz erbeben und alle Bedenken und Vorsicht lösten sich in Luft auf.

»Ich möchte es aber nicht ignorieren«, wisperte sie.

Er küsste sie noch einen Moment weiter, ehe ihre Worte zu ihm durchdrangen. »Was?«

Penny wurde rot und streichelte ihm übers Gesicht. »Ich möchte, dass du mit mir schläfst.«

Er starrte sie an. »Jetzt?«

Sie nickte.

»Bist du dir sicher?«

»Muss ich erst darum betteln?«

»Um Himmels willen, ganz sicher nicht.« Sofort streifte er ihr das Hemdchen ab und zog ehrfurchtsvoll eine Spur von Küssen von der Schulter bis zu ihren Brüsten. Er streichelte ihre Haut und ließ die Hand langsam zu ihrer Hüfte gleiten. Dann streifte er ihr den Slip über die Beine. Sie fuhr mit den Händen über seinen Rücken und spürte seine warme, samtige Haut über festen Muskeln, während er jeden Zentimeter ihres Körpers mit Küssen bedeckte und sich viel Zeit ließ, um sie zu berühren, zu streicheln, zu liebkosen und zu bewundern, bis ihr ganzer Körper vor Verlangen geradezu brannte und schon auf die geringste Berührung von ihm reagierte.

Schließlich kniete er sich hin und holte ein Kondom aus der prall gefüllten Tüte auf dem Nachttisch. Kichernd sah sie zu, wie er eins suchte, das ihm gefiel, doch das dauerte nicht lange. Nur wenige frustrierende Momente später schob er sich zwischen ihre Beine und achtete sorgfältig darauf, sie nicht mit seinem Gewicht zu erdrücken. Mit einem tiefen Kuss glitt er in sie hinein und erstickte ihr Stöhnen mit seinem Mund. Auch ihm entfuhr ein tiefer, rauer Seufzer.

Er zog sich ein wenig zurück und betrachtete, wie sie ihm die Hände um den Nacken legte. Der Ausdruck von Liebe und Bewunderung in seinen Augen warf sie völlig aus der Bahn. Sie war Hals über Kopf in diesen Mann verliebt, und jetzt gab es kein Zurück mehr. Alle Hoffnung, ihr Herz vor dem vernichtenden Schmerz zu schützen, den sie vor acht Jahren erlebt hatte, war verschwunden. Sich so schnell und so heftig in jemanden zu verlieben, ergab überhaupt keinen Sinn, und als er leicht die Stirn runzelte, wusste sie, dass ihm gerade genau die gleichen Gedanken durch den Kopf gingen.

»Weißt du, was ich mir gewünscht habe?«

Sie schüttelte den Kopf.

»Ich habe mir gewünscht, dass ich alle deine Wünsche in Erfüllung gehen lassen kann.«

Er begann, sich langsam und zärtlich zu bewegen, ohne den Blick von ihr zu nehmen, doch sie wusste, dass sie ihm mit jedem Atemzug und jeder Bewegung mehr verfiel. Das roch geradezu nach Schwierigkeiten.

Kapitel 13

Als Henry am nächsten Morgen erwachte, schien die Wintersonne durch die offenen Vorhänge und eine splitterfasernackte Penny lag schlafend auf seiner Brust. Er zog die Decke über ihre Schultern und ließ die Arme um sie liegen.

So viel also dazu, es langsam angehen zu lassen. Er hatte gehofft, sie erst mal richtig kennenzulernen, mit ihr auszugehen, Zeit mit ihr zu verbringen, damit sie eine richtige Beziehung aufbauen konnten, die nicht auf Sex basierte. Doch zwei Minuten, nachdem er sie in dieser unglaublich sexy Unterwäsche geküsst hatte, waren seine guten Absichten verflogen gewesen. Er wollte, dass es mit Penny funktionierte. Sie fühlte sich an wie der Beginn eines wunderbaren neuen Kapitels in seinem Leben; eins, das ein Leben lang andauern sollte. Er hatte keine Ahnung, wie Penny zu ihnen stand, ob es für sie eine langfristige Geschichte oder nur eine kurze Affäre war, um nach all der Zeit wieder in ihr Liebesleben zurückzufinden. Eins war sicher – kampflos würde er sie jedenfalls nicht aufgeben.

Sie regte sich und sah zu ihm auf. Ihre kastanienbraunen Haare standen in alle Richtungen ab und sie grinste breit.

Offensichtlich erinnerte sie sich sehr deutlich an die Ereignisse der Nacht.

Er strich ihr die Haare aus dem Gesicht. »Guten Morgen.«

»Guten Morgen.«

»Ich weiß, dass der gestrige Abend nicht ganz so verlaufen ist, wie wir geplant hatten, aber …«

»Gestern Abend war …«

Im Erdgeschoss wurde eine Tür zugeknallt. »Dad?«, rief Daisy. »Steh auf, du Faultier!«

Erschrocken riss Penny die Augen auf.

»Mist. So früh habe ich sie gar nicht zurückerwartet«, wisperte Henry.

»Dad!«

»Ja, einen Moment, mein Schatz. Ich ziehe mich gerade an, ich komme gleich runter!«

Shit, jetzt verfiel er in eine ausgemachte Panik. Dass Daisy von ihm und Penny erfuhr, wollte er nicht, noch nicht, und ganz sicher sollte sie nicht herausfinden, dass er nur fünf Tage nach ihrem Kennenlernen mit seiner Nachbarin geschlafen hatte. Welches Beispiel gab er denn damit seiner Tochter?

Hastig stand Henry auf und zog sich seine Kleidung über. »Zieh dich an.«

Auch Penny verließ schnell das Bett und ihr wunderschöner nackter Körper verschwand unter Unterwäsche und Kleid. Verdammt, er könnte niemals eine plausible Erklärung dafür finden, was sie hier oben in seinem Schlafzimmer in den Sachen vom Vorabend tat. Es gab nur eine einzige Schlussfolgerung, die Daisy unweigerlich ziehen würde – die richtige.

»Was machen wir denn jetzt?«, flüsterte Penny.

»Ich gehe mit ihr irgendwohin, dann kannst du flüchten.«

Von der Treppe her war Fußgetrappel zu hören und Henry dankte seinem Glücksstern, dass die Tür geschlossen war.

Einfach hereinplatzen würde Daisy niemals, aus Angst, ihren Dad nackt zu sehen.

»Dad, ist der Laptop bei dir? Ich möchte mit Melissa skypen.«

Henry blickte sich um und sah den Laptop auf der Kommode liegen. »Ja, warte einen Moment, ich bringe ihn dir runter.«

»Brauchst du nicht, ich wollte von meinem Zimmer aus mit ihr sprechen. Na los.« Ungeduldig rüttelte sie am Türknauf.

»Schnell, in den Schrank«, wisperte Henry und fühlte sich unglaublich schuldig, als er die Betroffenheit sah, die über Pennys Gesicht zuckte. Sie versteckte sich im Schrank und zog die Tür hinter sich zu. Er drückte die Tüte mit den Kondomen in eine Schublade, richtete schnell die Decke und die Kissen, schob Pennys Schuhe unters Bett und sah sich ein letztes Mal im Zimmer um, ob noch irgendwo verräterische Beweisstücke lagen. Dann öffnete er die Tür.

»Das hat ja ewig gedauert.« Daisy grinste ihn an.

»Ich kam gerade erst aus der Dusche, als du mich gerufen hast. Ich wusste ja nicht, dass ich mich in Rekordgeschwindigkeit anziehen muss.«

Daisy holte sich den Laptop, setzte sich auf die Bettkante und fuhr ihn hoch.

»Wie war deine Verabredung mit Penny?«

»Es war …« Wunderbar, lustig, toll, und sie hat im besten Sex geendet, den ich je hatte. »Schön.«

»Schön? Das klingt aber nicht gut. War es langweilig mit ihr oder küsst sie ganz mies oder was?«

Konnte der Morgen nach der wunderbarsten Nacht aller Zeiten noch schlimmer werden?

»Es war keine richtige Verabredung, das weißt du, also haben wir uns nicht geküsst. Und es war definitiv nicht langweilig mit ihr, sondern hat viel Spaß gemacht.«

»Aber?«

»Kein Aber.«

»Es klingt aber sehr deutlich nach einem.«

»Nein. Wir waren essen, haben uns unterhalten, uns gut amüsiert, und dann sind wir hierher zurückgekommen und ins Bett gegangen.«

»Miteinander?« Daisys Augen funkelten mutwillig.

»Nein, natürlich nicht.«

»Hat sie dich angebaggert? Versucht, dich zu küssen, oder so? Denn du benimmst dich total komisch.«

»Nein.«

»Hast du sie geküsst und sie hat dich abblitzen lassen?«

»Nein. Warum stellst du mir denn so viele Fragen?«

»Weil du dich noch nie nur freundschaftlich mit einer Frau verabredet hast.«

»Es war doch deine Idee!«

»Ich weiß, aber ich hätte nie geglaubt, dass du es tatsächlich durchziehst. Magst du sie?«

»Nein.« Henry war sich auf schreckliche Weise bewusst, dass Penny alles hören konnte, was gesprochen wurde. Seit Beginn dieses Gesprächs hatte er seine Tochter bereits ungefähr zehnmal angelogen. Er musste dringend etwas sagen, um die Situation zu retten. »Ja, als Freundin.«

»Mehr nicht?«

»Nein. Vielleicht kann sich unsere Freundschaft zu mehr entwickeln, aber momentan noch nicht. Dafür muss ich sie erst ein wenig besser kennenlernen.«

»Also geht ihr wieder zusammen aus?«

Daisy sah hinunter auf den Laptop und loggte sich ein, doch ihm entging ihr besorgter Blick nicht.

»Ja, als Freunde.«

Sie nickte. »Ich rufe jetzt Melissa an.«

»Okay, aber beeil dich. Ich habe gedacht, wir könnten irgendwo zum Mittagessen hingehen und danach vielleicht ins Kino.«

»Cool.« Sie stand auf und ging zur Tür. »Wir können Penny fragen, ob sie mitkommen will, wenn du möchtest.«

»Sie ist nicht da, glaube ich.«

»Ihr Auto steht vor dem Haus.«

»Vielleicht ist sie spazieren gegangen.«

»Bernard ist noch hier.«

»Vielleicht ist sie ja ohne ihn weg, keine Ahnung, aber von ihrer Hausseite drüben habe ich den ganzen Vormittag über kein einziges Geräusch gehört. Na los, telefonier mit Melissa, damit wir in zehn Minuten loskönnen.«

»Sagen wir in einer Viertelstunde.« Grinsend ging Daisy hinüber in ihr eigenes Zimmer.

Henry wartete einen Moment, ehe er die Tür schloss, dann sauste er hinüber zum Schrank. Als er ihn öffnete, erblickte er Penny wütend auf dem Boden. Verdammt. Noch schlimmer konnte die Situation ja kaum werden.

Er bückte sich zu ihr hinunter. »Es tut mir so schrecklich leid. Ich wollte nicht …«

»Ich möchte nicht darüber reden, zumindest nicht hier, wo ich mich im Schrank verstecke wie ein schrecklicher Fehler, für den du dich schämst. Wir können später darüber reden.«

»Es tut mir leid, ich …«

»Dad, Melissa geht nicht ran. Wir können los, wenn du so weit bist!«, rief Daisy aus ihrem Zimmer und Henry schloss schnell die Schranktür. Er wusste, dass er die Situation mit jeder Minute verschlimmerte, aber er hatte nicht die geringste Ahnung, wie er sonst mit der Sache umgehen sollte.

»Okay, ich ziehe mir nur schnell Schuhe und Mantel an, eine Minute!«, rief er zurück. Um nicht erneut die Kränkung und Wut in Pennys Augen sehen zu müssen, flüsterte er in Richtung der geschlossenen Schranktür: »Gib uns fünf Minuten, dann kannst du flüchten.«

Er bekam keine Antwort. Mit dem Mantel in der Hand verließ er das Zimmer und wusste, dass er eine ganze Menge aufbieten musste, um das wiedergutzumachen.

* * *

Penny verquirlte die Eier in der Schüssel mit so viel Wut, dass etwas von dem gelben Brei auf die Arbeitsplatte spritzte. Da sie sich nach der morgendlichen Szene in Henrys Schlafzimmer irgendwie schmutzig gefühlt hatte, hatte sie geduscht, war mit Bernard Gassi gegangen und hatte sich an einigen Skizzen für zukünftige Eisskulpturen versucht, aber sogar die einfachsten Zeichnungen waren ihr nicht gelungen. Schnitzen konnte sie ebenfalls nicht, weil sie dafür momentan viel zu aufgebracht war. Backen schien ihr daher momentan die beste Lösung – dabei konnte sie nicht allzu viel falsch machen und sich auch nicht verletzen, wie es eventuell beim Schnitzen der Fall gewesen wäre.

Sie hörte, wie draußen ein Auto vorfuhr, die Türen geschlossen wurden und wie Henry und Daisy plaudernd um das Haus herumgingen.

Sie sah die beiden an ihrer Hintertür vorbeigehen, doch dann kam Daisy zurück und trat ein.

»Hey, da bist du ja. Wir haben dich heute Morgen nicht gefunden. Wir wollten dich fragen, ob du mit uns ins Kino willst. Wo warst du denn?«

»Weg.«

Daisy stand befangen da, weil sie ganz offensichtlich spüren konnte, wie wütend Penny war, aber nicht die geringste Ahnung hatte, warum. Penny holte tief Luft. Daisy verdiente ihren Ärger nicht; es war nicht ihre Schuld.

Als sie aufsah, entdeckte sie Henry, der draußen wartete.

»Tut mir leid, mein Vormittag lief nicht so gut. Hat dir der Film gefallen?«

»Ja, es war so eine Weihnachtsgeschichte mit Familienchaos, sehr lustig. Können wir später wieder schnitzen?«

»Tut mir leid, heute nicht. Ich habe heute viel zu tun. Aber morgen, versprochen.«

Das schien Daisy zufriedenzustellen. »Dad sagt, eure Verabredung gestern Abend war sehr schön.«

»Es war keine Verabredung.« Penny schüttete die verquirlten Eier in die Backmischung.

»Aber …«

»Na komm schon, Daisy, lass sie in Ruhe!«, rief Henry. »Sie hat doch gerade gesagt, dass sie viel zu tun hat.«

»Okay. Kommst du heute Abend zum Essen?«

»Nein, tut mir leid, Liebes, ich kann nicht.«

»Aber morgen?«

»Vielleicht.«

Daisy schien zu spüren, dass etwas nicht stimmte, und ging mit Henry nach nebenan.

Penny fügte einen Spritzer Milch hinzu und rührte kräftig weiter. Dabei lauschte sie auf die Stimmen nebenan. Fußgetrappel verkündete, dass Daisy die Treppe hinauflief, und ein paar Sekunden später wurde die Verbindungstür geöffnet.

Henry kam herein.

»Es tut mir wirklich leid, was ich da gesagt habe, und dass ich dich in den Schrank gesteckt habe. Ich war mit der Situation völlig überfordert. Bitte entschuldige.«

Sie knallte den Löffel auf die Arbeitsplatte. »Wie hättest du denn mit der Situation umgehen sollen?«

Dazu fiel ihm nichts ein. »Wir waren uns einig, dass wir ihr nichts sagen wollten.«

»Wir waren uns einig, dass wir ihr nichts sagen, solange es zwischen uns nichts Ernstes ist. Gestern Abend ist es aber verdammt ernst geworden. Es war eine der schönsten Nächte meines Lebens und heute Morgen hast du mich in den Schrank geschoben, als wäre ich eine x-beliebige schnelle Nummer, für die du dich schämst.«

»Was hätte ich denn tun sollen? Mit dir nach unten gehen, während du nichts weiter als mein T-Shirt anhast? So soll sie das nicht rausfinden.«

Jetzt war er ärgerlich, und zwar ihrer Meinung nach völlig zu Unrecht.

»Nein, aber du hättest ein vernünftiges Gespräch mit ihr führen können.«

»Wie denn? Sie stand vor meiner Schlafzimmertür und du hattest dieselben Sachen wie am Vorabend an und sahst aus, als wärst du gerade erst aus meinem Bett gestiegen. Was hätte ich denn da sagen sollen? ›Hey, Daisy, du weißt ja, dass Penny und ich uns gerade erst kennengelernt haben, aber gestern Abend haben wir miteinander geschlafen und es war der beste Sex meines Lebens.‹«

Schockiert starrte Penny ihn an und er kam um den Tisch herum auf sie zu. Diesmal klang seine Stimme sanfter. »Hätte ich ihr sagen sollen, dass ich mir gut vorstellen könnte, dich bis ans Ende meiner Tage jede Nacht zu lieben?«

Ihr war durchaus bewusst, dass sie mit dem offenen Mund wie ein Fisch aussehen musste, doch sie brachte kein Wort heraus.

»Komm mit ins Wohnzimmer, dort können wir reden.«

Er wartete auf sie und sie ging voran und setzte sich aufs Sofa. Er nahm neben ihr Platz.

»Sie ist hier glücklich, und das war sie schon lange nicht mehr irgendwo. Während der vergangenen Jahre sind wir wegen meiner Arbeit und aus anderen Gründen häufig umgezogen. An den letzten beiden Schulen wurde sie gemobbt. Keine Ahnung, ob es daran lag, dass sie die Neue war, oder weil sie manchmal ein wenig schüchtern ist. Teenager können grausam sein, und wenn sie auch nur die geringste Witterung von Unsicherheit bei jemandem aufnehmen, dann greifen sie an wie ein Rudel Wölfe. Dass ihre Mum sie nur wenige Wochen nach der Geburt verlassen hat, ist für so jemanden ein gefundenes Fressen. Viele Eltern sind alleinerziehend, aber dass sie bei ihrem Dad lebt und nicht bei ihrer Mum, ist ungewöhnlich. Normalerweise sind Mütter diejenigen, die mit ihren Kindern durch dick und dünn gehen. Es gab Bemerkungen darüber, dass sie wohl so ein hässliches Baby gewesen sein muss, dass niemand sie haben wollte, und auch Spekulationen darüber, dass sie gar nicht mein Kind ist, weil ich ein viel dunklerer Typ bin als sie.«

Penny schnappte nach Luft. »Stimmt das? Dass sie womöglich gar nicht deine Tochter ist?«

Henry zuckte mit den Achseln. »Ich weiß es nicht und es ist mir auch egal. Als sie damals zu mir gekommen ist, bin ich gar nicht auf den Gedanken gekommen. Erst später, nachdem sie eingeschult wurde, haben einige Eltern böse Kommentare über unsere äußerlichen Unterschiede fallen gelassen. Ihre Mum ist auch dunkelhaarig. Aber Daisy lebt bei mir, seit sie drei Monate alt war. Sie ist meine Tochter, ob nun biologisch oder nicht.«

Pennys Herz schwoll an vor lauter Liebe zu ihm.

»Trotzdem tut es ihr weh, wenn die anderen Kinder darauf herumreiten. Es trägt nur noch mehr zu ihren bereits vorhandenen Verlustängsten bei. Wenn ich nicht ihr Daddy bin, warum sollte ich dann bei ihr bleiben? Es bricht mir das Herz. Ich glaube, das Einzige, was ihr durch diese Mobberei geholfen hat, war die Beziehung zu Rosie, meiner Ex. Damals hat Daisy sie vermutlich als ihre einzige Freundin betrachtet, und als ich mit ihr Schluss gemacht habe, war sie am Boden zerstört. Ich habe versucht, es wiedergutzumachen, indem ich mit Emily angebandelt habe. In meiner Gegenwart war sie immer nett und freundlich zu Daisy, aber hinter meinem Rücken hat sie meine Tochter heruntergemacht, auf ihrem Selbstbewusstsein herumgetrampelt und einige schreckliche Dinge gesagt, zum Beispiel, dass ich angeblich behauptet hätte, Daisy habe mein Leben ruiniert, und dass ich es bereue, sie zu haben. Dass ich froh gewesen wäre, wenn Tina sie abgetrieben hätte, und dass ich nicht glauben würde, dass sie wirklich meine Tochter ist.«

»Nein!« Penny spürte, wie ihr Tränen in die Augen traten. »Wie kann bloß jemand einem Kind solche Dinge sagen?«

»Keine Ahnung. Ich würde so etwas niemals denken, geschweige denn, es sagen. Verdammt noch mal, Emily hat auf jeder einzelnen von Daisys Unsicherheiten herumgeritten. Ich weiß nicht mal, ob sie ihr damals geglaubt hat oder es mir nicht erzählen wollte, weil ich mit Emily glücklich war. Ich hatte nicht die geringste Ahnung davon, bis sie fortgelaufen ist. Eines Tages ist sie zur Schule aufgebrochen, aber nie dort angekommen. Stattdessen ist sie hierhergefahren, hat für einen Teil der Strecke den Zug genommen und ist die größte Etappe gelaufen. Das hat drei Tage gedauert. Zwei Nächte, in denen ich nicht wusste, wo sie war. Es hat mir das Herz gebrochen. Die Polizei hat nach ihr gesucht; es war schrecklich. Die schlimmsten Tage meines Lebens. Ich habe unheimliche Angst davor, dass das noch mal passiert. Beim letzten Mal hatte sie viel Glück – niemand hat sie gefunden oder ihr etwas getan. Beim nächsten Mal geht es vielleicht nicht so glimpflich ab. Ich habe ihr versprochen, dass sich nie wieder jemand zwischen uns stellen wird. Diesmal ist es schwieriger, weil das hier ihr Zuhause ist und du ein Teil davon bist. Ich möchte nicht, dass sie sich in ihrem eigenen Zuhause überflüssig vorkommt.«

»Das verstehe ich.«

»Nein, ich glaube nicht. Gestern Abend wurde es ernst zwischen uns – du weißt, dass es nicht nur Sex war. Zwischen uns besteht eine Verbindung, wie ich sie noch nie zuvor verspürt habe. Aber all das passiert viel schneller, als wir uns hätten vorstellen können. Sie hat mich ausdrücklich darum gebeten, nichts mit dir anzufangen, und ich habe es trotzdem getan. Dabei möchte ich sie keinesfalls aufregen, wo sie doch zum ersten Mal in diesem Jahr wieder lächelt. Ich muss ihr einfach nur ein bisschen Zeit geben, um sich an den Gedanken zu gewöhnen. Wenn du abends häufig zum Essen kommst, mit uns ausgehst, dann wird sie sich daran gewöhnen, dass du ein Teil unseres Lebens bist, und sehen, wie gut wir zusammenpassen, und dass ich dir nicht wehtun werde, und dann kann ich ihr langsam beibringen, dass wir zusammen sind. Nach den Erlebnissen mit Emily und Rosie möchte ich diesmal einfach vorsichtig sein.«

Penny nahm seine Hand und er seufzte vor Erleichterung. »Ich verstehe ja, warum du es ihr nicht sagen willst, aber wenn sie herausfindet, dass wir sie anlügen und uns hinter ihrem Rücken treffen, wird sie erst recht verletzt sein.«

»Ich weiß. Ich würde es einfach gern bis Weihnachten schaffen, ohne sie durcheinanderzubringen.«

»Okay.«

»Und wir beide werden in den nächsten Tagen einfach sehr vorsichtig sein.«

Sie nickte.

»Und jetzt lass uns schnell eine Nummer schieben, solange sie mit ihrer Freundin telefoniert.« Henry griff nach ihr und Penny schlug lachend seine Hände weg. Er lachte. »Komm heute Abend zum Essen. Ich koche dir etwas ganz Besonderes.«

Penny nickte. »Ich bringe Kuchen mit.«

»Wenn Kuchenbacken deine Reaktion darauf ist, dass du dich über mich ärgerst, dann werde ich bald kugelrund sein.«

»Dann ärger mich doch einfach nicht.«

Grinsend blickte Henry über ihre Schulter hinweg zur immer noch geschlossenen Verbindungstür und gab ihr schnell einen kurzen, sanften Kuss, ehe er hinausging.

Kapitel 14

Henry bog auf den Parkplatz des Möbelwerks ein und stieg aus. Außer seinem stand kaum noch ein Auto hier.

Überrascht hatte er eine halbe Stunde zuvor den Anruf von Audrey, Claras Assistentin, entgegengenommen, die ihn gebeten hatte, herzufahren, um Clara und Edward seine Entwürfe zu präsentieren. Das gehörte zu den Dingen, die Henry beim Vorstellungsgespräch angeschnitten hatte – dass er gerne seine eigenen Möbel entwerfen würde. Edward hatte ziemlich interessiert gewirkt, war aber unsicher gewesen, ob sie wirklich etwas Neues entwickeln sollten, wo ihre aktuellen Serien sich doch so gut verkauften. Doch er hatte versprochen, mit dem Entwicklungsteam zu sprechen. Henry hatte nicht erwartet, dass das Thema noch mal auf den Tisch käme, und ganz sicher hatte er nicht mit einem Anruf von Clara an einem Mittwochabend nur eine Woche vor Weihnachten gerechnet. Erst recht nicht, da Clara laut Daniel zwar dem Entwicklungsteam vorstand, aber im Prinzip überhaupt nichts tat. Allerdings würde er diese Gelegenheit auch keinesfalls ausschlagen: Projekte selbst zu entwerfen, war etwas, an dem ihm sehr viel lag. Er liebte es, individuelle Stücke zu bauen, die man so nicht in jedem x-beliebigen Laden kaufen konnte.

Er nahm seine Skizzenmappe aus dem Auto und betrat das Werk genau in dem Moment, als Daniel es verließ.

»Oh, hey, was machen Sie denn noch so spät hier?«, fragte Daniel, zog die Jacke über und setzte sich eine Mütze auf die unordentliche Frisur.

»Ich habe einen Anruf erhalten, dass Edward und Clara mit mir über meine Entwürfe für neue Möbel sprechen wollen.«

»Oh, cool. Ich hoffe, Ihre Entwürfe gefallen den beiden. Bevor ich es vergesse, Maggie möchte, dass ich Sie für morgen zum Abendessen einlade. Sie können auch gern Daisy mitbringen.«

»Sehr gern, vielen Dank. Ich frage Daisy, obwohl ich bezweifle, dass sie mitkommen möchte. Um wie viel Uhr?«

»So gegen halb acht. Wir sehen uns dann morgen.«

Daniel ging und Henry sah auf seine Uhr. Das nette Essen und der gemütliche Abend mit Penny, den er geplant hatte, lösten sich allmählich in Luft auf. Als er fortgefahren war, war sie gerade mit Bernard unterwegs gewesen, daher hatte er Daisy gebeten, schon mal etwas zum Abendessen vorzubereiten und Penny auszurichten, dass er ins Möbelwerk gerufen worden war, aber bald zurück sein würde. Hoffentlich würde diese Besprechung nicht allzu lang dauern.

Er lief die Treppe hinauf und betrat Audreys Bereich, der zu Claras Büro führte. Audrey zog gerade ihren Mantel und den Schal über und machte sich ebenfalls zum Gehen bereit.

Sie warf ihm einen entschuldigenden Blick zu. »Tut mir leid, dass ich Sie so spät noch herbestellt habe, aber sie hat darauf bestanden«, flüsterte Audrey, als sie an ihm vorbei zur Tür hinausging und ihn allein zurückließ.

Er ging hinüber zu Claras Büro. Clara saß an ihrem riesigen Schreibtisch, der beinahe den ganzen Raum einnahm. Die Wände waren mit dunklem Holz verkleidet, das farblich zum Schreibtisch passte und mit modernen Gemälden in Braun und

Beige dekoriert war. Im ganzen Zimmer gab es keinen einzigen farbigen Akzent, ein krasser Gegensatz zu Edwards Büro, das in hellem Holz gehalten war und mit farbenfrohen Bildern von Sonnenuntergängen und Stränden aufwarten konnte. In seinem Büro stand sogar ein kleiner Weihnachtsbaum.

Auch Claras Schreibtisch unterschied sich deutlich von Edwards. Bei ihr gab es überhaupt keine Hinweise auf Arbeit, während auf seinem viele Schriftstücke gelegen hatten. Es war nicht zu erkennen, was sie den ganzen Tag über tat. Vielleicht telefonierte sie viel, aber auch dann hätte Henry Notizen zu den Gesprächen erwartet. Der Computer war zwar eingeschaltet und sie saß davor, aber nach Arbeit sah das nicht aus – der Bildschirm war mit Fotos von teuer aussehenden Kleidern bedeckt.

Er klopfte leise an die Tür, und als sie ihn entdeckte, lächelte sie breit.

»Henry, kommen Sie doch bitte herein und schließen Sie die Tür hinter sich.«

Er tat, worum sie ihn gebeten hatte. Als er sich umsah, stellte er jedoch fest, dass sie allein waren. Audrey hatte es klingen lassen, als würden auch andere Mitglieder des Entwicklungsteams anwesend sein. Er zog seine Jacke aus und legte sie über das Sofa in einer Ecke des Zimmers, bedauerte seine Entscheidung aber sofort, als er merkte, dass sie einen anerkennenden Blick über seinen Körper gleiten ließ.

»Stoßen Edward und die Designer noch zu uns?«, erkundigte er sich zögerlich.

»Edward hat bereits Feierabend gemacht«, erklärte Clara und kam um den Schreibtisch herum auf ihn zu. »Er hat mich gebeten, ein Treffen zwischen Ihnen und einem der Designer zu arrangieren, aber da ich dem Entwicklungsteam vorstehe, wollte ich mir Ihre Entwürfe zuerst einmal ansehen. Hier im

White-Cliff-Bay-Möbelwerk sind wir sehr zupackend. Ich bin sicher, das wird Ihnen an der Arbeit bei uns gefallen.«

Henry räusperte sich. Dass sie ihn anstarrte, als ob sie ihn am liebsten gleich auffressen würde, war ihm unangenehm.

»Dann zeigen Sie mir doch mal, was Sie zu bieten haben«, forderte Clara ihn auf, ohne den Blick von ihm zu nehmen.

Er zog einige Blätter aus seiner Skizzenmappe und breitete sie auf dem Schreibtisch aus, während sie direkt hinter ihm stand.

»Ich weiß, dass Sie gerade erst mit einem Stühlesortiment begonnen haben, aber ich dachte mir, man könnte es vielleicht erweitern. Die Stühle sind sehr funktional und schön, aber ich glaube, man kann noch viel mehr daraus machen.«

Sie stellte sich neben ihn und drückte sich an ihn. Ihr Blick war immer noch auf ihn gerichtet, nicht auf die Entwürfe. Er rückte ein wenig von ihr ab.

»Ich habe eine Chaiselongue entwickelt, die zwar klassisch ist, aber gleichzeitig auch Elemente moderner Stilarten aufweist. Chaiselongues sind bei Frauen begehrt – sie gelten als romantisch und stellen eine wunderbare Ergänzung zu Wohnzimmer- oder sogar Schlafzimmermöbeln dar.«

»Wofür genau sind die denn im Schlafzimmer gedacht?«, wollte Clara wissen und fuhr mit den Fingern verführerisch über die Skizze. Unmittelbar danach flog ihr Blick wieder zu ihm.

»Na ja, man kann darauf sitzen und lesen oder …« Er verstummte, als sie ihm über die Fingerknöchel strich, während er sich über den Schreibtisch beugte. Er zog seine Hand unter ihrer hervor. »Ich habe mir gedacht, wir könnten sie aus weißem, schwarzem oder beigefarbenem Leder bauen, da das zu den meisten Farbschemata passt, und dann an den Beinen Silber oder Gold hinzufügen, um es …«

»Ist die denn auch groß genug für zwei Personen?« Unter ihren dunklen Wimpern blickte sie ihn an und fuhr mit den Fingernägeln seinen Arm hinauf.

Henry sah hinüber zu der geschlossenen Tür. Panik erfasste ihn. Das hier war nicht gut. Sie hatte ihn nicht wegen seiner Entwürfe herbestellt. Es gab nur ein Angebot, an dem sie interessiert war, und das war nicht das in der schwarzen Mappe auf dem Schreibtisch.

In einem letzten Versuch, das Thema zu wechseln und das Gespräch wieder in die richtige Richtung zu lenken, suchte er in seiner Mappe nach einer weiteren Zeichnung, die er ihr vorlegen konnte, und brachte sich unauffällig aus der Reichweite ihrer goldlackierten Krallen.

»Ich habe noch andere Entwürfe.« Er schnappte sich die erste Skizze, die ihm in die Hände fiel, und legte sie auf den Schreibtisch. Als er erkannte, welches Stück es war, sank seine Hoffnung. Die beiden Stühle waren in gegensätzlicher Richtung angeordnet und nur durch die S-förmigen Kurven von Lehne und Armen verbunden. Dieser Stil war im späten viktorianischen Zeitalter sehr beliebt gewesen und Henrys Entwurf war eine moderne Interpretation, doch der Name des Möbelstücks war unsagbar unpassend für das, was Clara bei diesem Treffen vorschwebte.

Sie warf einen kurzen Blick darauf. »Ein Zweiersessel?«

»Ja. Auch als Tête-à-Tête bekannt.«

»Von Angesicht zu Angesicht«, flüsterte Clara und Henry wand sich innerlich, weil die wörtliche Übersetzung die Situation ebenfalls nicht verbesserte.

»Die erleben derzeit gerade ein Comeback bei den Gartenmöbeln, und ich glaube, wir könnten …«

»Ich würde mir kein Zweiersofa in den Garten stellen. Und diese Armlehnen zwischen dem Paar sind nicht gerade förderlich für eine romantische Stimmung. Ich bevorzuge ein

Zweiersofa ohne Beschränkungen«, erklärte Clara, beugte sich vor und drückte ihm ihre Lippen auf den Hals.

Sofort machte er einen Schritt nach hinten. »Ich fühle mich geschmeichelt, Clara, aber ich habe eine Freundin.«

Eine Freundin, die zu Hause auf ihn wartete und mit der er in genau diesem Moment essen sollte. Dieses ganze Treffen war eine einzige Zeitverschwendung.

»Und trotzdem sind Sie hier bei mir und nicht bei ihr.« Clara neigte den Kopf zur Seite. Offenbar hielt sie diese Bewegung für flirtend, denn sie fuhr sich mit der Zunge über die Zähne, als ob sie ihre Beute musterte.

Er begann, seine Entwürfe einzusammeln, doch sie stellte sich zwischen ihn und den Schreibtisch.

»Ich bin aus rein beruflichen Gründen gekommen. Die Mitarbeit in der Entwicklung ist mir wichtig.«

Sie legte ihm eine Hand auf die Brust. »Wie wichtig?«

Ihr Parfüm hüllte ihn ein und machte ihm das Atmen schwer. Am liebsten hätte er sie weggeschoben, doch er wollte sie nicht berühren. Da sie sich allein in einem verschlossenen Raum befanden, könnte sie alles Mögliche behaupten, was zwischen ihnen vorgefallen sei, und dann stünde sein Wort gegen ihres. Er machte einen Schritt nach hinten, doch sie hatte bereits die Finger um einen seiner Hemdknöpfe gelegt, und er hörte den Stoff reißen.

Erschrocken starrte er sie an, dann nahm er seine Jacke. »Falls es Edward ernst damit ist, sich meine Entwürfe anzusehen, dann werde ich einen Termin mit ihm ausmachen.«

Daraufhin öffnete er die Tür und stürmte hinaus. Er hätte diese Farce schon in der Sekunde durchschauen sollen, als sich herausstellte, dass außer ihnen beiden niemand anwesend sein würde. Er hätte ihr sagen sollen, wo sie sich ihre unangebrachten Annäherungsversuche hinstecken sollte, und wichtiger noch, er hätte zu Hause bei seiner Freundin bleiben sollen.

Er stieg ins Auto und fuhr zurück zum Flieder-Cottage. Regentropfen prasselten auf die Windschutzscheibe, Sturmwolken zogen über den Himmel und Blitze zuckten. Das Wetter spiegelte seine Laune perfekt wider. Als er sich einer kleinen Hütte näherte, die zur Vogelbeobachtung diente, hätte er beinahe jemanden überfahren, der gerade davon wegradelte. Die Gestalt war ganz in Schwarz gekleidet, trug ein Kapuzensweatshirt und hob sich kaum von dem regnerischen Nachthimmel ab; sie war kaum zu sehen gewesen. Fluchend fuhr Henry auf den Rasen, um ihr auszuweichen, und bog dann in die Einfahrt zu seinem Haus ein. Er wünschte sich nichts weiter, als Penny in die Arme zu nehmen und sich in Erinnerung zu rufen, dass es gute Menschen auf dieser Welt gab.

Er parkte vor dem Haus und lief geradewegs in Pennys Küche. Sie sah von dem Buch auf, in dem sie las, und lächelte ihn verhalten an. Er hatte sein Versprechen gebrochen, sich um das Essen zu kümmern.

»Ich habe dir und Daisy Spaghetti bolognese gemacht, aber inzwischen sind die Nudeln vermutlich trocken«, sagte Penny und ging zum Herd.

»Tut mir leid, es ist etwas dazwischengekommen. Eigentlich wollte ich doch für dich kochen.« Henry erwischte sie am Arm. Sie schüttelte seine Hand nicht ab, ging aber einen Schritt zur Seite. Als ihr Magen laut knurrte, überfielen ihn erneut Schuldgefühle. »Hast du denn noch nicht gegessen?«

»Nein, albernerweise wollte ich auf dich warten.«

»Wo ist Daisy?«

»Sie ist ungefähr zwei Minuten nach dir gegangen.«

»Was?« Henry sah hinaus in die pechschwarze Nacht. Der Regen prasselte in Strömen auf die Klippen. »Und du hast sie bei diesem Wetter vor die Tür gelassen?«

Penny starrte ihn ungläubig an. »Ich war mit Bernard unterwegs und habe euch beide von Weitem weggehen sehen. Und ich habe schließlich kein Recht, ihr irgendwelche Vorschriften zu machen.«

In diesem Moment flog die Küchentür auf und Daisy kam breit grinsend herein. Sie war völlig durchnässt und kleine Grashalme klebten ihr an den Hosenbeinen. Ihre Turnschuhe waren total verschlammt.

»Hey, Daddio«, sang sie und setzte sich an Pennys Tisch, als wäre es das Natürlichste auf der Welt.

»Wo warst du?« Henry versuchte vergeblich, Ärger und Sorge aus seiner Stimme herauszuhalten.

»Nirgendwo. Ich habe im Schuppen mit Melissa telefoniert.«

»Du bist so nass geworden, als du vom Schuppen zum Haus gerannt bist?«

»Ich bin auf dem Rasen ausgerutscht.«

Sie log, und er hatte nicht die geringste Ahnung, warum.

»Penny hat mir erzählt, dass sie gesehen hat, wie du weggegangen bist.«

Daisy blickte Penny einen Moment lang an. »Ich habe … versucht, in der Einfahrt Empfang zu kriegen, aber dann hat es angefangen zu regnen und mir ist eingefallen, dass Penny erzählt hat, dass der Empfang im Schuppen gut ist, also bin ich ein paar Minuten später dorthin gegangen. Penny hat mich vermutlich nicht gesehen. Ist das Essen fertig?«

»Du solltest dich doch ums Essen kümmern.«

Daisy zuckte mit den Schultern. Ihre gute Laune war durch nichts zu verderben. »Der Anruf hat ein bisschen länger gedauert, als ich dachte.«

»Ist schon gut, ich habe gekocht«, mischte sich Penny ein und stellte sich absichtlich mit einer großen Schüssel Bolognesesoße zwischen die beiden.

Er setzte sich hin und sah zu, wie sie das Essen auf drei Teller verteilte und sich dann ans gegenüberliegende Ende des Tisches setzte. Das entsprach ganz und gar nicht seiner Vorstellung von diesem Abend. Draußen tobte ein Sturm und Donner grollte am Nachthimmel, der in regelmäßigen Abständen von spektakulären Blitzen durchzuckt wurde. Doch die Spannung zwischen ihnen dreien im Raum war beinahe ebenso greifbar wie der Sturm.

Henry starrte seine Spaghetti bolognese mit all der Konzentration an, die er für einen Teller voll Nudeln und Fleisch aufbringen konnte. Er blickte hinüber zu Penny, die mit äußerster Sorgfalt Spaghetti um ihre Gabel wickelte, als wäre es die schwierigste Aufgabe der Welt.

Verwirrt sah Daisy zwischen ihnen hin und her. Sie wusste, dass etwas nicht stimmte, obwohl sie nicht die geringste Ahnung hatte, was das sein könnte. »Habt ihr euch gestritten oder so?«, fragte sie.

»Nein, Liebes. Es war einfach ein komischer Tag«, antwortete Penny.

Henry zermarterte sich das Hirn nach einem geeigneten Gesprächsthema. Es war lächerlich, dass sie hier schweigend zusammensaßen, wo sie sich doch bisher immer so gut unterhalten hatten.

»Hey, Dad, hast du Penny von dem großen Penis erzählt, den wir in der Stadt gesehen haben?«

Penny verschluckte sich an ihrem Getränk.

Das war ganz sicher kein geeignetes Gesprächsthema, erst recht nicht nach den Ereignissen am Vorabend. Aber Daisy ließ sich nicht davon abbringen.

»Es war zum Totlachen. Eine Frau in einem riesigen zwei Meter großen Kostüm ist den Männern auf der Straße hinterhergelaufen und hat sie umarmt. White Cliff Bay ist schon ein bisschen merkwürdig, oder? Ich wette, das ist der reinste Sündenpfuhl hier, und die Leute schlafen mit ihren Nachbarn oder veranstalten Orgien.«

»Pass auf, was du sagst«, warnte Henry sie.

Daisy lachte. »Orgie ist doch kein Schimpfwort.«

»Trotzdem ist es nicht unbedingt ein passendes Thema für den Abendbrottisch, oder?«

Penny unterdrückte ein Kichern, und er spürte, dass die schlechte Laune zwischen ihnen sich allmählich besserte. »Ich habe so etwas in der Art schon mal gesehen. Ich glaube, das dient dazu, Geld für die Krebsforschung zu sammeln. Sei also nicht ganz so streng mit unserer kleinen Stadt.«

Henry brannte darauf, das Gespräch davon wegzulenken, dass die Leute hier mit ihren Nachbarn schliefen. Ihm fiel etwas ein, das Edward am Montag zu ihm gesagt hatte.

»Ich wollte auch noch etwas mit euch besprechen. Edward hat mir erzählt, dass am Samstag ein Lebkuchenhauswettbewerb stattfindet, und hat mich gefragt, ob ich mit meiner Familie daran teilnehmen möchte. Ich weiß nicht genau, welcher Organisation die Einnahmen zugutekommen, aber sie sind für wohltätige Zwecke. Daisy, hast du Lust?«

»Wir bauen ein Lebkuchenhaus? Dürfen wir das anschließend essen?«

Penny lachte. »Das ist der jährliche Riesenlebkuchenhauswettbewerb. Den veranstaltet das White-Cliff-Bay-Möbelwerk jedes Jahr. Alle Einwohner kommen zum Zuschauen. Aber sie verwenden keine echten Lebkuchenteile, sondern Plastikwände und Schaum und künstliche Süßigkeiten und Dekorationen. Die Wände der Häuser bestehen aus ein Meter achtzig hohen Platten, und ich bin mir ziemlich sicher, dass der Zuckerguss nicht essbar ist. Normalerweise treten ungefähr acht Teams an, und man hat eine Stunde Zeit, um ein tolles Haus zu bauen. Es ist eine sehr lustige Veranstaltung.«

»Du kannst in unserem Team mitmachen«, bestimmte Henry.

»Nein, nur Angehörige von Mitarbeitern dürfen das.«

»Aber du kannst doch ein Teil unserer Familie sein«, schlug Daisy vor, und Henry lächelte, weil seine Tochter gerade unwissentlich ihre Zustimmung zu seiner Beziehung mit Penny gegeben hatte.

»Edward wird nicht gerade eine Heiratsurkunde sehen wollen, bevor er uns mitmachen lässt«, stimmte Henry ihr zu. »Ich glaube nicht, dass es ihn kümmert, wer in meinem Team ist.«

»Wenn du mitmachst, mache ich auch mit, Penny«, sagte Daisy. »Und außerdem ist es für wohltätige Zwecke, also kannst du nicht wirklich ablehnen.«

Henry lachte. Mit demselben Argument hatte Penny ihn vor wenigen Tagen überzeugt, am Ball teilzunehmen.

»Ich bin nicht besonders gut im Bauen. Überlegt euch das lieber noch einmal. Ich werde euch mehr im Weg stehen als helfen. Als ich im Sommer den Grill zusammenbauen wollte, waren am Ende mehrere Teile übrig und andere falsch herum eingebaut.«

»Aber wir brauchen dich in unserem Team! Du hast Insiderwissen, weil du gesehen hast, was andere Teilnehmer gemacht haben, um zu gewinnen. Das hast du uns voraus. Als Neulinge brauchen wir eine Außenseiterchance. Außerdem schaffen Daisy und ich das nicht allein; die anderen Teams bestehen aus fünf oder sechs Leuten. Du kannst uns nicht im Stich lassen, Penny! Möchtest du Teil unserer Familie sein?«

Er schenkte ihr seinen besten Hundeblick und sie lachte.

»Okay, aber behaupte hinterher nicht, ich hätte dich nicht gewarnt.«

»Jetzt, wo du zu unserer Familie gehörst, solltest du jeden Abend zu uns zum Essen kommen«, schlug Daisy vor. »Es wird mit der Zeit ganz schön langweilig, immer nur Dads Visage zu sehen.«

»Hey!«, protestierte Henry.

»Das ist lieb, danke. Es wird tatsächlich langweilig, sich abends ausschließlich mit Bernard zu unterhalten, besonders, weil er nicht antwortet. Aber ich tue das nur für dich, Daisy, um dir die eintönigen Gespräche mit deinem Dad zu ersparen.«

»Hey, ich sitze direkt hier!«, beschwerte sich Henry und Daisy lachte.

»Aber morgen Abend kann ich leider nicht kommen, da habe ich schon etwas vor.«

»Oh, hast du etwa ein heißes Date?«, fragte Daisy und wurde bei der Aussicht auf Klatsch ganz aufgeregt.

Henry verdrehte die Augen. Daisy würde sich mühelos in die Stadt einfügen.

»Nein, ich …«

»Ich habe vorhin Fabio hier gesehen. Triffst du dich mit ihm?«

Das überraschte Henry. »Fabio war hier?«

»Er war über eine halbe Stunde lang nebenan, und als er ging, sah er ziemlich zufrieden aus«, erwiderte Daisy. »Ich habe ihn von meinem Zimmer aus gesehen.«

Ungläubig starrte Henry seine Tochter an. »Ich habe eine Spionin großgezogen.«

»Na ja, wie bereits gesagt, das Zusammenleben mit dir kann ziemlich langweilig sein, also muss ich zusehen, wie ich mich amüsiere.«

»Was wollte Fabio denn?«

»Nichts Wichtiges. Er wollte sich für sein Benehmen neulich Abend entschuldigen und mich um eine Verabredung bitten.«

Er räusperte sich. »Und, hast du zugesagt?«

»Dad, es ist doch schön für Penny, dass sie verabredet ist. Seien wir mal ehrlich, die Dates mit dir werden nicht gerade ihre Welt aus den Angeln heben.«

»Ich glaube, ich habe mich gestern Abend ganz gut geschlagen.«

»Es war okay.« Penny zuckte mit den Achseln und unterdrückte ein Grinsen. Er musste lächeln, als er sah, wie sie feuerrot wurde und sich wieder hoch konzentriert ihren Spaghetti zuwandte.

»Also gehst du mit ihm aus?«, wollte Daisy wissen.

»Klar, warum nicht? Ich liebe Männer in Lederhosen.«

»Hast du das gehört, Dad? Wenn du die Frauen wirklich beeindrucken willst, musst du dir eine Lederhose anziehen und vielleicht noch ein Medaillon tragen. Manche Klischees sterben anscheinend niemals aus.«

»Ich werde es mir überlegen, da meine geistreiche Konversation offenbar nicht allzu überzeugend ist. Aber ich habe morgen Abend auch schon etwas vor. Ich bin zum Abendessen mit einem Kollegen verabredet. Möchtest du mitkommen, Daisy?«

»Nein, ich kann allein hierbleiben. Aber schade, morgen Abend findet in Lindas Bäckerei ein Backkurs für Mince Pies statt. Ich wollte eigentlich vorschlagen, dass du dort hingehst, weil deine Backkünste in dem Bereich unter aller Sau sind.«

»Hey, so schlimm sind sie doch gar nicht!« Henry war empört. »Aber ich kann mich mit dir auf ein Eis treffen, ehe ich zum Essen gehe. Jemand hat sich krankgemeldet und es gibt im Möbelwerk noch einiges vor den Weihnachtsfeiertagen zu erledigen, deshalb werde ich morgen den ganzen Tag dort sein.«

»Ach, ich komme schon zurecht.« Daisy schenkte ihm ein freches Lächeln. »Aber das Angebot mit dem Eis nehme ich an. Können wir morgen wieder ein bisschen eisschnitzen, Penny?«

»Ja, das passt sogar gut. Für eine Firmenfeier muss ich noch einen Schneemann fertig machen, dabei könntest du mir helfen. Oder du arbeitest wieder an etwas Eigenem.«

»Du würdest mir erlauben, dir bei einer von deinen professionellen Skulpturen zu helfen?«

»Ja, natürlich. Du bist jetzt Preisträgerin im Eisschnitzen. Deine Referenzen sprechen für sich.«

Daisy lachte.

»Mein Jobangebot war ernst gemeint, sofern das für deinen Dad okay ist. Ich bezahle dich gern für deine Hilfe.«

Daisy sah ihn bittend an und er nickte. »Aber nur, wenn du mir versprichst, mit den Werkzeugen sehr sorgsam umzugehen. Und ich möchte nicht, dass du die Kettensäge benutzt.«

Penny und Daisy nickten.

»Ich muss morgen Vormittag eine Besorgung erledigen, aber so gegen Mittag kannst du vorbeikommen.«

»Hat diese Besorgung vielleicht etwas mit Fabio zu tun?«, fragte Daisy, die offensichtlich immer noch auf Klatsch und Tratsch aus war.

Penny lächelte Henry mutwillig an. »Vielleicht.«

Wie es aussah, hatte sie ihm verziehen.

Daisy sah ebenfalls hinüber zu Henry, weil sie spürte, dass sich etwas zwischen den beiden Erwachsenen abspielte. »Wie ist denn dein wichtiges Treffen mit Clara gelaufen?«

»Gut.« Er sah, wie das Lächeln aus Pennys Miene verschwand.

»Du hast dich mit Clara getroffen? Deshalb bist du so eilig fort?«

»Sie wollte mit mir meine Entwürfe durchsprechen«, erklärte Henry und starrte auf seinen Teller.

»Dad, was ist denn mit deinem Hemd passiert? Das ist ja oben ganz zerrissen. Hast du einen Knopf verloren?«

»Ich bin damit irgendwo hängen geblieben.«

Daisy kicherte. »Und ist das da an deinem Hals Lippenstift? Wow, jetzt wird mir klar, was du mit *gut* gemeint hast.«

Henry sah auf und bemerkte Entsetzen und Enttäuschung in Pennys Miene, bevor sie aufstand, um die Teller abzuräumen.

Er wollte ihr versichern, dass nichts passiert war und dass sie sich keine Sorgen zu machen brauchte, aber vor Daisy war das unmöglich.

Donner ertönte über ihnen, und die Spannung, die sich aufgelöst hatte, war mit einem Mal zurück.

* * *

Später am Abend zog sich Penny ihren Schlafanzug an. Henry und Daisy waren kurz nach dem Abendessen zu sich nach Hause gegangen und hatten sie allein zurückgelassen. In einer richtigen Beziehung hätte sie den Abend kuschelnd mit ihrem Freund auf dem Sofa verbringen können. Allerdings war ihr momentan überhaupt nicht danach, mit Henry zu kuscheln. Der Gedanke an ihn zusammen mit Clara wollte einfach nicht aus ihrem Kopf verschwinden. Als Daisy den Lippenstift bemerkt hatte, hatte Henry schuldbewusst gewirkt und nicht mal versucht zu leugnen, dass etwas vorgefallen war. Sie wusste jedoch, dass er herüberkommen würde, sobald Daisy im Bett war, um ihr die Sache zu erklären, falls ihm wirklich etwas an ihr lag. Bis dahin wollte sie keine Schlussfolgerungen ziehen. Sie war bereits einmal betrogen worden und würde das kein zweites Mal zulassen, aber sie wollte Henry auch die Möglichkeit geben, seine Sicht der Dinge darzulegen.

Sie legte sich ins Bett und hatte gerade ein Buch aufgeschlagen, als sie leise Schritte auf der Treppe hörte.

Sie legte das Buch weg und beobachtete, wie er den Raum betrat. Er wirkte besorgt, als er sich zu ihr ans Bett setzte.

»Es tut mir leid, dass ich nicht zum Abendessen hier war und du kochen musstest, obwohl ich versprochen hatte, mich darum zu kümmern.«

Sie zog die Brauen hoch. Ein bisschen mehr Mühe würde er sich schon geben müssen. Ärgerlicherweise waren immer noch die Lippenstiftspuren an seinem Hals zu sehen.

»Ich schwöre, dass zwischen Clara und mir nichts passiert ist. Sie hat mich geküsst, ich habe ihr gesagt, dass ich eine Freundin habe, und bin gegangen. Dass ich tatsächlich geglaubt habe, sie wolle mit mir über meine Entwürfe reden, war dumm von mir, aber ich war so erpicht darauf, sie ihr und Edward zu zeigen, dass ich ihren wahren Grund für das Treffen viel zu spät erkannt habe. Es tut mir wirklich leid, aber du musst mir glauben – es ist nichts passiert. Ich bin nicht im Geringsten an ihr interessiert, und auch an niemand anderem. Ich möchte ausschließlich mit dir zusammen sein.«

Er zitterte wegen der Kühle im Zimmer, und sie hob instinktiv die Decke an und rutschte zur Seite, damit er sich zu ihr legen konnte. Er zögerte einen Moment, glitt dann jedoch neben sie.

»Glaubst du mir?«

Sie nickte. »Ja. Ich habe keinen Grund, deine Worte anzuzweifeln.«

»Aber genauso wenig hast du Grund, mir zu glauben.«

Sie rutschte näher an ihn heran, sodass sich ihre Gesichter beinahe berührten. Er fasste sie um die Taille, doch sie legte ihm die Hände auf die Brust, um noch ein wenig Distanz zwischen ihnen zu wahren. »Man kann eine Menge über einen Menschen in seinen Augen lesen. Angst, Ärger, Schock, Hinterlist und Liebe sind einige der vielen Emotionen, die sich im Blick widerspiegeln.« Sie blickte in seine silbergrauen Augen, die sie voller Zuneigung ansahen. »Deine Augen verraten mir, dass du die Wahrheit sagst.«

Erleichtert zog er sie näher zu sich heran und diesmal ließ sie es zu. »Und was verraten meine Augen dir jetzt?«

Sie lachte. »Dass dir eine Menge verruchter Dinge mit mir vorschweben.«

Er küsste sie liebevoll und streichelte sie zärtlich. Verlangen durchzuckte sie, doch bevor es sich richtig entfalten konnte, zog er sich mit bedauerndem Blick zurück.

»Ich kann leider nicht bleiben.«

Sie strich ihm übers Gesicht. »Ich weiß. Ist schon gut.«

»Sie ist gerade erst ins Bett gegangen. Falls sie noch mal aufsteht, merkt sie, dass ich nicht da bin. Ich hätte gar nicht erst rüberkommen sollen, aber ich musste unbedingt mit dir reden.«

»Es ist okay. Und jetzt geh, wir sehen uns morgen.«

Er legte einen Moment lang seine Stirn an ihre, gab ihr einen schnellen Kuss und schlüpfte dann aus dem Bett. Bevor er das Zimmer verließ, lächelte er ihr noch einmal zu.

Sie würden es Daisy bald sagen müssen – diese Heimlichtuerei gefiel ihr gar nicht.

Kapitel 15

Penny nahm ihren Mantel und ließ sich beim Zuschnüren der Schuhe ausgiebig Zeit. Während der vergangenen Tage hatte sie die Sache immer vor sich hergeschoben, aber jetzt war es so weit.

Die Sonne kämpfte sich durch Nebelschwaden und trocknete den Regen vom Vorabend. Das Meer unter dem Flieder-Cottage glitzerte wie flüssiges Gold.

Seit am Dienstag alle versucht hatten, ihr bei den Vorbereitungen für ihre Verabredung zu helfen, war sie nicht mehr in der Stadt gewesen. Wer hätte gedacht, dass ein winziges Stück Satin, das man ihr aufgedrängt hatte, solch eine nachhaltige Wirkung auf sie und Henry haben würde? Obwohl sie allen erzählt hatte, dass es keine richtige Verabredung sei und sie lediglich als Freunde miteinander ausgingen, war sie sich absolut sicher, dass sie heute eine Menge wissender Blicke und Fragen zu Henrys Fähigkeiten im Bett würde aushalten müssen. Und da Henry so verzweifelt versuchte, ihre Beziehung vor Daisy geheimzuhalten, würde sie den Leuten nicht viel erzählen können. Nicht, dass sie vorgehabt hatte, Einzelheiten preiszugeben, aber unter diesen Umständen musste sie besonders vorsichtig sein. Und da bereits in fünf Tagen der Weihnachtsball stattfand, würde die Stadt vor Menschen nur so wimmeln.

Plötzlich flog die Verbindungstür auf und Henry kam hereingestürmt.

»Daisy steht gerade unter der Dusche und ich muss zur Arbeit, aber ich wollte dir vorher noch etwas geben«, erklärte er.

»Was denn?«

Er zog sie in die Arme und gab ihr einen leidenschaftlichen Kuss. Oh Gott, plötzlich vergaß sie alles, was sie für den Tag geplant hatte, und wollte nichts weiter, als Henry ins Bett zu ziehen. Wann würden sie sich das nächste Mal lieben können? Egal, wie lange es bis dahin dauern würde, es war zu lang. Sie presste sich fest an ihn und erwiderte seinen Kuss, doch plötzlich ließ er sie los.

»Ich muss wirklich los. An meinem ersten richtigen Arbeitstag darf ich nicht zu spät kommen, so gern ich das momentan auch tun würde. Aber vielleicht solltest du bei deinem heißen Date mit Fabio heute Abend an diesen Kuss denken.«

Penny lachte. »Ich bin nicht mit …«

»Ist schon gut, ich verstehe, dass man einem Mann in Lederhose nicht widerstehen kann, aber vergiss nicht, wessen Namen du neulich nachts geschrien hast.«

Sie lächelte. »Ich glaube nicht, dass ich das könnte. Wann darf ich denn mit einer Wiederholung rechnen?«

»Wenn du damit aufhörst, dich mit Männern in Lederhosen zu verabreden.«

Er gab ihr einen Kuss auf den Scheitel und ging zur Hintertür. Dort drehte er sich noch einmal um und zwinkerte ihr zu. »Bald, versprochen.«

Lächelnd sah sie ihm hinterher. Dieser Kuss würde ihr Schwung für den ganzen Tag verleihen.

Sie fuhr in die Stadt, wo die Straßen voll waren mit Menschen, die sich auf Weihnachten vorbereiteten. Im morgendlichen Nebel wirkten die Lichterketten in den Bäumen, an den Laternen und vor den Häusern geradezu magisch, selbst bei Tageslicht. Ihre freundlichen Lichter begrüßten die Menschen. Der Regen vom Vorabend musste in den frühen Morgenstunden gefroren sein und glitzerte jetzt von den Dächern und von den Autos an der Straße.

Penny parkte vor der *Sardine*, stellte den Motor ab und holte tief Luft, ehe sie ausstieg. Sie sah hinauf zu dem Schild des Pubs, das sanft in der kühlen Meeresbrise hin und her schwang; der fröhliche Fisch darauf sprang aus dem Wasser und lächelte dümmlich dabei. In den Fenstern funkelten Lichterketten, und obwohl der Pub geschlossen war, sah er warm und einladend aus. In ihrer Teenagerzeit war er einer ihrer Lieblingsorte gewesen, lange bevor sie und Chris sich anfreundeten und miteinander ausgingen. Im Inneren war es warm, gemütlich und traditionell, mit kleinen Sitznischen. Sie hatte sich immer vorgestellt, dass sie für den Rest ihres Lebens hierherkommen und auch als alte, grauhaarige und faltige Frau noch hier an der Bar sitzen würde. Dass sie aufgrund der Umstände acht Jahre lang keinen Fuß in den Pub setzen würde, hätte sie niemals geglaubt. Vielleicht war es an der Zeit, etwas dagegen zu unternehmen.

Sie schob die Tür auf. Da der Pub erst gegen Mittag öffnete, war der Innenraum leer. Im Kamin brannte jedoch ein Feuer, damit die Mittagsgäste es warm und gemütlich haben würden. Kathleen stand hinter der Bar und ging eine Liste durch. Vermutlich überprüfte sie den Warenbestand, wie Penny es sie schon einige Male in der Vergangenheit hatte tun sehen.

»Wir öffnen erst um elf!«, rief Kathleen, wurde jedoch blass, als sie sich umdrehte und Penny erkannte.

Beide starrten sich einen Moment lang an, ehe Penny halbherzig die Tüte mit den Kleidungsstücken hochhielt. »Ich wollte dir die hier zurückbringen.«

Kathleen blieb noch einen Moment wie angewurzelt stehen, kam dann jedoch auf sie zu. Als sie die Arme ausstreckte, hatte Penny den Eindruck, als wollte Kathleen sie umarmen, doch dann schien sie es sich anders zu überlegen.

»Danke.«

Penny reichte ihr die Tüte und blieb noch einen Moment lang unbeholfen stehen. Da es aber offensichtlich nichts mehr zu bereden gab, wandte sie sich zum Gehen.

»Hast du noch einen Moment Zeit?«, platzte Kathleen heraus. »Ich würde mich freuen, wenn wir zusammen etwas trinken.«

Penny nickte. »Ja, das wäre schön.«

Kathleen ging zurück hinter die Bar. »Was hättest du gern?«

»Nur einen Tee, bitte. Ich muss noch fahren.«

»Wie wär's mit heißer Schokolade?«

Lächelnd lehnte sich Penny gegen die Bar. »Die waren bei dir immer so lecker. Sogar als Minderjährige waren wir hier, damit wir deine heiße Schokolade trinken konnten. Du hast uns in den Nischen sitzen lassen, obwohl wir eine Stunde lang an einem Glas getrunken haben, und uns trotzdem nicht rausgeschmissen.«

»Ich fand es schön, dass ihr hier wart, und ihr habt ja auch niemandem geschadet. Dieser Pub war immer schon familienfreundlich und wird es auch bleiben.«

Penny sah zu, wie Kathleen eine Handvoll Marshmallows, einen großen Löffel Kakaopulver und einen Spritzer Milch in zwei große Gläser gab und sie zusammen in die Mikrowelle stellte, während sie gleichzeitig Milch auf der Kaffeemaschine erwärmte. Die Mikrowelle piepte und sie holte die Gläser heraus, goss mit der heißen Milch die dicke Schokoladenmischung auf und rührte kräftig um. Zum Abschluss bedeckte sie die Gläser noch mit einer großzügigen Schicht Sahne und Schokoladenstreuseln.

Sie reichte Penny eins der Gläser und bedeutete ihr, sich damit vor den Kamin zu setzen. Kathleen nahm ihr gegenüber in einem Sessel aus weichem braunem Leder Platz.

Penny nahm einen Schluck. Das Getränk brachte die schönen Erinnerungen zurück. Sie starrte in die Flammen und fragte sich, was sie zu den Ereignissen der Vergangenheit sagen sollte oder ob sie besser schwieg. Vielleicht war es am besten, einen Schlussstrich zu ziehen und sich auf die Zukunft zu konzentrieren.

»Es tut mir leid«, begann Kathleen und Penny blickte sie an. »Es tut mir so leid, was passiert ist. Nach dem Tod des Babys wollte ich dich eigentlich besuchen, aber … Ich weiß nicht … Ich dachte, vielleicht willst du lieber für ein paar Tage in Ruhe gelassen werden. Du hattest ja deine Familie um dich, und ich habe geglaubt, du bräuchtest ein bisschen Abstand. Ich wollte dich am Wochenende besuchen, aber dann hat Chris mit dir Schluss gemacht und ich habe herausgefunden, dass …«

»Dass er während meiner gesamten Schwangerschaft über mit Jade geschlafen hat?«

»Ja. Ich schwöre dir, dass ich bis nach der Fehlgeburt nichts davon wusste, aber als ich es herausfand, war ich unglaublich wütend auf ihn. Wir alle waren es. Doch was er danach getan hat – dass er solche Lügen über dich verbreitet hat … In meinem ganzen Leben habe ich mich noch nie so sehr für ihn geschämt.«

Penny schluckte den Schmerz hinunter und wandte ihre Aufmerksamkeit wieder ihrer heißen Schokolade zu.

»Die Leute glauben, was sie glauben wollen, und die meisten Einwohner der Stadt haben seine Lügen sofort als solche durchschaut, aber wie du weißt, gab es trotzdem einige, die ihm geglaubt haben«, fuhr Kathleen fort. »Monatelang konnte ich ihm nicht ins Gesicht sehen und habe kaum mit ihm geredet. Ich habe mich so für ihn geschämt. Gott, so viele Leute haben ihn für das, was er getan hat, gehasst, und das hat sich auch auf mich übertragen. Die Blicke, die man mir zugeworfen hat, die Kommentare. Sogar einige meiner Freunde haben sich von mir abgewandt, als wäre es meine Schuld, dass er mit Jade geschlafen, dich verlassen und diese Lügen über dich verbreitet hat. Ich habe dich einige Male in der Stadt gesehen, aber ich hatte nie den Mut, dich anzusprechen. Inzwischen sind acht Jahre vergangen und du warst seither kein einziges Mal mehr im Pub.«

»Kannst du mir das verübeln?«

»Nein, natürlich nicht. Ich hatte nur gehofft, dass du mich nicht für das verabscheust, was passiert ist, aber je mehr Zeit verstrich, desto mehr glaubte ich, dass es wohl so sein muss.«

»Ich verabscheue dich nicht. Eine ganze Zeit lang habe ich Chris gehasst, aber dich nicht. Weil ich dich nie wieder gesehen habe, bin ich davon ausgegangen, dass du seine Lügen geglaubt hast und keine verrückte Psychotante in deinem Pub wolltest.«

»Ach, Liebes, ich wünschte, ich hätte dich doch besucht. Dann hätten wir diese Angelegenheit schon vor Jahren bereinigen können.«

Penny nickte traurig und nahm einen weiteren Schluck von der tröstlichen heißen Schokolade. Sie waren beide Opfer von Chris' Verhalten gewesen.

»Du weißt, dass er jetzt verheiratet ist. Er hat einen Sohn, Eric, fünf Monate alt. Chris betet ihn an. Das ist vermutlich sehr schwer für dich, nachdem er auf dein Baby damals so schrecklich reagiert hat.«

»Überraschenderweise nicht. Als ich die Babykleidung und das Spielzeug in deinem Zimmer entdeckt habe, war es schlimm, aber ich hoffe, dass Chris inzwischen zu einem besseren Menschen herangewachsen ist. Das alles geschah vor langer Zeit und wir waren beide sehr jung. Wenn er seinen kleinen Sohn so liebt, wie du es sagst, dann freue ich mich aufrichtig für ihn.«

»Er hat sich zu einem wunderbaren jungen Mann und fantastischen Vater entwickelt. Inzwischen kann ich tatsächlich sehr stolz auf ihn sein. Ich hoffe, du kannst ihm eines Tages verzeihen.«

»Ich hasse ihn nicht mehr und ich wünsche ihm alles Gute, wobei das mit dem Verzeihen eventuell noch ein wenig dauern kann.«

Kathleen nickte verständnisvoll. »Und wie geht es dir? Wie ich höre, bist du mit Henry Travis zusammen.«

Penny seufzte. In dieser Stadt blieb auch nichts geheim.

»Er scheint ein anständiger Mann zu sein.«

»Das ist er tatsächlich.«

»Und ich weiß, dass ihr euch noch nicht lange kennt, aber glaubst du, dass du eines Tages eine eigene Familie haben wirst?«

»Es gibt mehrere Arten von Familien. Er hat eine Tochter, die ich sehr gern habe. Vielleicht reicht es ja, ein Teil ihrer Familie zu werden.«

Kathleen nickte. »Manchmal ist die Familie, die man sich selbst aussucht, viel besser als die, die man zugeteilt bekommen hat.«

Penny blickte in die Flammen. Dann würde sie einfach darauf hoffen, dass auch Henry und Daisy sie aussuchen würden.

* * *

Erst eine ganze Weile später fuhr Penny vor ihrem Haus vor. Sie hatte sich mehrere Stunden lang mit Kathleen unterhalten, und obwohl sie auch jetzt nicht jede Woche im Pub vorbeischauen würde, wusste sie nun, dass sie dort immer willkommen war.

Sie betrat die Küche und lächelte, als sie Jill und Daisy dort plaudernd beim Mittagessen vorfand.

»Hey.« Penny küsste Jill liebevoll auf die Stirn.

»Hallo, meine Liebe«, begrüßte Jill sie. »Ich hab dir was zu essen gemacht und dann dieses vernachlässigte Kind nebenan gefunden, das praktisch vorm Verhungern stand, daher musste ich sie auch versorgen. Ich hoffe, es macht dir nichts aus.«

»Natürlich nicht. Wir wollen doch nicht, dass sie verkümmert.«

Daisy grinste sie an und verschlang den Rest ihres Sandwichs. Penny setzte sich neben sie und stieß sie freundschaftlich an. Daisy erwiderte die Geste.

»Ich habe dich in die *Sardine* gehen sehen. Ist alles okay?«, fragte Jill beiläufig, um nicht Daisys Neugier zu wecken.

»Jetzt schon«, gab Penny zurück, nahm den Deckel von ihrem Teller und machte sich über ihr eigenes Sandwich her.

Jill lächelte verständnisvoll und musterte sie ausgiebig über ihre Teetasse hinweg. »Du siehst verändert aus«, fand sie, »und ich kann nicht genau sagen, was es ist.«

»Ich habe mir neulich die Haare schneiden lassen«, erwiderte Penny, obwohl sie die Haare in ihrer üblichen Pferdeschwanzfrisur trug und man es daher überhaupt nicht sehen konnte. Das würde es also vermutlich nicht sein.

»Nein, das ist es nicht. Du wirkst … zufrieden und sehr glücklich.«

»Ich bin glücklich.« Sie neigte den Kopf ein wenig zur Seite, damit Jill hoffentlich bemerkte, dass der Grund für ihr Glück nicht vor Daisy zur Sprache kommen sollte.

Jill verstand sofort und stand auf. »Möchtest du eine Tasse Tee?«

»Gern, danke.«

»Sie ist glücklich, weil sie heute Abend eine heiße Verabredung hat«, warf Daisy ein. »Noch dazu mit einem sexy Italiener.«

Jill drehte sich um. »Oh, und wer ist das, wenn ich fragen darf?«

»Er heißt Fabio«, verriet Daisy, offenbar glücklich darüber, dass sie ein wenig Klatsch beisteuern konnte. »Er ist Eisschnitzer, so wie Penny, und sehr talentiert.«

Sie drückte einige Tasten auf ihrem Handy und drehte es herum, damit Jill auf den Bildschirm sehen konnte. Lachend beobachtete Penny, wie Jill sich das bizarre Antragsvideo anschaute. Daisy hatte unglaublich viel Spaß an dieser Geschichte und Penny würde ihr ganz sicher nicht die Freude verderben, indem sie ihr die Wahrheit sagte. Sie hatte Fabio am Vortag freundlich, aber bestimmt mitgeteilt, dass sie weder vorhatte, mit ihm auszugehen, noch, ihn zu heiraten und mit ihm Kinder zu bekommen. Doch wenn Daisy auf die Geschichte mit Fabio fixiert war, würde es für sie und Henry vielleicht leichter sein, sich heimlich zu treffen.

»Ehe du Jill noch mehr peinliche Videos von mir zeigst, solltest du dich lieber umziehen. Wenn du etwas Wärmeres als einen Schlafanzug trägst, können wir heute Nachmittag noch ein bisschen schnitzen.«

Mehr Motivation brauchte Daisy nicht. Sie sprang auf, bedankte sich bei Jill und sauste hinüber, um sich umzuziehen.

Penny stand auf, schloss die Verbindungstür und widmete sich wieder ihrem Sandwich.

»Gehe ich recht in der Annahme, dass die Tatsache, dass du geradezu von innen heraus strahlst, etwas mit ihrem Vater zu tun hat und nicht mit einem italienischen Verehrer?«, wollte Jill wissen und reichte ihr eine Tasse Tee.

»Mit dieser Annahme hättest du recht. Wir sind zusammen, aber es ist alles noch sehr frisch. Daisy soll nichts davon wissen, falls sie die Sache nicht gutheißt, also warten wir erst mal ab, wie es nächste Woche oder so aussieht.«

Jill strahlte übers ganze Gesicht. »Und wie sieht es momentan aus?«

Penny wurde rot und versteckte sich hinter ihrer Tasse.

»Du hast dich in ihn verliebt.«

»Ich glaube schon.«

Jill jubelte laut auf. Genau in diesem Moment kam Daisy zurück. »Was habe ich verpasst?«

»Penny hat mir gerade von Fabio erzählt.«

Penny zuckte zusammen. Irgendetwas sagte ihr, dass ihr diese Lüge das Genick brechen würde.

»Na los, das Eis schnitzt sich nicht von allein.« Penny stand auf. »Bist du nachher noch hier?«

»Nein, Liebes, ich gehe jetzt, aber wir sehen uns voraussichtlich am Montag.«

Penny gab ihr einen Abschiedskuss und begleitete Daisy in den Kühlraum. Hoffentlich war das Thema Fabio erst einmal erledigt.

* * *

Henry wischte sich die Hände an einem Lappen ab und betrachtete den Tisch, der jetzt unter einer kaffeebraunen Polierung glänzte. Es war ein erfolgreicher Arbeitstag gewesen: Er hatte mit seinen neuen Kollegen zusammengearbeitet, fast allein einen Tisch gebaut und glücklicherweise den ganzen Tag über Clara nicht zu Gesicht bekommen. Hoffentlich hatte sie seine Botschaft am Vorabend verstanden und würde ihn ab jetzt in Ruhe lassen. Ab Freitag würde das Möbelwerk für zwei Wochen seine Tore schließen, und wenn er die nächsten zehn Minuten ohne einen Zusammenstoß mit ihr überlebte, dann konnte er nach Weihnachten neu anfangen und müsste idealerweise nie wieder ihre Annäherungsversuche ertragen. Er hoffte immer noch, dass er seine Entwürfe vorstellen durfte, aber diesmal würde er sich direkt an Edward oder einen der Designer wenden.

Noch bevor er Clara sah, hörte er schon das Klacken ihrer Absätze. Hoffentlich wollte sie woanders hin. Allerdings sah es nicht so aus, denn das Geräusch wurde immer lauter und hielt unmittelbar hinter ihm an.

Sie räusperte sich laut und er drehte sich seufzend zu ihr um.

»Ich muss mit Ihnen reden. In meinem Büro. Wir müssen einige Formulare durchgehen.« Sie drehte sich um und ging. Offensichtlich erwartete sie, dass er ihr folgte.

Henry rührte sich nicht. »Ich dachte, ich hätte bereits alle Formulare ausgefüllt.«

»Wir müssen noch einige Einzelheiten klären«, fauchte sie ihn an. Augenscheinlich war sie heute nicht in der Stimmung, sich abwimmeln zu lassen, oder für Widerworte.

Sie stürmte davon und Henry sah ihr hinterher. Dann knüllte er den Lappen zusammen, warf ihn zur Seite und folgte ihr. Beim Vorbeigehen fing er Daniels verwirrten Blick auf.

Henry ging die Treppe hinauf und durchquerte Audreys Büro. Sie sah ihn an, als hätte sie nicht die geringste Ahnung, was er in Claras Büro wollte, hielt ihn jedoch nicht auf.

Als er Claras Büro betrat, ließ er absichtlich die Tür hinter sich offen.

Am Vorabend war ihm das gar nicht aufgefallen, vermutlich, weil die Lampen im Werk schon ausgeschaltet gewesen waren, aber über eine Wand erstreckte sich ein Fenster, das den Blick auf die Produktionsebene freigab, wodurch Clara einen idealen Beobachtungsposten hatte und genau die Stelle einsehen konnte, wo er noch kurz zuvor gearbeitet hatte. Dass sie ihn von hier oben aus beobachtet hatte, gefiel ihm gar nicht.

»Schließen Sie die Tür!«, befahl sie.

»Ich würde sie lieber offen lassen.«

Sie lächelte ihn selbstgefällig an, stand auf und schloss die Tür selbst.

»Mache ich Ihnen etwa Angst, Henry?«, wollte sie wissen, als sie sich wieder setzte.

»Nein. Aber ich möchte nach Hause, daher zeigen Sie mir bitte, wo es mit den Formularen Probleme gibt, damit ich zügig gehen kann.« Er warf einen bedeutsamen Blick auf ihren leeren Schreibtisch.

»Wir müssen festlegen, wann Sie mich zum Abendessen ausführen.«

Wow. Sie hatte wohl nicht vor, um den heißen Brei herumzureden. Gut, er nämlich auch nicht.

»Ich gehe nicht mit Ihnen aus, Clara. Wie ich Ihnen bereits gestern Abend schon sagte, habe ich eine Freundin, und ich glaube nicht, dass sie es gut finden würde, wenn ich mich mit anderen Frauen verabrede.«

Sie trommelte mit ihren langen goldfarbenen Fingernägeln auf den Schreibtisch und sah ihn eindringlich an. Das selbstgefällige Lächeln wurde grausam.

»Es ist mir egal, ob Sie glücklich verheiratet und Vater von zwölf Kindern sind. Ich bin die Chefin des White-Cliff-Bay-Möbelwerks, und Sie können mir glauben, dass ich es Ihnen hier sehr schwer machen kann, wenn ich das will.«

Er wurde wütend. »Was wollen Sie damit andeuten?«

»Für Ihre Stelle gab es viele Bewerber. Einen Ersatz für Sie hätten wir schnell gefunden.«

Verdammt. Er brauchte diesen Job. Er war mit Daisy dafür quer durchs ganze Land gezogen, weg von seinen Eltern und ihren Freunden. Keinesfalls würde er Penny betrügen, aber auch wenn er nicht mit ihr zusammen wäre, würde er sich nicht zu Sex mit seiner Chefin erpressen lassen. Schon allein der Gedanke widerte ihn an. Clara war wunderschön, aber er weigerte sich, so manipuliert zu werden.

Er spürte Wut in sich aufsteigen. Am besten ging er sofort, ehe er noch etwas sagte, das er später bereuen würde.

Er drehte sich um und stürmte aus dem Büro. Audrey sah ihm mit großen Augen hinterher.

»Mr Travis, ich bin noch nicht mit Ihnen fertig!«, rief Clara hinter ihm her. Kein Zweifel, diese Frau war daran gewöhnt, das zu bekommen, was sie wollte. Aber nicht mit ihm.

Er kehrte um und marschierte zurück in ihr Büro. Dann achtete er darauf, laut genug zu sprechen, damit auch Audrey ihn hören konnte. »Lassen Sie mich es noch einmal in aller Deutlichkeit wiederholen: Ich führe Sie nicht zum Essen aus, ich werde nicht mit Ihnen schlafen, und wenn Sie versuchen sollten, mich zu erpressen, indem Sie mir mit Entlassung drohen, dann verklage ich Sie schneller wegen sexueller Belästigung, als Sie Ihren Anwalt anrufen können. Ich werde Sie und die Firma bis auf den letzten Penny verklagen. Und jetzt schlage ich vor, dass Sie mit Ihrer äußerst wichtigen Arbeit weitermachen und mich das tun lassen, wofür ich eingestellt wurde.«

Sie wurde blass und stand auf. »Wie können Sie es wagen ...?«

Da er kein einziges Wort mehr aus ihrem Mund hören wollte, verließ er eilig das Büro und stürmte die Treppe hinunter. Es war bereits nach siebzehn Uhr, und die Angestellten bereiteten sich auf den Feierabend vor, schalteten die Maschinen aus, räumten ihre Arbeitsplätze auf und verabschiedeten sich voneinander. Er nahm seine Jacke und ging.

Dass er sie vor ihrer Assistentin bloßgestellt hatte, würde ihm das Genick brechen.

Verdammt.

Er stieg ins Auto und schlug mit der Faust aufs Lenkrad. Diese manipulative, bösartige Hexe.

Er ließ den Wagen an und fuhr vom Parkplatz.

Er würde in seine Heimatstadt zurückziehen müssen. Die Miete bei Penny konnte er von dem, was er mit seinen eigenen Möbeln verdiente, nicht bezahlen.

Nein, er konnte nicht dorthin zurück. Hier war alles besser – die Leute, die Gegend, die Schule. Daisy war hier glücklich, er konnte sie nicht schon wieder entwurzeln. Und dann war da noch seine Beziehung zu Penny. Er wollte sie nicht verlassen. Schon allein bei der Vorstellung spürte er einen Kloß im Hals.

Er hielt vor dem Haus und legte einen Moment lang den Kopf aufs Lenkrad. Was sollte er bloß tun?

Er stieg aus, ging ums Haus und sah Penny am Küchentisch zeichnen. Ohne zu zögern, ging er geradewegs durch ihre Hintertür.

Sie sah strahlend zu ihm auf, doch als ihr seine schlechte Laune auffiel, verschwand das Lächeln schlagartig. Sie stand auf und er nahm sie fest in die Arme. Sofort schlang auch sie die Arme um seine Taille und legte ihm eine Hand an den Kopf.

Sie stellte keine Fragen, und dafür war er sehr dankbar. Er wollte nicht darüber reden. Irgendwann ließ er sie los und gab ihr einen schnellen Kuss, dann legte er seine Stirn an ihre. Er würde mit aller Macht gegen Clara ankämpfen, denn darüber, Penny zu verlassen, wollte er nicht mal nachdenken.

Kapitel 16

Henry ging gerade um das Haus, als Penny aus ihrer Hintertür geeilt kam. Seit ihrer letzten Begegnung hatte er sich deutlich beruhigt. Sein Entschluss, dass Clara nicht gewinnen würde, hatte ihm dabei sehr geholfen, genauso wie das Eis mit seiner Tochter. Daisy schaffte es immer, ihn aufzuheitern.

»Hey, bist du auf dem Weg zu deinem heißen Date mit Fabio?«, fragte er.

»Ha. Nein, ich bin bei meiner Freundin Maggie zum Abendessen eingeladen.«

Stirnrunzelnd folgte ihr Henry zum Auto. »Daniels Ehefrau?«

Penny nickte, und er legte ihr eine Hand auf den Arm, um sie aufzuhalten. »Er hat mich ebenfalls zum Essen eingeladen.«

Penny lachte. »Sieht so aus, als wollten sie uns verkuppeln.«

»Aber die beiden wissen doch, dass wir neulich verabredet waren. Maggie war schließlich diejenige, die dich zu dieser Ganzkörperenthaarung überredet hat.«

»Aber sie wusste nicht, dass es eine richtige Verabredung war. Nur, dass wir zusammen ausgehen, weil Jade das allen im Pub verkündet hat. Ich habe ihr gesagt, wir wären lediglich Freunde. Vermutlich hat sie trotzdem gehofft, dass sich alles zum Guten wenden würde – wie gut es letztendlich geworden ist, davon hat sie mit Sicherheit keine Ahnung. Sieht so aus, als ob sie noch ein wenig nachzuhelfen versucht. Ich kann nicht fassen, dass sie uns beide eingeladen und uns absichtlich verschwiegen haben, dass auch der andere kommt.«

Henry war über die Einmischung eher belustigt. »Wie wär's, wenn wir uns einen Scherz mit ihnen erlauben? Dann können wir uns dafür revanchieren, dass sie uns verkuppeln wollen.«

»Was schwebt dir denn da vor?«

»Wir könnten so tun, als ob wir uns nicht leiden können.«

Penny lachte. »Das klingt gut. Wir können trotzdem zusammen fahren, ihre Eingangstür ist an der Seite des Hauses, das bemerken sie gar nicht.«

»Okay, dann fahren wir in meinem Auto. Du kannst mir den Weg zeigen«, schlug Henry vor.

Sie fuhren den Hügel hinunter, durch die Stadt und bogen in die Einfahrt eines großen gekalkten Hauses ein, das überall mit Lichterketten dekoriert war und runde Fenster hatte. Auf dem Rasen standen beleuchtete Weihnachtsmänner, Schneemänner und einige Rentiere, und in einem der Fenster im Erdgeschoss blinkte der Schriftzug *Fröhliche Weihnachten*.

Henry bat Penny vorauszugehen, und als sie anklopfte, stieg er aus und ging langsam den Weg zum Haus hoch. Er sah Maggie die Tür öffnen. Genau genommen sah er zuerst ihren riesigen Bauch, und dann erschien Maggie. Sie begrüßte Penny liebevoll und lächelte Henry dann entgegen.

»Hallo, ich bin Maggie. Schön, dass wir uns endlich einmal richtig kennenlernen.« Sie gab ihm einen Kuss auf die Wange. »Was für ein lustiger Zufall, dass ihr beide heute Abend hier seid. Ich hatte bis vor einer halben Stunde gar keine Ahnung, dass Daniel Sie eingeladen hat, und ich hatte Penny eingeladen und vergessen, es Daniel zu sagen. Aber was für ein glücklicher Umstand.«

Henry musste sich sehr zurückhalten, um nicht über diese Lüge zu lachen. Stattdessen warf er Penny schnell einen bösen Blick zu. Penny sah rasch zur Seite, damit Maggie nicht ihr Lächeln entdeckte. Im Schauspielern war sie nicht besonders gut. Allerdings hatte Maggie Henrys Blick bemerkt und ihr Lächeln verblasste.

Als Henry und Penny das Haus betraten und die Tür hinter sich schlossen, erschien Daniel im Flur.

»Henry, wie schön, dass Sie kommen konnten«, begrüßte er ihn, während Penny und Maggie in der Küche verschwanden. Henry hörte Penny laut flüstern, dass sie ihn nicht mochte und für einen Blödmann hielt. Da würde er schnell nachziehen müssen.

»Ich kann nicht fassen, dass Sie auch Penny eingeladen haben. Sie ist die nervigste Frau der Welt; so weinerlich«, behauptete er laut genug, damit auch Maggie und Penny es hören konnten.

Daniel machte ein langes Gesicht, doch bevor Henry noch ein einziges Wort sagen konnte, kam Maggie über den Flur auf ihn zugeschossen. Noch nie in seinem ganzen Leben hatte er sich so vor jemandem gefürchtet wie in diesem Moment vor ihr.

»Wie können Sie es wagen, so über meine Freundin zu reden?« Sie stieß ihm einen Finger in die Brust. »Penny ist der liebste, freundlichste, warmherzigste Mensch, den ich kenne, und ich lasse es nicht zu, dass Sie in meinem Haus so über sie reden.« Sie riss die Haustür auf. »Und jetzt verschwinden Sie.«

Henry nahm sich vor, sich niemals wieder mit einer Schwangeren anzulegen, und schon gar nicht mit einer schwangeren Maggie.

Tatsächlich hatte er inzwischen Angst, ihr die Wahrheit zu sagen, weil er fürchtete, sie würde ihn umbringen, weil er sie angelogen hatte.

Penny kam den Flur heruntergerannt. »Ist schon gut, Maggie, wir haben nur Spaß gemacht. Wir wollten nur so tun, als ob wir uns nicht leiden können, um uns dafür zu rächen, dass ihr uns verkuppeln wollt.«

Maggie sah mit bebenden Nasenflügeln zwischen ihnen hin und her. »Das war ein Scherz?«

Henry nickte.

Penny legte ihm einen Arm um die Taille. »Wir sind nämlich eigentlich zusammen, wollen es aber noch einige Wochen geheimhalten, damit Daisy sich hier erst einleben kann, ehe ich als die neue Freundin vorgestellt werde.«

Henry wäre es zwar lieber gewesen, wenn Penny nicht alle Karten so offen auf den Tisch gelegt hätte, aber er hoffte, dass er genauso auf Maggies Schweigen bauen konnte, wie Penny es tat. Außerdem würden weitere Lügen sein Verhältnis zu Maggie momentan nicht gerade verbessern.

Maggie sah sie beide fragend an, und als Henry nickte, lächelte sie breit. »Ihr seid zusammen?«

Penny bestätigte es.

Jubelnd warf Maggie die Arme erst um Penny und dann um Henry. »Ich freue mich so für euch beide.«

Daniel lachte. »Beruhig dich, Maggie, die beiden waren gerade einmal zusammen aus. Sie wollen nicht heiraten oder so.«

»Komm mit mir in die Küche, Penny, ich will alles wissen«, verlangte Maggie. »Ihr Männer könnt euch die Zeit im Wohnzimmer vertreiben, bis das Essen fertig ist.«

Als das Flüstern und Kichern in der Küche begann, führte Daniel seinen neuen Mitarbeiter ins Wohnzimmer. Er fragte sich, wie viel Penny wohl preisgab. Als er Maggie begeistert aufschreien hörte, vermutete er, dass es wohl eher um den Sex ging als das schöne Restaurant, in das er sie ausgeführt hatte.

»Ich bin froh, dass das nur ein Witz war, ich hatte schon Angst, ich müsste Ihnen eine runterhauen, weil Sie das über Penny gesagt haben, und das wäre nicht gut für mich ausgegangen«, begann Daniel.

Maggie kam mit zwei Flaschen Bier in der Hand aus der Küche gewatschelt, warf Henry ein wissendes Lächeln zu und ließ ihn wieder mit Daniel allein.

Daniel prostete Henry zu. »Auf neue Freundschaften!«

Henry stieß seine Flasche dagegen und nahm einen großen Schluck.

»Worüber wollte denn Clara heute mit Ihnen sprechen? Sie interessiert sich normalerweise nicht für die Schreiner oder das Geschäft. Genau genommen macht sie eigentlich gar nichts.«

Henry setzte sich und pulte langsam das Etikett von der Flasche. »Ehrlich gesagt, ich mache mir große Sorgen. Ich weiß nicht genau, ob ich noch länger im Möbelwerk arbeiten werde. Sie hat mich angebaggert.«

Daniel setzte sich ihm gegenüber. »Shit, mit der Schwester vom Chef sollte man sich nicht einlassen.«

»Ich bin mit Penny zusammen, daher interessiert mich Clara überhaupt nicht. Sogar, wenn es Penny nicht gäbe, hätte ich kein Interesse an ihr. Sie hat es schon gestern Abend bei mir versucht, und ich habe ihr deutlich zu verstehen gegeben, dass ich nicht zur Verfügung stehe. Ich dachte, damit wäre das geklärt. Aber sie scheint zu glauben, dass sie sich nehmen kann, was sie will, und dass ich nur darauf brenne, mit ihr zu schlafen, weil ihr die Firma gehört. Ich habe ihr gesagt, dass zwischen uns nichts passieren wird, und darauf hat sie erwidert, dass ich mir das noch mal überlegen sollte, falls ich meinen Job behalten will.«

Daniel fielen beinahe die Augen aus dem Kopf. »*Das* hat sie gesagt?«

Henry nickte.

»Das müssen Sie Edward melden. Der wird ausflippen.«

»Aber würde er tatsächlich eher mir glauben oder seiner Schwester? Ich bin der Neue, er kennt mich nicht. Hoffentlich kommt es gar nicht erst so weit.«

»Wie haben Sie reagiert?«

»Ich habe ihr gesagt, falls sie noch mal versucht, mich zu erpressen, damit ich mit ihr schlafe, würde ich die Firma wegen sexueller Belästigung bis auf den letzten Penny verklagen.«

Daniel wurde blass. »Sie haben ihr gedroht?«

Henry fuhr sich durch die Haare. »Es war vermutlich nicht die allerbeste Idee, aber ich war so wütend. Ehrlich gesagt habe ich nicht die geringste Ahnung, ob nach Weihnachten dort noch ein Job auf mich wartet, und dabei sind Daisy und ich gerade erst hergezogen. Falls ich meinen Job verliere, kann ich es mir nicht leisten, hierzubleiben.«

»Aber was hätten Sie sonst schon tun können? Sie können sich ja schließlich nicht von ihr erpressen lassen. Und falls Sie tatsächlich mit ihr geschlafen hätten, wäre das nicht besonders gut angekommen, wenn Edward es herausgefunden hätte. Ach Mensch, ich habe nicht die geringste Ahnung, was ich Ihnen raten soll.«

Henry seufzte. Einige Tage lang war alles perfekt erschienen und jetzt war wegen dieser Sache alles ruiniert.

Doch als Penny mit Maggie hereinkam und er sie zu sich herabzog, wusste er genau, dass er White Cliff Bay keinesfalls wieder verlassen wollte.

* * *

Penny lächelte, als Henry ihre Hand nahm und sie gemeinsam die Einfahrt hinunter zu seinem Auto gingen. Den ganzen Abend über hatte er sie berührt – neben ihr gesessen, am Tisch ihre Hand gehalten, den Arm um sie gelegt, während sie mit

Maggie und Daniel plauderten. Ihr seine Zuneigung zu zeigen fiel ihm leicht, und das gefiel ihr sehr.

Trotzdem machte sie sich Sorgen. Irgendetwas musste ihn heute bei der Arbeit verstört haben. Dass er nicht darüber redete, verschlimmerte ihre Sorgen nur noch. Trotz seines Lächelns in Gegenwart ihrer Freunde nagte etwas an ihm, das konnte sie sehen, und sie war sich sicher, dass es etwas mit Clara zu tun hatte.

Er öffnete ihr die Autotür und sie ließ sich auf den Beifahrersitz fallen. Dann ging er hinüber zur Fahrerseite.

Sobald er die Tür hinter sich geschlossen hatte, beugte er sich zu ihr herüber, umfasste ihren Kopf mit seinen großen Händen und drückte ihr einen sanften, liebevollen Kuss auf die Lippen.

»Darauf habe ich schon den ganzen Abend gewartet«, flüsterte er an ihrem Mund. Er wollte sich zurückziehen, doch sie packte ihn am Hemd und zog ihn wieder zu sich heran, damit sie ihn erneut küssen konnte.

Himmel, seine Küsse machten süchtig, und kurz darauf verwandelte sich der Kuss in ein Vorspiel für etwas anderes. Sie fuhr ihm mit den Händen durchs Haar, er strich ihr über den Körper. Zögernd machte sie sich los, bevor sie sich in der Einfahrt ihrer Freunde noch weiter hinreißen ließen. Enttäuscht stöhnte Henry auf. Und das Frustrierende war, sie würden vermutlich auch zu Hause den Kuss nicht beenden können.

Henry lehnte sich zurück, umklammerte das Lenkrad und war offensichtlich genauso enttäuscht darüber.

Er ließ den Motor an und fuhr aus der Einfahrt.

»Wir, äh … müssen ja nicht auf direktem Weg nach Hause fahren«, gab er zu bedenken.

Lachend sah sie ihn an. »Was hast du dir denn vorgestellt, dass wir uns irgendwo ein lauschiges Plätzchen im Wald suchen und auf dem Rücksitz Sex haben?«

»Ganz genau.«

Überrascht und sprachlos starrte sie ihn an. Das klang nicht gerade nach einer Wiederholung der liebevollen und wunderbar romantischen Erfahrung, die sie in ihrer ersten Liebesnacht geteilt hatten, aber sie konnte nicht leugnen, dass die Vorstellung einen gewissen Reiz auf sie ausübte.

»Ich hatte noch nie Sex im Auto«, gab Penny zu.

»Ich auch nicht.«

»Wirklich? Ist das nicht für die meisten männlichen Teenager so eine Art Einführungsritual?«

»Du weißt doch, meine späten Teenagerjahre habe ich mit der Versorgung eines Babys verbracht; da blieb nicht viel Zeit für Quickies auf Rückbänken. Tina war das erste Mädchen, mit dem ich geschlafen habe. Wir waren auf einer Party und beide betrunken. Danach gab es jahrelang niemanden mehr.«

Henry fuhr durch die Stadt.

»Das muss sehr schwer für dich gewesen sein.«

Er zuckte mit den Achseln. »Daisy war am wichtigsten für mich. Frauen hatte ich lange Zeit überhaupt nicht auf dem Radar. Ich war viel zu erschöpft, um überhaupt an so etwas zu denken. Das nächtliche Füttern hat mir fast den Rest gegeben.«

»Also gab es keinen wilden Sex an ungewöhnlichen und wunderbaren Orten?«

Darüber dachte Henry einen Moment lang nach. Falls es ausgefallenen Sex oder Sex an ungewöhnlichen Orten gegeben hatte, dann fiel ihm zumindest nichts davon ein. Penny fühlte sich bezüglich ihrer mangelnden sexuellen Erfahrung gleich viel besser. »Ich glaube, ich war ziemlich vernünftig. Ich hatte nur Sex an den üblichen Orten: in der Dusche, auf dem Tisch, auf der Couch, auf einem Billardtisch, im Garten, auf einer Sonnenliege …«

»Das sind übliche Orte?« Penny wurde rot.

»Klar. Auf jeden Fall sind es keine außergewöhnlichen Orte. Einer meiner Freunde hatte Sex auf dem Friedhof. Das ist ein bisschen abartig, wenn du mich fragst. Ich finde, bei mir war alles ziemlich normal. An einen Baum gelehnt war vielleicht der ungewöhnlichste Ort für mich. Was ist mit dir?«

Penny spielte an einem winzigen Loch in ihrer Jeans herum. »Äh … im Bett und äh … einmal sitzend im Bett.« Gütiger Himmel, kein Wunder, dass Chris sich woanders nach Sex umgesehen hatte, er musste ja von dem einfachen, langweiligen Sex mit ihr zu Tode gelangweilt gewesen sein. »Ich wusste eigentlich nie genau, was ich da mache, und er hat nie irgendwo anders als im Bett damit angefangen.«

Schweigend fuhr Henry den Hügel hinauf. »Wir … könnten das korrigieren, wenn du möchtest.«

»Auf jeden Fall; ich bin ja in puncto wilde sexuelle Erfahrungen meilenweit hinter allen anderen zurück.«

Lächelnd fuhr Henry an der Abfahrt zu ihrem Haus vorbei und sie biss sich auf die Lippe. Sie würden tatsächlich gleich im Auto miteinander schlafen. Sie wollte mit Henry alle leidenschaftlichen Momente an den Orten erleben, die er aufgezählt hatte.

Sie fuhren durch die Hügellandschaft. Henry nahm ihre Hand und rieb mit dem Daumen in winzigen Kreisen darüber, was Sehnsucht und Verlangen in ihr auslöste. Sie erreichten den Wald und Henry fuhr von der Straße auf eine kurze Zubringerstraße zu einem alten Leuchtturm ab. Tagsüber standen meistens zu beiden Seiten die Autos dicht an dicht, weil viele Hundebesitzer hier Gassi gingen, aber jetzt, mitten in der Nacht, war die Straße leer.

Als Henry überzeugt war, dass sie sich weit genug von der Hauptstraße entfernt hatten, um nicht gesehen zu werden, fuhr er an die Seite und parkte unter einem Baum.

Er schaltete den Motor und die Scheinwerfer aus. Sofort wurden sie in Dunkelheit getaucht.

Schweigend saßen sie einen Moment lang da, bis sich ihre Augen daran gewöhnt hatten.

Penny war aufgeregt und nervös; das Ganze kam ihr albern und falsch und gleichzeitig wunderbar vor.

»Wie geht's jetzt weiter?«, fragte sie und dachte kurz darüber nach, ob ihre Naivität vielleicht absolut abtörnend war. Eventuell sollte sie sich bestimmter und fordernder verhalten.

Sie beugte sich über die Handbremse und küsste ihn, und er fuhr ihr mit den Händen durch die Haare. Dann setzte sie sich rittlings auf seinen Schoß, wobei sie versehentlich mit dem Hintern auf die Hupe drückte, als sie sich gegen das Lenkrad lehnte. Das Geräusch schallte sehr laut durch den stillen Wald und erschreckte sie so sehr, dass sie den Kuss unterbrach.

Henry legte ihr lachend die Hände um die Hüften und zog sie näher zu sich heran und weiter weg vom Lenkrad. Dann küsste er sie wieder.

Er öffnete den Reißverschluss ihrer Jacke, schob sie ihr von den Schultern, und Penny erschauerte, als die kühle Nachtluft durch das dünne T-Shirt bis auf ihre Haut drang.

»Warte, ich schalte die Heizung ein«, murmelte Henry und beugte sich vor, um den Schlüssel im Zündschloss zu drehen. Dabei drückte er Penny erneut gegen die Hupe. Ohne den Kuss zu unterbrechen, tastete er hinter ihr herum und versuchte, den Regler für die Heizung zu finden, doch stattdessen hupte er noch einmal, die Warnblinkanlage ging an und die Scheibenwischer wurden eingeschaltet. Auf den trockenen Scheiben erzeugten sie ein schreckliches Quietschgeräusch.

Penny kicherte. »Ich lasse meine Sachen an. Wir ziehen einfach nur aus, was unbedingt nötig ist.«

Henry nickte, knöpfte ihre Jeans auf und zog den Reißverschluss herunter. Doch als er sie ihr über die Beine schieben wollte, wurde deutlich, dass jegliche Kleiderentfernung in Pennys Position schwierig würde.

Sie verlagerte ihr Gewicht so, dass sie mit dem Rücken gegen die Autotür lehnte und ihre Beine seitlich auf seinem Schoß lagen, die Füße auf dem Beifahrersitz. Zappelnd versuchte sie, ihre Jeans abzustreifen. Henry versuchte, ihr zu helfen, indem er sie über ihre Oberschenkel zerrte und ihren Slip gleich dazu. Es gab absolut keinen Platz für irgendwelche schwungvollen Bewegungen.

»Lass uns nach hinten gehen«, schlug Henry deutlich frustriert vor.

Rasch kletterte sie von ihm herunter, die Jeans immer noch auf Kniehöhe, und fiel mit dem Gesicht nach unten durch den Spalt zwischen den Sitzen. Sie landete mit dem Oberkörper auf dem Rücksitz, aber ihre Beine ragten immer noch zwischen den Sitzen hindurch. Das war alles andere als sexy. Oder romantisch. Henry versuchte immer noch, ihr die eng anliegenden Jeans herunterzuziehen. Schließlich riss er fest daran, und er fiel zusammen mit der Hose gegen das Lenkrad, was erneut die Hupe auslöste. Penny versuchte schnell, sich auf dem Rücksitz in eine bessere Position zu bringen, während Henry an den Heizreglern herumhantierte und dann zu ihr nach hinten kam. Doch obwohl der Platz ausreichte, um sich über den Rücksitz zu legen, gab es keinen Platz mehr für ihn. Er kniete sich zwischen ihre Beine, Rücken, Hals und Kopf unter dem Dach eingezogen. Es sah alles andere als bequem aus. Sie rutschte nach hinten, sodass ihr Kopf am Fenster lehnte, um ihm mehr Raum zu geben, aber dadurch tat ihr das Genick weh. Henry wirkte auch nicht gerade, als hätte er Spaß.

Er lehnte sich nach hinten und versuchte eine volle Minute lang, ein Kondom aus seiner Jeanstasche zu ziehen.

»Warum hast du denn für das Essen bei Daniel und Maggie ein Kondom mitgenommen?«, wollte Penny wissen und beugte sich vor, um ihm zu helfen. »Hast du geglaubt, es handelt sich um diese Art von Dinnerparty?«

»Ich habe gehofft, ich könnte mich anschließend in dein Haus schleichen, falls Daisy schon schläft.«

»Ein Mann mit Voraussicht. Das gefällt mir.«

Er schaffte es, das Kondom herauszuholen, riss die Folienpackung mit den Zähnen auf und streifte es über.

»Irgendwie kommt mir Sex im Auto überbewertet vor«, meinte Penny und versuchte, sich noch weiter nach hinten zu schieben, um Henry mehr Platz zu machen. Er schob die Hände unter ihren Hintern, hob sie in einem sehr merkwürdigen Winkel an, und sie legte ein Bein um seinen Rücken und eins über die Rückenlehne. Als er gerade in sie stieß, erschienen Scheinwerfer auf dem kleinen Pfad und kamen direkt auf sie zu. Geschockt blickte Penny über Henrys Schultern zum Fenster hinaus und erkannte die blaue Sirene auf dem Umriss des Autos, das schnell näher kam.

»Es ist die Polizei.«

»Mist.« Henry zog sich aus ihr zurück und schaffte es unter einigen Schwierigkeiten, sich die Jeans wieder hochzuziehen, die nun allerdings beträchtlich ausbeulte. Er nahm ihre Jeans vom Vordersitz und zog sie ihr schnell über Füße und Knie. In diesem Moment hielt das Auto hinter ihnen und ein Polizist stieg aus. Lachend versuchte Penny, sich die Hose über die Oberschenkel zu ziehen. Sie hatte nicht die geringste Ahnung, wo ihr Slip war – hoffentlich nicht in Sichtweite. Sie schaffte es, die Jeans zuzuknöpfen, ehe der Polizist ans Fenster klopfte. Sogar vollständig angezogen war anhand ihrer Position auf dem Rücksitz absolut klar, was sie gerade getan hatten beziehungsweise hatten tun wollen. Henry schob sich in eine sitzende Position, Penny tat es ihm nach und dann öffnete Henry die Tür. Der Polizist beugte sich vor und Penny stellte entsetzt fest, dass es sich um Bob handelte, einen der ältesten Freunde ihres Vaters.

Als Bob sie erblickte, wurde er rot. Schnell wandte er sich an Henry und tat so, als wäre sie nicht da.

»Sir, ich habe beim Vorbeifahren ihr Warnblinklicht leuchten sehen und wollte mich erkundigen, ob es hier ein Problem gibt.«

»Überhaupt keins, Officer«, erklärte Henry. »Wir wollten gerade ein Stück spazieren gehen. Vielleicht sehen wir ja einen Hirsch.«

»Okay.«

Bob sah hinüber zu Penny. »Geht es dir gut?«

»Ja, Bob, es ist alles in Ordnung. Entschuldige, dass du dir unseretwegen Sorgen gemacht hast; wir haben bloß angehalten, um die Sehenswürdigkeiten zu bewundern.« Die Haare hingen ihr wirr ins Gesicht, ihr T-Shirt war bis zum Bauch hochgeschoben, sie hatte die Schuhe ausgezogen und sie wusste, dass sie feuerrot war. Selbst bei der schwachen Innenbeleuchtung im Auto waren Bob diese Dinge unweigerlich aufgefallen. Sie sah aus, als hätte sie gerade den besten Sex ihres Lebens gehabt, was aber leider nicht der Fall war. Noch nie zuvor hatte sie sich so geschämt.

»Wie geht's deinem Dad? Ich hatte eigentlich vor, ihn am Wochenende anzurufen.«

Oh Gott, sie konnte sich nur allzu gut vorstellen, wie das Gespräch verlaufen würde.

»Ihm geht's gut. Der italienische Lebensstil passt zu ihnen.«

Bob nickte und es entstand eine unangenehme Stille. »Nun ja, heute Nacht ist es zum Spazierengehen recht kühl. Es soll Schnee geben. Vielleicht fahrt ihr beiden daher besser nach Hause. Sie wollen doch sicher nicht auf eisglatten Straßen fahren müssen, Sir.«

Henry nickte und einige peinliche Momente später schloss Bob die Tür und ging.

Seufzend kletterte Henry nach vorne. Penny kicherte, als er ihren Slip vom Lenkrad pflückte und ihn ihr zusammen mit ihren Schuhen nach hinten reichte. Sie schob die Füße hinein, steckte den Slip in ihre Jeanstasche und kletterte zu ihm nach vorne.

Er ließ den Motor an, schaltete die Scheinwerfer ein und fuhr den kleinen Pfad zurück. Peinlicherweise folgte Bob ihnen. Offensichtlich wollte er sie hinauseskortieren, damit sie nicht anderswo für schlechten Sex anhielten.

Als sie auf die Hauptstraße fuhren, griff Henry nach ihrer Hand. »Tut mir leid. Das war absoluter Mist, obwohl ich im Nachhinein sagen muss, dass uns das eigentlich hätte klar sein müssen. Wenn andere vom Sex im Auto erzählen, klingt es immer weitaus toller, als es eigentlich ist.«

Penny lachte lauthals auf. »Das war einer der lustigsten Abende seit Langem.«

Henry runzelte die Stirn. »Dieses Kompliment habe ich bisher jedenfalls noch nicht bekommen – der lustigste Sex, den ich je hatte.«

»Nicht jeder kann ein Casanova sein, Henry«, tätschelte ihm Penny tröstend die Hand.

»Beim nächsten Mal strenge ich mich mehr an.«

»Das will ich doch hoffen, denn das eben war für meinen Geschmack viel zu schnell vorbei.«

Henry behielt das Stirnrunzeln auf dem gesamten Heimweg bei.

Sie parkten vor dem Haus und Henry gab ihr einen schnellen Gutenachtkuss an der Seite des Hauses, wo sie nicht von Daisy gesehen werden konnten, falls sie noch wach war. Anschließend verschwand er hinein.

Penny schloss die Hintertür auf und Bernard begrüßte sie mit einem fröhlichen Schwanzwedeln, ehe er hinaus in den Garten lief, um sein Geschäft zu erledigen.

Sie sah, wie das Licht in Henrys Wohnzimmer ausgeschaltet wurde und sein dunkler Schatten die Treppe hinauf verschwand.

Es war ein wunderbarer Abend gewesen. Durch Henrys Aufmerksamkeiten während des Abendessens hatte sie einen Eindruck davon gewonnen, wie es wäre, wenn sie ganz offiziell ein Paar wären, und diese Vorstellung gefiel ihr sehr. Doch die humorvolle Seite ihrer Beziehung war etwas, das sie nicht erwartet hatte.

Bernard kam zurück ins Haus und sprang aufs Sofa. Penny schloss die Tür ab und hielt inne, als sie zwei Teller mit Kuchenkrümeln und zwei Gläser auf dem Couchtisch entdeckte. Sie hatte Daisy erlaubt, mit Bernard vor dem Kamin fernzusehen und sich am Kuchen zu bedienen, da davon immer noch zentnerweise übrig war, aber das erklärte nicht, warum da zwei Teller standen statt einem. Hatte sie Besuch von einer Freundin bekommen? Leicht verwirrt ging Penny zu Bett.

Dort starrte sie die Decke an, damit ihre Augen sich an die Dunkelheit gewöhnten, als sie plötzlich einen Schatten im Zimmer erspähte.

Einen Moment lang schlug ihr das Herz bis zum Hals, doch dann erkannte sie, dass es Henry war, der sich auszog.

»Was machst du denn hier?«

»Das beenden, was wir angefangen haben. Daisy schläft tief und fest, da weckt sie normalerweise nichts auf«, erklärte er, hob die Decke an und kletterte zu ihr ins Bett. Er war bereits wunderbar nackt und sie fuhr genießerisch mit den Händen über seine samtige Haut, während er ihr den Schlafanzug abstreifte. »Außerdem habe ich immer noch das Kondom, das wir vorhin benutzen wollten. Ich gehe davon aus, dass es noch gut ist.«

Penny lachte so laut auf, dass sie befürchtete, sie würde dadurch Daisy nebenan aufwecken. Henry legte sich auf sie und sie fühlte, wie er zitterte, weil er ebenfalls lachte. Allerdings verwandelte sich das Lachen bei dem, was er als Nächstes tat, in ein genussvolles Stöhnen.

Kapitel 17

Henry hatte sich gerade zum Frühstücken hingesetzt, als Daisy auftauchte. Sie war viel früher auf als gewöhnlich, doch er wusste, dass sie nervös war, weil sie am Nachmittag in ihrer neuen Schule vorbeigehen wollte. Sie baute darauf, dass alle so voller Vorfreude auf die bald beginnenden Weihnachtsferien waren, dass sie einer Neuen viel offener gegenüberstehen würden.

»Hattest du einen schönen Abend?«, erkundigte sie sich.

Lächelnd rief er sich den desaströsen Autosex in Erinnerung. »Ja, es war lustig.«

Daisy setzte sich stirnrunzelnd zu ihm, und er fragte sich, was ihr wohl auf dem Herzen lag. »Magst du Penny?«

Oh, verdammt. Er wollte sie nicht anlügen, aber auch nichts andeuten.

»Ja.«

»Ich weiß nicht genau, ob ich dir das erzählen soll oder nicht, aber ich finde, du solltest es wissen. Ihr Date mit Fabio gestern lief sehr gut, glaube ich.«

Verwirrt sah Henry sie an, doch dann fiel ihm wieder ein, dass Daisy wirklich geglaubt hatte, Penny sei am Vorabend mit Fabio verabredet gewesen. Er würde ihr einfach sagen, dass das nur ein Witz und er mit ihr zum Abendessen bei Maggie und Daniel gewesen war.

»Ich habe sie gehört, als sie nach Hause gekommen ist.«

»Was meinst du damit?«

»Na ja, ich habe dich zurückkommen und in dein Zimmer gehen hören, und kurz darauf muss sie mit Fabio hierhergekommen sein.«

Henry wagte kaum zu atmen.

»Was genau hast du gehört?«

»Dass sie Sex hatte, Dad. Es war superpeinlich, aber sie scheint es sehr genossen zu haben. Und auch Fabio hat gestöhnt und geächzt.«

Entsetzt starrte Henry sie an. In seinem ganzen Leben war er noch nie so peinlich berührt gewesen wie jetzt. Ihm fiel überhaupt nichts ein, womit er die Stille füllen konnte. Gar nichts.

»Das ging ewig so, und als sie endlich fertig waren, ging es eine halbe Stunde später schon wieder los. Der Mann hat eine unglaubliche Ausdauer. Ohne Zweifel ist er ein italienischer Stecher.«

Schlimmer konnte es nicht mehr werden. Seine Tochter hatte ihn beim Sex belauscht, hatte ihn stöhnen, ächzen, keuchen und schreien gehört, als er gekommen war. Zwei Mal.

Er stand auf, ging zum Toaster, steckte zwei Scheiben hinein und schaltete den Wasserkocher ein, damit sie nicht sein Gesicht sehen konnte, das garantiert feuerrot war.

»Es tut mir leid, Dad.«

Henry zuckte mit den Achseln, weil er immer noch nicht die geringste Ahnung hatte, was er sagen sollte.

»Möchtest du Marmelade auf deinem Toast?«, brachte er schließlich heraus und hoffte inständig, dass das Thema damit beendet war.

* * *

Penny klopfte leise an die Verbindungstür, was ein bisschen komisch war, wenn man bedachte, wie sie den Abend zuvor mit ihrem freundlichen Nachbarn verbracht hatte. Als keine Antwort kam, steckte sie den Kopf ins Zimmer. Aus der Küche drangen Geräusche, also ging sie dorthin. Lächelnd entdeckte sie Daisy, die aufräumte und dabei zu Musik aus ihrem iPod herumtanzte. Es klang nach Ed Sheeran.

Sie ging zu ihr hinüber und tippte ihr auf die Schulter. Lächelnd nahm Daisy die Kopfhörer heraus.

»Hey, ich wollte dir nur alles Gute für die Schule heute wünschen. Die werden dich mögen, das verspreche ich dir.«

»Danke«, erwiderte Daisy, schlang die Arme um Penny und umarmte sie fest. Liebevoll erwiderte Penny die Umarmung. »Ich bin ein bisschen nervös, aber ich gehe ja nur für einige Stunden hin. Am schlimmsten wird vermutlich der erste Tag nach Weihnachten, wenn sie mich alle anstarren werden wie ein Tier im Zoo.«

»Dann solltest du vielleicht lernen, wie man einen Ball auf der Nase balanciert, damit sie was zu reden haben.«

Daisy lachte. »Ich freue mich so, dass Mr Cartwright auch mein Klassenlehrer ist. Er ist so unglaublich cool.«

»Du wirst ihn mögen, aber ich wette, die anderen Schüler sind auch alle cool.«

Daisy wischte mit einem Lappen den Tisch ab und sammelte dabei die Krümel in ihre Hand.

»Und … wie war dein Date gestern Abend?«

Verwirrt starrte Penny sie an, bis sie verstand, was Daisy meinte. Dass sie Daisy hatte glauben lassen, sie ginge mit Fabio aus, tat ihr leid. Sie hatte lediglich mit Henry darüber gealbert.

»Ach, Liebes, das war nur Blödsinn. Ich war gar nicht wirklich mit Fabio aus, ich war zum Essen bei meiner Freundin Maggie. Komischerweise hatte ihr Ehemann Daniel gleichzeitig deinen Vater eingeladen, aber keiner von uns wusste, dass der andere dorthin geht …« Sie brach ab, als Henry hinter Daisy im Türrahmen erschien und versuchte, ihr mit wilden Gesten etwas zu sagen.

»Du warst mit Dad bei einem Abendessen?«, hakte Daisy verwirrt nach.

Henry fuchtelte immer noch mit den Armen herum, aber Penny hatte nicht die geringste Ahnung, was es bedeuten sollte. »Äh, ja.«

»Davon hat er mir heute Morgen gar nichts erzählt.«

»Vielleicht wollte er nicht, dass du glaubst, wir wären verabredet gewesen, weil das definitiv nicht der Fall war. Es war nur ein lustiger Zufall, dass Maggie mich eingeladen hatte und Daniel deinen Dad und sie vergessen hatten, darüber zu reden.«

»Aber … ich habe dich letzte Nacht doch gehört.«

»Mich gehört?«

Daisy wurde rot. »Beim Sex.«

Oh Gott. Oh nein. Nein, nein, nein, nein, nein.

»Ich habe Dad erzählt, dass ich gestern Abend dich und Fabio gehört habe … und er schien darüber ziemlich bestürzt.«

Henry hatte seine Gestik eingestellt.

Was konnte sie sagen, um die Situation zu retten? Dass Fabio nachts noch auf eine schnelle Nummer vorbeigekommen war? Dass sie unglaublichen Sex mit Daisys Vater gehabt hatte und das Stöhnen und Ächzen in Wahrheit von ihm gekommen war? Es gab nichts, womit sie diese schreckliche Situation verbessern konnte. Plötzlich kam ihr eine Idee. Vermutlich war es nicht die beste, aber wahrscheinlich hatte es auch schon schlimmere gegeben, und es war alles, was ihr einfiel.

»Ich hatte keinen Sex, Daisy.«

»Aber ich habe dich doch gehört.«

Penny fuhr sich mit der Zunge im Mund herum, damit er sich nicht so trocken anfühlte. »Das war ein Porno.«

Entsetzt starrte Daisy sie an. Henry stolperte rückwärts aus dem Zimmer und hielt sich eine Hand ganz fest vor den Mund gepresst, damit Daisy ihn nicht lachen hörte. Die Uhr an der Küchenwand tickte laut und niemand sagte etwas. Penny wollte nicht, dass Daisy glaubte, sie schliefe wahllos mit Männern, erst recht nicht, weil Henry und sie sich in einer Woche oder so als Paar outen würden. Daisy sollte wissen, dass es Penny mit ihrem Dad ernst war und er für sie mehr war als eine Affäre. Aber das hier war vermutlich schlimmer, als Daisy glauben zu lassen, dass Fabio abends noch vorbeigekommen war. Daisy schien allen Respekt vor Penny verloren zu haben.

»Du hast dir einen Porno angesehen?«

»Also, na ja, eigentlich nicht. Ich habe den Fernseher im Schlafzimmer eingeschaltet und bin dabei eingeschlafen. Als ich eine Stunde später aufgewacht bin, hat es dieses Pärchen auf dem Bildschirm getrieben wie die Karnickel. Geächzt und gestöhnt und er hat ihre Brüste gestreichelt. Sie waren schweißbedeckt und eingeölt und …« Oh Gott, sie sprach mit einer Sechzehnjährigen über einen Porno. »Es war ziemlich eklig.« Nein, nicht eklig. Sie wollte nicht, dass Daisy Sex für etwas Schlechtes oder Schmutziges hielt. »Ich meine natürlich, es war nicht eklig, an Sex ist nichts Ekliges, wenn sich zwei Menschen lieben, dann ist es wundervoll.« Penny hörte unterdrücktes Gelächter von nebenan. »Aber die öligen Paare waren ein bisschen eklig. Das Paar, keine Paare, es war keine Orgie oder so. In Pornos werden die Paare immer eingeölt, damit sie glänzen, keine Ahnung, wie die Sex haben sollen, wenn alles so glitschig ist, da rutscht der Mann doch normalerweise geradewegs von der Frau runter und anschließend sind die Laken total vollgeschmiert. Mit Öl, meine ich, nicht … was anderem.« Sie musste unbedingt aufhören zu reden, aber ihr Hirn hatte sich inzwischen vollständig von ihrem Mund abgekoppelt. »Ich verstehe einfach nicht, warum die Pornomacher das für attraktiv halten, aber alle Darsteller scheinen immer zu glänzen. Was aber nicht heißen soll, dass ich viele Pornos schaue, verstehst du. Ich meine, ich sehe mir überhaupt keine an. Aber ich habe es zufällig gesehen. Versehentlich. Manchmal kommen spätabends welche. Softpornos, keine Hardcorepornos natürlich. Du weißt schon, wo viel gestöhnt wird und der Handwerker auftaucht, um die Waschmaschine zu reparieren, und am Ende landen sie auf dem Küchenboden. Die Sorte. Die ich mir aber nie ansehe. Überhaupt nie. Aber als ich gestern Abend aufgewacht bin, war es aber drauf, und ich habe es natürlich sofort ausgeschaltet, weil es eklig war. Also, das Öl.«

Erneut senkte sich Schweigen über die Küche, nur unterbrochen von den unterdrückten Lachern aus dem Nebenraum.

»So, und jetzt muss ich mit Bernard Gassi gehen.«

Daisy nickte wie betäubt.

»Viel Glück für … äh, später.«

Immer noch sagte Daisy nichts, und von Henry war offensichtlich keine Hilfe zu erwarten.

»Ich dachte, wir könnten nachher vielleicht einen Weihnachtsbaum kaufen gehen. Ihr braucht noch einen, wir suchen einen aus und dann kannst du ihn mit deinem Dad schmücken.«

Wieder ein Nicken von Daisy, und Penny ging hinaus, wobei sie Henry einen bösen Blick zuwarf, der auf der Couch saß und in ein Kissen biss, um nicht laut loszulachen.

* * *

Penny sah Henry in die Einfahrt einbiegen, nachdem er Daisy an der Schule abgesetzt hatte. Den ganzen Vormittag über hatte sie ihn nicht gesehen, wofür sie dankbar war. So peinlich war ihr bisher noch nie etwas gewesen.

Er kam ums Haus gelaufen, und als er sie erblickte, betrat er grinsend die Küche.

»Hi«, begrüßte er sie.

»Ich hasse dich.«

Er lachte schallend. »Was hätte ich denn tun sollen?«

»Mir helfen.«

»Du kamst doch ganz prima allein klar.«

Sie lachte peinlich berührt. »Ich habe mit deiner Tochter über Pornos gesprochen.«

»Na gut, das war vermutlich keiner deiner glanzvollsten Momente, aber ich habe schon ewig nicht mehr so gelacht.«

»Wahrscheinlich habe ich sie fürs Leben gezeichnet.«

»Das bezweifle ich, so empfindlich ist sie nicht. Außerdem weiß sie über Sex Bescheid; es ist ja nicht so, als ob sie ein völlig abgeschottetes Leben führt. Ich habe bewusst über alles mit ihr gesprochen. Ich möchte nämlich nicht, dass sie als schwangere Sechzehnjährige endet, so wie ihre Mum.«

»Sie glaubt, dass ich mir Pornos anschaue.«

»Oh nein, ich denke, sie hat sehr gut verstanden, dass du Pornos eklig findest.«

»Hat sie danach noch irgendwas zu dir gesagt?«

»Nein, dafür war sie vermutlich zu traumatisiert.«

Penny wollte nach ihm schlagen, doch er duckte sich lachend weg.

»Das ist nicht witzig.«

»Oh doch.« Er packte sie um die Taille und versuchte, ihr einen Kuss auf die Stirn zu geben, doch vor lauter Lachen klappte das nicht.

»Hör auf, dich darüber zu amüsieren.« Obwohl Penny selbst so sehr lachen musste, dass ihr Tränen über die Wangen liefen. »Dir ist doch klar, dass wir niemals wieder Sex haben können, wenn sie im Haus ist?«

»Och, das würde ich so nicht sagen. Du musst dich nur ein bisschen mehr anstrengen, besonders leise zu sein.«

»Ich?!«, rief Penny ungläubig. »Du bist doch derjenige, der so viel schreit.«

»Aber du kreischst, das hat sie vermutlich am meisten irritiert.«

»Oh Gott. Wir können uns doch auch leise lieben, oder?«

»Ja, da bin ich sicher, und außerdem wird sie auch nicht immer hier sein, und dann können wir so laut sein, wie wir wollen. Also, nutzen wir die Zeit, bis sie nachher aus der Schule zurückkommt.«

Sie lachte.

Er schob sie gegen den Tisch und gab ihr einen leidenschaftlichen Kuss. Schnell erkannte sie, dass er nicht scherzte, denn er hob sie auf den Tisch und machte sich zielstrebig über ihre Kleidung her.

Plötzlich erhaschte sie über seine Schulter hinweg eine Bewegung und Penny blickte entsetzt in die Augen einer Frau.

»Henry, hör auf!«

»Das kannst du vergessen.«

»Da draußen ist jemand.«

Henry wirbelte herum und schützte ihren halb nackten Körper vor fremden Blicken. Glücklicherweise hatte er bisher nur ihren Oberkörper entkleidet und sie trug immer noch ihren BH, aber es war offensichtlich, dass die Frau genau gesehen hatte, was sie da taten.

Henry lachte nervös. »Das ist meine Schwester Anna.«

»Shit.«

Anna stand reglos da und starrte sie beide an.

Henry warf Penny ein scheues Lächeln zu. »Warum ziehst du dich nicht wieder an und kommst danach zu uns rüber auf einen Kaffee. Ich bin sicher, sie wird sich freuen, dich endlich kennenzulernen. Daisy hat ihr viel von dir erzählt.«

Henry drehte sich wieder zu Anna um, blieb weiterhin schützend vor Penny stehen und deutete auf sein Haus. Anna ging, war aber eindeutig alles andere als froh.

»Sie sieht aber nicht so aus, als ob sie sich freut, mich kennenzulernen«, stellte Penny fest.

»Anna ist toll. Ich habe sie sehr gern und sie hat mir im Lauf der Jahre viel mit Daisy geholfen. Doch manchmal kann sie sehr voreingenommen sein.«

»Na ja, als erster Eindruck war der hier nicht besonders gut«, murmelte Penny und zog sich ihr Oberteil über den Kopf. »Wenn man dazunimmt, was Daisy ihr unweigerlich über meinen Pornokonsum erzählen wird, werde ich bei Familienfeiern der Hit sein.«

Henry gab ihr einen schnellen Kuss auf die Lippen. »Sie wird dich genauso lieben wie ich.«

Mit diesen Worten eilte er durch die Verbindungstür, bevor Penny irgendetwas antworten konnte. Sprachlos starrte sie auf die geschlossene Tür.

Hatte er gerade gesagt, dass er sie liebte?

Kapitel 18

»Ich wollte mir nur mal dein neues Haus ansehen. Mir war nicht klar, dass ich dich störe«, empörte sich Anna, knallte ihre Tasche auf die Arbeitsplatte und stand mit in die Hüften gestützten Händen da.

Henry seufzte. Ganz offensichtlich war heute ein Tag für Voreingenommenheit.

Er hörte, wie die Verbindungstür geöffnet wurde, und es tat ihm sehr leid, dass Penny sich auch gleich etwas würde anhören müssen.

Als Penny langsam die Küche betrat, streckte er eine Hand nach ihr aus. Dann zog er sie an seine Seite, legte einen Arm um ihre Taille und gab ihr einen Kuss auf die Stirn.

»Penny, das ist meine Schwester Anna. Anna, das ist meine Freundin Penny.«

Penny lächelte. »Hi.«

»Freundin?« Anna ignorierte Penny absichtlich. »Du kennst sie weniger als eine Woche. Was für ein Beispiel gibst du denn Daisy damit?«

»Daisy weiß nichts davon«, gab Henry leise zu und beobachtete, wie sich Annas Gesichtsausdruck von Empörung zu Wut wandelte.

»Sie weiß es nicht? Du hintergehst sie und lügst sie an?«

Henry biss sich auf die Lippe. Dass er Daisy belügen musste, gefiel ihm überhaupt nicht, und er stellte seine Entscheidung jeden Tag infrage. Aber er konnte Daisy ja schlecht erzählen, dass er nur zwei Tage, nachdem sie ihn ausdrücklich gebeten hatte, nichts mit der Nachbarin anzufangen, mit ihr ins Bett gesprungen war. Sie war hier glücklich, und er wollte, dass es mindestens bis Weihnachten so blieb. War das so schlimm? Er war nicht auf der Suche nach einer ernsten Beziehung nach White Cliff Bay gekommen; eigentlich war überhaupt keine Art von Beziehung geplant gewesen. Doch dann war er Penny begegnet und dadurch hatte sich alles geändert. Dabei ergab es überhaupt keinen Sinn, dass er sich so schnell in sie verliebt hatte; so ein Gefühl hatte er noch nie zuvor erlebt.

»Es ist doch nur für ein paar Tage, bis sie sich richtig eingelebt und daran gewöhnt hat, uns zusammen zu sehen, zumindest platonisch. Dann sagen wir es ihr.«

Penny lehnte sich an ihn und er umfasste sie fester, doch überraschenderweise streichelte sie ihm über den Rücken, um ihn moralisch zu unterstützen, obwohl es seiner Meinung nach eher andersherum hätte sein müssen.

»Es hat ja nicht lange gedauert, bis du dich *eingelebt* hast. Du wohnst erst seit einigen Tagen hier, und schon schlaft ihr miteinander.« Sie wandte sich an Penny. »Haben Sie gleich am ersten Abend die Beine für ihn breitgemacht?«

»Anna!«, sagte Henry bestimmt. Das würde er keinesfalls dulden. »Ich lasse nicht zu, dass du so mit Penny sprichst.«

»Ist schon gut«, erklärte Penny. »Ich weiß, wie es aussehen muss, aber keiner von uns hat damit gerechnet. Zwischen uns ist etwas Besonderes passiert.«

»Ich bitte Sie! Henry geht es nicht um etwas Ernstes, bei ihm geht es ausschließlich darum, dass er die Hosen nicht anbehalten kann. Er war noch nie verliebt oder hatte länger als einige Monate eine Freundin. Bei Ihnen wird es nicht anders sein. Warum hat er es Ihrer Meinung nach Daisy noch nicht erzählt? Weil er genau weiß, dass es nicht von Dauer ist.«

»Es ist was Ernstes.« Er spürte, wie er richtig wütend wurde, und Penny drückte seine Hand, vermutlich, um ihn zu beruhigen. Gott, das Letzte, was er wollte, war, dass Anna Penny Gründe lieferte, an ihrer Beziehung zu zweifeln. »Es ist mir sehr ernst mit Penny. Ich bete sie an und Daisy ebenfalls. Ich verheimliche es nicht vor Daisy, weil ich glaube, dass es bald vorbei sein wird, sondern weil ich sie nicht aufregen wollte.«

»Aber warum fängst du dann überhaupt eine Beziehung an? Du hast mir und ihr versprochen, dich nie wieder mit jemandem einzulassen.«

»Das habe ich im Eifer des Gefechts gesagt, und das weißt du auch. Du kannst nicht erwarten, dass ich für den Rest meines Lebens allein bleibe, nur weil ich mit Emily einen schrecklichen Fehler begangen habe.«

»Ich kann aber erwarten, dass du dich nicht mit jemandem einlässt, der sich von dir mitten am Tag auf dem Küchentisch flachlegen lässt.«

Penny lachte laut auf und Henry sah sie verwirrt an.

»Wie bitte, ich bin nicht gut genug für ihn, weil wir beinahe Sex auf dem Küchentisch gehabt hätten? In meinem eigenen Haus? Das ist das Lächerlichste, was ich je gehört habe. Sie haben nicht die geringste Ahnung, welcher Art die Beziehung zwischen mir und Henry ist …«

»Es ist mir egal, welche Art Beziehung Sie mit meinem Bruder führen. Aber Daisy ist mir nicht egal und auch nicht, welche Auswirkungen das auf sie haben wird.«

»Mir ist sie genauso wenig egal«, gab Penny empört zurück.

Falls Henry geglaubt hatte, Penny würde Anna bei ihrem ersten Treffen schüchtern gegenübertreten, hatte er sich gründlich geirrt. Er versuchte, ein Lächeln zu unterdrücken; ihm gefiel diese feurige Seite an ihr. Bisher war sie noch nicht häufig zum Vorschein gekommen, doch Penny wusste, wie sie für sich einzustehen hatte.

»Das ist Bullshit. Sie benutzen sie doch ganz offensichtlich, um dadurch an Henry heranzukommen. Sie vergöttert Sie und hat während der letzten Woche ausschließlich über Sie gesprochen, aber wenn diese ganze Sache hier endet, wie es unweigerlich der Fall sein wird, dann werden Sie sie fallen lassen wie eine heiße Kartoffel. Haben Sie auch nur die geringste Ahnung, wie sehr sie das verletzen wird?«

»Ich habe nicht die geringste Absicht, Daisy jemals wehzutun. Ich mag sie wirklich, und falls die Beziehung zwischen mir und Henry endet, dann wird das keinen Einfluss auf meine Beziehung zu ihr haben. Falls Henry auszieht und niemals wieder mit mir reden will, dann kann sie trotzdem jeden Tag hierherkommen und eisschnitzen. Ich arbeite gern mit ihr zusammen, sie ist talentiert und witzig, und das habe ich schon lange erkannt, bevor ich mich mit Henry eingelassen habe. Ich hatte ihr sogar schon einen Job angeboten; für mich allein habe ich viel zu viele Auftragsanfragen, und sie zeigt echtes Talent für diese Arbeit.«

»Welche Art von Mensch freundet sich mit einem sechzehnjährigen Mädchen an?«

Penny wurde plötzlich sehr ruhig. »Was wollen Sie damit andeuten, dass ich irgendetwas Perverses im Sinn habe?«

Anna ruderte schnell zurück. »Nein, natürlich nicht, ich meine ja nur, dass es ein bisschen merkwürdig ist.«

»Warum ist es merkwürdig?«, wollte Henry ärgerlich wissen.

»Nun ja …«

»Sie haben aufgrund der Tatsache, dass Sie gesehen haben, wie Henry und ich gerade miteinander schlafen wollten, ein vorschnelles Urteil gefällt, sind in mein Haus gekommen und haben mich widerlicher Dinge beschuldigt. Wie können Sie das wagen? Sie kennen mich nicht einmal. Und jetzt schlage ich vor, dass Sie mein Haus verlassen. Sie sind hier nicht mehr willkommen.«

»Rechtlich gesehen haben Sie da keine Handhabe, meine Liebe. Sie können nicht entscheiden, welche Besucher Henry in seinem Haus empfängt.«

»Penny hat recht«, mischte sich Henry ein. »Ich würde mir niemals anmaßen, dir vorzuschreiben, wie du dein Leben zu führen hast, und ich erwarte genauso wenig, dass du hier hereinschneist und das bei mir tust. Verschwinde und komm erst wieder, wenn du bereit bist, dich bei Penny zu entschuldigen.«

Anna starrte ihn einen Moment lang schockiert an, schnappte sich dann ihre Tasche und stürmte hinaus.

»Es tut mir so leid«, sagte Penny, nachdem sie fort war.

»Was? Nein, du musst dich für nichts entschuldigen. Wenn es um Daisy geht, übertreibt sie es mit dem Beschützerinstinkt. Das ist bei uns beiden so. Sie hat es mehrere Male zuvor schlecht für Daisy ausgehen sehen. Aber du brauchst dich nicht für ihre Probleme und ihre verdammt voreingenommene Einstellung zu entschuldigen.«

Penny seufzte. »Beim ersten Eindruck versage ich immer.«

»Ach, ich weiß nicht, mich hast du schon von dem Moment an bezaubert, als du mir die Tür mit diesem reizenden Lächeln im Gesicht geöffnet hast.«

Sie lächelte auch jetzt.

»Na komm, wir backen einen Kuchen, danach fühlst du dich besser, und ich kann dir helfen.«

»Ich dachte, du wolltest Sex auf dem Küchentisch?«

»Das auch.«

Lachend ging sie zurück in ihre Küche. Mit einem erleichterten Seufzer sah er ihr nach.

Dass Anna behauptet hatte, dass es zwischen ihnen nicht halten würde, schien sie nicht gestört zu haben. Er hoffte von ganzem Herzen, dass Penny wusste, wie viel sie ihm bedeutete.

* * *

»Sie hat Verspätung.« Zum siebzehnten Mal während der vergangenen zehn Minuten sah Henry auf seine Uhr.

Penny gefiel, wie beschützend er sich Daisy gegenüber benahm, obwohl er mit seiner Herummarschiererei beinahe ein Loch in ihren Küchenboden lief.

»Sie ist nicht zu spät dran.«

»Die Schule war um halb vier aus. Länger als eine halbe Stunde kann der Weg von dort hierher nicht dauern.«

»Erstens redet sie vermutlich noch mit ihren neuen Freunden und sie besprechen, wann sie sich in den Ferien treffen wollen. Und zweitens brauchst du vielleicht eine halbe Stunde von der Stadt zu unserem Haus, aber wir Normalsterbliche brauchen mindestens eine Dreiviertelstunde – nicht jeder hat so lange Beine wie du. Es ist jetzt zwanzig nach vier. Ich denke, wir brauchen noch nicht die Suchmannschaft zu verständigen.«

»Es wird schon dunkel.«

Verwirrt runzelte sie die Stirn.

»Warum machst du dir denn solche Sorgen? Dir geht es doch nicht darum, dass sie allein unterwegs ist. Das war sie doch schon oft.«

Seufzend setzte er sich an den Tisch. »Ich will doch nur wissen, ob sie heute gut zurechtgekommen ist. Was, wenn es ihr nicht gefallen hat? Wenn ihre Mitschüler gemein zu ihr waren? Ich möchte, dass dieser Umzug auch für sie funktioniert. Sie soll nicht bereuen müssen, dass wir hierhergezogen sind.«

»Sie ist eins der quirligsten, freundlichsten Mädchen, die ich kenne. Die anderen Kinder werden sie lieben, etwas anderes ist gar nicht möglich. Außerdem ist ihr Idol Mr Cartwright ihr Klassenlehrer. Schon allein deswegen wird sie für die nächsten sechs Monate überglücklich sein.«

»Ich weiß ja, dass du recht hast, aber es hängt so viel davon ab, dass es ihr an der neuen Schule gefällt. Ich möchte, dass sie hier glücklich ist.«

»Das ist sie, und jetzt hör auf, dich verrückt zu machen.«

Henry nickte und blickte wieder auf seine Uhr.

Als der Wecker am Backofen klingelte, zuckte er zusammen.

Penny schüttelte liebevoll den Kopf und holte die Hühnchen-und-Paprika-Mischung heraus, aus der sie Fajitas machen wollte. Sie rührte kräftig um, deckte sie mit Alufolie ab und stellte sie zurück in den Ofen. Dann regelte sie die Temperatur herunter, damit alles warm blieb. Sie hatten zwar nicht darüber gesprochen, ob sie gemeinsam zu Abend essen wollten, aber es schien inzwischen üblich zu sein. Sie hatten sich sehr schnell aneinander gewöhnt, was Penny überaus gut gefiel. Trotzdem nagte noch der Zweifel an ihr, den Anna bei ihrem Besuch gesät hatte – dass sie sich nicht zu schnell auf Henry einlassen sollte, weil es sonst umso mehr wehtun würde, wenn alles vorbei war.

Was, wenn es Daisy an der Schule nicht gefiel? Penny hatte gespürt, dass an Henrys Arbeitsplatz etwas vorgefallen sein musste, nachdem er in einer furchtbaren Verfassung nach Hause gekommen war. Und sie hatte mit angehört, wie er Daniel erzählte, dass er womöglich nach Weihnachten keinen Job mehr hätte und nicht in White Cliff Bay bleiben könnte. Was, wenn die beiden wieder fortzogen? Ganz sicher würde er nicht nur ihretwegen bleiben, dafür kannten sie sich nicht lange genug. Was würde dann aus ihnen beiden werden?

Sie wandte sich zu ihm um und beobachtete ihn, wie er vorgab, die Zeitung zu lesen, dabei aber alle paar Sekunden auf seine Uhr und die Tür blickte. Er wollte auch, dass es funktionierte.

Sie reichte Henry ein Stück Käse und eine Reibe. »Hier, damit bist du einige Minuten lang beschäftigt. Und wenn sie hereinkommt, dann überfall sie nicht gleich. Du kannst sie ausfragen, aber lass es nicht so klingen, als ginge es um Leben oder Tod.«

Henry nickte feierlich.

Fast wie aufs Stichwort kam Daisy durch die Hintertür herein, als wäre es das Natürlichste auf der Welt, nach der Schule in Pennys Küche vorbeizuschauen. Penny gefiel, wie sorglos Daisy mit ihr umging. Sie lächelte breit, was Henry sofort auffiel, das konnte Penny erkennen. Er widmete seine Aufmerksamkeit wieder dem Käse und seufzte leise vor Erleichterung.

»Na, Schatz, hattest du einen schönen Tag?«, fragte er und achtete sorgfältig darauf, weder Sorge noch Panik in seinem Tonfall anklingen zu lassen.

»Einen super Tag! Alle waren so nett zu mir. Ich habe mich mit zwei Mädchen angefreundet, Rebecca und Maisie, und wir wollen uns zwischen Weihnachten und Neujahr treffen. Und Mr Cartwright ist der coolste Mann aller Zeiten und … Ich habe gar nicht gewusst, dass die Schule und das College sich auf demselben Campus befinden.«

Penny stellte die Fajitamischung zusammen mit den Tortillas auf den Tisch und wunderte sich, warum sich Daisy über die Sache mit dem College so begeisterte. Dann setzte sie sich neben Daisy. »Ich freue mich sehr, dass du einen schönen Tag hattest.«

»Den hatte ich wirklich«, bestätigte Daisy und sah aus, als würde sie vor Aufregung platzen. Auch Henry beobachtete sie verwirrt.

Daisy nahm sich eine große Portion Hühnchen, beugte sich vor und flüsterte Penny ins Ohr: »Ich habe Josh wiedergesehen.«

Penny bemühte sich vergeblich, ein Lächeln zu unterdrücken.

»Was denn?«, wollte Henry wissen.

»Nichts«, antworteten Daisy und Penny gleichzeitig.

Henry sah mit gerunzelter Stirn zwischen den beiden hin und her.

Daisy beugte sich wieder vor und flüsterte: »Er hat mich zum Ball eingeladen.«

Aha, daher also die freudige Aufregung.

Penny flüsterte Daisy ins Ohr: »Wie cool, das ist so aufregend.«

»Ich weiß«, erwiderte Daisy flüsternd. »Ich glaube, ich liebe ihn.«

Ach du liebe Zeit. Wie sollte sie das bloß Henry erklären?

»Was denn?«, erkundigte sich Henry erneut und versuchte, nicht zu lächeln, sondern sein Stirnrunzeln beizubehalten, weil sie Geheimnisse teilten.

»Nichts«, gab ihm Daisy wieder kichernd zur Antwort.

»Dann müssen wir dir ein Kleid kaufen«, wisperte Penny. »Wie wär's am Sonntag?«

Daisy nickte begeistert.

Penny widmete sich ihrer eigenen Fajita und blickte hinüber zu Henry, der sich bemühte, böse zu gucken. Allerdings konnte dieser Blick auch sehr schnell echt werden, wenn er herausfand, dass seine Tochter mit dem tätowierten, kahl geschorenen Jungen ausging, den er einige Tage zuvor fälschlicherweise für einen Einbrecher gehalten hatte.

Josh war ein sensibler, lieber Junge, aber Penny hatte so ihre Zweifel, ob Henry ihn so sehen würde.

Sie würde es ihm schonend beibringen müssen, wenn er gute Laune hatte.

* * *

»Ich gehe mal kurz weg, bleibe aber nicht lange«, erklärte Daisy und stand auf. »Ich will nur schnell rüber zu Rebecca.« Penny sah das Grinsen, das Daisy für den Großteil des Abendessens unterdrückt hatte.

Henry blickte besorgt in die Dämmerung hinaus. »Es ist schon beinahe dunkel und wir wollten doch noch einen Baum kaufen.«

»Das werden wir auch, es dauert nur eine halbe Stunde. Rebecca wohnt gleich dort oben auf dem Hügel.« Daisy deutete vage in die Richtung und Penny runzelte die Stirn. Oben auf dem Hügel stand kein Haus. Das Flieder-Cottage war das letzte Haus am Stadtrand von White Cliff Bay. Das nächste befand sich gut eine halbe Fahrtstunde entfernt am Rand von Apple Hill. Daisy log, das konnte Penny in ihren Augen erkennen. Wie es aussah, hatte Daisy ihre eigenen Geheimnisse. Auch Henry wirkte misstrauisch.

Bevor er jedoch weiter protestieren konnte, hatte sich Daisy schon ihre Jacke übergezogen und lief fröhlich winkend zur Tür hinaus.

»Sie hat irgendwas vor«, stellte er fest, als die Tür ins Schloss fiel.

»Vielleicht kauft sie nur dein Weihnachtsgeschenk«, beruhigte ihn Penny, obwohl sie natürlich ganz genau wusste, dass das nicht der Fall war.

Mit düsterem Blick kam er um den Tisch herum auf sie zu. »Wo wir gerade davon sprechen, ich muss ihren Baumbehang fertigstellen. Kommst du hier eine halbe Stunde lang allein zurecht?«

Penny nickte und er gab ihr einen schnellen Kuss, ehe er zur Hintertür hinaus verschwand.

Mit nagendem Zweifel öffnete sie die Haustür und ging hinaus in die Einfahrt. Am Ende des Weges stand die Beobachtungshütte, die von Vogelfreunden genutzt wurde, um ein Auge auf die nistenden Vögel in den Felsen zu haben, besonders in den Frühlings- und Sommermonaten. Die Hütte wurde außerdem gern von Teenagern aus der Stadt besucht, ganz besonders Pärchen. Penny hatte sich selbst in ihrer Jugend dort mit dem einen oder anderen Jungen getroffen. Sie hatten sich unterhalten und Musik gehört. Für sie war außer einigen Küssen in der Hütte nichts passiert, aber bei dem kleinen Gasofen, den Gaslampen und der weichen Bank hatten einige ihrer Klassenkameraden ihre Unschuld verloren. Ihr Umriss zeichnete sich vor dem dämmrigen Himmel ab, und während sie noch die Hütte beobachtete, wurde im Inneren plötzlich das Licht angeschaltet.

Dahin war Daisy also gegangen. Es war durchaus möglich, dass sie sich dort mit ihren neuen Freundinnen Maisie und Rebecca traf. Das erklärte jedoch nicht die beiden Teller und Gläser vom Vorabend. Penny vermutete, dass Daisy sich mit Josh verabredet hatte. Sollte sie jetzt dorthin gehen und sie dabei erwischen, wie sie wer weiß was tat? Oder Henry Bescheid sagen, dass seine Tochter gerade mit einem tätowierten Siebzehnjährigen – seiner Meinung nach mit einem Verbrecher – in der passenderweise »Liebeshütte« genannten Behausung lag, oder sollte sie so tun, als wüsste sie von nichts? Daisy war ein vernünftiges Mädchen, und wenn Penny jetzt dorthin marschierte und sich aufführte wie eine überfürsorgliche Mutter, dann wäre ihr Vertrauensverhältnis zu Daisy zerstört. Aber auch Henrys Beziehung zu Daisy wäre belastet, wenn er es herausfand und so reagierte, wie Penny annahm. Und so wie sie Josh und seine schüchterne, liebevolle Art kannte, hielten die beiden vermutlich sowieso lediglich Händchen. Es war vermutlich am besten, momentan überhaupt nicht zu reagieren und später unter vier Augen mit Daisy zu reden.

* * *

»Komm schon, beeil dich, sonst sind die besten Bäume alle weg«, drängte Daisy, während Penny versuchte, einen Parkplatz bei der Weihnachtsbaumfarm zu finden, der groß genug für ihren kleinen Kühllaster war. Henry hatte ihr helfen müssen, nach dem Abendessen zwei Skulpturen auszuliefern, und es wäre viel zu kompliziert gewesen, danach noch mal zurück zum Haus zu fahren, um das Auto zu wechseln. Außerdem war der Kleinlaster groß genug, dass sie den Baum hinten reinstellen konnten.

»Mit dem Laster kann ich nicht einfach irgendwo parken, außerdem haben sie Hunderte von Bäumen, ich bin sicher, dass die Auswahl noch groß genug ist.«

»Aber bestimmt sind nur noch die kleinen übrig.«

»Ihr könnt sowieso nur einen kleinen kaufen, im Anbau ist nicht allzu viel Platz.«

»Wir kaufen immer den dicksten, größten Baum, den wir finden.« Daisy hüpfte auf ihrem Sitz auf und ab wie ein kleines Kind. Penny liebte ihre Lebensfreude. »Kaufst du dir auch einen?«

»Vermutlich auch einen kleinen, ja.«

»Nein, du hast doch so viel Platz vor dem Fenster! Oder hinter dem Sofa! Da passt ein riesiger Baum hin. Ich weiß, warum kaufen wir nicht einen Baum für uns alle und schmücken ihn gemeinsam?«

Penny parkte den Wagen und versuchte, den großen Kloß in ihrem Hals hinunterzuschlucken, der sich bei Daisys einfacher Aussage über ihre Zusammengehörigkeit dort gebildet hatte. Sie hatte Penny bereitwillig und problemlos als Teil ihrer Familie akzeptiert.

Penny nickte. »Okay.«

»Jaaaa!« Daisy sprang aus dem Wagen und rannte hinüber zu den Bäumen.

Sobald sie außer Sichtweite war, beugte sich Henry vor und gab Penny einen Kuss.

»Sie ist ganz vernarrt in dich«, flüsterte er. »Genau wie ich.«

Er stieg aus und ging seiner Tochter hinterher. Lächelnd sah Penny ihm nach. Dieses Weihnachtsfest würde das beste aller Zeiten werden.

Sie verließ den Wagen und lief übers Gras. Es hatte wieder leicht zu schneien begonnen, und sie sah zum Himmel auf, wo ab und zu ein Stern durch den wolkigen Himmel funkelte. Weiche Flocken fielen ihr auf die Wangen.

Als sie Henry einholte, steckte sie die Hände in die Taschen, damit sie nicht in Versuchung geriet, seine Hand zu nehmen.

Die Bäume waren der Größe nach sortiert, und sie beobachtete, wie Daisy an den kleineren vorbeilief und geradewegs auf die großen am Ende der Farm zusteuerte.

Sie erreichten die Stelle, an der die größten Bäume verkauft wurden, und obwohl die fürs Haus viel zu groß waren, brachte es Penny nicht über sich, etwas zu sagen. Nicht jetzt, wo sie gerade in das Baumschmückteam aufgenommen worden war. Daisy ging von Baum zu Baum, befühlte die Nadeln, roch an ihnen und studierte die Etiketten. Penny hatte den Bäumen vorher noch nie viel Aufmerksamkeit geschenkt, sondern einfach immer den erstbesten kleinen gekauft, den sie gefunden hatte, und damit gut.

»Die Bäume sind doch sicher alle gleich«, gab Penny zu bedenken.

»Nein, überhaupt nicht«, widersprach Daisy. »Es gibt drei verschiedene Arten: Kiefer, Tanne und Fichte. Die Fichte ist normalerweise nicht gut. Von den Kiefern und Tannen gibt es wiederum verschiedene Sorten, und wir wollen eine, die nicht nadelt, selbst ohne Wasser. Außerdem sollen die Nadeln weich sein und gut riechen. Daher suchen wir normalerweise nach einer Nordmann- oder einer Edeltanne, aber ich würde mich auch mit einer Weymouthskiefer zufriedengeben.«

Penny blickte Henry an, als Daisy zwischen den Bäumen verschwand. »Mit Bäumen kennt sie sich aber gut aus.«

Er nickte. »Sie nimmt diesen Teil sehr ernst, und dass du uns begleiten darfst, beweist, wie gern sie dich hat.«

Penny lächelte.

»Okay, wir nehmen diesen hier«, verkündete Daisy triumphierend und strich liebevoll über den siegreichen Baum.

Penny konnte kaum die Spitze entdecken. Der Baum musste mindestens dreieinhalb Meter hoch sein.

»Daisy, der passt niemals in mein Haus, geschweige denn in eures.«

»Doch, wenn wir ihn hinter die Treppe stellen, da hast du doch den offenen Bereich bis ins Obergeschoss. Außerdem, was macht es schon, wenn die Spitze ein bisschen durchs Geländer ragt oder an die Decke anstößt? Der wird fabelhaft aussehen.«

Henry war bereits unterwegs, um einem der Angestellten mitzuteilen, welchen Baum sie kaufen wollten. Offensichtlich wusste er, dass man ihn Daisy nicht mehr ausreden konnte.

Bevor Penny noch weiter protestieren konnte, wurde der Baum in ein großes Netz verpackt. Zu dritt schleppten sie ihn zum Auto, wobei Henry den Großteil des Gewichts übernahm, und brachten ihn gerade so im Kleinlaster unter. Der obere Meter hing zum Kofferraum heraus.

Henry sicherte die Türen, damit sie unterwegs nicht aufschwangen, und Penny fuhr sie nach Hause.

Nur mit Mühe bugsierten sie den Baum ins Haus, während Bernard bellend um sie herumlief, als brächten sie einen Eindringling ins Haus. Penny hatte ihn noch nie zuvor so lebhaft gesehen.

Sie stellten ihn, wie von Daisy gewünscht, in der Ecke auf, sodass die Spitze irgendwo im Obergeschoss an die Treppe ragte.

Nirgendwo auf der Welt gab es genügend Baumschmuck, um diesen Baum zu füllen. Penny nahm an, dass sie sich mit einem minimalistischen Look begnügen mussten.

»Ich hole die Dekoration!«, rief Daisy und rannte hinüber zum Schuppen, wo ein Großteil ihrer Kartons und Kisten lagerte.

»Wir sollten es vermutlich bei einer Farbe belassen. Ich habe oben eine Menge silberfarbene Kugeln, damit könnten wir ein Silbermotiv …« Sie verstummte, als sie Henrys ungläubigen Blick bemerkte.

»Ein Silbermotiv? Äh, unser Baumschmuck ist eine bunte Mischung. Da steckt ganz sicher kein bestimmtes Farbschema dahinter.«

»Aber dann wird es sehr unruhig aussehen.«

Er grinste. »Wir mögen es unruhig. Warum legst du nicht etwas Weihnachtsmusik auf und machst ein paar von deinen wunderbaren Mince Pies warm, und ich helfe Daisy mit dem Baumschmuck.«

Etwas besorgt sah sie ihm hinterher. Sie wollte nicht an ihren Traditionen herummäkeln, nachdem sie so bereitwillig in den heiligen inneren Baumschmuckzirkel aufgenommen worden war. Ein bunter Weihnachtsbaum würde nicht zu ihren geschmackvollen grünen und weißen Lichtergirlanden und Dekorationen passen, aber damit musste sie sich jetzt abfinden.

Sie zündete im Kamin ein Feuer an, legte eine Weihnachts-CD auf und kümmerte sich um die Mince Pies. Daisy kam mit drei großen Kisten zurück.

Penny sah zum Schuppen hinüber, wo Henry immer noch nach den richtigen Kartons suchte.

»Daisy.«

Daisy stellte die Kartons breit grinsend auf dem Tisch ab. »Ja?«

»Triffst du dich mit Josh?«

»Ja. Aber erzähl Dad nichts davon.«

Penny wünschte sich, sie hätte das Thema nicht angeschnitten. »In der Liebeshütte?«

Daisy lachte. »Wo?«

»Die Hütte für Vogelbeobachtungen am Ende der Einfahrt. So haben wir sie als Teenager immer genannt. Alle Jugendlichen sind dort hingegangen, zum Knutschen und für …« Sie würde nicht schon wieder mit Daisy über Sex reden.

»Ja, aber wir unterhalten uns nur, es ist keine große Sache. Aber erzähl es bitte nicht Dad, der würde ausflippen. Wie läuft es eigentlich zwischen euch beiden?«

Penny bemerkte, wie schnell der Spieß umgedreht worden war. Sie würde Daisy nicht anlügen, auch wenn sie nicht vollkommen ehrlich sein konnte. »Gut. Ich mag ihn sehr.«

Daisy musterte sie für einen Moment. »Er dich auch.«

Penny biss sich auf die Lippe. Ahnte Daisy, dass zwischen ihnen etwas lief? Sie war ein kluges Mädchen und hatte es vermutlich längst bemerkt, aber ging es für sie auch in Ordnung?

Leider blieb ihnen keine Zeit, darüber zu sprechen, denn Henry kam durch die Hintertür herein und balancierte fünf große Kartons auf den Armen. Daisy nahm ihre drei wieder auf und eilte damit ins Wohnzimmer.

Als Penny mit den Mince Pies auftauchte, hatten es bereits einige der Dekorationen aus der Kiste an den Baum geschafft und Henry und Daisy tanzten Jive zu *Rocking Around the Christmas Tree.*

Lächelnd sah sie ihnen zu. Die beiden standen sich so nahe; hoffentlich würde sie da irgendwie dazupassen.

Sie stellte die Teller ab und Henry schnappte sie für einen Rock 'n' Roll, wirbelte sie herum und Daisy nahm fröhlich das Baumschmücken wieder auf. Penny lachte, als Henry sie von sich fort- und dann wieder herandrehte, und sie klammerte sich an ihn, weil ihr davon schwindlig wurde. Schließlich endete das Lied und eine Ballade ertönte. Da es nicht wirklich passend erschien, die vor Daisy zu tanzen, ließ Henry sie widerstrebend los.

Penny betrachtete den Baumschmuck in den Kisten, der allmählich den Baum füllte. Es war eine bunte Mischung. Manche Stücke hatte Daisy wohl als Kind gemacht, denn da waren mit Glitter bestreute Weihnachtsbäume aus Handabdrücken, Schneemänner aus Watte und Weihnachtsmänner aus leeren Klopapierrollen. Daneben gab es auch einige gekaufte, etwas exzentrische Dekorationen, wie zum Beispiel neonfarbene Zuckerstangen, Teddybären aus Keramik im Weihnachtsmannoutfit und Engel in Motorradkluft. Außerdem entdeckte sie einige wunderschöne Holzornamente, die offensichtlich von Henry und Daisy selbst geschnitzt worden waren. Der Baum war ein bunter Beweis ihrer gemeinsamen Vergangenheit. Penny liebte jedes einzelne Stück, sogar den Santa mit heruntergelassener Hose, dem Daisy den Ehrenplatz genau in der Mitte des Baums zukommen ließ. Doch dass sich nirgendwo an diesem Baum etwas von ihr befand, machte sie ein wenig traurig.

»Hol doch auch deinen Baumschmuck her«, bat Henry sie, da er wohl wieder mal ihre Gedanken gelesen hatte, wie er es so oft tat.

Sie schüttelte den Kopf. Ihre Dekorationen waren langweilige Kugeln ohne besondere Bedeutung für sie und sie wollte nicht den Effekt des Baumschmucks von Vater und Tochter mit ihrem eigenen, faden verwässern. Sie würde sich am Baum beteiligen, indem sie beim Schmücken half.

Penny nahm einen goldbemalten Tannenzapfen mit Glitter und einem roten Band an der Spitze und hängte ihn an einen der Zweige. Sie freute sich daran, dass allmählich jeder Ast mit Glitter und in bunten Farben zu strahlen begann. Daisy ging die Treppe hinauf, beugte sich über das Geländer und schmückte die oberen Äste, während Henry die Lichterketten um den Baum legte.

Viel zu schnell war der Baum fertig, und Daisy sauste nach unten, um feierlich die Lichterketten in Betrieb zu nehmen.

»Fünf, vier, drei, zwei, eins«, zählte sie herab und schaltete sie ein.

Plötzlich erstrahlte der Baum mit unzähligen Birnchen in allen möglichen Farben. Manche funkelten unauffällig, andere blinkten rhythmisch.

Penny machte einen Schritt nach hinten, um ihre Arbeit zu bewundern. Der Baum war grellbunt, unordentlich, fantasievoll und albern. Es war der beste Weihnachtsbaum, den sie je gesehen hatte.

* * *

Daisy war längst ins Bett gegangen, und Penny vermutete, dass sie das getan hatte, um ihr und Henry ein wenig Zweisamkeit zu ermöglichen. Dafür, dass sie anfangs so gegen ihre Verbindung gewesen war, schien sie sie inzwischen regelrecht miteinander verkuppeln zu wollen. Auf der CD liefen jetzt nicht mehr *Slade* oder *The Pogue*, sondern sanftere Weihnachtslieder, und sie tanzte langsam in den Armen des wunderbarsten Mannes, der ihr je begegnet war.

Sie legte ihm den Kopf auf die Brust und lauschte seinem gleichmäßigen Herzschlag. Sie hatte sich wirklich bemüht, sich zurückzuhalten, um ihr Herz zu schützen, doch damit war sie kläglich gescheitert.

Sie sah zu ihm auf. Sein attraktives Gesicht wurde vom Glanz zahlloser kleiner Lichter erhellt; er neigte den Kopf und küsste sie sanft.

Sie war in ihn verliebt, das ließ sich nicht mehr leugnen. Mit allem, was sie hatte.

Er zog sich nur gerade so weit zurück, dass sein Mund immer noch ihre Lippen berührte, als er sprach.

»Ich würde dich jetzt sehr gern lieben. Schaffst du es, leise zu sein?«

Sie lächelte. »Schaffst du das?«

»Finden wir's raus.« Er nahm ihre Hand und führte sie nach oben.

Sie hatte keine Angst mehr; genau hier war ihr Platz. Alles war perfekt, daran würden auch Anna, Daisy oder Clara nichts ändern. Sie liebte ihn und war sich ziemlich sicher, dass er ihre Gefühle erwiderte.

Kapitel 19

»Verrat mir doch bitte noch mal, warum ich dieser Sache zugestimmt habe«, verlangte Henry, als er am nächsten Tag hinter dem Festzelt parkte.

Der Parkplatz war bereits ziemlich voll; die jährlichen Festlichkeiten schienen eine Menge Zuschauer anzulocken. Das war gut, denn wie bei den meisten anderen Veranstaltungen vor dem Ball wurde auch hier für wohltätige Zwecke gesammelt. Dennoch konnte Penny Henrys Zurückhaltung gut verstehen. Sie hatte den Riesenlebkuchenhauswettbewerb viele Jahre lang als Zuschauerin besucht, aber noch nie als Teammitglied teilgenommen.

»Weil Edward dich dazu eingeladen hat und du nicht wolltest, dass dein neuer Chef merkt, was du in Wahrheit für ein Miesepeter bist, der sich nicht gern mit Leuten umgibt«, antwortete Penny und Daisy lachte auf dem Rücksitz schallend auf.

»Sie hat dich durchschaut, Dad.«

»Die eigentliche Frage ist doch, was ich hier mache?«, fuhr Penny fort. »Normalerweise sind nur Familienmitglieder der Angestellten des White-Cliff-Bay-Möbelwerks erlaubt, und das bin ich nicht.«

Daisy kletterte vom Rücksitz und schloss die Tür.

»Aber bald wirst du es sein, also Schluss mit dem Genörgel. Sieh es als Testlauf an«, riet ihr Henry lächelnd.

Ihr Herz machte vor Freude über diese Aussage einen Sprung; Henry hatte sicherlich nicht die geringste Ahnung, dass er ihr mit seiner Bemerkung den ganzen Tag versüßt hatte.

Er zögerte einen Moment und sah hinüber zu Edward am Eingang des Festzelts. Penny wusste nicht, warum er so nervös war, aber es ging sicherlich nicht darum, dass er sich vor Zuschauern an einem lustigen Wettbewerb beteiligte. Warum hatte er solche Angst, dass er schon so kurz nach seiner Einstellung seinen Job wieder verlieren würde? Was war vor ein paar Tagen passiert, um diese Skepsis zu rechtfertigen, und warum hatte er nicht mit ihr darüber gesprochen? Er versuchte, für sie und Daisy stark zu sein, aber ihr wäre es lieber gewesen, er hätte seine Sorgen mit ihr diskutiert. Sie wurde das Gefühl nicht los, dass es etwas mit Clara zu tun hatte.

Einen Moment später stieg er aus und Penny folgte ihm.

Sie sah Maggie vor ihnen, die mit jeweils einem Jungen an der Hand den Weg entlangwackelte. Daniel hatte einen Arm um ihre Taille gelegt. Beim Anblick der glücklichen kleinen Familie lächelte sie wehmütig.

Sie sah hinüber zu Henry und Daisy. Er lächelte ihr über Daisys Kopf hinweg zu. Sie waren zwar nicht die orthodoxe Familie wie Maggie und Daniel, die schon seit Schulzeiten zusammen waren, und sie waren auch nicht verheiratet und hatten keine gemeinsamen Kinder, aber Penny war glücklich, ein Teil von Henrys Familie zu sein und Daisy als eine Art Stieftochter zu haben. Vielleicht schoss sie jetzt ein wenig übers Ziel hinaus, da sie sich erst seit einer Woche kannten, aber sie konnte nicht anders.

Als einer von Maggies Jungs stehen blieb, drehte sich Maggie um, um zu sehen, was seine Aufmerksamkeit erregt hatte. Als sie Penny erblickte, winkte sie ihr schwungvoll zu. Sie ließ die Jungs bei Daniel und kam herübergelaufen.

»Du hast keine Chance, Meadows«, behauptete sie und gab Penny liebevoll einen Kuss auf die Wange. »Unser Team hat drei Jahre lang in Folge gewonnen. Von diesem Titel hängt eine Menge ab, den geben wir nicht so leicht auf.«

»Aber du bist dieses Jahr ein wenig eingeschränkt. Vielleicht hält dich ja dein kleines Bäuchlein vom Bauen und Dekorieren ab.«

»Ich leite die Jungs an, also ist das sogar ein Vorteil, weil ich das Haus quasi von außen betrachten kann. Wer ist denn euer Projektmanager?«

»Vermutlich Henry, du weißt doch, wie ich mich schon mit dem einfachsten Möbelselbstbausatz anstelle. Warum er mich in seinem Team haben wollte, ist mir ein Rätsel.«

Maggie hakte Penny unter und flüsterte ihr ins Ohr. »Du weißt ganz genau, warum.«

»Hey, keine Verbrüderung mit dem Feind.« Henry kam herüber und gab Maggie einen Kuss auf die Wange.

»Hey! Hände weg von meiner Frau, Travis!«, rief Daniel und Henry hielt lachend in einer Unschuldsbeteuerung die Hände hoch.

»Maggie, das hier ist meine Tochter Daisy. Daisy, das hier ist unsere Todfeindin, zumindest für heute Nachmittag.«

Daisy lächelte Maggie schüchtern an.

»Nach Weihnachten müssen wir alle mal einen Mädelstag einlegen, bevor das Baby kommt. Wir können uns die Nägel maniküren lassen und zum Friseur und zum Schminken gehen. Was meinst du dazu, Daisy?«, fragte Maggie, und Penny freute sich, dass ihre Freundin Daisy mit einschloss.

»Ja, das wäre super«, erwiderte Daisy grinsend.

Edward stand am Eingang zum Festzelt und begrüßte die Mitarbeiter des Möbelwerks beim Eintreten. Penny fiel auf, dass er alle Namen seiner Angestellten und auch die der meisten Ehefrauen und Kinder kannte. Als sie näher kamen, entdeckte sie die Zuschauer, die das Zelt durch einen separaten Eingang betraten.

Maggie stellte sich am Eingang wieder zu Daniel, und Edward plauderte kurz mit ihnen, ehe sie hineingingen.

Anschließend wandte sich Edward ihnen zu und begrüßte sie mit einem freundlichen Lächeln.

»Henry, ich freue mich, dass sie heute hier mitmachen. Wir veranstalten diesen Wettbewerb schon seit Jahren und können damit immer eine sehr anständige Summe für wohltätige Zwecke auftreiben. Außerdem ist es lustig, also haben Sie bitte keine Angst, dass irgendjemand heute kritisch Ihre Fähigkeiten beäugt. Die Arbeit mit Zuckerguss unterscheidet sich doch ziemlich von der Arbeit mit unserem normalen Möbelkleber.«

»Machen Sie auch mit, Sir?«

»Nennen Sie mich bitte Edward. Und ja, meine Familie und ich beteiligen uns auch jedes Jahr. Allerdings haben wir bisher noch nie gewonnen.«

»Vielleicht klappt es ja diesmal.«

»Wer weiß. Und das hier muss Ihre liebe Familie sein.« Edward lächelte Penny und Daisy an.

Penny erstarrte. Was sollte sie jetzt tun? Es bestätigen oder leugnen? Waren die Regeln wirklich so streng, dass nur echte Familienmitglieder teilnehmen durften? Würde Henry Schwierigkeiten bekommen, weil sich in seinem Team jemand befand, der nicht zu seiner Familie gehörte? Sollte sie mit Henry Händchen halten und so tun, als wäre sie seine liebende Ehefrau?

Henry zögerte keine Sekunde. »Ja, das sind Penny und Daisy.«

Edward schüttelte ihnen beiden die Hand. »Ich hoffe, Sie amüsieren sich heute gut. Möge das beste Team gewinnen.«

Er schaute auf seinem Klemmbrett nach. »Sie sind in Nische sechs.«

Henry führte sie hinein. Sobald sie sich außer Hörweite von Edward befanden, legte Daisy Penny einen Arm um die Schulter.

»Hast du das gehört? Du bist jetzt Teil unserer Familie und hast uns an der Backe.«

Pennys Herz machte vor Freude einen Satz. »Ich kann mir keine bessere Familie an der Backe vorstellen.«

Henry lächelte sie an und sie betraten die zugeteilte Nische. Dort wandte er seine Aufmerksamkeit den Materialien und Werkzeugen zu.

Er befühlte die Lebkuchenwände aus Plastik, testete ihr Gewicht und blickte hinüber zu den überdimensional großen Süßigkeiten, die am Rand ihrer Nische aufgeschichtet waren. Manche von ihnen lagen noch in einem großen Karton. Er rührte im Zuckerguss und überprüfte die Konsistenz, indem er ihn zurück in die Schüssel tropfen ließ.

»Was müssen wir tun, um zu gewinnen?«, fragte Daisy, die den Wettbewerb offensichtlich genauso ernst nahm wie ihr Dad.

»Zuerst einmal gibt es Punkte für denjenigen, der als Erster fertig ist. Das erste Team erhält zehn Punkte, das zweite neun, und so weiter. Wir bekommen also auf jeden Fall Punkte, auch wenn wir die Letzten sein sollten. Außerdem muss die Struktur belastbar sein. Wenn man zwar als Erster fertig ist, aber das Haus noch vor dem Ende des Wettbewerbs zusammenbricht, kann man disqualifiziert werden, falls die Zeit nicht mehr ausreicht, um es zu reparieren. Daneben gibt es noch Punkte für Stil, Kreativität und Originalität, die von Linda aus der Bäckerei und Summer aus dem Süßigkeitenladen vergeben werden. Auch hier gibt es im besten Fall zehn Punkte und dann jeweils absteigend welche für alle Teams. Für das schnellste Team und das kreativste Team werden Minipreise verliehen, und es gibt einen Gesamtgewinner.«

»Der Gesamtgewinner ist doch mit Sicherheit einer der Minipreisgewinner«, mutmaßte Daisy und nahm eine riesige Geleebohne aus Plastik in die Hand.

»Nicht unbedingt. Wenn man eine hohe Punktzahl fürs Schnellsein, aber eine niedrige Punktzahl fürs Design bekommt, ergibt das einen durchschnittlichen Gesamtwert. Bekommt man allerdings eine durchschnittliche Punktzahl für beides, sagen wir mal sieben oder acht, dann ergibt das einen viel höheren Gesamtwert. Im Prinzip muss man zwar schnell arbeiten, darf aber den ästhetischen Aspekt nicht vernachlässigen. Wir können uns nicht leisten, etwas schäbig Aussehendes zu bauen.«

Obwohl die Zuschauerreihen bereits gut gefüllt waren, kamen immer noch weitere herein, die damit zufrieden waren, für den Eintrittspreis einen Stehplatz zu bekommen.

Das Innere des Festzelts war mit winzigen Lichterketten dekoriert, die in Schlaufen über den Fenstern hingen. Wenn es erst einmal für den Ball fertig geschmückt war, der in drei Tagen stattfand, würde es geradezu magisch aussehen.

»Gibt es irgendwelche Regeln?«, erkundigte sich Henry.

»Nein. Man darf den anderen Gruppen nicht helfen oder sie behindern, aber abgesehen davon, dass unser Lebkuchenhaus bis zum Ende des Wettbewerbs noch stehen muss, können wir tun und lassen, was wir wollen.«

»Wir brauchen eine Strategie«, bestimmte Daisy. »Wir müssen etwas anderes bauen als unsere Konkurrenz.«

Henry stand auf und stellte sich zu ihnen. »Was schlägst du vor?«

Gedankenversunken sah sich Daisy um. »Wir können alles in unserer Nische benutzen, richtig?«

Penny nickte.

»Auch den Pappkarton dort?«, vergewisserte sich Daisy.

Penny sah hinüber zu dem riesigen Karton, der mit einigen kleineren Plastiksüßigkeiten und Schaumstoffteilen gefüllt war.

»Ja, den können wir benutzen. Was schwebt dir denn vor?«

»Eine Veranda oder Dachgaube.«

»Eine Gaube wird schwierig, aber die Idee mit der Veranda finde ich gut. Wir können sie auch verzieren, damit sie nicht wie ein Karton aussieht«, stimmte Henry zu.

»Und das Seil können wir als eine Art schneebedeckte Girlande vom Dach hängen lassen«, begeisterte sich Penny für die kleine Schummelei.

»So machen wir's!«, bestimmte Henry mit einem wunderbar schelmischen Funkeln in den Augen.

»Meine Damen und Herren!«, rief Edward durchs Mikrofon. »Nehmen Sie bitte Platz, der Riesenlebkuchenhauswettbewerb wird in Kürze beginnen.«

Die Zuschauer klatschten und jubelten, bis Edward um Stille bat.

»Vielen Dank, dass Sie gekommen sind. Wie die meisten von Ihnen wissen, veranstalten wir diesen Wettbewerb jedes Jahr, um ebenfalls die Wohltätigkeitsorganisation zu unterstützen, für die der Weihnachtsball Geld sammelt. In diesem Jahr gehen die Einnahmen an *Kaleidoskop*, eine Organisation, die Forschungsarbeit zu Fehlgeburten, Totgeburten und Frühgeburten betreibt und betroffene Familien unterstützt.«

Die Menge applaudierte laut und Penny spürte einen Kloß im Hals, weil sie eine Organisation unterstützten, die ihr sehr am Herzen lag. Sie fing Maggies Blick auf und lächelte sie dankbar für diese Wahl an.

Edward stellte kurz die Teams vor und erwähnte Penny als Teil von Henrys Familie, was ein interessiertes Gemurmel der Menge zur Folge hatte. Anschließend erläuterte er die Regeln und wiederholte im Grunde genau das, was Penny bereits gesagt hatte. Danach startete er den Countdown.

»Das Seil bauen wir erst ganz zum Schluss ein, damit uns die anderen das nicht nachmachen. Gleiches gilt für den Karton«, flüsterte Henry. »Zuerst bauen wir das Haus.«

Penny nickte. Sie spürte Aufregung und Begeisterung wegen ihrer Idee und der großzügigen Auslegung der Regeln.

»Drei, zwei, eins, los!«, rief Edward.

Henry und Daisy holten sofort zwei Wände, eine Rückwand und eine Seite und hielten sie rechtwinklig aneinander. Sie waren ein eingespieltes Team – der eine wusste schon, was der andere vorhatte, ohne dass sie darüber sprechen mussten. Penny erkannte, dass sie bald auch ein Teil dieses kleinen Teams sein würde, falls zwischen ihr und Henry alles nach Plan verlief.

Rasch füllte sie den Zuckerguss in den großen Spritzbeutel, während Henry die beiden Wände perfekt ausrichtete.

Penny drückte den Guss in die Ritze dazwischen, um die Wände zu verbinden. Während er antrocknete, hielt Henry die Paneele fest und Penny bedeckte schon einmal die andere Seite der Rückwand mit Zuckerguss.

»Was ist denn das für ein Zeug, das trocknet ja echt schnell«, wollte Henry wissen und ließ vorsichtig seine beiden Wände los.

»Keine Ahnung, ich habe so etwas noch nie vorher gesehen. An deiner Stelle würde ich es aber nicht essen«, riet Penny ihm, die die Vorderwand mit der Türöffnung heranzog. Daisy kam herbeigeeilt und nahm das andere Ende.

Penny sah, wie Henry durch das Festzelt blickte, als hätte er etwas entdeckt, und zwar nichts Gutes. Sie sah hinüber zu den anderen Teams. Bestimmt waren die ebenfalls auf die Idee gekommen, den Karton zu benutzen. Stattdessen sah sie Clara zwischen den Mannschaften umherschlendern. Panik durchzuckte Henrys Miene, die sich noch steigerte, als er feststellte, dass Penny es ebenfalls bemerkt hatte, bevor er seine Aufmerksamkeit wieder dem Haus zuwandte.

Henry hatte Clara gesagt, dass er eine Freundin hatte. Das müsste doch eigentlich reichen, um sie loszuwerden. Weshalb machte er sich also solche Sorgen?

* * *

Henry konzentrierte sich darauf, die Vorderwand an der Seite zu befestigen, die sie bereits festgeklebt hatten, und ignorierte Pennys fragenden Blick, als sie den Zuckerguss in die Verbindung spritzte.

Das würde kein gutes Ende für ihn nehmen. Clara war unglaublich stolz und arrogant. Die Zurückweisung und die Bloßstellung vor ihrer Assistentin waren garantiert der Tropfen, der das Fass zum Überlaufen gebracht hatte.

Allerdings würde ihm Clara doch hier vor Daisy, Penny und all den Zuschauern sicherlich keine Szene machen?

Er spähte erneut zu ihr hinüber. Sie blieb absichtlich bei allen Mannschaften stehen, um mit ihnen ein paar Worte zu wechseln. Oberflächlich betrachtet musste es auf das Publikum wirken, als ob eine der Geschäftsführerinnen sich unter die Angestellten mischte, um die Teams anzufeuern, aber der überraschte Blick der Mitarbeiter, mit denen sie sprach, und sogar von Edward bewies, dass sie so etwas bisher noch nie getan hatte. Henry kannte auch genau den Grund; es war reine Taktik. Wenn sie mit jedem Team sprach, würde es nicht verdächtig wirken, wenn sie auch zu ihm herüberkam, was unausweichlich war, davon war er fest überzeugt.

Penny beobachtete ihn genau. Verdammt, er hätte es ihr erzählen sollen. Jetzt wirkte es noch verdächtiger, obwohl eigentlich gar nichts passiert war.

»Hol die nächste Wand, Daisy«, bat Henry und Daisy rannte davon.

Henry tat so, als müsste er die Verbindung zwischen den Paneelen überprüfen, und trat hinter das Haus. Penny folgte ihm.

»Sie erpresst mich, damit ich mit ihr schlafe«, flüsterte er. »Falls ich mich weigere, verliere ich meinen Job. Tue ich es, verliere ich meinen Job wahrscheinlich auch. Wie du siehst, kann ich nur gewinnen.«

Schockiert starrte sie ihn an.

»Daisy, kannst du das Seitenteil an die Vorderseite halten?«, rief Henry und schickte sie damit in die am weitesten von ihnen entfernte Ecke.

»Hast du Edward davon erzählt?«, wollte Penny wissen.

Er schüttelte den Kopf.

»Falls du es ihm nicht sagst, tue ich es. Damit lasse ich sie nicht durchkommen.«

»Verdammt, Penny, das ist keine Lösung. Er wird mir nicht mehr glauben als seiner Schwester. Wenn ich mich bei ihm über Clara beschwere, wird er vermutlich derjenige sein, der mich entlässt.«

»Wie willst du die Angelegenheit dann klären?«

»Ich habe ihr gedroht, sie wegen sexueller Belästigung zu verklagen, falls sie weiterhin versucht, mich zu erpressen.«

»Und tust du das?«

»Auf jeden Fall werde ich nicht mit ihr schlafen, falls du das glaubst«, zischte er. »Sie kann mich nicht einfach so entlassen, ohne Edward einen Grund dafür zu liefern. Wenn ich sie weiter abblitzen lasse, wird sie irgendwann damit aufhören, da bin ich mir sicher.«

»Aha, deshalb bist du so nervös, dass sie gleich herkommen wird. Weil du dir sicher bist, dass sie damit aufhören wird?«

Er ließ sie stehen, wütend darüber, dass um ihn herum alles zusammenbrach und es keinen Weg zu geben schien, das aufzuhalten.

Penny hielt ihn am Arm zurück. »Wenn du diesen Job willst, wenn du irgendetwas im Leben wirklich willst, dann musst du darum kämpfen. Dreh dich nicht einfach auf den Rücken und stell dich tot.«

Henry nickte, obwohl er nicht die geringste Ahnung hatte, wie er gegen Clara ankämpfen sollte. Er fing ihren Blick auf. Sie grinste in sich hinein und ging zum Team in der Nachbarnische. Dass Henry sie hatte abblitzen lassen, war eine Herausforderung, der sie nicht widerstehen konnte.

Clara trat zu ihnen und war jetzt nur noch durch das Absperrseil von ihnen getrennt. »Sieht gut aus«, kommentierte sie fröhlich, wobei ihr Blick ausschließlich Henry galt und nicht dem Haus.

Er wandte seine Aufmerksamkeit wieder dem Bauwerk zu und Penny half ihm, die letzte Hausseite festzukleben, indem sie den Zuckerguss in die Lücke spritzte, während er und Daisy die Wände fixierten.

»Henry, haben Sie einen Moment Zeit für mich?«, rief Clara herüber.

»Ich bin gerade beschäftigt«, gab er schnippisch zurück und Daisy blieb angesichts seines unhöflichen Tons der Chefin gegenüber der Mund offen stehen.

Pennys Miene schwankte zwischen Sorge, Anteilnahme und Ärger.

Er musste die Sache jetzt ein für alle Mal klären.

Daher ließ er seine Frauen für einen Moment allein, sprang über die kleine Absperrung zu Clara und ging einige Schritte weiter, damit sie auch vom Publikum nicht belauscht werden konnten.

»Ich habe Ihnen gesagt, Sie sollen mich in Ruhe lassen.«

»Ich bin es nicht gewohnt, dass man mir widerspricht«, erwiderte Clara lächelnd und warf sich die Haare über die Schulter.

»Sind Sie daran gewöhnt, wegen sexueller Belästigung verklagt zu werden? Denn ich habe Ihnen gesagt, dass ich genau das tun werde, wenn Sie mich noch mal behelligen.«

»Ach bitte. Wenn Sie das vorhätten, hätten Sie es längst getan. Sie wären geradewegs aus meinem Büro zu Edward oder der Personalabteilung marschiert und hätten sich bei jemandem über mich beschwert, aber das haben Sie nicht. Und das liegt daran, dass Sie es insgeheim selber wollen.«

»Lieber würde ich mir mit einer Gabel die Augen ausstechen, als mit Ihnen zu schlafen oder sonst irgendwas mit Ihnen zu tun.«

»Und trotzdem hat schon ein Wort von mir gereicht, und Sie sind hier drüben bei mir statt bei ihrer *hübschen* Freundin.«

Henry sah hinüber zu Penny, die absichtlich seinem Blick auswich. »Hören Sie, warum tun Sie das? Sie sind sehr attraktiv und können jeden Mann haben, den Sie wollen. Warum interessieren Sie sich für jemanden, der bereits gebunden ist?«

»Sie haben recht, Henry, ich kann jeden Mann haben, den ich will, und ich will Sie. Sparen wir uns doch das ganze Theater – Sie und ich, wir wissen beide genau, dass Sie mit mir schlafen werden, also hören Sie auf, es hinauszuzögern. Ich werde heute Abend um achtzehn Uhr in meinem Büro sein. Das Werk ist um diese Zeit leer, aber ich lasse die Seitentür offen.«

»Ich bin nicht …«

»Sie werden da sein oder ich mache Ihnen das Leben zur Hölle. Ihre kleine Freundin wird sicher interessiert sein zu hören, dass Sie mich neulich auf dem Schreibtisch gevögelt haben. Falls Sie nachher nicht auftauchen, werde ich ihr den Vorfall sehr detailliert beschreiben. Oder vielleicht sollte ich ihr erzählen, dass Sie nur deshalb überhaupt den Job bekommen haben.«

Henry wollte ihr sagen, dass sie das gern tun konnte, aber war seine Beziehung zu Penny stark genug, um das auszuhalten? Schließlich kannten sie sich kaum. Vertraute Penny ihm genug, um ihm mehr zu glauben als Clara?

Er wusste, was er zu tun hatte, aber schon allein beim Gedanken daran wurde ihm übel. Er nickte. »Okay, achtzehn Uhr. Tragen Sie etwas Aufreizendes, und zwar nicht zu viel.«

Mit leuchtenden Augen, weil er so schnell nachgegeben hatte, nickte sie und leckte sich über die Lippen, ehe sie ging.

Kapitel 20

Henry kehrte zum Lebkuchenhaus zurück, wo Penny ihn hoffnungsvoll erwartete, während Daisy loslief, um weitere Süßigkeiten zum Dekorieren zu holen.

»Mach dir keine Sorgen, ich habe das geklärt. Sie wird uns nicht mehr belästigen.«

»Wirklich? Denn als sie gegangen ist, sah sie sehr zufrieden aus.«

»Ich habe es geklärt«, wiederholte Henry.

Er widmete sich voller Tatendrang dem Bau des Hauses und hob Daisy auf die Schultern, damit sie das Dach befestigen und den Zuckerguss oben aufbringen, beim Dekorieren helfen und die besten Stellen für die Süßigkeiten suchen konnte. Schließlich, während manche Teams bereits fertig waren, fügten sie vorn noch den Karton an und machten eine kurze Veranda daraus, die sie ebenfalls mit Zuckerguss und Süßigkeiten verzierten. Henry hörte kaum die Jubelrufe des Publikums, als die Leute bemerkten, was sein Team da tat, und auch nicht die gutmütigen Ausrufe der anderen Mannschaften, dass das geschummelt sei; seine Gedanken drehten sich ausschließlich darum, was er nach dem Lebkuchenhauswettbewerb tun musste. Es war schäbig, das wusste er, und vermutlich würde er danach ohne

Job dastehen, aber es war die einzige Möglichkeit, der Sache Einhalt zu gebieten.

Die Teams beendeten ihre Bauwerke und die Juroren gingen herum, um sie zu bewerten, doch davon bekam er kaum etwas mit. Das Herz hämmerte ihm in der Brust. Für die hervorragende Idee, den Karton als Veranda zu verwenden, gewannen sie den ersten Platz in der Kategorie Gestaltung, etwas, worüber sich Daisy und Penny unglaublich freuten, aber Henry konnte sich nicht konzentrieren und zwang sich nur mit viel Mühe zu einem Lächeln, als ihnen der Präsentkorb mit Schokolade und anderen Naschereien überreicht wurde. Den Gesamtsieg erreichten sie nicht, weil sie eins der letzten Teams bei der Fertigstellung des Hauses gewesen waren. Die Mannschaft von Daniel und Maggie gewann erneut, aber Henry war so abgelenkt, dass er sogar vergaß zu klatschen. Inzwischen hatte er sich in eine solche Panik hineingesteigert, dass ihm sogar das Atmen schwerfiel.

Edward verlieh den Preis, sagte noch ein paar abschließende Worte und dann gingen alle.

Henry sah auf seine Uhr. Es war bereits nach halb sechs. Er musste jetzt handeln.

Als die letzten Zuschauer gegangen waren und sich draußen voneinander verabschiedeten, ließ er Penny und Daisy stehen und ging geradewegs hinüber zu Edward. Als er näher kam, stellte er jedoch fest, dass er gerade mit Audrey sprach, Claras Assistentin. Mist. Damit hatte er nicht gerechnet. Was erzählte sie ihm? Falls sie mit Clara befreundet war, stellte sie ihn garantiert nicht gerade in einem guten Licht bezüglich dessen dar, was er neulich zu Clara gesagt hatte. Doch was auch immer die beiden da besprachen, er würde jetzt keinen Rückzieher machen oder seine Meinung ändern.

Er ging weiter und erkannte, dass Edward sehr wütend war. Als er Henry kommen sah, verstärkte sich seine grimmige Miene noch.

»Henry, ist das wahr?«

Henry schluckte. »Das kommt darauf an, was Audrey Ihnen erzählt hat. Ich kann Ihnen gern meine Sicht der Dinge schildern, falls Sie die interessiert.«

Edward nickte und runzelte die Stirn, während Henry alles erläuterte. Noch nie zuvor hatte er Edward so wütend gesehen, und er versuchte sich vorzustellen, wie es ihm gehen würde, wenn jemand zu ihm käme und so etwas über Anna sagen würde. Vermutlich würde Henry demjenigen eine reinhauen, und Edward sah momentan aus, als hätte er auch genau das vor. Schließlich beendete Henry seinen Bericht.

»Das stimmt im Großen und Ganzen mit dem überein, was Audrey mir gerade erzählt hatte. Sie hat Clara gesagt, dass sie mich über alles informieren würde, wenn sie Sie nicht in Ruhe lässt, und nachdem sie sie vorhin im Gespräch mit Ihnen gesehen hat, wusste sie, dass die Sache nicht beendet ist.«

»Sie hat mir mit Kündigung gedroht, wenn ich es Ihnen erzähle, aber ich würde lieber meinen Job verlieren, als so ein Verhalten durchgehen zu lassen«, erklärte Audrey, die sichtlich genauso viel Angst davor gehabt hatte, mit Edward zu reden, wie Henry.

»Ich weiß, dass Sie keinen Grund haben, mir zu glauben«, fuhr Henry fort. »Ich habe bisher erst einen einzigen Tag für Sie gearbeitet, aber ich habe auch keinen Grund, Sie anzulügen. Ich will diese Stelle, ich bin dafür quer durchs ganze Land gezogen und ich würde niemals riskieren, sie zu verlieren, aber ich kann mich auch nicht zum Sex erpressen lassen, nur um sie zu behalten. Leider kann ich auch beweisen, dass ich nicht lüge. Genau in diesem Moment erwartet sie mich in ihrem Büro zum Sex. Wenn ich nicht käme, würde sie meiner Freundin erzählen, dass wir miteinander geschlafen hätten, hat sie mich gewarnt. Ich habe zugestimmt, sie dort zu treffen, aber ich hatte nie vor, hinzugehen. Vielleicht möchten Sie das ja an meiner Stelle tun. Dann werden Sie sehen, dass ich die Wahrheit sage. Dass sie dort auf mich wartet, sollte Beweis genug sein.«

»Ich brauche keinen Beweis, Henry. Ich glaube Ihnen. Leider ist es nicht das erste Mal, dass so etwas vorgekommen ist. Allerdings habe ich bisher immer nur Gerüchte gehört, und keiner der Männer hatte den Mut, damit zu mir zu kommen. Ich weiß nicht, ob manche von ihnen mit ihr geschlafen haben, um ihre Stellen zu behalten. Ich würde lieber glauben, dass sie es aus freien Stücken getan haben. Ohne eine Beschwerde oder Beweise gab es jedoch nichts, was ich dagegen tun konnte, außer mit ihr zu reden, aber sie hat immer darauf beharrt, nichts Unrechtes getan zu haben. Ich werde jetzt mit ihr sprechen und die Sache ein für alle Mal beenden. Ich möchte mich aufrichtig bei Ihnen entschuldigen, dass dies passiert ist, aber ich kann Ihnen versprechen, dass es niemals wieder vorkommen wird, weder bei Ihnen noch bei jemand anderem. Und Sie brauchen beide keine Angst um Ihre Stellen zu haben, die sind Ihnen sicher, aber ich möchte Sie darum bitten, die Angelegenheit für sich zu behalten. Das White-Cliff-Bay-Möbelwerk hat einen sehr guten Ruf, und es täte mir leid, wenn diese Sache in der Presse bekannt wird und ihn zerstört.«

Henry und Audrey nickten.

Edward verabschiedete sich von ihnen und Henry bedankte sich bei Audrey für ihre Ehrlichkeit. Er hätte es Edward sowieso erzählt, aber zu zweit bekam ihr Bericht mehr Gewicht.

Als er zurück zu Penny ging, hatte er das Gefühl, als wäre ihm eine Riesenlast von den Schultern genommen. Er hätte es Edward schon viel früher sagen sollen, statt die Sache so hinauszuzögern. Es hätte alles schon viel eher vorbei sein können.

Penny sah ihm aufmerksam entgegen, und Daisy war nirgendwo zu entdecken.

»Daisy ist mit einer ihrer neuen Freundinnen losgezogen, um sich die Kunstausstellung in der Stadt anzusehen. Wie es scheint, hat Jackson Cartwright einige Gemälde im Rathaus ausgestellt, für die sie sich interessiert. Danach wollen sie noch Pizza essen gehen. Ich hoffe, es macht dir nichts aus, ich habe es erlaubt. Ich habe ihr ein bisschen Geld gegeben, und Rebeccas Mum hat versprochen, Daisy später bei uns abzusetzen und …«

Sie verstummte, als er sie fest in die Arme nahm und an sich presste, ohne darauf zu achten, wer sie womöglich sehen konnte.

Es war vorbei, und jetzt konnte mit dieser unglaublichen, geduldigen, schönen Frau wieder alles perfekt werden.

* * *

Penny versuchte, Henrys Gespräch mit Edward vor dem Fenster zu verfolgen, ohne Daisy merken zu lassen, wie besorgt sie war. Als sie vorhin von der Auslieferung einiger Eisskulpturen zurückgekommen waren, hatte Edward bereits auf sie gewartet und ein wenig befangen mit Daisy geplaudert, die ebenfalls während ihrer Abwesenheit zurückgekehrt war.

Jetzt saß Daisy neben ihr und schenkte ihre gesamte Aufmerksamkeit Bernard. Ihr war deutlich anzumerken, dass sie nicht die geringste Ahnung hatte, was los war, und nur wusste, dass Henry mit seinem Chef redete. Beim Gespräch mit ihr war Edward offensichtlich sehr diplomatisch gewesen.

Beide Männer wirkten sehr ernst.

Sie beobachtete, wie Edward ging und Henry ihm zum Abschied zuwinkte, bevor er durch die Haustür hereinkam. Er sagte nichts, doch aus seinem Blick sprach pure Erleichterung. Es war tatsächlich vorbei, und so wie es aussah, war auch seine

Stelle sicher. Henry hatte nicht viel darüber gesagt, was nach dem Lebkuchenhauswettbewerb vorgefallen war, oder darüber, was Clara mit ihm besprochen hatte; Penny wusste nur, dass er Edward alles erzählt hatte und abwarten musste, was als Nächstes passierte.

»Lasst uns heute Abend alle drei zusammen essen gehen«, schlug Henry strahlend vor.

»Ich habe schon genügend Pizza für mehrere Tage intus«, erwiderte Daisy. »Aber ihr beide könnte gern gehen.« Sie zog schelmisch die Brauen hoch.

Penny wurde rot. Daisy schien stark daran interessiert, sie zusammenzubringen, was eine totale Kehrtwende zu dem Gespräch war, das Penny in der Woche zuvor mit ihr geführt hatte.

»Komm doch trotzdem mit«, bat Penny. »Du kannst ein Dessert essen. An einem Samstagabend solltest du nicht allein hier sitzen.«

»Das macht mir nichts aus. Gleich kommt *X Factor* und ich habe Melissa versprochen, es über Skype mit ihr zusammen zu gucken. Geht ihr nur und amüsiert euch.«

»Dann bleiben wohl nur du und ich übrig«, schlussfolgerte Henry und versuchte, sich ein Grinsen über die Kuppelversuche seiner Tochter zu verkneifen.

»Dann hilf mir schnell, den Laster mit den Eisblöcken zu beladen, die ich morgen für den Kurs brauche, und dann kann ich mich umziehen.«

Henry nickte und sie gingen in den Gefrierschrank. Er half ihr dabei, mehrere kleinere Blöcke, die sie schon zurechtgeschnitten hatte, auf den Rollwagen zu stellen, und gemeinsam schoben sie ihn hinaus zum Auto.

»Erzählst du mir, was passiert ist?«, flüsterte Penny für den Fall, dass Daisy sie hören konnte.

»Nein, ich sage es dir im Auto. Ich möchte nicht, dass Daisy etwas davon erfährt.«

Sie verluden die Blöcke und wickelten jeden einzeln in Luftpolsterfolie, damit sie nicht an den Seitenwänden oder aneinander festklebten. Anschließend ging Penny nach oben, um sich umzuziehen.

Sie suchte nach etwas Schickem, aber nicht übermäßig Elegantem, weil sie vermutlich irgendwo in einem Pub essen würden, daher entschied sie sich für einen schönen Pullover, trug ein bisschen Make-up auf und flocht sich die Haare zum Zopf. Henry hatte sie schon frühmorgens gesehen, wenn ihre Haare in alle Richtungen abstanden, in ihrem definitiv nicht sexy aussehenden Schlafanzug und in ihrem Alltagsoutfit aus Jeans und Kapuzenpulli, und schien sie trotzdem zu mögen.

Sie lief nach unten, sie verabschiedeten sich von Daisy und stiegen ins Auto.

»Also los, heraus damit!«, forderte Penny, während Henry die holprige Einfahrt entlangfuhr.

»Okay, aber ich möchte nicht, dass du dadurch eine schlechte Meinung von mir bekommst. Eigentlich war das, was ich gemacht habe, ziemlich schäbig. Aber Clara hat Nein als Antwort nicht akzeptiert. Je mehr ich sie zurückgewiesen habe, desto größer war für sie die Herausforderung. Sie hat mir befohlen, mich heute Abend mit ihr in ihrem Büro zu treffen, oder sie würde mir das Leben zur Hölle machen. Also habe ich zugestimmt.«

Penny versuchte, die plötzlich aufsteigende Angst zu unterdrücken. Hatte er zugestimmt, mit ihr zu schlafen, um sie ein für alle Mal loszuwerden? Nein, das würde er niemals tun.

Henry sah zu ihr hinüber. »Ich hatte nie vor hinzugehen. Aber ich wollte einen Beweis, falls Edward mir nicht glaubt, wenn ich ihm alles erzähle. Ich habe ihm alles berichtet und Audrey, Claras Assistentin, hat es bestätigt. Ich habe ihm gesagt, wo er sie finden kann, und dass sie dort auf mich wartet, aber er hat mir auch so geglaubt. Ich habe ein richtig schlechtes Gewissen, dass ich sie so ins offene Messer habe laufen lassen, obwohl es letztendlich gar nicht nötig war. Jedenfalls ist Edward in ihr Büro gegangen, um mit ihr zu reden, und hat sie wohl in einer sehr kompromittierenden Position auf dem Schreibtisch vorgefunden. Halb nackt. Das war sicher demütigend.«

»Wag es ja nicht, Mitleid mit ihr zu haben«, empörte sich Penny. »Daran trägt sie ganz allein die Schuld, niemand sonst. Sie hat dich erpresst, damit du mit ihr schläfst, und dir auch noch mit Entlassung gedroht. Wie tief muss man sinken, um so etwas zu tun? Wenn es andersherum gewesen wäre und du der Erpresser, würden die Leute dich für ein krankes Monster halten, weil du als großer, einschüchternder Mann eine kleine Frau gezwungen hast, mit dir zu schlafen. Warum sollte es anders sein, nur weil sie die Erpresserin ist? Sie hat alles verdient, was sie jetzt bekommt.«

»Na ja, ich fühle mich trotzdem ein wenig mies, weil Edward sie auf der Stelle gefeuert hat.«

»Er hat sie gefeuert? Seine Schwester? Wie denn das? Die Firma gehört ihnen doch beiden zusammen. Ich wusste nicht, dass Edward mehr Entscheidungsgewalt besitzt als sie.«

»Anscheinend doch. Ursprünglich hatte sein Vater ihm die Firma angeboten, da Clara kein Interesse daran hatte, aber dann hat sie sich deswegen so aufgeregt, dass ihr Dad sich gezwungen sah, sie ebenfalls als Geschäftsführerin zu benennen, aber er hat dafür gesorgt, dass Edward sechzig Prozent der Firmenaktien kontrolliert und Clara nur vierzig, damit Edward immer die entscheidende Stimme bei wichtigen Firmenentscheidungen blieb. Clara hat nie etwas in der Firma getan; er hat mir gegenüber offen zugegeben, dass er nicht die geringste Ahnung hat, was sie den ganzen Tag in ihrem Büro treibt, und sie seit Jahren einen Ballast für die Firma darstellt. Aber sie ist seine Schwester, also hat er darüber hinweggesehen. Jetzt hat er sie jedoch entlassen. Er ist bei ihr geblieben, während sie ihr Büro ausgeräumt hat, und hat ihr den Schlüssel abgenommen. Sie wird nicht zurückkehren. Die Sache hat einen Riesenstreit zwischen ihnen entfacht und auch das tut mir leid. Ich weiß nicht genau, ob ihre Entlassung vielleicht eine Überreaktion von ihm war. Ich finde, er hätte sie erst mal verwarnen sollen, aber wie es aussieht, hat Edward schon früher Gerüchte gehört, dass sie so etwas macht, konnte es ihr aber nie nachweisen. Vielleicht wollte er sie einfach loswerden und hatte endlich den passenden Grund. Aber Audrey bekommt ein anderes Aufgabengebiet in der Firma und ich habe meine Stelle noch, also hattest du vermutlich recht. Dafür zu kämpfen, hat sich gelohnt.«

Penny lächelte. »Ich bin sehr froh, dass die Sache gut für dich ausgegangen ist, und es tut mir leid, dass du das durchmachen musstest. Aber du brauchst dich nicht schuldig für das zu fühlen, was passiert ist. Sie hat das ganz allein verursacht, und wenn du es nicht gewesen wärst, hätte es einen anderen armen Kerl getroffen. Früher oder später hätte es aber auf jeden Fall so geendet. Außerdem ist Jills Familie reich. Clara wird nicht gerade auf der Straße landen, nur weil sie ihren Job verloren hat. Ich denke, sie wird zurechtkommen.«

»Oh Gott, Jill! Ich habe ganz vergessen, dass sie Claras Stiefmutter ist. Glaubst du, dass sie mich dafür hassen wird?«

»Das bezweifle ich, sie und Clara sind sich nicht besonders grün. Außerdem ist das Ganze nicht deine Schuld, also hör auf, das zu denken.«

Henry nickte und fuhr durch die Stadt bis zum *Blasen und Schaum*, einem heimeligen kleinen Pub am äußersten Stadtrand, der neben einigen Häusern direkt am Strand von Silver Cove stand. Der Pub wurde von Seb, einem Freund von Pennys Bruder, betrieben und bot unglaublich tolles Essen.

Beim Eintreten bewunderte Penny den wunderschönen, riesigen Weihnachtsbaum, der auf einem Ehrenplatz in der Ecke stand. Er war geschmackvoll dekoriert und sah im Vergleich zu dem wunderbaren Ungetüm in ihrem Wohnzimmer geradezu langweilig aus.

Henry zog Penny einen Stuhl heraus und sie freute sich über seine tadellosen Manieren, ehe er sich ihr gegenübersetzte.

»Du siehst heute Abend sehr hübsch aus.« Er griff über den Tisch und nahm ihre Hand.

»Danke.« Penny sah sich um und fragte sich, ob man sie wohl beobachtete. Es war das erste Mal, dass sie offiziell als Paar in White Cliff Bay ausgingen, allerdings waren sie bereits gemeinsam beim Weihnachtsbaumkauf und heute als Familie beim Lebkuchenhauswettbewerb gesehen worden. Es schien, dass es Schnee von gestern war, dass sie zusammen waren, denn niemand schaute auch nur zu ihnen herüber. Sie betrachtete den leeren Stuhl an ihrem Tisch und fühlte sich schuldig. »Ich habe ein schlechtes Gewissen, weil Daisy allein zu Hause geblieben ist.«

»Du hast sie doch zum Mitkommen eingeladen, und es war ihre Idee, dass wir ohne sie ausgehen. Ich glaube, ihr gefällt es, wenn wir zusammen sind, was eine Hundertachtzig-Grad-Wende zu letzter Woche ist, als sie mich gebeten hat, nichts mit dir anzufangen. Ganz sicher ist sie nicht wegen *X Factor* zu Hause geblieben. Sie kann die Sendung nicht leiden und hat noch nie eine Folge gesehen.«

»Dann hoffe ich nur, dass es daran liegt, dass sie uns zusammenbringen will, und nicht, weil sie sich wie das fünfte Rad am Wagen vorkommt.«

Henry runzelte die Stirn. »Das will ich doch nicht hoffen. Allerdings hatte ich nicht diesen Eindruck, als sie mich zur Tür hinausgeschoben und mir geraten hat, mich zu amüsieren, aber ich werde sicherheitshalber mit ihr reden.«

Amy, eine der Kellnerinnen, kam herüber und nahm ihre Getränkebestellung auf.

»Hast du am ersten Weihnachtsfeiertag schon was vor?«, fragte Henry, nachdem sie fort war.

»Noch nichts Festes. Vielleicht besuche ich meinen Bruder, aber er hat nicht gern Bernard im Haus, deshalb gehe ich vermutlich nur abends hin; ich kann Bernard nicht den ganzen Tag über allein lassen. Jill lädt mich immer ein, aber ich möchte sie nicht bei dem großen Familienessen stören, das sie veranstaltet. Es macht mir nichts aus, allein zu sein, schließlich läuft im Fernsehen immer ein wunderbar schnulziger Weihnachtsfilm und ich habe jede Menge zu essen. Geht ihr zu Anna?«

»Sie hat uns eingeladen, aber … Ich glaube, es wäre auch schön, wenn wir Weihnachten diesmal bei uns verbringen würden. Bisher waren wir immer bei meinen Eltern oder Anna. Vielleicht bleibe ich diesmal einfach mit Daisy zu Hause. Traditionell mache ich am ersten Weihnachtsfeiertag immer Mince Pies und wir essen sie frisch aus dem Ofen. Ich bekomme sie zwar nie richtig hin und sie schmecken schrecklich, aber wir probieren es trotzdem jedes Jahr wieder. Einmal habe ich vorgeschlagen, es aufgrund meiner mangelnden Fähigkeiten sein zu lassen, aber Daisy hat darauf bestanden, dass ich welche backe.«

Penny gefiel der Gedanke, dass die beiden Weihnachten nur mit sich und ihren Traditionen verbrachten.

»Als ich Daisy vorgeschlagen habe, dass wir dieses Jahr zu Hause bleiben, fand sie das gut und hat gemeint, es wäre schön, wenn wir zum Mittag ein oder zwei Freunde einladen würden und abends Anna besuchen gingen. Ich vermute, dass sie die Last der schlechten Mince Pies nicht allein tragen möchte, aber rat mal, wen sie zum Essen einladen will?«

Penny lächelte.

»Na ja, Bernard war ihre erste Wahl, aber du kamst gleich dahinter.«

Penny lachte. »Ich würde gerne zum Essen kommen und Bernard auch, das weiß ich.«

»Gut, dann wäre das also beschlossen.«

Sie nahmen sich einen Moment Zeit, um ihr Essen auszuwählen, und Penny konnte ein Grinsen nicht unterdrücken, während sie die Speisekarte studierte. Der Abend hätte kaum schöner werden können.

Plötzlich vibrierte Henrys Handy, das auf dem Tisch zwischen ihnen lag. Beim Blick auf die Anruferkennung runzelte er die Stirn und ging schnell ran. »Daisy, ist alles in Ordnung?«

Penny konnte nicht hören, was gesprochen wurde, doch einige Sekunden später war Henry schon aufgestanden und zog seine Jacke über, also folgte sie ihm.

»Okay, Schatz, mach dir keine Sorgen. Wir sind schon auf dem Heimweg und in ungefähr zehn Minuten oder einer Viertelstunde bei dir.«

Penny warf ein wenig Bargeld für die Getränke auf den Tisch und winkte Seb und Amy hinter der Bar zu, um ihnen zu verdeutlichen, dass sie gingen. Henry nahm sie bei der Hand und marschierte mit ihr hinaus, wobei er immer noch am Handy mit Daisy sprach.

»Halte durch, Daisy.« Er hielt das Handy vom Kopf weg und bedeckte das Mikrofon, damit Daisy ihn nicht hören konnte. »Hast du irgendwo Kerzen?«

»Ja, im Schubfach links neben dem Herd. Warum, was ist denn los?«

»Der Strom ist ausgefallen und sie steht kurz vorm Durchdrehen. Tut mir leid wegen des Essens.«

»Schon gut, du brauchst dich nicht zu entschuldigen. Wenn ich bei einem Stromausfall allein zu Hause wäre, würde ich auch durchdrehen. Lass mich mit ihr reden, du kannst fahren«, schlug Penny vor und setzte sich ins Auto.

Henry reichte ihr das Handy, legte den Gang ein und raste vom Parkplatz.

»Ich bin es, Daisy, ist alles okay?«

»Nein.«

Penny räusperte sich. »Bist du allein?« Henry warf ihr einen merkwürdigen Blick zu, doch es war durchaus möglich, dass Josh vorbeigekommen war, nachdem sie gegangen waren. Einer der möglichen Gründe, warum Daisy sie so schnell zur Tür hinausgeschoben hatte.

»Ja, Josh konnte nicht kommen. Es ist zappenduster, alle Lichter sind aus und ich habe eine Scheißangst. Sag Dad nicht, dass ich Scheiß gesagt habe.«

»Werde ich nicht. Okay, wovor genau hast du Angst: Außerirdische, Geister, wahnsinnige Axtmörder?«

»Bring sie nicht auf dumme Gedanken!«, zischte Henry.

»Ja, genau davor«, jammerte Daisy.

»Okay. Ich kann dir versprechen, dass es im Haus nicht spukt. Ich wohne schon mein ganzes Leben dort und habe noch nie einen merkwürdigen Schatten gesehen, oder dass sich etwas bewegt hat oder plötzlich fort war. Falls es Geister gibt, leben sie jedenfalls nicht bei mir. Falls Außerirdische herabsteigen würden, um die Menschheit zu zerstören, würden sie vermutlich beim Weißen Haus beginnen oder beim Parlamentsgebäude oder der Besetzung von *The Only Way Is Essex* statt bei einem kleinen Haus am Ende der Welt mit nur einem Mädchen und einem faulen, fetten Hund darin.«

Daisy kicherte. »Da könntest du recht haben.«

»Und statistisch gesehen ist die Wahrscheinlichkeit, von einem Bekannten ermordet zu werden, größer als bei einem Fremden, und die einzigen Menschen, die du in White Cliff Bay kennst, rasen gerade über die Straße, um zu dir zu kommen, und Anna, die sich zu Hause um ihre Kinder kümmert, also bist du davor auch sicher.«

»Und was, falls es doch ein Fremder ist und er sich schon im Haus befindet?«

»Kennst du die Kriminalitätsrate von White Cliff Bay? Ich schon, weil ich mir nämlich vor zwei Wochen den jährlichen Bericht bei der Stadtversammlung anhören musste.«

Henry fuhr scharf um eine Kurve und Penny stieß mit dem Kopf gegen das Fenster. Sie legte ihm beruhigend eine Hand aufs Bein. Wenn sie wegen Henrys unkontrolliertem Fahrstil im Graben landeten, würden sie Daisy keine große Hilfe sein. Sie spürte, wie er das Tempo verlangsamte.

»Also, die Kriminalitätsrate. In White Cliff Bay wurden dieses Jahr fünf Verbrechen begangen. Zwei davon waren Jugendliche, die am Strand von Silver Cove im Sommer zu laut Musik gehört haben, eins war eine Kuh, die aus einer Koppel ausgebrochen ist und den Garten von jemandem zertrampelt hat. Mrs Jacobs hat sich bei der Polizei beschwert, dass ihr Nachbar eines Nachts betrunken nach Hause gekommen und versehentlich auf einen ihrer Gartenzwerge getreten ist, und jemand hat im Pub einen Regenschirm geklaut. Angeblich wurde er zum Trocknen am Eingang abgestellt, und als Mr Sampson ihn auf dem Weg nach Hause wieder mitnehmen wollte, war er weg. Einige Tage später hat ihn jedoch jemand in den Pub zurückgebracht, Mr Sampson hat ihn wiederbekommen und die Angelegenheit wurde nicht weiterverfolgt. Das sind die Verbrechen von White Cliff Bay. Wir haben hier keine Axtmörder.«

»Und was, wenn der Axtmörder von außerhalb ist?«, erkundigte sich Daisy hörbar besänftigt.

»Gut, das wäre natürlich möglich. Aber da oben bist du weit ab vom Schuss. Du weißt, dass es mindestens zwei Minuten Fahrt von der Hauptstraße zu unserem Haus sind, und mit einer schweren Axt in der Hand dauert der Weg noch viel länger.«

Henry drückte das Pedal durch und sie wurde in ihren Sitz gepresst.

Sie erreichten den Stadtteil, der in vollständiger Dunkelheit lag, und die Leute standen mit Kerzen und Lampen auf der Straße und machten offensichtlich das Beste aus der Situation.

»Von der Hauptstraße aus kann man unser Haus nicht mal sehen«, fuhr Penny fort und versuchte, auch Henry zu beruhigen. »Ich kann mir nicht vorstellen, dass jemand die Fahrt auf sich nimmt, nur um eine Fremde zu töten.«

»Vermutlich nicht.«

Penny hörte plötzlich im Hintergrund Bernard wie wild bellen, der damit auf einen Schlag Pennys Bemühungen, Daisy zu beruhigen, zunichtemachte. Daisy wimmerte panisch.

»Das sind Kaninchen, das schwöre ich dir. Bernard hasst die. Es ist niemand im Haus. Pass auf, wo genau bist du?«

»In meinem Zimmer.«

»Okay, neben deiner Tür steht doch die weiße Kommode, kannst du die vor die Tür schieben?«

»Warte mal.«

Penny hörte einige Ächzer und das Geräusch der über den Boden kratzenden Kommode, und dann war Daisy zurück am Telefon.

»Erledigt.«

»Gut, jetzt bist du in Sicherheit. Niemand schafft es durch diese Tür und wir sind in fünf Minuten zu Hause. Oder schon in zwei, so wie dein Vater fährt.«

»Hat er Angst?«

»Er weiß, dass du verstört bist, und möchte für dich da sein.«

»Presst er die Zähne zusammen?«

Penny blickte hinüber zu ihm. Kein Zweifel, er hatte Angst. Seine Hände umklammerten das Lenkrad so fest, dass die Knöchel weiß hervortraten. Er presste die Zähne aufeinander und sein Blick war fest auf die Straße gerichtet. Vielleicht hatte ihm das ganze Gerede von Axtmördern mehr geschadet als genützt, denn er war sichtlich bestürzter als Daisy.

»Nein, es geht ihm gut.«

Daisy lachte. »Du bist eine ganz schlechte Lügnerin.« Sofort wurde sie wieder ernst. »Dad hat nicht oft Angst.«

»Wenn es um dich geht, schon, Liebes.« Sie wusste, dass das Daisy freuen würde.

»Bernard bellt nicht mehr«, stellte Daisy fest. Sie klang angespannt.

»Weil der Dummie es satthat, die Kaninchen anzukläffen, und vermutlich wieder eingeschlafen ist. Wenn wir das nächste Mal weggehen, kann Bernard bei dir im Zimmer bleiben und dich vor Axtmördern beschützen.«

»Ist er ein guter Wachhund?«

»Definitiv nicht, aber seine Furze sind tödlich und verjagen auch die mutigsten Männer. Außerdem ist er richtig gut im Anspringen. Bernard könnte den Axtmörder anspringen und ihn ablenken, während du fliehst, aber seine Furze würden ihn vermutlich schon töten, ehe er überhaupt in die Nähe deines Zimmers gelangt.«

Daisy lachte.

»Wir biegen gerade in die Einfahrt ein und sind in zwei Minuten da. Bleib bis dahin einfach in deinem Zimmer.«

Sie holperten den Weg entlang und fuhren auf eine Art und Weise durch die Schlaglöcher, die unmöglich gut für das Auto sein konnte. Eine Überreaktion dieser Art hatte sie von Daisy mehr oder weniger erwartet, aber nicht von Henry. Es war nicht zu übersehen: Daisy war der Mittelpunkt seiner Welt.

Das Haus thronte auf dem Hügel und wirkte aufgrund der völligen Dunkelheit tatsächlich ein wenig unheimlich und düster.

Henry brachte das Auto schlitternd an der Seite des Hauses zum Stehen und hätte beinahe Pennys Kühllaster gerammt.

Sie stiegen aus und er rannte um das Haus herum, bevor sie ihn aufhalten konnte. Dahinten würde es viel zu dunkel sein, um das Schlüsselloch zu erkennen, wohingegen sie bei der Vordertür zumindest das Mondlicht als Hilfe hatte. Schnell schloss sie auf und rannte an Bernard vorbei, der laut schnarchend auf dem Sofa lag. Sie eilte durch die Verbindungstür und flitzte die Treppe hinauf. Um Daisys Sicherheit machte sie sich keine Sorgen, aber sie wollte trotzdem so schnell wie möglich bei ihr sein.

»Daisy, ich bin's, mach die Tür auf.«

Einen Moment lang tat sich nichts, doch dann hörte Penny, wie die Kommode von der Tür weggeschoben wurde. Anschließend flog die Tür auf und im schwachen Mondlicht erkannte sie einen Schimmer blondes Haar, bevor sich Daisy ihr entgegenwarf. Daisy schlang die Arme um sie und Penny hielt sie fest.

»Es ist alles gut, wir sind jetzt hier.«

»Es tut mir so leid, dass ich so eine dumme Nuss bin. Eigentlich müsste ich schon längst aus der Angst vor der Dunkelheit herausgewachsen sein.«

Penny hörte Schritte die Treppe heraufrasen.

»Ach wo, es ist nicht albern, wenn man sich im Dunkeln fürchtet. Glaub mir, wenn ich hier allein im Haus wäre, wenn der Strom ausfällt, würde ich mir auch in die Hose scheißen. Aber sag deinem Dad nicht, dass ich ›scheißen‹ gesagt habe.«

Daisy kicherte.

»Zu spät, ich habe es schon gehört«, kommentierte Henry und nahm sie beide fest in die Arme, wobei er Daisy zwischen ihnen einquetschte.

Oh Gott. Es war absolut albern, zu viel in diese Umarmung hineinzulesen, aber Penny konnte nicht anders, sie lächelte in sich hinein. So würde es sich anfühlen, ein Teil ihrer Familie zu sein, und es war wunderbar. Es waren gar nicht die Kinder, die sie bisher am meisten vermisst hatte, es war das Gefühl der Zugehörigkeit, das ihr fehlte. Sie löste einen ihrer Arme von Penny und legte ihn um Henry, und er zog sie und Daisy fester an sich heran.

»Ich bekomme keine Luft«, protestierte Daisy irgendwo zwischen ihnen und einige Sekunden später ließ Henry sie zögerlich los.

Er hielt Daisy auf Armeslänge ausgestreckt, als ob er sie auf Verletzungen untersuchen wollte, und Penny schmunzelte über seine Überfürsorglichkeit.

»Lasst uns rübergehen in mein Wohnzimmer, da können wir ein Feuer im Kamin und ein paar Kerzen anzünden. Ich habe auch noch Marshmallows, die wir rösten können.«

Henry nickte und ging die Treppe hinab, Daisy an der Hand. Daisy griff nach hinten und nahm Pennys Hand und so gingen sie die Treppe hinunter und hinüber in Pennys Wohnzimmer.

»Henry, wie wär's, wenn du dich um das Feuer kümmerst und ich hole uns ein paar Kerzen?«, schlug Penny vor, nachdem sie Bernard vom Sofa gescheucht und stattdessen Daisy dort platziert hatte.

Henry begann, die Scheite aufzuschichten, und Penny kehrte in die Küche zurück, wo sie Streichhölzer und Kerzen zusammensuchte. Sie zündete alle an, die sie fand, befestigte einige auf Untertassen und stellte sie in der Küche auf. Den Rest brachte sie ins Wohnzimmer.

Inzwischen brannte das Feuer und zusammen mit den Kerzen erzeugte es ein warmes, goldfarbenes Licht im Raum.

Henry setzte sich aufs Sofa und zog Daisy in die Arme, genauso, wie er es mit Penny an dem Abend gemacht hatte, als sie sich das erste Mal geküsst hatten. Penny setzte sich hinter Daisy und streichelte ihr den Rücken.

»Dieses ganze Gerede von Axtmördern hat mich zu Tode erschreckt«, murmelte Henry, küsste Daisy auf den Kopf und verschränkte die Hände mit Pennys. Sein Blick war voller Emotionen, die Penny nicht zuordnen konnte.

»Mich hat es zum Lachen gebracht«, widersprach Daisy und drückte sich an seine Brust. Der Blickwechsel über ihrem Kopf ging völlig an ihr vorbei.

»So war es auch gedacht«, verteidigte sich Penny, die sich nicht sicher war, ob Henry wütend auf sie war, obwohl die Art, wie er ihre Hand streichelte, eigentlich andere Signale aussandte.

Henry lächelte sie an und wandte seine Aufmerksamkeit dann wieder seiner Tochter zu, ließ die Hand aber mit der von Penny verflochten.

* * *

Als Henry später aufwachte, hatte er zwar einen steifen Nacken, hielt jedoch seine beiden Lieblingsfrauen im Arm. Penny hatte ihnen zuvor etwas zu essen gemacht, das sie vor dem Kamin verspeist hatten, und danach hatten sie wieder ihre Position als Gruppe auf der Couch eingenommen. Er wusste, dass Daisy und Penny versuchten, ihn zu beruhigen, und es weniger Daisy war, die beschwichtigt werden musste. Sie hatte während des Essens mit Penny gelacht und gescherzt, wohingegen sein Puls immer noch raste.

Es war absolut lächerlich, wegen eines Stromausfalls so überzureagieren, aber zu wissen, wie viel Angst Daisy dabei ausstand, hatte auch ihn zu Tode erschreckt. Schon immer hatte er panisch reagiert, wenn es Daisy schlecht ging. Er erinnerte sich daran, wie sie als Kind vom Fahrrad gefallen war und sich das Knie aufgeschürft hatte, und er hatte sie sofort ins Krankenhaus gefahren. Ein anderes Mal hatte er beinahe dem Zahnarzt eine reingehauen, weil er Daisys Schreckensschrei für Schmerzen gehalten hatte, obwohl der Zahnarzt sie kaum berührt hatte. Wenn es um Daisy ging, war er absolut überfürsorglich und irrational, und es gab nichts, was er dagegen tun konnte.

Er sah hinab auf Penny, die unter Daisys Achsel lag und den Arm fest um Daisys Nacken geschlungen hatte. Ihr Abend war völlig anders als geplant verlaufen, aber trotzdem war das hier um Längen besser. Penny hatte Daisy in ihrer Beziehung akzeptiert, als wäre es das Einfachste auf der Welt, plötzlich einen Teenager mit einzubeziehen. Normalerweise vergingen Wochen oder Monate, bis er seine Freundinnen Daisy vorstellte, und auch dann war es zwischen ihnen immer irgendwie schwerfällig gewesen. Selbst die, die so getan hatten, als ob sie Daisy mochten, um sich mit ihm gut zu stellen, waren nie so selbstverständlich mit ihr umgegangen, wie Penny es tat. Daisy war ganz vernarrt in Penny und das beruhte offensichtlich auf Gegenseitigkeit.

Er fuhr mit den Fingern durch Pennys weiche Haare. Schläfrig öffnete sie die Augen, und er wollte sich vorbeugen und sie küssen, was er auch getan hätte, hätte nicht seine Tochter auf seiner Brust gelegen.

»Ich bringe Daisy ins Bett«, flüsterte er.

Penny nickte und rutschte ein Stück zurück.

Mit einiger Schwierigkeit schaffte er es, sich unter Daisy hervorzuwinden, stand auf und nahm sie auf die Arme. Penny lächelte ihn schläfrig an und er erwiderte ihr Lächeln, bevor er Daisy hinüber zu sich und die Treppe hinauftrug. Eine Minute später kam er zurück und hob Penny auf, die wieder eingenickt war.

»Was machst du denn da?«, murmelte sie.

»Ich bringe dich ins Bett.«

»Oh.« Sie kuschelte sich an seinen Hals, während er sie die Stufen hinauftrug. »Dafür bin ich eigentlich nicht wach genug.«

Er spürte, wie sie sofort wieder langsamer atmete. »Ich kann heute Abend nicht bei dir bleiben. Ich möchte nicht, dass Daisy aufwacht und ich nicht da bin.«

»Okay«, flüsterte Penny.

Er legte sie aufs Bett, sie kuschelte sich in ihr Kissen und döste ein.

»Heute Abend habe ich mich ein bisschen in dich verliebt. Obwohl ich vielleicht sagen sollte, noch ein bisschen mehr in dich verliebt. Die Art und Weise, wie du mit Daisy umgegangen bist, war genial. Nicht mal ich hätte das gekonnt. Konnte ich ja auch nicht, du hast selbst gesehen, dass ich wegen etwas so Banalem wie einem Stromausfall völlig von der Rolle war. Aber du … hast einfach immer weiter mit ihr geredet, sie zum Lachen gebracht, sie Vernunft annehmen lassen. Du warst einfach wunderbar. Ich liebe es, wie du mit ihr umgehst, aber nicht nur mit ihr, ich liebe einfach, wie du bist. Das alles ergibt nicht besonders viel Sinn, oder?«

Penny gab keine Antwort, und ihren tiefen Atemzügen nach zu urteilen, war sie bereits längst ins Traumland hinübergeglitten.

Er beugte sich vor, gab ihr einen Kuss auf den Kopf und ließ sie schlafen.

Kapitel 21

Penny bewunderte das silberfarbene Kleid. Im Licht der Umkleide funkelte es, als wäre es aus lauter winzigen Glühbirnchen gemacht. Unter der Brust war der Stoff mit einigen großen schwarzen Strasssteinen zusammengefasst und von dort aus fiel er weich bis zum Boden, sodass alle ihre unvorteilhaften Stellen bedeckt waren. Das Kleid war schlicht, elegant, unglaublich toll und kostete mehr, als sie in einem ganzen Monat für Lebensmittel ausgab.

»Du solltest es kaufen«, riet ihr Daisy, die sich neben ihr in einem wunderschönen bodenlangen roten Samtkleid drehte.

»Es kostet mehr als fünfhundert Pfund. Diese Ausgabe kann ich nicht für ein Kleid rechtfertigen, das ich nur einmal tragen werde.«

»Aber Bräute tun das doch auch. Außerdem, kannst du dir Dads Gesicht vorstellen, wenn er dich darin sieht? Wahrscheinlich fällt er auf die Knie und bittet dich vom Fleck weg, ihn zu heiraten, so wunderschön siehst du darin aus.«

Penny lachte.

»Ich meine das ernst.«

»Und was würdest du davon halten?«, erkundigte sich Penny vorsichtig und bemühte sich, nicht allzu interessiert an der Antwort zu klingen.

»Ich glaube, ihr würdet einander sehr guttun, falls er seine Angst überwinden kann, jemanden nah an sich heranzulassen. Ich möchte nicht, dass er dir wehtut, und das habe ich ihm auch gesagt, aber er hat dich wirklich sehr gern. Ich habe ihn noch nie zuvor so wegen einer Frau gesehen. Möglicherweise bist du ja diejenige, die ihn ändert. Aber falls ihr heiratet, musst du mir versprechen, dass ich deine Brautjungfer sein darf.«

Am liebsten hätte Penny Daisy verraten, dass sie längst zusammen waren, aber das war etwas, das Henry ihr beibringen musste. Doch da sie jetzt Daisys Segen hatten, würde das hoffentlich eher früher als später sein.

Penny ging zurück in die Kabine, zog den Reißverschluss des Kleides auf und hängte es sorgfältig zurück auf den Bügel. Als sie zurückkam, war Daisy bereits angezogen und wartete auf sie.

»Kaufst du das rote Kleid?«

Daisy verzog das Gesicht. »Ich habe schon mein gesamtes Taschengeld für das grüne ausgegeben.«

»Dann bezahle ich es dir. Es ist deutlich billiger als das silberfarbene Kleid, und dann kannst du dir Weihnachten aussuchen, was du anziehen möchtest.«

»Nein, ich kann nicht zulassen, dass du es für mich kaufst.«

»Betrachte es als dein Weihnachtsgeschenk. Na los, wir müssen zurück nach Hause, damit wir den Kühllaster holen können, ehe der Kurs beginnt.«

»Kaufst du dir das silberne Kleid?«

»Nein, ich habe ein hübsches schwarzes Kleid, das ich jedes Jahr zum Ball trage. Dieses Jahr habe ich mir neue Schuhe dazu gekauft, das muss reichen.«

Penny bezahlte und sie verließen den Laden. Als Daisy sie unterhakte, lächelte sie. Sie hatten einen wunderbaren Vormittag zusammen verbracht und waren zwischen den Läden herumgeschlendert, hatten in Lindas Bäckerei ein Stück Kuchen gegessen und sich unterhalten. Sie passten einfach gut zusammen und Penny genoss die Zeit mit Daisy sehr.

»Da drüben ist Anna!«, rief Daisy und rannte hinüber, um ihre Tante zu umarmen. Penny folgte ihr zögerlich. Anna hatte Bea dabei und vermutlich schlief der kleine Oliver im Kinderwagen.

Bea winkte ihr freudig zu und Penny beugte sich zu ihr hinunter, damit sie nicht mit Anna reden musste.

»Hallo, Bea.«

»Hi, Penny«, antwortete Bea, und Penny war sich nur allzu deutlich bewusst, dass Anna und Daisy über ihr das Gespräch eingestellt hatten.

»Freust du dich schon auf Weihnachten?«

Bea nickte. »Kannst du mir beibringen, wie man *Frohe Weihnachten* mit den Händen sagt?«

»In Gebärdensprache? Ja, das kann ich.« Sie machte die beiden Wörter deutlich vor und Bea imitierte sie. »Das war's schon. Jetzt kannst du Tilly in der Bäckerei sagen, wie du heißt, und ihr frohe Weihnachten wünschen.«

»Danke. Kannst du mir noch mehr beibringen?«

»Wie wär's damit, jedes Mal, wenn wir uns sehen, bringe ich dir was Neues bei. Möchtest du noch etwas lernen, ehe du gehst?«

Bea nickte eifrig.

Penny machte das Wort langsam vor und Bea tat es ihr wieder nach. Sie hatte den Dreh schnell raus.

»Was bedeutet das?«

»Schokolade.«

Bea kicherte.

»Hör mal, Bea«, mischte sich Anna ein. »Daisy geht mit dir rüber in die Bäckerei und falls Tilly da ist, kannst du sie nach Schokoladen*kuchen* fragen«, schlug Anna vor und zeigte ihr das Wort für »Kuchen«.

Bea nickte begeistert und Anna gab Daisy etwas Geld. Daisy hob Bea hoch und rannte mit ihr über die Straße auf das Geschäft zu. Penny und Anna blieben allein zurück.

Penny richtete sich auf, damit Anna nicht über ihr thronte. Wie es schien, hatte sie dieselben Gene geerbt wie ihr Bruder, denn sie war ebenfalls sehr groß.

»Ich beobachte Sie und Daisy schon eine ganze Stunde lang«, erklärte Anna.

»Sie sind uns gefolgt?«, wollte Penny ungläubig wissen.

»Ausspioniert würde es besser treffen«, gab Anna mit dem Anflug eines Lächelns zu. »Sie liebt Sie und ich kann sehen, dass Sie sie tatsächlich gern um sich haben. Ich muss mir in Erinnerung rufen, dass sie eine sehr gute Menschenkenntnis hat. Sie konnte bis auf Rosie keine von Henrys Freundinnen leiden, obwohl wir sie alle für nett hielten, und am Ende haben sie sich als schrecklich herausgestellt. Wenn Daisy Sie also mag, dann sollte ich vielleicht ihrem Urteil vertrauen.«

»Ist das Ihre Version einer Entschuldigung?«

Anna seufzte und fand es offensichtlich schwer, die richtigen Worte zu finden. »Ich liebe sie. Ich liebe sie beide, und ich möchte nicht, dass sie verletzt werden, ganz besonders nicht Daisy nach dem Vorfall mit Emily. Es tut mir leid, falls ich überreagiert habe. Meine Absichten waren gut, auch wenn es mein Verhalten natürlich nicht entschuldigt.«

»Entschuldigung angenommen. Und ich möchte mich dafür entschuldigen, dass ich Sie aus dem Haus geworfen habe.«

Anna zuckte mit den Achseln und ging neben Penny die Straße entlang. »Ich hatte es verdient. Wann werden Sie es Daisy sagen?«

»Hoffentlich bald. Sie möchte auch, dass wir zusammen sind, daher hoffe ich, dass Henry es ihr bald beibringt. Es zu verstecken, ist unglaublich mühsam.«

Anna lachte. »Das kann ich mir vorstellen. Henry kann außerdem überhaupt kein Geheimnis für sich behalten, so war er schon als Kind. Die Sache bereitet ihm sicher jede Menge Kopfschmerzen.«

»Haben Sie sich als Kinder gut vertragen?«

»Ja. Na gut, nicht immer, wir haben zwar klasse miteinander gespielt, uns aber auch manchmal gestritten wie Hund und Katz. Das tun wir sogar heute noch ab und zu, obwohl wir uns meistens wirklich gut verstehen.«

»Stimmt es, dass Sie sich mit Lebensmitteln bewerfen?«

»Ja, aber nur, wenn er mich nervt. Allerdings sind wir damit keine guten Vorbilder für die Kinder, oder?«

»Ach, ich weiß nicht. Immerhin lösen Sie so Ihre Streitereien, ohne auf Gewalt und Brüllen und Fluchen zurückgreifen zu müssen.«

Sie warteten auf Daisy und Bea und beobachteten, wie die beiden Mädchen aus der Bäckerei zu ihnen herübergerannt kamen.

»Ich glaube, Bea besitzt auch eine gute Menschenkenntnis«, sagte Anna.

»Weil sie mich mag?«

»Weil sie mit Ihnen spricht. Normalerweise redet sie überhaupt nicht, wenn wir nicht zu Hause sind. Nicht mal mit mir.«

Penny dachte darüber nach, wie besorgniserregend das für Anna sein musste. »Vielleicht könnten Sie ihr noch ein wenig mehr Gebärdensprache beibringen. Falls sie sich nicht traut, mit den Leuten zu sprechen, könnte sie so zumindest auf eine Art und Weise kommunizieren, die die meisten hier verstehen, auch wenn sie sich vielleicht nur mit Ihnen unterhält.«

Lächelnd hob Anna die schokoladenverschmierte Bea auf die Arme. »Das halte ich für eine hervorragende Idee. Wir müssen los.« Sie zögerte einen Moment und drehte sich dann noch einmal um. »Sie sind herzlich eingeladen, zusammen mit Henry und Daisy am ersten Weihnachtsfeiertag abends zu uns zu kommen.«

»Au ja!« Daisy biss in ihren Kuchen. »Wir spielen abends immer etwas zusammen.«

»Danke, das ist sehr nett von Ihnen. Eventuell besuche ich meinen Bruder, aber das könnte ich ja nachmittags machen und dann abends mit zu Ihnen kommen.«

»Sie sind jederzeit willkommen.«

Penny sah ihr lächelnd hinterher, bis ihr Blick auf die Uhr fiel. »Komm mit, Daisy, wir kommen zu spät zum Eisschnitzkurs, und glaub mir, mit Maggie will man es sich nicht verderben.«

* * *

»Ich bin unheimlich aufgeregt«, verkündete Daisy und hüpfte auf der Stelle, um sich warm zu halten.

Penny pustete sich auf die Finger und versuchte, die gleiche Begeisterung für das Arbeiten bei so niedrigen Temperaturen aufzubringen. Im Kühlraum in ihrem Haus war es zwar frisch, aber das dünne Zelt ohne Heizstrahler gab dem Begriff »kalt« eine ganz neue Bedeutung. Während der letzten Tage schien es kälter und bissiger geworden zu sein. Maggie als Cheforganisatorin hatte beschlossen, dass Penny für ihren Eisschnitzkurs keine Heizstrahler brauchte, damit die Eisblöcke nicht schmolzen, während die Leute daran arbeiteten. Leider hatte Penny das gerade eben erst herausgefunden. Weil Maggie wegen des Balls und der anderen Veranstaltungen, die sie organisierte, bereits genug gestresst war, ganz zu schweigen von der Erschöpfung durch ihre Schwangerschaft, wollte Penny nicht darauf herumreiten, dass es fünf Stunden dauern würde, bevor so ein Eisblock überhaupt zu schmelzen begann, selbst in einem warmen Raum voller Menschen. Für einen Kurs von einer Stunde Dauer wären Heizstrahler überhaupt kein Problem gewesen; im Gegenteil, die Teilnehmer würden vermutlich Probleme mit der Kälte bekommen.

»Mit wie vielen Leuten rechnest du?«, wollte Daisy wissen.

»Keine Ahnung, ich habe so einen Kurs noch nie gegeben, nur ein paar private Partys für Junggesellen- und Junggesellinnenabschiede oder Teambuilding-Maßnahmen für Firmen, aber eine offene Einladung ausgesprochen, bei der jeder einfach vorbeikommen und sich ausprobieren kann, habe ich bisher noch nicht. Das war Maggies Idee – sie meinte, das wäre eine weitere Möglichkeit, Geld für wohltätige Zwecke zu sammeln. Und sie ist niemand, dem man einen Wunsch abschlägt.«

Daisy blickte hinüber zu Maggie, die gerade telefonierte. »Den Eindruck habe ich auch. Also, wie hast du dir das vorgestellt, du zeigst den Leuten einfach, wie es geht, und lässt sie dann rumprobieren?«

»Mehr oder weniger. Ich zeige ihnen die Grundtechniken. Außerdem habe ich einige Vorlagen hier, falls jemand sie benutzen möchte, und dann gehe ich einfach umher und gebe Tipps. Ehrlich gesagt, erwarte ich keine großen Kunstwerke. Die meisten wollen das sicher nur mal aus Spaß ausprobieren. Bei den Junggesellen- und Junggesellinnenpartys haben sowieso alle immer nur Pimmel gemacht.«

Daisy lachte lauthals auf. »Im Ernst?«

»Ja.«

»Was, *alle*?«

»Ja, mehr oder weniger. Egal, ob Großmütter, Brautmütter, die Männer, alle schnitzen gern Pimmel. Keine Ahnung, warum. Als ich das erste Mal bei einer Junggesellinnenparty war, habe ich vermutet, dass ich lediglich eine Gruppe Frauen mit schmutzigem Humor erwischt hatte, aber im Lauf der Jahre habe ich etwa zehn oder zwanzig Partys veranstaltet und jedes Mal wurden Pimmel geschnitzt.«

»Ich lach mich tot.«

Penny lächelte. »Hoffentlich sind die Einwohner von White Cliff Bay etwas anspruchsvoller und wir bekommen auch Knallbonbons oder Glocken oder Bäume angeboten, aber ich nehme an, dass wir am Ende vermutlich bloß wieder mit einem Haufen Pimmel dastehen werden. Maggie hat einen Lokalreporter bestellt, um die Skulpturen am Ende zu fotografieren, also musst du bitte etwas Geschmackvolles produzieren, damit er nicht nur Pimmel zu fotografieren hat.«

»Was wird hier denn dauernd von Pimmeln gesprochen?«, erkundigte sich Henry, der gerade drei kleine Eisblöcke herübertrug und sie auf die Tische stellte. »Verdirbst du meine Tochter?«

Daisy kicherte. »Bimmeln, nicht Pimmel, Dad. Du musst mal dein Gehör überprüfen lassen, alter Mann. Wir reden über Glockenbimmeln.«

Henry schlang ihr einen Arm um den Nacken und zog sie an seine Brust. »Schluss mit dem Gerede übers Alter, und du hörst auf, mit meiner unschuldigen Tochter über Pimmel zu reden.«

Penny lachte. »Du bist der Einzige, der darüber spricht. Daisy hat es dir doch gesagt, wir haben über die Glocken gesprochen, die an Weihnachten bimmeln werden.«

Sie bemühte sich um eine unschuldige Miene, und Henry tat so, als ob er ihr einen bösen Blick zuwarf.

»Und wann genau werden die läuten?«

»Abends«, behauptete Daisy.

»Morgens«, sagte Penny gleichzeitig und versteckte ihr Lächeln hinter ihrer Wasserflasche.

»Also morgens und abends«, fasste Daisy unter unkontrollierbarem Gelächter zusammen.

Henry unterdrückte ein Lächeln und ging zurück zum Laster, um weitere Eisblöcke zu holen.

»Wenn er zurückkommt, sollten wir gerade über etwas anderes Verwerfliches reden«, schlug Daisy vor. »Wie wäre es mit Drogen oder Prostitution oder Sodomie?«

Penny spuckte ihr Wasser aus. »Ich glaube, du bist diejenige, die mich verdirbt, nicht andersherum. Verdammte Scheiße!«

»Fluch nicht vor meiner Tochter!«, mahnte Henry, der gerade zurückkam, und Penny musste laut über das lachen, was er gerade verpasst hatte.

»Ja, genau, Penny, meine unschuldigen Ohren wollen solche Sachen nicht hören!«

Penny wollte sich gerade verteidigen, als eine Familie mit einem Kleinkind durch die Tür kam. Auf den Aushängen war eine deutliche Altersbeschränkung angegeben gewesen. Aufgrund der scharfen Werkzeuge durfte aus rechtlichen Gründen niemand unter achtzehn am Kurs teilnehmen. Daisy war die einzige Ausnahme, weil Penny die volle Verantwortung für sie übernahm und Maggie erklärt hatte, wie gut sie war. Penny hoffte inständig, dass die Familie nicht hergekommen war, damit ihr Kind eine Eisskulptur schnitzte. Maggie, effizient wie immer, begrüßte sie und auch die weiteren Teilnehmer, die durch den Eingang des Festzelts hereinkamen.

Da sich jetzt mehr Menschen im Zelt aufhielten, würde es sich vielleicht ein wenig aufwärmen, obwohl sie für eine signifikante Temperaturveränderung noch Hunderte von Menschen brauchten. Es war so bitterkalt, dass sich Penny fragte, ob die Leute tatsächlich Spaß haben oder gar nicht in der Lage sein würden, die Werkzeuge ordentlich zu bedienen.

Es trafen noch einige weitere Leute ein; manche von ihnen kannte Penny vom Sehen: Libby, Maggies Schwester Hazel und überraschenderweise die alte Suzanna aus der Drogerie sowie einige andere, die sie bisher noch nicht kennengelernt hatte. Maggie kassierte die Teilnehmergebühr und wies alle an, sich Handschuhe zu nehmen und einen Tisch zu suchen. Trotzdem war das Zelt noch nahezu leer. Da in drei Tagen Weihnachten war, nutzten die Leute den Tag vermutlich eher für Last-Minute-Einkäufe oder für Verwandtenbesuche. Als bis zur angekündigten Startzeit niemand mehr erschien, ging Penny davon aus, dass es dabei bleiben würde. Insgesamt waren zehn lernbegierige Teilnehmer gekommen, eine schöne Anzahl für die Kursleiterin, aber es war nicht die unglaublich erfolgreiche Veranstaltung, die Maggie vorgeschwebt hatte. Die Teilnehmer wirkten alle, als ob sie in ihren dicken Jacken bitterlich froren.

Henry betrachtete die Gruppe sorgenvoll: »Wie wär's, wenn ich diesen Leuten was Warmes zu trinken besorge? Die Straße runter ist ein Café und ich könnte in einer Viertelstunde wieder hier sein.«

»Das wäre super, danke«, stimmte Penny zu und beugte sich vor, um ihm einen Kuss auf die Wange zu geben, hielt jedoch gerade noch inne, bevor es jemandem auffiel. Henry lächelte über das, was sie beinahe getan hätte.

»Bald, versprochen«, flüsterte er. Er berührte kurz ihre Hand, doch es reichte aus, um ihr zu zeigen, dass er sie ebenfalls küssen wollte.

Er ging herum und nahm Bestellungen auf; alle waren unglaublich dankbar dafür, sich gleich mit einem heißen Getränk aufwärmen zu können.

Nachdem er fort war, stellte sich Penny vor und zeigte eine kurze Demonstration, wie man das aufs Eis zeichnet, was man schnitzen wollte, und mit welchen Werkzeugen man aus einer 2D-Zeichnung eine 3D-Skulptur machte. Sie hatte nur wenige ausgewählte Werkzeuge dabei und definitiv keine Kettensäge, daher hatte sie keine Bedenken, herumzugehen und mit jedem

Teilnehmer individuell an seiner Skulptur zu arbeiten, während die anderen sich allein ausprobierten, bis sie zu ihnen kam.

Drei Mädchen Anfang zwanzig waren gemeinsam gekommen und kicherten jetzt über ihre Ideen, was sie schnitzen könnten. Penny war sich sicher, dass sie zumindest von ihnen Pimmel erwarten konnte.

Als sie an Daisy vorbeiging, blieb sie kurz stehen, um sich anzusehen, was sie auf die Seite ihres Eisblocks skizzierte.

»Keine Angst, das wird kein Pimmel.«

»Bitte auch nichts anderes Anstößiges. Dein Dad würde mir das niemals verzeihen.«

Daisy wandte sich schmunzelnd wieder ihrer Arbeit zu und Penny ließ es dabei bewenden. Eine schnelle Bestandsaufnahme an den Tischen ergab, dass tatsächlich sieben Teilnehmer Pimmel schnitzten und sich dabei sehr originell und witzig vorkamen, weil ihnen das eingefallen war. Libby nutzte eine Vorlage für ein Knallbonbon und ein Mann versuchte sich an einem Baum, allerdings nicht sehr erfolgreich.

Penny blieb in der Mitte stehen und beobachtete ihre Schüler beim Arbeiten. Es war ein sehr schönes Gefühl, zu sehen, wie ihr Wissen angewendet wurde und dass alle Spaß an etwas hatten, das sie ihnen gezeigt hatte. Vielleicht würde sie tatsächlich auf Jackson Cartwrights Angebot zurückkommen und seinen Schülern etwas beibringen.

Trotzdem war es viel zu kalt, und obwohl ihre Schüler an der neuen Herausforderung Spaß hatten, konnte sie sehen, dass viele sich zwischendurch immer wieder die Hände warmpusten mussten. Bei niedrigen Temperaturen zu arbeiten, war immer schwierig. Penny hatte aus verschiedenen Gründen ab und zu einmal in ihrem begehbaren Gefrierschrank arbeiten müssen, aber das ging jeweils nur für einen sehr kurzen Zeitraum, ehe ihre Hände und Füße zu kalt zum Arbeiten wurden, trotz der Handschuhe und der gefütterten Stiefel mit Stahlkappen.

Sogar Daisy, die ans Arbeiten mit ihr im Kühlraum gewöhnt war, musste gelegentlich innehalten, das Werkzeug ablegen und sich die Hände reiben. Sie hatte die Ärmel aufgerollt, wie sie es immer tat, und die nackten Unterarme setzten sie übermäßig der Kälte aus.

Draußen schneite es dicke, fette Flocken. Obwohl der Boden zu nass war, damit der Schnee liegen blieb, bewies es doch, wie kalt es war.

Plötzlich ertönte ein Schmerzensschrei; Penny wirbelte herum und erblickte Daisy, die ihren Arm festhielt. Schnell lief sie hinüber. Daisy hatte sich in den Arm geschnitten. Nicht schlimm, aber es lag offenkundig daran, dass ihre Hände zu kalt und zu taub waren, um die Werkzeuge ordentlich zu führen. Daisys Handschuhe waren zu groß, um darin richtig zupacken zu können, und hatten außerdem auch noch kalte Luft an die Hände gelassen.

»Geht's?«, fragte Penny und legte ihr tröstend einen Arm um die Schulter.

Daisy nickte und lächelte schwach. »Das tut verdammt weh. Verrat Dad nicht, dass ich ›verdammt‹ gesagt habe.«

Penny lachte. Wenn Daisy darüber noch Witze machen konnte, dann ging es ihr auch gut. Sie sah sich um. Henry sollte jeden Moment mit den Getränken zurück sein, damit sich alle aufwärmen konnten, aber sie fragte sich, ob sie den Kurs nicht lieber abbrechen sollte. Einige der Teilnehmer waren nicht an das Arbeiten bei Kälte gewöhnt und würden sich sonst womöglich noch genauso verletzen wie Daisy.

Penny wollte gerade den Erste-Hilfe-Kasten holen, als Henry zurückkam. Beim Anblick von Daisy, die ihren Arm hielt, machte er ein langes Gesicht.

»Mist«, murmelte Daisy. »Ich lenke ihn ab und du flüchtest.«

»Was?« Doch der wütende Ausdruck in Henrys Gesicht verriet Penny alles, was sie wissen musste. Das würde böse enden.

Sie konzentrierte sich darauf, mit einem Desinfektionstuch das Blut abzuwischen und ein großes Pflaster aufzukleben, bevor Henry bei ihnen war. Allerdings stand er da schon neben ihr.

Heftig atmend starrte er ängstlich auf den Schnitt, der bestenfalls drei Zentimeter lang war.

»Was zum Teufel ist hier passiert?«, verlangte er durch zusammengebissene Zähne zu wissen.

»Das war ein Unfall, Dad, und es war meine eigene Schuld.«

Henry wandte sich vorwurfsvoll an Penny. »Du hast behauptet, es wäre sicher.«

»Tut mir leid, es ist einfach zu kalt hier drin«, erklärte Penny und klebte vorsichtig das Pflaster auf die Wunde.

»Ich bringe Daisy nach Hause«, bestimmte Henry, der sich offenbar bemühte, sein Temperament unter Kontrolle zu behalten.

Daisy ließ die Schultern sinken.

»Ich denke, das ist eine leichte Überreaktion.«

»Eine Überreaktion?«, fragte Henry ungläubig.

»Ja, du benimmst dich wie ein überheblicher, überbeschützender Arsch. Es ist nur ein winziger Kratzer und mir gefällt nicht, dass du so tust, als wäre ich ein schreckliches Monster«, erwiderte Penny und schloss den Erste-Hilfe-Kasten. Überrascht stellte sie kurz darauf fest, dass er grinste.

Entsetzt sah Daisy zwischen ihnen hin und her.

Penny spürte, dass die Spannung zwischen ihnen verschwunden war, und grinste ebenfalls. Sie brachte den Kasten zurück zu den anderen Sachen und er folgte ihr.

»Ein Arsch?«

Als sie sicher war, dass niemand sie belauschen konnte, drehte sie sich zu ihm um. »Ja, und warum schwingst du nicht deinen hübschen Arsch da rüber und verteilst die Getränke? Danach kannst du dich hier drüben hinsetzen, wo du niemandem im Weg bist. Lass Daisy mit ihrer Skulptur weitermachen, damit sie aus ihren Fehlern lernt und beim nächsten Mal vorsichtiger ist. Außerdem behalte ich sie im Auge.«

Henry nickte und war jetzt deutlich ruhiger. »Es tut mir leid.«

»Ist schon okay.«

Penny ging zurück zu Daisy. »Kannst du weitermachen? Falls nicht, kannst du auch gern aussetzen.«

Daisy schüttelte den Kopf. »Nein, mir geht es gut.« Sie blickte hinüber zu Henry, der gehorsam die Getränke verteilte. »Bisher hat sich ihm noch niemand so widersetzt. Ich habe erwartet, dass er völlig ausflippt. Wie schon gesagt, du tust ihm gut.«

Penny sah ebenfalls zu ihm hin. Auch sie hatte bisher nie für sich eingestanden, sondern bei Streitereien immer lieber den Kopf eingezogen. Er hatte ihr beigebracht, dass sie niemals zulassen durfte, dass jemand sie schlecht behandelte. Sie lächelte. Er tat ihr ebenfalls gut.

Kapitel 22

Penny stand später am Nachmittag in ihrem Schlafzimmer und kämpfte mit der Bettdecke, die sie frisch beziehen wollte, als es vorsichtig an der Tür klopfte. Henry war in der Stadt geblieben, während sie mit Daisy nach Hause gefahren war. Er hatte noch Weihnachtseinkäufe machen wollen und würde vermutlich sowieso nicht anklopfen, da er sie bereits in ihrer ganzen Pracht gesehen hatte.

Sie öffnete die Tür und war überrascht, Daisy mit makelloser Frisur und Make-up davor stehen zu sehen. Daisy grinste, es wirkte jedoch ein wenig aufgesetzt.

»Ich treffe mich mit Josh. Kannst du Dad sagen, dass ich bei Rebecca bin oder so?«

»Das ist aber nicht fair, mich darum zu bitten, dass ich dich decke und für dich lüge. Ich habe sowieso schon ein schlechtes Gewissen, weil ich ihm verschweige, was ich weiß, da will ich nicht auch noch lügen müssen. Du musst …« Penny verstummte, weil sie die Sorge in Daisys Blick erkannte. »Was ist denn?«

Daisy kam herein und setzte sich auf Pennys Bett. »Ich habe Rebecca erzählt, dass du die alte Hütte ›Liebeshütte‹ genannt hast, und sie meinte, jeder kennt sie unter dem Namen. Sie meinte auch, dass viele Jungs ihre Freundinnen dorthin bringen, um mit ihnen zu schlafen. Es war Joshs Idee, dass wir uns dort treffen. Was, wenn er mit mir schlafen will?«

Penny ließ sich neben sie aufs Bett sinken. Für diese Art von Gespräch gab es keine Anleitung. Sie wünschte, Henry wäre hier, aber sie wusste auch, dass er mit der Situation überfordert wäre. Vermutlich war das auch der Grund, warum Daisy damit zu ihr kam.

»Wie oft hast du dich seit dem Eisschnitzwettbewerb mit Josh getroffen?«

»Wie oft waren wir verabredet? Dreimal. Ich glaube, ich liebe ihn.«

Ach, die Unkompliziertheit einer Teenagerliebe. Penny unterdrückte ein Lächeln. Damals war ihr das allerdings alles andere als unkompliziert vorgekommen.

»Ich bin aber noch nicht dazu bereit, mit ihm zu schlafen.«

»Dann sag ihm das.«

»Und wenn er dann deswegen mit mir Schluss macht? Ich hatte bisher noch nie einen Freund. Kein Junge hat mich zuvor beachtet, als wäre ich es nicht wert, dass man mit mir redet. Und vielleicht bin ich es auch nicht, schließlich hat mich meine Mum verlassen, als ich zwei Monate alt war. Josh hält mich nicht für wertlos oder hässlich. Er liebt mich so, wie ich bin, und ich könnte es nicht ertragen, wenn er mich auch abweist.«

Penny tat Daisy unendlich leid. Der Schaden, den ihre Mum angerichtet hatte, war sehr nachhaltig, und es würde lange dauern, bis Daisy das überwunden hatte.

»Du bist hübsch und intelligent und freundlich und witzig und Henry liebt dich unendlich. Er hält dich nicht für wertlos, du bist der wichtigste Mensch in seinem Leben. Falls Henry und ich zusammenkommen und heiraten sollten, werde ich sehr stolz darauf sein, dich als Stieftochter zu bekommen. Deine Mum weiß gar nicht, was sie alles verpasst hat, als sie dich verlassen hat, aber das beweist nur, was für ein Mensch *sie* ist, nicht du. Wenn Josh nicht erkennen kann, was für ein toller Mensch du bist, dann ist das sein Pech, nicht deins.«

Daisy starrte sie einen Moment lang an, warf ihr dann die Arme um den Hals und drückte sie fest. Penny legte ebenfalls die Arme um Daisy und streichelte ihr über den Rücken. Schließlich machte Daisy sich los.

»Hat Josh überhaupt angedeutet, dass er mit dir schlafen möchte?«

Daisy schüttelte den Kopf. Da Penny wusste, wie unglaublich schüchtern Josh war, war ihm vermutlich bisher überhaupt noch nicht in den Sinn gekommen, ihre Beziehung auf eine andere Ebene zu stellen.

»Habt ihr außer Küssen irgendwas anderes gemacht?«

Daisy wurde rot. »Nein, normalerweise reden wir nur und hören Musik. Wir haben uns ein bisschen geküsst, er ist sehr lieb und respektvoll. Rebecca sagt, dass Lucas, ihr Freund, immer ihre Brüste betatscht, aber Josh hat meine Brüste bisher überhaupt nicht angefasst.«

Penny bemerkte Daisys enttäuschte Miene. »Möchtest du das denn?«

»Ja. Vielleicht. Keine Ahnung. Sie sind ein bisschen klein.« Daisy blickte auf ihre Brust hinab. »Rebecca sagt, es ist ein schönes Gefühl.«

Ach du liebe Zeit. Wie hätte Henry wohl auf dieses Gespräch reagiert? Er hätte Daisy vermutlich für den Rest ihres Lebens Hausarrest gegeben und ihr verboten, Josh oder Rebecca jemals wiederzusehen.

»Ist es ein schönes Gefühl?«

Shit. Penny musste kurz an Freitagabend denken, als Henry ihre Brüste geküsst und die Nippel in den Mund genommen hatte. »Ja, aber das ist etwas, das du erst tun solltest, wenn du dich damit absolut wohlfühlst.«

»Manchmal möchte ich schon gern mehr als ihn nur küssen, aber ich habe Angst. Ich habe nicht die geringste Ahnung, was ich da tue, und möchte auf keinen Fall etwas falsch machen. Und ich weiß auch nicht, ob ich überhaupt schon so weit bin. Aber er ist so lieb und er hatte vor mir noch keine Freundin. Ich möchte, dass wir unser erstes Mal miteinander erleben.«

»Ich war bei meinem ersten Mal viel älter als du jetzt. Ich war zwanzig und es war eine kurze und überwiegend unangenehme Erfahrung im Zimmer meines damaligen Freundes, ehe er nach unten gerannt ist, um mit seinen Eltern Abendbrot zu essen. Aber das erste Mal mit … meinem zweiten Freund war wunderschön. Ich war nervös, aber er war sehr liebevoll und sanft. Er hat dafür gesorgt, dass es um mich geht und um das, was ich möchte und brauche. In vielerlei Hinsicht wünschte ich, ich hätte gewartet, um das erste Mal stattdessen mit ihm zu erleben. Dein erstes Mal sollte wunderbar sein und an einem romantischen Ort stattfinden, nicht in einer alten Holzhütte, wo schon zahllose Mädchen vor dir ihre Jungfräulichkeit verloren haben. Aber wichtiger noch, es muss mit jemandem sein, den du liebst und dem du vollkommen vertraust.«

»Ich liebe ihn und vertraue ihm.«

»Okay, aber ihr seid erst seit wenigen Tagen zusammen. Nimm dir einfach die Zeit, ihn richtig kennenzulernen, und wenn du so weit bist, dann kannst du vielleicht mit ihm über deine Ängste reden, wenn du ihm vertraust. Aber tu niemals irgendwas, womit du dich nicht wohlfühlst oder für das du dich noch nicht bereit fühlst. Wenn er dich wirklich liebt, wird er warten, bis du so weit bist.«

Daisy nickte feierlich. »Ich sollte los, er wartet vermutlich auf mich.«

Sie stand auf und Penny durchlebte einen kurzen Moment der Panik, in dem sie Daisy am liebsten weggeschlossen hätte, bis sie mindestens fünfundzwanzig war. Sollte sie sie davon abhalten, zu gehen, und sie zu Hause bleiben lassen, bis Henry heimkam? Dann könnte er die Angelegenheit regeln, wie er es für richtig hielt. Schließlich war er ihr Vater. Penny war lediglich die Vermieterin.

Daisy ging zur Tür. »Danke. Du sagst doch meinem Vater nichts, oder?«

Penny schluckte und schüttelte den Kopf. »Warte mal einen Moment.« Sie ging zu einem Schubfach an ihrem Bett und holte eine Handvoll Kondome heraus. »Ich glaube wirklich nicht, dass du mit Josh schlafen solltest, zumindest nicht während der nächsten Wochen und Monate, oder bis du so weit bist. Aber falls du irgendwann mit ihm schläfst, dann geh auf Nummer sicher, okay?«

Daisy starrte auf die Kondome. Ihr blasses Gesicht war feuerrot geworden, was Penny verriet, dass Daisy keinesfalls bereit für diesen Schritt war. Daisy stopfte die Kondome in ihre Tasche.

»Sag ihm einfach, dass du noch nicht so weit bist. Ich bin sicher, er wird es verstehen.«

Daisy nickte und ging.

Penny stand im Türrahmen und beobachtete, wie Daisy die Treppe hinunterlief. Einige Sekunden später hörte sie, wie die Hintertür geschlossen wurde. Was zum Teufel hatte sie gerade getan?

* * *

Henry ging den Hügel hinauf zurück zum Haus und pfiff glücklich vor sich hin. Das Leben war momentan ziemlich perfekt. Er hatte sein Problem mit Clara bei der Arbeit gelöst, und während Edward seine Schwester gefeuert hatte, war er in ihrem Büro über Henrys Entwürfe gestolpert und hatte ihn eben angerufen, um ihm mitzuteilen, dass er sich die Zeichnungen zu

Hause angesehen hatte und sie ihm wirklich gefielen. Er wollte nach Weihnachten ein Treffen mit einem der Entwickler einberufen und diesmal würde auch Edward dabei sein. Daisy war hier in White Cliff Bay sehr glücklich und er hatte die wunderbarste Freundin der Welt und war auf dem besten Weg, sich unendlich in sie zu verlieben. Bis Weihnachten waren es nur noch zwei Tage. Das Leben konnte kaum besser werden.

Er nahm eine Abkürzung über den Rasen und kam an der Holzhütte am Ende der Einfahrt vorbei, als er Penny ungefähr dreißig Meter entfernt beim Spaziergang mit Bernard entdeckte. Er winkte ihr zu und sie starrte ihn an, als wäre ihm ein dritter Kopf gewachsen.

Aus der Hütte drangen leise Musik und Gekicher. Er lächelte in sich hinein; offensichtlich nutzte darin ein Pärchen die abgeschiedene Lage. Als er an der Eingangstür vorbeiging, hörte er das Kichern erneut und blieb ruckartig stehen.

Er kannte dieses Kichern, denn er hatte es während der vergangenen sechzehn Jahre jeden Tag gehört. Er ging einige Schritte zurück und riss die Tür auf. Ihn traf fast der Schlag. Daisy lag auf der Bank und Josh auf ihr, und sie küssten sich.

Sie fuhren auseinander, und als Daisy ihn erblickte, wurde sie blass. Sein Blick fiel auf Josh, der sich hastig von seiner Tochter herunterschob. Die Erleichterung darüber, dass beide noch vollständig bekleidet waren, währte jedoch nur kurz.

»Was zum Teufel machst du da mit meiner Tochter?«, fuhr er ihn an, unfähig, die Wut zu kontrollieren, die in ihm tobte.

»Dad, wir haben uns nur geküsst.« Daisy setzte sich auf. Das T-Shirt war ihr über eine Schulter gerutscht und entblößte helle Haut und einen spitzenbesetzten schwarzen BH-Träger, der ebenfalls ihren Arm hinuntergerutscht war. Hatte Josh sie angefasst? Beim Gedanken daran, dass dieser Junge sie womöglich begrapscht hatte, wurde Henry übel.

Plötzlich stand Penny atemlos in der Tür. »Henry, bitte beruhige dich.«

Er hörte sie kaum, denn sein Blick flog zurück zu Josh, der einen Arm um Daisys Schultern legte. »Nimm deine Hände von meiner Tochter, bevor ich sie dir breche.«

»Henry!« Penny war entsetzt. »Er ist noch ein Kind.«

»Sprich nicht so mit ihm, Dad! Josh, bitte geh einfach. Ich möchte nicht, dass dir etwas zustößt.«

Josh stand auf. Der Junge war riesig und beim Gedanken an Josh und Daisy zusammen drehte sich Henry der Magen um.

Unerklärlicherweise stellte sich Josh jedoch zwischen Henry und Daisy. »Ich lasse dich nicht mit ihm allein, solange er so wütend ist. Ich lasse nicht zu, dass Sie ihr etwas tun.«

Henry war völlig verblüfft. Der Gedanke, dass er seiner eigenen Tochter etwas antun könnte, war absurd. Natürlich hätte er am liebsten gegen etwas geschlagen oder getreten, aber er würde Daisy niemals wehtun. Was jedoch noch verwirrender war, war Joshs Beschützerinstinkt ihr gegenüber. Henry hatte erwartet, dass der Junge weglaufen würde, sobald er die Hütte betrat, doch Josh machte sich offensichtlich tatsächlich etwas aus Daisy, und das brachte ihn erst recht aus der Fassung.

Penny legte ihm eine Hand auf den Arm. »Henry, sie haben sich nur geküsst.«

Er ignorierte sie und wandte seine Aufmerksamkeit wieder Daisy zu. »Steh auf, wir gehen nach Hause und du wirst ihn niemals wiedersehen.« Eine leise Stimme im Hinterkopf verriet ihm, dass er völlig unvernünftig reagierte, aber er war momentan nicht in der Lage, auf den rationalen Teil seines Gehirns zuzugreifen.

»Dad! Wir sind verliebt.«

»Verliebt? Ihr kennt euch erst seit einer Woche!«

»Und?«

Seine sechzehnjährige Tochter war verliebt. Wie hatte das passieren können? Es war doch noch gar nicht so lange her, dass er ihr Zöpfe geflochten und sie für ihren allerersten Unterrichtstag in die Schule gefahren hatte. Er musste sich beruhigen, er reagierte wirklich nicht gut auf die Situation. Seine Tochter so vorzufinden, hatte ihn einfach schockiert. Penny hatte recht, sie hatten sich lediglich geküsst. Er holte tief Luft und stieß den Atem langsam wieder aus.

Daisy sah hinüber zu Penny. »Ich kann nicht fassen, dass du es ihm erzählt hast. Du hast mir versprochen, es nicht zu verraten.«

»Ich schwöre, dass ich ihm nichts gesagt habe.«

Wütend wirbelte er zu Penny herum. »Du hast davon gewusst? Du hast gewusst, dass sie sich mit Josh trifft, und mir nichts davon gesagt?«

Penny wurde blass. »Ich … Ich wollte, aber …«

Henry drehte sich um und schnappte sich Daisys Tasche. »Wir gehen nach Hause.«

Der Riemen blieb an einem Stuhlbein hängen und der gesamte Inhalt verteilte sich auf dem Fußboden, einschließlich dreier Kondome.

Alle starrten entsetzt darauf.

Henry fand als Erster seine Stimme wieder. »Nur geküsst, ja?«

»Die habe ich ihr gegeben«, erklärte Penny rasch.

»Du hast meiner Tochter Kondome gegeben? Du wusstest, dass sie mit Josh zusammen ist, und hast nicht nur zugelassen, dass sie sich hier mit ihm trifft, sondern hast sie auch noch mit einer Handvoll Kondome zur Tür hinausgeschoben, damit sie sich gut amüsiert? Für wen zum Teufel hältst du dich eigentlich?«

Betroffen machte Penny einen Schritt rückwärts.

»Ich wollte nicht mit ihm schlafen«, versuchte Daisy zu erklären. »Ich habe mit Penny darüber geredet, und sie hat mir erzählt, wie wunderbar und besonders das erste Mal mit ihrem zweiten Freund war und wie wichtig es ist, dass ich warte, bis ich dazu bereit bin. Ich wollte, dass mein erstes Mal genauso schön wird, ich wollte nicht so sein wie du, der besoffen auf einer Party etwas getan hat, was er für den Rest seines Lebens bereut.«

Daisy rannte hinaus und Henry wollte ihr folgen, doch Penny hielt ihn am Arm zurück. »Warte.«

Er entzog sich ihrem Griff. Ihr Verrat hatte ihn tief getroffen. Sie hätte es niemals vor ihm geheimhalten dürfen. Wenn er davon gewusst hätte, hätte er ein zivilisiertes Gespräch mit seiner Tochter über Sex führen können. Dann hätte er es nicht auf diese Art und Weise herausfinden müssen. Sein Blick fiel wieder auf die Kondome und die Wut bahnte sich ihren Weg zurück an die Oberfläche. »Halt dich von meiner Tochter und mir fern. Ich will dich niemals wiedersehen.«

Das Entsetzen in Pennys Miene ignorierend, stürmte er zur Hütte hinaus.

* * *

Erst Stunden später kam Penny nach Hause. Da sie Henry nicht über den Weg laufen wollte, war sie bis zum Einbruch der Dunkelheit mit Bernard über die Klippen gelaufen. Außerdem hatte sie alle Tränen vergossen, die sie hatte. Als sie schließlich versiegt waren und nur ein dumpfer Schmerz zurückblieb, machte sie sich auf den Heimweg.

Es war lächerlich, sich so schnell und so heftig in Henry zu verlieben, und es sollte auch nicht so wehtun, da sie ihn schließlich erst eine Woche kannte, doch obwohl sie genau wusste, wie albern diese Gefühle waren, konnte sie nichts dagegen tun.

Sie betrat das Haus durch die Hintertür und sofort fiel ihr Blick auf die Verbindungstür. Die Lichter im Anbau waren aus und es war still. Henrys Auto stand noch vor dem Haus, also waren sie nicht ausgegangen oder, schlimmer noch, hatten zusammengepackt und waren fort.

Sie holte den Schlüssel für den Kühllaster, damit sie die übrigen Blöcke ausladen konnte, die für den Kurs nicht benötigt worden waren. Die wollte sie wieder zurück in ihren Gefrierschrank stellen. Glücklicherweise hatte sie die Blöcke für den Kurs in kleinere Teile geschnitten, daher konnte sie sie allein tragen, auch wenn sie trotzdem schwer waren.

Sie brachte sie nacheinander in den Kühlraum und öffnete dann die Tür zum Gefrierschrank. Komischerweise klemmte die Tür ein wenig, doch nachdem Penny einige Male kräftig daran gezogen hatte, löste sie sich vom Rahmen.

Im Raum war eine große Wasserpfütze gefroren und hatte eine Minischlittschuhbahn in ihrem Gefrierschrank erzeugt.

Entsetzt starrte sie auf die Bescherung, bis ihr das ganze Ausmaß der Katastrophe bewusst wurde. Es waren nicht nur mehrere Eisblöcke für zukünftige Skulpturen geschmolzen, sondern auch ihre Skulptur für eine Firmenfeier am kommenden Abend, ihr Wettbewerbsbeitrag für den Weihnachtsball und die Skulptur, die ein Mann bestellt hatte, der am Dienstagabend seiner Freundin einen Heiratsantrag machen wollte. Ihr wurde schlecht. Von den drei geschmolzenen Skulpturen war es bei der für den Antrag am schlimmsten, denn sie wusste, dass ihr übergroßer Diamantring das Finale in einer Reihe romantischer Gesten sein sollte, die der Mann geplant hatte. Sie konnte ihn nicht im Stich lassen. Falls die Skulpturen aufgrund des Stromausfalls am Vorabend geschmolzen waren, dann würde auch das Eis in der Blockmaschine geschmolzen sein. Und um das wieder fest werden zu lassen, waren drei Tage nötig. Bis Dienstagabend wäre es vielleicht so weit, aber dann würde ihr nicht genügend Zeit bleiben, um vor dem Antrag noch etwas daraus zu schnitzen.

Sie betrachtete die fünf kleinen Blöcke im Kühlraum. Wenn sie drei davon miteinander verband, würde es einen großen Block ergeben. Die Verbindungslinien wären zwar relativ deutlich sichtbar, aber sie könnte trotzdem einen großen Ring daraus schnitzen. Dem Mann war das sicherlich egal, solange der Grundgedanke derselbe blieb. Falls er mit der Qualität nicht zufrieden war, würde sie ihm sein Geld erstatten, aber zumindest hätte er dann seinen großen Diamantring. Allerdings musste sie trotzdem die Organisatoren der Firmenparty anrufen, um deren Bestellung zu stornieren.

Rasch brachte sie die kleineren Blöcke in den Gefrierschrank, befeuchtete die Seiten und spannte sie ein. Am nächsten Tag würden sie beschnitzbar sein.

Als sie zurück in die Küche kam, wartete Daisy dort auf sie.

Sobald sie Penny erblickte, brach sie in Tränen aus.

Schnell zog Penny sie in die Arme und Daisy schluchzte an ihrer Schulter.

»Hey, warum weinst du denn?«, fragte Penny und strich ihr über den Hinterkopf.

»Es tut mir so leid. Es ist alles meine Schuld. Ich hätte es niemals vor Dad geheimhalten sollen und dich bitten, mich zu decken …«

»Du brauchst dich für nichts zu entschuldigen.«

»Aber mein Dad hasst dich jetzt.«

Das traf sie wie ein erneuter Schlag in die Magengrube. Dass Henry sie nicht mehr mochte, hatte sie an seinem Blick erkannt. Das war überhaupt das Schlimmste, dass seine Augen ihr bestätigten, dass er nie das Gleiche für sie gefühlt hatte wie sie für ihn. Penny hatte weder Daisy absichtlich dazu gebracht, zu glauben, dass sie sie mochte, noch sie benutzt, um an ihren Vater heranzukommen, oder ihr gemeine Lügen erzählt wie

Henrys Ex-Freundin. Obwohl Henry jedes Recht hatte, sauer auf sie zu sein, hatte sie diese Art von Wut nicht verdient. Sie hatte für Daisy das Beste getan, was in ihrer Macht stand, doch Henry behandelte sie wie Abschaum.

Sie schluckte den Schmerz hinunter und präsentierte Daisy eine Lüge. »Er hasst mich nicht. Er war sauer und das zu Recht.«

»Ich habe geglaubt, ihr beide würdet zusammenkommen, und jetzt habe ich das versaut.«

»Du hast überhaupt nichts versaut.«

»Ich spreche nicht mehr mit ihm, falls dir das hilft«, sagte Daisy.

Penny schaffte es, darüber ein wenig zu schmunzeln. »Liebes, ich möchte nicht, dass du wegen dieser Sache böse auf deinen Vater bist. Das ist eine Angelegenheit zwischen ihm und mir und ich möchte niemals zwischen euch beiden stehen.«

Daisy umklammerte sie fester und begann erneut zu weinen. »Vergibst du ihm? Wenn er sich entschuldigt, denn dazu werde ich ihn bringen. Dann vergibst du ihm, nicht wahr?«

Penny küsste sie auf die Stirn. »Was auch immer zwischen Henry und mir passiert, wir beide bleiben trotzdem Freunde. Darüber brauchst du dir niemals Sorgen zu machen.«

Daisy starrte sie einen Moment lang an und frische Tränen füllten ihre Augen. »Du wirst ihm nicht vergeben, oder?«

Penny beschloss, zur Abwechslung mal ehrlich zu ihr zu sein, und schüttelte den Kopf. »Ich glaube nicht, dass ich das kann.«

»Warum denn nicht?«, wollte Daisy mit tränenerstickter Stimme wissen.

Verärgerung trat an die Stelle von Pennys Schmerz. »Weil mein letzter Freund mich sehr schlecht behandelt hat und ich mir das nicht mehr gefallen lasse. Dein Dad hat mir immer gesagt, dass ich was Besseres verdiene, und das stimmt. Niemand darf mich wie ein Stück Dreck behandeln und dann später angekrochen kommen, um sich dafür zu entschuldigen. Wenn man sich etwas aus jemandem macht, dann behandelt man ihn gar nicht erst so.«

Sie hörten ein Geräusch von der Verbindungstür her und sahen auf. Henry stand dort, doch da sein Gesicht im Dunklen lag, konnte sie seinen Ausdruck nicht erkennen.

»Du musst los«, sagte Penny zu Daisy. »Aber vergiss nicht, was ich dir gesagt habe. Zwischen uns wird sich nichts ändern.«

Schniefend nickte Daisy und ging zur Tür.

Penny wartete nicht ab, ob Henry mit ihr reden würde, sobald Daisy nach oben gegangen war. Sie drehte sich um und ging ins Bett.

* * *

Als Penny beim Aufwachen am nächsten Morgen Geräusche aus der Küche hörte, fragte sie sich, ob das wohl Henry war. Vielleicht hoffte sie es sogar insgeheim. Sie zog sich ihren Morgenmantel an und ging nach unten. Leicht enttäuscht entdeckte sie stattdessen Jill, die Frühstück machte.

Bei ihrem Anblick setzte Jill ein strahlendes Lächeln auf und umarmte sie. Als sie Penny wieder losließ, verdüsterte sich ihre Miene.

»Du hast geweint, was ist passiert?«

Penny schüttelte den Kopf. »Egal.«

»So sieht es aber nicht aus.«

Aus dem Anbau drang ein Geräusch herüber. Jemand kam aus dem Bett. Plötzlich wollte Penny nicht hier sein. Entweder würde Henry gleich herunterkommen und sie wieder anschreien oder sich übermäßig entschuldigen oder sie komplett ignorieren, und ihr war nach nichts davon.

Sie musste sich zwar immer noch um die Skulptur für den Antrag kümmern, aber das hatte noch Zeit.

»Was hast du denn für heute geplant?«

Jill bemerkte ihre Unruhe sofort. »Ich … wollte mit dir einen Bummel machen.«

Liebevoll lächelte Penny sie an. »Das wäre schön.«

»Dann zieh dich schnell an, während ich die Sachen fürs Frühstück wegräume.«

Penny nickte dankbar und rannte nach oben.

* * *

Sogar ganz hinten auf dem Parkplatz konnte man die leckeren Düfte vom Weihnachtsmarkt in der Nachbarstadt Apple Hill riechen, und jetzt, wo es heftig schneite und die Autodächer und das Gras mit einer dichten weißen Schicht bedeckt wurden, wirkte alles noch viel magischer.

Sie betraten das Festzelt und wurden mit Wärme und den reichhaltigen Aromen von Honig, Glühwein, Obst, Schokolade, Karamell, Brot und so vielen anderen Dingen begrüßt, dass Penny sie nicht unterscheiden konnte.

Das Zelt war brechend voll; bis Heiligabend war es nur noch ein Tag, und alle waren damit beschäftigt, letzte Weihnachtseinkäufe und Vorbereitungen zu erledigen.

Beim Frühstück mit Schinkensandwiches, die mit einem sehr leckeren speziellen Whiskybrot gemacht worden waren, erzählte Penny ihrer langjährigen Freundin alles, was am Vortag passiert war.

Jill schluckte den Rest ihres Sandwiches hinunter und leckte sich die Finger ab. »Meine liebe Penny, obwohl das von seiner Seite aus eine massive Überreaktion war, bringt Elternschaft in den Menschen die merkwürdigsten Seiten zum Vorschein. Ich kann dir versichern, dass er längst bereut, was gestern passiert ist, und er überlegt bestimmt, wie er sich bei dir entschuldigen kann.«

»Er kann sich seine Entschuldigung sonst wohin schieben, ich bin nicht interessiert.«

Jill schüttelte den Kopf. »Ich kenne kein einziges Elternteil, das nicht schon einmal überreagiert hat, wenn es um die Sicherheit und den Schutz ihrer Kinder geht. Beim ersten Kind ist es am schlimmsten – beim zweiten oder dritten ist man schon viel entspannter. Aber Henry hat nur die eine Tochter, und sie ist sein ein und alles, das ist unübersehbar. Ich habe keine eigenen Kinder, aber ich liebe dich und deinen Bruder, als wärt ihr meine eigenen, und ich würde liebend gern mein Leben geben, wenn ich dir damit Glück, Gesundheit und Sicherheit garantieren könnte. Eines Tages wirst du vielleicht selbst Kinder haben und du solltest einem Elternteil nicht allzu viele Vorwürfe machen, bis du selbst einmal in seiner Haut gesteckt und die unerschütterliche, überwältigende Liebe verspürt hast, die einen manchmal unüberlegt und gefühllos reagieren lässt. Seine Tochter so vorzufinden, war für ihn ein Schock, und dass du es vor ihm verheimlicht hast, hat ihn sicher sehr getroffen.« Jill hob die Hand, damit Penny sie nicht unterbrach. »Obwohl ich sehr gut verstehen kann, warum du es nicht getan hast. In jeder Beziehung gibt es Streit und Diskussionen, aber man verzeiht sich und kommt darüber hinweg. Gib den Mann, den du liebst, nicht gleich bei der allerersten Hürde auf. Wenn er sich entschuldigt, kannst du ihm sagen, was für ein Idiot er ist, ihm erklären, wie sehr er dich verletzt hat, aber dann musst du ihm verzeihen und die Sache auf sich beruhen lassen.«

Penny schüttelte den Kopf. Sie konnte Henry nicht vergeben, zumindest jetzt noch nicht. Dafür war sie immer noch viel zu wütend.

Jill tätschelte ihr die Hand und stand auf. »Na los, ich möchte sehen, was dieser Markt zu bieten hat.«

Danach sprachen sie nicht mehr darüber. Jill wusste, wie man die Saat auslegen musste, damit Penny über etwas nachdachte, und dass sie ihr anschließend Zeit dazu geben sollte. Stattdessen gingen sie von Aussteller zu Aussteller und bewunderten die wundervoll duftenden Kerzen, kosteten alle Karamell- und Schokoladensorten, Honig, Süßigkeiten, Brot, gebrannte Nüsse, Marmeladen und verschiedene Käsesorten. Penny trank eine Menge heißen Apfelwein und Glühwein und fühlte sich anschließend schön warm und zufrieden. Es gab mehrere Verkäufer mit Mince Pies, alle mit verschiedenen Geschmacksrichtungen und Gewürzen und ungewöhnlichen Zutaten, und Penny kaufte und aß mehrere kleine Schokoladenvarianten davon. Sie bewunderten den Baumschmuck aus Glas, Holz und sogar den kitschigen aus Plastik, und das erinnerte Penny an den wunderschönen Baum in ihrem Wohnzimmer. Ein Aussteller verkaufte sogar kleine Sets zum Bau von Lebkuchenhäusern sowie einige fertige Häuser. Es war fast so, als hätte Jill sie absichtlich hierhergebracht, um ihr all die wunderbaren Dinge in Erinnerung zu rufen, die Penny während der vergangenen Woche mit Henry geteilt hatte.

Als sie schließlich gingen, hatte Penny kiloweise kostenlose Proben verdrückt, bestimmt mehrere Liter von dem köstlichen heißen Apfelwein getrunken und trug schwer an Taschen voller Einkäufe, an die sie sich gar nicht erinnern konnte.

Jill setzte sie zu Hause ab. Penny fühlte sich ein wenig angesäuselt und ganz sicher nicht in der Stimmung, Henry gegenüberzutreten, egal, in welcher Verfassung er sich befand; daher stellte sie die Tüten im Wohnzimmer ab und legte sich für ein Nachmittagsnickerchen ins Bett.

Als sie wieder erwachte, war es draußen bereits dunkel, aber es schneite immer noch heftig.

Sie fühlte sich noch leicht benommen und hätte nichts dagegen gehabt, bis nach Weihnachten im Bett zu bleiben. Morgen war Heiligabend, der Ballabend. Sie könnte problemlos zwei weitere Tage im Bett verbringen. Es würde sowieso niemanden kümmern.

Da erinnerte sie sich an die Skulptur für den Antrag, die sie für den morgigen Abend noch fertigstellen musste. Und weil sie Maggie versprochen hatte, ihr morgen bei den Vorbereitungen für den Ball zu helfen, konnte sie nicht mehr länger im Bett liegen bleiben und sich in Selbstmitleid suhlen.

Daher zog sie sich etwas Warmes an und ging hinab zum Gefrierraum.

Die Tür klemmte immer noch, aber gab schließlich nach. Sobald sie mit der Skulptur fertig war, würde sie den ganzen Raum abtauen und Boden und Tür reinigen müssen, ehe sie weitere Schnitzereien hier aufbewahren konnte. Die Eisfläche war gefährlich.

Seufzend betrachtete sie die drei Eisblöcke, die sie am Vorabend zusammengeklemmt hatte. In ihrer Eile, das Problem zu lösen, und weil sie in Gedanken immer noch bei Henry und Daisy gewesen war, hatte sie den Block nicht auf ihren Rollwagen gestellt. Jetzt war er zu schwer, als dass sie ihn allein bewegen konnte, und sie würde garantiert nicht Henry bitten, ihr zu helfen. Also musste sie die Skulptur hier im Gefrierschrank schnitzen. Wenigstens war der Diamantring ein einfacher Entwurf, sodass sie nicht allzu lange hier drin bleiben müsste, und sobald die überflüssigen Eisstücke abgeschlagen waren, würde er aufgrund des Lochs in der Mitte vermutlich leicht genug sein, dass sie ihn morgen allein tragen konnte.

Sie holte ihre Werkzeuge aus dem Kühlraum und schloss die Tür. Jetzt würde sich zeigen, ob die drei Blöcke, die sie zu einem hatte verbinden wollen, auch wirklich hielten. Zumindest war die Wahrscheinlichkeit, dass das Ganze auseinanderbrach, in der Kälte des Gefrierraums geringer.

Sie scrollte durch die Lieder auf ihrem iPhone, bis sie etwas fand, das in keiner Weise an Weihnachten erinnerte, und machte sich ans Werk. Sie markierte die Grundform und schnitt dann mit der Kettensäge die Stücke ab, die sie nicht brauchte, einschließlich der Mitte. Dabei wurde der Ring deutlich dicker, als sie ursprünglich geplant hatte, denn sie brauchte die Festigkeit eines massiven Rings. Sie brachte eine Weile damit zu, den Ring so glatt und makellos wie möglich zu machen, aber es war wirklich kalt im Raum und allmählich wurden ihre Finger trotz der Handschuhe taub.

Sie zwang sich, weiterzumachen, da sie noch am selben Abend fertig sein musste, und außerdem würde sie nicht über Henry und das vermutlich schlimmste Weihnachtsfest aller Zeiten nachdenken, wenn sie sich hier drin auf das Motiv und das Schnitzen konzentrieren musste. Zweifellos würde sie Weihnachten allein verbringen müssen, und obwohl ihr das bisher nie etwas ausgemacht hatte, war es diesmal schrecklich, weil sie in einen Mann verliebt war, der sie hasste und nur wenige Tage vor dem Fest der Liebe abserviert hatte.

Sie wurde müde; vermutlich war daran noch der Alkohol schuld. Normalerweise trank sie kaum etwas, daher fühlte sie sich bei den seltenen Anlässen, wo sie es tat, immer schon nach einigen Stunden verkatert statt erst am Folgetag. Sobald sie hier fertig war, würde sie zurück ins Bett gehen.

Sie ignorierte die Kälte, die durch ihren Körper drang, und nahm sich Zeit für die Einzelheiten der Fassung, in der der riesige Diamant sitzen sollte, damit dessen Seitenflächen glatt und poliert aussahen.

Schließlich trat sie einen Schritt zurück, um die fertige Skulptur zu begutachten.

Es war wirklich kalt im Raum. Vielleicht lag es daran, dass sie so lange hier drin gewesen war. Ihre Arme und Beine schmerzten beinahe vor Kälte, die Finger waren praktisch taub und ihre Lider schwer. So eine heftige Reaktion hatte sie bisher auf das Arbeiten in der Gefrierkammer noch nie erlebt.

Sie überprüfte den Temperaturregler in der Nähe der Tür und fluchte. Nach dem Stromausfall am Samstag hatte er sich auf die kälteste Einstellung zurückgesetzt, etwa zwanzig Grad kühler als gewünscht. Kein Wunder, dass ihr alles wehtat. Außerdem erklärte es ihre Müdigkeit; es lag nicht am Alkohol, sondern ihr Kreislauf fuhr sich herunter.

Sie brauchte ein schönes, warmes Bad. Dass der Wechsel von extremer Kälte zu extremer Wärme nicht gut war, wusste sie. Also musste sie sich langsam aufwärmen.

Sie nahm ihre Werkzeuge und drückte gegen die Tür, doch die gab nicht nach. Verwirrt probierte sie es erneut, mit demselben Ergebnis. Sie legte die Werkzeuge ab und startete einen neuerlichen Versuch. Die Tür rührte sich keinen Zentimeter. Verdammt. Panisch warf sie sich mit aller Macht dagegen, aber es nützte nichts. Der Griff war aufgrund der Kälte zum Teil festgefroren und ließ sich nicht drehen, und mit ihren tauben Händen konnte sie auch nicht richtig Druck darauf ausüben.

Sie lehnte sich gegen das Regal und versuchte, den Griff mit dem Fuß aufzutreten, aber das funktionierte genauso wenig.

Penny trommelte gegen die Tür und rief, so laut sie konnte, aber von draußen drang kein Geräusch herein. Niemand würde kommen, um sie zu retten.

Sie brüllte, schrie, warf sich mit ihrem ganzen Gewicht dagegen, doch sie war gefangen.

Schnell holte sie ihr Handy aus der Tasche und scrollte durch die Kontaktliste. Wen sollte sie anrufen? Henry oder Daisy wäre die logischste Wahl – falls sie nebenan waren, konnten sie rüberkommen und sie herauslassen. Aber Henry redete nicht mit ihr und Daisys Nummer hatte sie nicht.

Maggie war ungefähr zwanzig Minuten entfernt, Jill etwa eine halbe Stunde und vom Haus ihres Bruders dauerte es etwa fünfzig Minuten bis hierher.

Mit einem schwachen Piepen zeigte das Handy einen niedrigen Akkustand an. Verdammt, was konnte denn noch alles schiefgehen?

Sie wählte Henrys Nummer. Auch wenn er sauer auf sie war, würde er sie nicht hier drin erfrieren lassen.

Es klingelte einige Male, und zu ihrer Überraschung ging er tatsächlich ran.

»Hallo?«

Sie versuchte, seinen Tonfall zu deuten. War er immer noch wütend, aufgebracht oder tat es ihm leid? Allerdings blieb dafür jetzt keine Zeit.

»Henry, bist du zu Hause? Ich brauche deine Hilfe.«

»Nein.«

Einsilbige Antworten waren kein gutes Zeichen; offensichtlich hatte er ihr noch nicht verziehen. Sie war so wütend auf ihn, dass sie eigentlich überhaupt nicht mit ihm reden wollte. Und wenn er nicht zu Hause war, konnte er ihr sowieso nicht helfen.

Das Handy piepte, ein untrügliches Zeichen dafür, dass es sich jeden Moment ausschalten würde.

»Wie weit weg bist du?«

Als er ihre Panik bemerkte, wurde seine Stimme ein wenig weicher und besorgter.

»Was ist denn los?«

»Ist Daisy zu Hause?«

»Nein, sie ist bei Anna. Was ist los?«

»Ich bin in der Gefrierkammer eingesperrt.«

»Was meinst du mit eingesperrt?«

»Die Tür klemmt. Nach dem Stromausfall hat sich der Temperaturregler zurückgesetzt, und jetzt ist es hier viel kälter, als es sein sollte. Ich musste hier drin schnitzen, und ich bin seit fast zwei Stunden hier und komme nicht raus.«

Henry schwieg einen Moment, und dann war das Gespräch beendet.

Entsetzt starrte Penny es an. Kam er jetzt oder nicht?

Sie versuchte, ihn noch einmal anzurufen, aber bevor der Ruf überhaupt durchging, schaltete sich das Handy aus.

Verdammt.

Sie musste hier raus. Sie warf sich noch einige Male gegen die Tür, aber ohne Ergebnis.

Okay, sie musste sich in Erinnerung rufen, wie man unter extremen Temperaturen überlebte. Das hatte sie einmal recherchiert, um herauszufinden, wie lange sie gefahrlos in der Gefrierkammer arbeiten konnte. Sich zu bewegen, war vermutlich keine gute Idee, weil es das Blut in die Gliedmaßen pumpen würde statt zu den lebenswichtigen Organen, also musste sie sich ruhig verhalten. Sie setzte sich in eine Ecke und kauerte sich so klein wie möglich zusammen, die Knie zur Brust gezogen und die Arme darumgelegt.

Henry musste einfach kommen. Egal, wie sauer er war, er würde sie nicht hier erfrieren lassen. Er würde kommen und sie retten. Es hing lediglich davon ab, ob er rechtzeitig hier sein konnte.

Kapitel 23

Henry kam mit quietschenden Reifen vor dem Haus zum Stehen. Die Fahrt hatte beinahe eine halbe Stunde gedauert. Er hätte die Feuerwehr oder die Polizei oder irgendjemand anderen anrufen sollen, der schneller hier gewesen wäre, aber er wusste, dass das Navi nicht direkt zum Haus führte, und da er sich noch ganz genau erinnerte, wie schwer es ihm beim ersten Mal gefallen war, Pennys Haus zu finden, hatte er keine Zeit damit verschwenden wollen, jemandem den Weg zu erklären. Er hatte Daisy angerufen, damit sie mit dem Fahrrad nach Hause fuhr, aber weder sie noch Anna waren ans Telefon gegangen, und Anna hatte auch kein Auto, weil Steve es mitgenommen hatte.

Er rannte ums Haus herum, durch die Hintertür und in den Kühlraum. Dort riss er an der Tür zur Gefrierkammer. Sie steckte fest, aber als er mit aller Kraft daran zog, gab sie allmählich nach. Penny saß zusammengekauert in einer Ecke. Sie bewegte sich nicht. Seine Welt brach zusammen.

Er rannte hinüber und schüttelte sie, doch sie reagierte nicht. Schnell nahm er sie auf die Arme und trug sie hinaus. Sie lag reglos da, ihre Gliedmaßen hingen schlaff herab. Sollte er einen Rettungswagen rufen? Oder sie einfach selbst ins Krankenhaus fahren? Die Fahrt bis zum nächsten Krankenhaus dauerte eine

Dreiviertelstunde, vermutlich eher eine Stunde. Er wusste, dass der Handyempfang instabil war, und wollte sie nicht allein lassen, um für den Anruf die Einfahrt hinabzurennen.

Am wichtigsten war, sie aufzuwärmen. Er legte sie vor den Kamin und zündete ein Feuer an. Als es flackernd zum Leben erwachte, deckte er sie zu, sprintete nach oben und holte ihre dicke Bettdecke.

Ihre Kleidung war eiskalt. Wenn er ihre Körpertemperatur erhöhen wollte, musste er sie da rausholen. Sie so reglos daliegen zu sehen wie Dornröschen, machte ihm unglaublich Angst. Er riss den Reißverschluss ihrer Jacke auf und zerrte sie ihr herunter. Das langärmelige T-Shirt darunter war ebenfalls kalt, also zog er ihr auch das aus. Dann streifte er ihr die Stiefel, die wasserfeste Hose und die Leggings ab, sodass sie nur noch in Unterwäsche vor ihm lag. Rasch entledigte er sich seines Hemdes, legte sich auf sie und deckte sie beide mit der Bettdecke zu.

»Penny, kannst du mich hören?«

Sie regte sich nicht; er wusste nicht mal genau, ob sie überhaupt noch atmete. Er legte sein Gesicht neben ihres und spürte winzige, flache Atemzüge an seiner Wange. Verzweifelt rieb er ihr über die Arme; sie war so kalt und er hatte nicht den Eindruck, dass sie wärmer wurde.

»Penny, na komm schon, öffne die Augen und sieh mich an«, flehte er.

Das Feuer brannte inzwischen lichterloh und er spürte die Hitze durch die Decke und an seinem Gesicht. Das musste sie doch auch fühlen.

»Penny, wenn du nicht sofort die Augen aufmachst, rede ich nie wieder mit dir. Hörst du mich? Mach die verdammten Augen auf!«

Zu seiner Überraschung gehorchte sie und er weinte beinahe vor Erleichterung. Sie starrte an ihm vorbei, den Blick irgendwo anders hin gerichtet, und er nahm ihr Gesicht zwischen die Hände. »Sieh mich an.«

Sie blinzelte einige Male und dann trafen sich ihre Blicke.

»Du bist gekommen«, flüsterte sie und Tränen stiegen ihr in die Augen. »Ich habe gedacht, ich bin dir egal.«

»Natürlich bist du mir verdammt noch mal nicht egal. Du weißt doch, wie viel du mir bedeutest.«

Sie schüttelte den Kopf, während er ihr weiterhin sanft über die Arme rieb. »Nicht wirklich. Du hast gesagt, dass du mich niemals wiedersehen willst.«

»Ich war wütend. Das habe ich nicht so gemeint. Mensch, Penny, wie kannst du nur glauben, dass du mir egal bist?«

»Du warst ziemlich unnachgiebig. Und dafür habe ich dich auch ein wenig gehasst. Du hast gesagt, du bist fertig mit mir.«

»Nein, das bin ich nicht!«, blaffte er sie an, bevor er merkte, dass seine Sorge um sie und die Erleichterung darüber, dass es ihr gut ging, sich schon wieder in Wut verwandelten. »Verdammt, du hast mich zu Tode erschreckt.«

Er vergrub das Gesicht an ihrem Hals, legte die Arme um sie und zog sie fest an sich. Beinahe hätte er sie verloren. Er schloss die Augen und atmete ihren Duft ein, genoss das Gefühl ihres schlagendes Pulses an seinen Lippen, der bewies, dass sie sehr lebendig war.

»Bin ich nackt?«

Er sah auf. »Ich habe versucht, dich aufzuwärmen.«

»Indem du mich ausziehst?«

»Angeblich ist Körperwärme das beste Mittel gegen Unterkühlung.«

»Bist du ebenfalls nackt?«

»Ich habe noch meine Jeans an.«

»Hast du mich nur ausgezogen, damit du mich lüstern anstarren kannst?«

»Ist mir nicht in den Sinn gekommen.«

»Aha. Wenn ich also ein Mann wäre, hättest du mich auch ausgezogen und dich auf mich gelegt?«

Henry zögerte. »Vielleicht. Vermutlich nicht. Es ist ja nicht so, als hätte ich deinen Körper noch nie zuvor gesehen. Wenn wir nicht zusammen wären, hätte ich dich nicht ausgezogen.«

»Wir sind nicht in einer Beziehung. Du hast mit mir Schluss gemacht, hast du das vergessen?«

»Ich habe nicht mit dir Schluss gemacht. Ich war sauer auf dich, das ist ein großer Unterschied.«

Sie schüttelte den Kopf. »Ich bin dir sehr dankbar, dass du gekommen bist, um mich zu retten, aber ich habe dich nicht angerufen, weil ich wieder mit dir zusammenkommen wollte, sondern weil ich dachte, du bist möglicherweise nebenan und damit am nächsten. Ich wäre nämlich, ehrlich gesagt, sehr froh, wenn ich dich nie wiedersehen müsste.«

Das tat weh. Doch was hatte er eigentlich erwartet? Er hatte sie angebrüllt und ihr gesagt, dass er sie niemals wiedersehen wollte. Aber war sie wirklich entschlossen, wegen eines gedankenlosen Moments alles wegzuwerfen?

Plötzlich wirkte sie wütend. »Du hast nicht das geringste Recht, deswegen verletzt zu sein. Alles war perfekt und du hast es ruiniert. Du hast mir versprochen, mir nie wehzutun, aber du hast es trotzdem getan.«

»Verdammt, es tut mir so leid. Ich hatte nie vor, dich zu verletzen.« Er gab ihr einen sanften Kuss, aber sie erwiderte ihn nicht. Ihr Blick war hart. Auch als er sie erneut küsste, reagierte sie nicht. Panik durchzuckte ihn. Er hatte sie verloren. Sie lebte und atmete in seinen Armen, aber wegen seines blöden Temperamentsausbruchs hatte er sie verloren.

»Es tut mir so leid.« Er küsste ihren Hals und zog eine Spur aus winzigen Küssen über ihr Schlüsselbein. »Ich habe mit Daisy gesprochen, sie hat mir alles erzählt, was du zu ihr gesagt hast. Du bist wunderbar mit der Situation umgegangen, viel besser, als ich es gekonnt hätte. Es hat mich einfach völlig unvorbereitet getroffen. Ich hätte niemals erwartet, sie dort in dieser kompromittierenden Lage zu finden, mit den Kondomen, die du ihr gegeben hattest. Es war ein Schock, und ich weiß, dass ich völlig überreagiert habe. Es tut mir wahnsinnig leid.«

Erneut stiegen ihr Tränen in die Augen. »Ich kann das nicht, Henry. Wenn du wirklich so viel für mich empfinden würdest, wie ich es für dich tue, hättest du mich niemals so anschreien dürfen. Du würdest nicht so wütend auf mich werden, dass du gleich Schluss machst.«

Henry starrte sie an. Es war vorbei. Sie hatte nicht vor, um ihn zu kämpfen. Nun, er würde es jedenfalls tun.

»Warte mal einen Moment. Ich liebe dich. Ich liebe dich, verdammt noch mal. Und ich habe geglaubt, dass du mich auch liebst. Daisy hat mir berichtet, was du ihr über den Sex mit deinem zweiten Freund erzählt hast: Wie perfekt und schön es war. Ich weiß, dass du damit mich gemeint hast, und es war perfekt und schön, weil wir füreinander bestimmt sind. Wenn man jemanden liebt, dann liebt man alles an ihm, und man liebt ihn, wenn er traurig ist oder wütend oder dickköpfig oder wenn er überreagiert. Man liebt ihn in guten wie in schlechten Zeiten. Wenn man jemanden liebt, dann liebt man diese Person, wenn sie vor Lachen schnaubt, wenn sie mit völlig verstrubbelten Haaren bei dir zum Abendessen auftaucht, wenn man sie trotz Morgenatem küsst, wenn sie aus lauter Wut einen Kuchen bäckt, und weil sie dich zum Lachen und zum Weinen bringen kann. Ich liebe dich, und wenn du mich auch liebst, dann vergibst du mir.«

Er beobachtete, wie ihre Züge weicher wurden.

»Es tut mir wirklich schrecklich leid.« Er küsste sie und war unendlich erleichtert, als sie seinen Kuss nach einigen Sekunden erwiderte. »Jetzt ist wieder alles gut zwischen uns, oder?«

Sie hob die Hand, fuhr ihm damit durch die Haare und nickte schließlich. Er küsste sie noch einmal und zog sie fester an sich. Einige Sekunden später verwandelten sich ihre Küsse jedoch in Verlangen, und es ging von ihr aus.

Sie fuhr mit den Händen über seinen Rücken bis zu seinem Hosenbund und dann über seine Hüften nach vorne.

»Penny, ich finde, wir sollten dich sicherheitshalber in ein Krankenhaus bringen. Ich …«

Sie erstickte seine Worte mit einem Kuss, und es tat ihm weh, sie weinen zu sehen. Ihre Tränen waren seine Schuld.

Sie fummelte am Verschluss seiner Jeans herum und er half ihr dabei und schälte sich so schnell wie möglich aus der Hose.

Er kniete sich hin und zog sie hoch, wobei er den Mund keine Sekunde lang von ihrem nahm. Schnell streifte er ihr BH und Slip ab. Dann hob er sie auf seinen Schoß und schob sich in sie. Sie schlang ihm die Arme um den Nacken, küsste ihn, und gemeinsam begannen sie sich zu bewegen – schnell und verzweifelt und drängend, und als sie beide den Höhepunkt erreichten, wusste er, dass er sie niemals mehr fortlassen würde.

* * *

Penny lag auf Henrys Brust und beobachtete, wie die Flammen kleiner wurden und verlöschten. Henry spielte mit ihren Haaren. Ihre Atmung hatte sich schon beinahe wieder normalisiert.

»Ich glaube, es ist wieder gut zwischen uns.«

»Es tut mir wirklich leid. Ich verspreche dir, dich niemals wieder anzuschreien«, sagte Henry und strich ihr mit einer Hand über den Rücken.

Sie sah zu ihm auf. »Versprich lieber nichts, was du nicht halten kannst. Wir werden uns streiten und anschreien, aber du kannst nicht jedes Mal mit mir Schluss machen, wenn du wütend bist. Das ist nicht fair.«

»Ich weiß, und es tut mir leid. Ich bin mit der ganzen Sache nicht besonders gut umgegangen. Ich hatte bisher noch nie so eine Beziehung. Selbst meine halbwegs ernsten Beziehungen haben sich anders angefühlt.«

Die Hintertür flog auf. »Penny, Dad!«, rief Daisy mit Panik in der Stimme.

Penny fuhr hoch und schnappte sich die Decke, sodass für Henry nur noch die Bettdecke blieb. Auch er stand schnell auf. Daisy rannte zur Tür vom Kühlraum, doch bevor sie sie öffnen konnte, erblickte sie die beiden Erwachsenen im Wohnzimmer. In ihrer Miene spiegelten sich alle möglichen Emotionen – Erleichterung darüber, dass Penny lebte, bis hin zu Enttäuschung, Kummer, Kränkung und schließlich Wut.

Kapitel 24

»Ihr habt miteinander geschlafen?«

»Es ist nicht das, wonach es aussieht«, behauptete Henry und wickelte sich die Bettdecke um die Hüften. »Ich habe versucht, sie warm zu halten.«

Entsetzt starrte Penny ihn an. Jetzt war der Moment gekommen, sich dafür zu entschuldigen, dass sie es vor Daisy geheimgehalten hatten, und ihr alles zu erzählen, anstatt ihr weitere Lügen aufzutischen.

»Lüg mich nicht an, Dad. Wie lange geht das schon?«

»Ungefähr eine Woche«, gab Penny zu.

Henry warf ihr einen bösen Blick zu und ging auf Daisy zu. »Wir wollten dich nicht aufregen.«

»Also habt ihr mich angelogen, euch hinter meinem Rücken getroffen und mich behandelt wie ein Kind? Warum zum Teufel habt ihr es mir nicht gesagt?«

»Weil du mich gebeten hattest, mich nicht mit ihr einzulassen, und …«

»Und schau an, wie du meinen Wunsch respektiert hast.«

»Schatz, du warst hier glücklich, und du hattest Angst, dass ich es mit Penny versauen würde und wir ausziehen müssten. Ich wollte doch nur erst Weihnachten vorbeigehen lassen, damit du ein bisschen mehr Zeit hast, um dich einzuleben, bevor ich dir sage, wie wichtig Penny mir ist.«

Daisy, die offensichtlich nicht wusste, auf wen sie mehr wütend sein sollte, wandte sich an Penny. »Deshalb warst du also so nett zu mir und hast mir Eisschnitzen beigebracht und mir Klamotten gekauft – du hast mich nur benutzt, um an meinen Vater heranzukommen.«

Penny war entsetzt. Sie wünschte sich inständig, dass sie dieses Gespräch nicht nackt führen müsste, mit nur einer Decke als Sichtschutz, und machte einen Schritt auf Daisy zu. »Nein, Liebes. So etwas würde ich niemals tun. Ich verbringe wirklich gern meine Zeit mit dir; du bringst mich zum Lachen, du bist so kreativ und ich liebe dein Verständnis und deine Freundlichkeit. Ich war schon gern mit dir zusammen, bevor überhaupt etwas zwischen deinem Vater und mir lief. Wenn wir jetzt miteinander Schluss machen würden, dann bringe ich dir trotzdem noch Eisschnitzen bei und gehe mit dir und Bernard spazieren, das habe ich dir neulich Abend schon gesagt, nachdem Henry mich so angebrüllt hatte. Ich würde dich niemals manipulieren, nur um das zu bekommen, was ich will. Und ich weiß, dass du mich erst seit Kurzem kennst, aber du solltest wissen, dass ich genau das bin, was du siehst. Ich habe keine versteckten Absichten.«

Doch Daisy ließ nicht mit sich reden. Sie wandte sich wieder an ihren Dad: »Was ist bloß das Problem mit dir und den Frauen? Ist dir Sex wirklich so wichtig, dass du nicht länger als einige Monate Single sein kannst?«

Henry wirkte fuchsteufelswild. »Verdammt, Daisy, hier geht es nicht nur um Sex, das ist keine Affäre. Ich liebe Penny und das schon seit einer ganzen Weile.«

Die Stille im Zimmer wurde nur durch Bernards lautes Schnarchen auf dem Sofa unterbrochen.

»Du liebst sie?«, wiederholte Daisy leise.

»Ja.«

»Nach einer Woche. Du Heuchler. Du hast das, was ich mit Josh hatte, lächerlich gemacht, weil ich ihn angeblich nicht lange genug kenne, aber merkwürdigerweise hast du dich auch innerhalb einer Woche verliebt. Findest du nicht, dass du mir das hättest sagen sollen?«

»Das hatten wir auch vor, nach Weihnachten. Ich wollte doch nur, dass du dich erst ein bisschen besser einlebst, bevor ich dir sage, dass dies die Frau ist, die ich heiraten möchte.«

Penny stiegen Tränen in die Augen. Er liebte sie und wollte sie heiraten? Am liebsten hätte sie ihn umarmt und geküsst, aber das ging nicht.

Nach einem letzten Blick auf sie beide stürmte Daisy davon, wobei sie die Verbindungstür hinter sich zuknallte.

»Mist«, kommentierte Henry, ließ die Bettdecke fallen und zog sich an. »Mist, Mist, Mist.«

Er streifte sein Hemd über, knöpfte anstandshalber einige Knöpfe zu und begann, hinter Daisy herzulaufen, doch dann kam er für einen schnellen Kuss zurück.

»Ich liebe dich und ich werde das richten, damit wir ohne Geheimnistuerei zusammensein können. Vertrau mir.«

Penny nickte, und nach einem Kuss auf ihre Stirn verschwand er durch die Verbindungstür.

Sie hörte, wie er die Treppe hinauflief, und mehr Gebrülle zwischen den beiden, obwohl sie den genauen Wortlaut nicht verstehen konnte. Er musste einen Weg finden, die Sache geradezubiegen. Sie liebte ihn viel zu sehr, um ihn schon zu verlieren, bevor es überhaupt richtig angefangen hatte.

* * *

Penny betrachtete den verhangenen Morgenhimmel aus dem Schlafzimmerfenster. Der Schnee fiel schnell und in dichten Flocken, die im Wind tanzten.

Viel geschlafen hatte sie nicht. Lange hatte sie darauf gewartet, dass Henry in ihrem Schlafzimmer erschien, um ihr zu sagen, dass alles geklärt wäre. Doch er kam nicht.

Er würde doch sicher nicht zulassen, dass wegen dieser Sache ihre Beziehung zerbrach? Allerdings war Daisy auch der Grund für die Trennung von seinen früheren Freundinnen gewesen. Für ihn würde sie immer an erster Stelle stehen.

Sie hatte Kopfschmerzen. Erst dieser Stress, als sie geglaubt hatte, mit Henry sei es für immer aus, dann die Versöhnung und jetzt das. Es fühlte sich an, als wäre wieder alles vorbei.

Heute Abend fand der Weihnachtsball statt, und so wie es aussah, würde sie allein hingehen müssen, wenn Henry die Sache mit Daisy nicht geraderücken konnte.

Mit einem Gefühl der absoluten Hoffnungslosigkeit ging sie unter die Dusche. Am schlimmsten war, dass Henry ihr am Vorabend noch gesagt hatte, dass er sie liebte.

Als sie ins Schlafzimmer zurückkam, sah sie das Telefon auf dem Nachttisch blinken.

Es zeigte drei verpasste Anrufe von Maggie an. Außerdem stellte sie fest, dass es bereits viel später war, als sie vermutet hatte; der Schnee ließ es draußen viel dunkler wirken und sie schien ein wenig länger geschlafen zu haben als sonst. Schnell rief sie Maggie zurück.

Schon beim Abnehmen wurde klar, dass Maggie in den Panikmodus verfallen war. »Penny, dieser verdammte Scheißschnee. Alles ist ruiniert, alles.«

»Was ist denn los, Maggie, was meinst du denn damit?«

Sie ging zum Fenster und sah überrascht hinaus. Wohin man auch schaute, alles war unter einer dichten weißen Schneedecke versteckt. Auf dem Dach ihres Kleinlasters lag er etwa sechzig Zentimeter hoch, und auch die Räder waren beinahe darin versunken.

»Ich muss den Ball absagen. Alles sollte heute geliefert werden: Die Tische, die Stühle, das Essen, die Heizstrahler, sogar der DJ und die meisten Kellner und Kellnerinnen kommen aus anderen Städten«, erklärte Maggie, und Penny konnte hören, dass sie vor lauter Frust beinahe weinte. »Die Hälfte der Eisschnitzer hat ihre Skulpturen beim Stromausfall neulich verloren, und die sollten die Hauptdekoration für heute Abend sein.«

»Warte mal einen Moment. Wir sagen den Ball nicht ab. Auf keinen Fall. Nicht, nachdem du so viel Zeit und Arbeit in die Planung gesteckt hast. Solange ich mich erinnern kann, haben wir immer einen Weihnachtsball veranstaltet, und jetzt lassen wir ihn nicht einfach wegen ein bisschen Schnee ausfallen.«

»Es ist mehr als nur ein bisschen Schnee, Penny«, herrschte Maggie sie an.

Penny ignorierte den Ärger in der Stimme ihrer besten Freundin: »Gib mir fünf Minuten, damit ich darüber nachdenken kann, und dann rufe ich dich zurück.«

Penny legte auf und ging im Zimmer auf und ab, wobei sie durch die Kontaktliste auf ihrem Handy scrollte. Der Stadtrat hatte eine Telefonkette aufgebaut, falls ein Treffen einberufen werden musste oder es ein Problem in der Stadt gab, zum Beispiel eine nicht funktionierende Ampel, die umfahren werden sollte, oder eine entlaufene Kuh, bei der die Bürger mithelfen sollten, um sie wieder einzufangen. Die aktuelle Situation war definitiv ein Notfall.

Rasch tippte sie eine Nachricht ein, in der sie das Problem erklärte und um Hilfe bat. Ganz unten fügte sie ihre Handynummer ein, damit die Leute *ihr* antworteten und nicht demjenigen, der ihnen die Nachricht weitergeleitet hatte. Anschließend schickte sie sie an die fünf Leute aus ihrem Teil der

Kette. Innerhalb einer halben Stunde würde jeder Einwohner der Stadt informiert sein.

Während sie wartete, zog sie sich an. Als sie gerade die Jeans überstreifte, piepte ihr Handy. Beim Schließen des Gürtels piepte es erneut, sieben Mal in schneller Folge. Penny schlüpfte in ihre Schneestiefel und schnürte sie zu, während ihr Handy immer weiter ankommende Nachrichten meldete.

Insgesamt waren es bereits mehr als dreißig. Wow, die Leute reagierten wirklich schnell.

Die meisten Leute boten Essen an, hauptsächlich Sandwiches, Kartoffelchips und Kuchen, aber es würde vermutlich reichen, um heute Abend alle satt zu bekommen. Jeder, der geantwortet hatte, war bereit, seine eigenen alkoholischen und nichtalkoholischen Getränke mitzubringen. Kathleen aus der *Sardine* bot alle ihre Tische, Stühle und Außenheizstrahler an, falls jemand vorbeikommen und sie abholen konnte. Das gleiche Angebot kam von den Betreibern des *Blasen und Schaum*, der *Meerjungfrau* und der *Schmugglerstube*, da sie sowieso alle abends für den Ball schlossen. Außerdem wollten sie Wein und alkoholfreie Getränke spenden. Jemand hatte einen iPod und hervorragende Lautsprecher, die schon oft für Partys benutzt worden waren, und eine große Bandbreite an Musik darauf, hauptsächlich leichtes Popzeug, bei dem jeder mitsingen konnte. Ein kleines Schneeschippteam war bereits in der Stadt unterwegs und befreite die Hauptstraßen und die Nebenstraße zum Festzelt vom Schnee. Glücklicherweise waren die meisten größeren Straßen der Stadt am Vorabend gestreut worden, daher mussten die Leute nicht tonnenweise Schnee wegschaufeln, auch wenn die Zufahrtsstraßen zur Stadt noch befreit werden mussten.

Penny tippte rasch eine Antwort und schickte sie an jeden, von dem sie eine SMS bekommen hatte, sowie an ihre fünf Leute der Telefonkette. Sie erklärte, dass die Essensfrage geklärt sei, fragte, ob alle Freiwilligen zum Schneeschippen mit einer Schaufel in die Stadt kommen konnten und ob jemand einen großen Laster hatte, um die Tische und Stühle abzuholen. Außerdem bat sie um Tischdecken und Kerzen. Sie wartete einige Minuten, um zu sehen, ob jemand antworten würde, und kurz darauf waren bereits Nachrichten eingetroffen, in denen sich ganze Familien zum Schneeschippen meldeten, zwei Personen hatten Laster und würden sich um die Abholung kümmern, und mehrere Leute boten an, Tischdecken und Kerzen zum Festzelt zu bringen.

Obwohl es natürlich keinesfalls mit dem vergleichbar war, was Maggie geplant gehabt hatte, konnte der Ball stattfinden.

Penny rief ihre Freundin zurück.

»Maggie, ich habe Essen organisiert, Sandwiches und Kuchen, und die Leute bringen ihre eigenen Getränke mit und …«

»Unsere Gäste haben vierzig Pfund für die Tickets bezahlt und wir wollen sie mit Sandwiches abspeisen? Die werden alle ihr Geld zurückverlangen.«

»Nein, werden sie nicht, es ist für wohltätige Zwecke und den Menschen in dieser Stadt ist der Weihnachtsball nicht egal. Niemanden interessiert es, ob sie Sandwiches vorgesetzt bekommen oder mit Spinat und Käse gefüllte Hähnchenbrust. Außerdem sind Sandwiches besser als gar kein Essen, also hör auf, dich zu beschweren, und lass dir erklären, was ich organisiert habe.«

Maggie schwieg einen Moment. Offensichtlich fühlte sie sich angemessen gemaßregelt, denn sie stimmte leise zu. »Okay.«

Penny berichtete ihr von ihrem Plan, und dass sie sich jetzt selbst auf den Weg zum Festzelt machen würde, um mit aufbauen zu können, sobald die ersten Sachen eintrafen. Maggie wollte sich dort mit ihr treffen, sobald die Stadt befahrbar war.

Dann legte Penny auf.

Die Straßen stellten für Penny allerdings ebenfalls ein Problem dar. Ihr kleines Auto war für solche Schneemassen nicht gemacht und ihr Gefrierlaster war zu alt und schwach, um es durch die zugeschneite Einfahrt zu schaffen. Sobald sie erst einmal die Hauptstraße erreicht hätte, würde es vermutlich gehen, aber die Einfahrt war so lang, dass es bestimmt drei oder vier Stunden dauern würde, einen Weg freizuschippen. Mit Henrys Range Rover wären sie vielleicht in der Lage, es hinunter in die Stadt zu schaffen, und der Weihnachtsball konnte momentan alle Hilfe gebrauchen, die zu bekommen war.

Sie zog sich Jacke, Mütze und Handschuhe über und lief nach unten. Vor der Verbindungstür zögerte sie. Auf der anderen Seite war es still. Hatten sich die beiden am Vorabend womöglich gegenseitig umgebracht?

Vorsichtig klopfte sie an die Tür und ein riesiger Schatten erschien, ehe die Tür geöffnet wurde. Henry lächelte sie kurz an, doch dann wurde seine Miene wieder ernst. Er wirkte erschöpft und unglaublich traurig. Hinter ihm konnte Penny Daisy beim Lesen auf dem Sofa sehen, die sich angestrengt bemühte, sie beide zu ignorieren.

»Henry, ich brauche deine Hilfe. Der Schnee hat massive Probleme für den Ball verursacht, niemand schafft es in die Stadt, um Tische, Stühle und Essen abzuliefern. Ich habe einen Plan, aber ich muss irgendwie runter in die Stadt kommen.«

»Ich soll dich hinfahren?«

»Ja. Tut mir leid.« Sie sah hinüber zu Daisy. »Ich weiß, dass dies nicht der ideale Zeitpunkt ist, aber mit meinem Auto schaffe ich es einfach nicht.«

Ohne weitere Fragen nahm Henry seine Jacke und die Schuhe, doch zu Pennys grenzenloser Überraschung zog sich auch Daisy Mantel und Schuhe über.

Henry blickte Penny an und zuckte kaum merklich mit den Achseln. Er würde jedenfalls keine Diskussion anfangen.

Zu dritt schafften sie es, die Räder freizuschaufeln. Inzwischen hatte es aufgehört zu schneien, und die Sonne bemühte sich nach Leibeskräften, durch die Wolken zu brechen. Sie stiegen ins Auto.

Henry fuhr langsam die Einfahrt entlang. Das Auto hatte große Mühe, vorwärtszukommen, aber zumindest bewegten sie sich in die richtige Richtung. Schließlich erreichten sie die Straße, die zur Stadt führte. Sie war schneebedeckt, aber da der Streulaster hier am Vorabend vorbeigefahren war, war die Situation deutlich besser als in ihrer Einfahrt.

Schweigend fuhren sie in die Stadt. Penny hatte nicht die geringste Ahnung, was sie sagen könnte, um die Situation zu verbessern. Dass Daisy mitgekommen war, um bei den Ballvorbereitungen zu helfen, hatte etwas zu bedeuten, aber Penny hatte immer noch nicht die geringste Ahnung, wo sie in ihrer Beziehung zu Henry stand.

Als sie um eine Ecke bogen, erhaschte Penny einen ersten Blick auf die Stadt. Jedes Dach leuchtete unter einer dicken, funkelnden Watteschicht; mit dem mittäglichen Sonnenlicht sah das Ganze aus wie eine Filmkulisse. Sie hatte die Stadt noch nie zuvor so wunderschön gesehen, und mit dem himmelblauen Meer im Hintergrund wirkte alles gleich noch viel eindrucksvoller.

»Schau mal!«, rief Penny Daisy zu, weil sie einen Moment lang vergessen hatte, dass sie nicht miteinander sprachen.

Daisy beugte sich vor, und für eine Sekunde zeigte sich auf ihrem Gesicht Begeisterung für die malerische Szene, bevor die mürrische Verdrießlichkeit zurückkehrte und Daisy sich zurücklehnte.

Penny starrte noch einen Moment lang die Stadt an, bevor sie sich zu Daisy umdrehte.

»Es tut mir wirklich sehr, sehr leid, dass wir dich angelogen haben. Wir hatten nie vor, dir wehzutun. Zwischen deinem

Dad und mir ist alles so schnell passiert, das hatte keiner von uns beiden erwartet. Wir wollten dir lediglich Zeit geben, dich ein bisschen besser einzuleben und ein paar Freunde zu finden, bevor wir aus heiterem Himmel verkünden, dass wir zusammen sind. Es tut mir wirklich leid.«

Daisy blickte zum Fenster hinaus und tat so, als hätte Penny nichts gesagt. Penny sah zu Henry hinüber, der warnend den Kopf schüttelte, um ihr anzuzeigen, dass sie das Thema fallen lassen sollte.

Seufzend lehnte sich Penny zurück. »Wir müssen zuerst bei der *Sardine* halten und die Außenheizstrahler abholen, damit wir das Festzelt aufwärmen können.«

Henry nickte.

Je näher sie der Stadt kamen, desto freier wurden die Straßen. Viele Menschen schaufelten Schnee und Penny freute sich zu sehen, dass sie miteinander lachten und scherzten. Für die Menschen in White Cliff Bay stellte der Schnee kein Problem dar, sondern er ermöglichte ihnen einen Tag voller Abenteuer im Freien.

Sie hielten bei der *Sardine*, und mit der Hilfe von Daisy und einigen vorbeikommenden Passanten schafften sie es, vier Heizstrahler in den Range Rover zu verladen.

Damit fuhren sie zum Festzelt, das auf einer Landzunge mit Blick auf den Strand von Silver Cove stand. In diesem Teil der Stadt waren die Straßen noch nicht ganz geräumt worden. Da aber inzwischen die Sonne schien und den Schnee wegtaute und Henrys Auto sicher auf der Straße lag, schafften sie es trotzdem.

Sie luden die Heizstrahler ab und Henry half dabei, sie aufzustellen. Glücklicherweise waren der Stromgenerator und die Kabel schon einige Tage zuvor mit dem Festzelt angeliefert worden, und wie Penny wusste, waren die mobilen Toilettenhäuschen am Vortag eingetroffen, sodass auch dieses Problem geklärt war.

»Ich helfe beim Schneeschippen«, verkündete Daisy und verließ das Festzelt, bevor Henry etwas erwidern konnte. Er folgte ihr.

»Ich hole noch weitere Heizstrahler aus den anderen Pubs; je schneller wir das Zelt warm kriegen, desto besser.«

Penny nickte und sah ihm hinterher. Er hatte ihr keinen Kuss gegeben. Er hatte ihr überhaupt kein Zeichen gegeben, dass zwischen ihnen alles in Ordnung kommen würde.

Als ein Auto mit mehreren Tischen eintraf, zwang sich Penny, nicht mehr an ihre zerbrechende Beziehung zu denken, sondern dafür zu sorgen, dass die Tische am richtigen Platz aufgestellt wurden.

Ohne ein optimistisches Signal von Henry, mit einer Daisy, die immer noch wie unter einer dunklen Wolke herumlief, und einem Festzelt, das nicht mal annähernd fertig war, würde es ein langer Tag werden.

Kapitel 25

Penny trat aus der Dusche und trocknete sich ab. Sie hatte nicht die geringste Ahnung, was sie zum Ball am heutigen Abend anziehen sollte. Vermutlich würde es wieder das schwarze Kleid werden, das sie jedes Jahr trug. Das Kleid anzuziehen, das sie bei ihrer ersten Verabredung mit Henry angehabt hatte, kam ihr irgendwie nicht richtig vor, wenn sie nicht mit ihm zum Ball ging.

Wenigstens konnte der Ball nun stattfinden, dank der Bürger der Stadt, von denen jeder Einzelne aufgetaucht war, um zu helfen. Entweder hatten sie Essen gebracht oder Schnee geschippt oder ihr und Maggie dabei geholfen, Tische und Stühle aufzustellen und die Dekorationen anzubringen. Penny freute sich über diesen Gemeinschaftsgeist, dem zu verdanken war, dass jetzt doch noch Geld für wohltätige Zwecke zusammenkam. Doch am aktuellen Stand ihrer Beziehung zu Henry gab es nichts, worüber sie sich freuen konnte.

Den Rest des Tages hatte sie ihn kaum zu Gesicht bekommen. Einmal war er mit weiteren Heizstrahlern zurückgekommen, jedoch ohne ein Wort wieder verschwunden. Später hatte er ihr eine SMS geschickt, dass man ihn zum Transport der Leute in der Stadt eingeteilt hatte, und obwohl eine Menge Einwohner mit Essen und Kuchen vorbeigekommen waren, hatte sie Henry nicht mehr gesehen. Sie hatte nicht die geringste Ahnung, ob er überhaupt schon zu Hause war oder immer noch irgendwo aushalf. Einer der örtlichen Farmer hatte sie schließlich nach Hause gefahren. Penny wusste nicht, ob sie und Henry überhaupt noch eine gemeinsame Zukunft hatten. Ja, sie liebten sich, doch seine Angst davor, Daisy unglücklich zu machen, schien seine Gefühle für Penny bei Weitem zu übersteigen. Natürlich wollte auch Penny, dass Daisy glücklich war, doch dass Henry seine sechzehnjährige Tochter – beziehungsweise seine Angst davor, sie zu verletzen – diktieren ließ, wie er sein Leben lebte, frustrierte sie. Und obwohl sie verstand, warum er so reagierte, wünschte sich ein Teil von ihr, dass er um sie kämpfte und sie mit seiner Tochter gleichauf stellte, nicht einige Stufen darunter.

Sie ging ins Schlafzimmer und blieb ruckartig stehen. Auf dem Bett lag das wunderschöne silberfarbene Kleid, das sie einige Tage zuvor mit Daisy anprobiert hatte.

Darauf lag ein kleines Herz aus Papier, auf dem stand: »Zieh es an und komm zu mir nach unten, Henry.«

Ein breites Lächeln stahl sich auf ihr Gesicht. Würde sie nun doch mit ihrem Prinzen auf den Ball gehen? Hatte er mit Daisy geredet und alles geklärt?

Am liebsten wäre sie geradewegs nach unten gerannt, um ihn zu fragen, aber vermutlich sollte sie sich erst fertig machen. Schnell zog sie sich an, legte ein wenig Make-up auf und band sich die Haare hoch.

Sie öffnete die Schlafzimmertür und folgte überrascht einer Spur aus Rosenblättern, die von ihrer Tür aus die Treppe hinunterführte, als wäre sie sonst nicht in der Lage gewesen, den Weg selbst zu finden.

Als sie die ersten Stufen hinabging, erblickte sie Hunderte Kerzen, die in ihrem dunklen Wohnzimmer flackerten, und mitten darin stand Henry im Smoking. Auf halbem Weg blieb sie stehen und starrte ihn an. Falls es einen beeindruckenderen Anblick gab als Henry Travis im Smoking, dann würde sie den gern mal sehen.

»Du siehst wunderschön aus«, sagte er leise, ging zur Treppe und streckte ihr eine Hand entgegen.

Sie nahm sie und ihr Herz klopfte wie wild, als er sie in die Mitte des Zimmers führte.

Er gab ihr einen liebevollen Kuss auf die Wange und ging dann auf ein Knie.

Ihr Herz setzte einen Schlag lang aus, und ihr schoss alles Blut in den Kopf, sodass ihr schwindlig wurde. »Shit, Henry, das kannst du nicht tun.«

»Keine Angst, es ist nicht das, was du denkst.«

Erleichtert lachte sie auf.

»Ich habe während der vergangenen Tage häufig darüber nachgedacht, bevor ich dich angebrüllt und zum Weinen gebracht habe und bevor ich meine Tochter dazu gebracht habe, mich zu hassen, weil ich sie angelogen habe – ich wollte dir sagen, was ich für dich fühle. Aber nicht einfach so im Vorbeigehen, als ob ich mich nach deiner Lieblingsfarbe erkundige, und ganz sicher wollte ich es nicht einfach so in den Raum werfen, während ich versuche, dich aufzuwärmen, nachdem du beinahe erfroren wärst. Ich wollte es in einem größeren Rahmen sagen, denn was ich für dich fühle, ist definitiv größer, als alles andere bisher für mich war.«

Er zog eine kleine schwarze Schachtel aus seiner Tasche, und obwohl sie wusste, dass er ihr keinen Antrag machen wollte, stockte ihr bei diesem Anblick der Atem.

Er öffnete sie und hielt sie ihr entgegen. Auf dem schwarzen Samt lagen zwei miteinander verschlungene Herzen, eins aus Holz, eins aus Kristall. Oben war ein rotes Band befestigt, doch es waren die geschwungen eingravierten Worte auf dem Holzherzen, die ihr sofort ins Auge fielen: »Ich liebe dich.« Sie fuhr mit den Fingern darüber. Die Linien des Holzes und der Glanz der Lackierung spiegelten wunderschön den Kerzenschein.

»Und bei diesem Herzen …«, er deutete auf den Kristall, »da musst du dir vorstellen, es wäre Eis, eine spezielle Sorte, die niemals schmilzt.«

Sie lächelte beim Anblick der Herzen aus Holz und Eis; seine Welt und ihre waren miteinander verbunden.

»Ich war der Meinung, am Baum sollte auch etwas hängen, das dir gehört.«

»Du hast all das getan, um mir zu sagen, dass du mich liebst?«

»Ja, Penny, ich liebe dich, beinahe vom ersten Augenblick an, als wir uns kennenlernten. Ich liebe dich von ganzem Herzen. Ich habe noch nie jemanden getroffen, der so freundlich, so rein und so liebevoll ist wie du. Du bringst mich zum Lachen, und zwar oft, und ich könnte stundenlang mit dir reden, ohne mich zu langweilen. Was ich für dich fühle, habe ich zuvor noch nie für jemanden gespürt. Du hast recht, du verdienst das Allerbeste, und ich werde alles in meiner Macht Stehende tun, um es dir zu geben.«

Sie kniete sich hin, damit ihre Gesichter auf gleicher Höhe waren.

»Ich liebe dich auch. Du hast mein Leben innerhalb dieser kurzen Zeit unglaublich verändert. Immer wieder habe ich mir gesagt, dass ich keinen Mann oder eine Familie brauche, um glücklich zu sein. Und ich brauche auch keine, aber ich möchte eine. Meine Vorstellung von Familie war eine Hochzeit und Kinder, aber das hat sich geändert. Ich möchte ein Teil deiner

Familie sein und mehr als alles andere auf der Welt möchte ich mit dir zusammen sein. Du machst mich glücklicher, als ich es je gewesen bin, und ich möchte dich ebenfalls glücklich machen.«

Er gab ihr einen liebevollen Kuss. »Ich würde Kinder nicht unbedingt ausschließen. Ich habe die schlaflosen Nächte und das Windelwechseln zwar bereits hinter mir, aber mit dir zusammen würde ich das gern wiederholen.«

»Wirklich?«

Er nickte lächelnd. »Aber noch nicht sofort, okay? Gib uns erst mal ein paar Monate Zeit, ehe wir darüber nachdenken.«

»Okay.«

»Wie sieht es aus, wollen wir die Herzen an den Baum hängen und zum Ball gehen?«

»Und was ist mit Daisy?«

Seine Miene verdüsterte sich. »Sie spricht immer noch nicht mit mir. Ich habe alles versucht, aber sie weigert sich schlichtweg, mit mir zu reden. Ich bin mit meiner Weisheit am Ende. Sie ist bei Anna und ich nehme an, dass sie alle zusammen zum Ball gehen. Wir hatten heute nicht viel Gelegenheit, uns zu sehen. Ich werde das heute Abend mit ihr klären. Keinesfalls werde ich Weihnachten wortlos mit ihr verbringen. Und ich werde mit dir zum Ball gehen und ihr zeigen, dass es mir ernst mit dir ist und ich dich liebe.«

Penny lächelte. »Okay.«

Sie stand auf und hielt ihm eine Hand hin. Er nahm sie und stand ebenfalls auf.

»Wenn ich das nächste Mal vor dir auf die Knie gehe, wird es aus dem anderen Grund sein.«

Penny glaubte nicht, dass sie heute Abend aufhören konnte, zu lächeln.

Er führte sie an der Hand hinüber zum Baum. »Wo möchtest du es hinhängen?«

Penny dachte einen Moment lang darüber nach. »Wie wäre es hier, zwischen dem Weihnachtsmann, der seinen Hintern zeigt, und dem Engel, den Daisy aus einer leeren Spülmittelflasche gebastelt hat?«

»Ich glaube, das ist eigentlich eine Fledermaus von Halloween, aber ja, gute Wahl.«

Henry nahm die Herzen aus der Schachtel und reichte sie ihr. Sie hängte sie an den Zweig und sie glitzerten und funkelten unter den Lichterketten. »Perfekt.«

Anschließend half er ihr in den Mantel und führte sie hinaus.

»Warte. Wir müssen noch eine Skulptur ausliefern.«

»Was? Heute? Jetzt? Sind denn nicht alle beim Ball?«

»Es ist eine Skulptur für einen Heiratsantrag, und ich nehme an, das Paar wird vermutlich vorher oder nachher auf dem Ball auftauchen, weil ich sie ganz in der Nähe davon abgeben muss, aber ich kann diesem Mann nicht seinen großen Moment verderben. Wir können sie einpacken und im Auto mitnehmen, solange du die Heizung nicht voll aufdrehst.«

Henry half ihr beim Verpacken, trug die Skulptur ins Auto und sie fuhren hinunter in die Stadt. Im silberfarbenen Mondlicht strahlte White Cliff Bay geradezu, das immer noch unter einer Schneedecke begraben war. Es war eine magische, beinahe übernatürliche Schönheit.

Die Straßen waren völlig verlassen; offensichtlich waren alle bereits längst beim Ball. Sie stellten die Skulptur wie gewünscht hinter dem Festzelt am Ende des schmalen Klippenpfads ab, der zum Strand von Silver Cove führte, und fuhren dann zum Parkplatz, der bereits voller Autos stand. Nachdem sie endlich einen freien Platz gefunden hatten, führte Henry Penny ins Zelt.

In der Nähe des Eingangs standen zwei Eisskulpturen, die einzigen, die den Stromausfall überstanden und es durch den

Schnee bis hierher geschafft hatten. Octavia hatte einen beeindruckenden Weihnachtsmann in Lebensgröße geschnitzt, der auf einem Stuhl saß und seine Liste der artigen und bösen Kinder durchging. Es war eine unglaublich tolle Arbeit. Daneben stand ein wunderschönes Rentier von Melody. Es war zwar nicht der groß angelegte Wettbewerb wie in den letzten Jahren, doch wenigstens würde Octavia diesen hier zu Recht gewinnen, und Melody würde Zweite werden, was zu einer lobenden Erwähnung in der Verbandszeitschrift der Eisbildhauer für die Newcomerin führen würde. Das war ein großer Erfolg, mangelnde Konkurrenz hin oder her.

Sie gingen weiter ins Zelt hinein. Überall waren Leute; sie plauderten an der improvisierten Bar, saßen an den bunt zusammengewürfelten Tischen mit den verschiedensten Tischdecken und den gesponserten Tischdekorationen, und einige Menschen befanden sich auf der Tanzfläche und wiegten sich zu den Klängen von *Have Yourself a Merry Little Christmas* von Frank Sinatra. Doch Penny konnte sehen, dass anscheinend jeder Spaß hatte. Es war egal, dass das Essen hauptsächlich aus Sandwiches bestand oder dass die Musik aus einem iPod kam statt von einem DJ oder dass die Tische und Stühle nicht zusammenpassten. Der Ball konnte stattfinden, weil jeder Einzelne mitgeholfen hatte. Sie entdeckte Jill in einem atemberaubenden langen, bestickten blauen Kleid, wie sie von ihrem Ehemann Thomas auf der Tanzfläche herumgewirbelt wurde. Maggie tanzte mit einem ihrer Söhne und Edward winkte ihnen beim Tanzen mit seiner Frau zu. Penny liebte diese Stadt mit ihren verrückten, neugierigen, warmherzigen Einwohnern und jetzt gab es dafür sogar noch einen weiteren Grund.

Sie drückte Henrys Hand und er lächelte sie an. Sie wollte Daisy finden und auch sie umarmen, obwohl das derzeit wohl nicht besonders realistisch war.

»Kannst du Daisy irgendwo entdecken?«, wollte Henry wissen.

»Ja, sie steht mit Josh drüben beim Büfett und tut so, als hätte sie uns nicht gesehen.« Penny merkte, dass Henry die Stirn runzelte, als er entdeckte, dass Josh den Arm um Daisys Schultern gelegt hatte. »Mach jetzt keinen Aufstand deswegen, er ist wirklich ein guter Kerl und du willst die Situation zwischen euch beiden doch nicht verschlimmern, indem du jetzt wieder den überfürsorglichen Vater herauskehrst.«

»Ich muss mit ihr reden, aber wollen wir zuerst tanzen?«, fragte Henry und sie nickte.

Er führte sie auf die Tanzfläche, legte ihr die Arme um die Taille und sie legte den Kopf an seine Brust, vor der gesamten Stadt. Langsam begannen sie, sich zur Musik zu bewegen.

Sie sah zu ihm auf und er lächelte sie an. Er neigte gerade den Kopf, um sie zu küssen, als eine mayonnaisebeschmierte große Garnele an seine Stirn prallte. Verwirrt blickte er auf, während die Garnele ihm über die Wange rutschte, und Penny schaffte es, sie aufzufangen, ehe sie auf seinen Smoking oder ihr Kleid fiel.

Als sie sich umsahen, entdeckten sie Daisy auf der Tanzfläche, die Hände in die Hüften gestützt.

»Lügt mich nie wieder an«, verlangte sie grinsend, und Henry lachte schallend auf. Den einen Arm um Penny gelegt, zog er mit dem anderen Daisy an der Taille zu ihnen heran. Auch Penny legte einen Arm um Daisy.

Henry gab Daisy einen Kuss auf die Stirn. »Du bist das Beste, was mir je passiert ist. Ich habe nie bereut, dich zu haben, nicht eine Sekunde lang. Ich würde dir niemals absichtlich wehtun. Ich liebe dich so sehr, und dass ich auch Penny liebe, bedeutet nicht, dass ich dich deshalb weniger gernhabe.«

»Das weiß ich, Dad.«

»Und ich liebe dich auch«, warf Penny ein. »Falls das für dich okay ist?«

Daisy nickte und umarmte sie beide fest.

Penny legte den Kopf erneut an Henrys Brust und betrachtete über Daisys Kopf hinweg die funkelnden Lichter.

Jetzt war es doch noch das perfekte Weihnachten geworden.

Epilog

Erster Weihnachtsfeiertag

Penny lag auf dem Sofa und betrachtete die tanzenden Flammen im Kamin. Sie hatte viel zu viel Truthahn, Schokolade und Weihnachtspudding gegessen, zwar nicht gleichzeitig, aber beinahe. Sie fühlte sich unangenehm voll und aufgebläht. Daisy lag neben ihr und hatte den Kopf auf Pennys Bauch gelegt, was das Völlegefühl nur noch verstärkte, aber das war Penny egal. Noch nie zuvor hatte sie sich so glücklich und zufrieden gefühlt wie in diesem Moment. Sie fuhr mit den Fingern durch Daisys Haare und streichelte ihr liebevoll über den Kopf. Anna, Steve, Bea und Oliver wollten später vorbeikommen, doch momentan waren sie nur zu dritt, was Penny absolut recht war. Sie verbrachte den ersten Weihnachtsfeiertag mit ihrer tollen neuen Familie.

»Es schneit wie verrückt«, stellte Henry fest, der zum Fenster hinaussah, während Bernard mit dem Bauch nach oben auf seinem Schoß lag.

Penny wandte ihre Aufmerksamkeit den dicken Flocken zu, die draußen vor dem dunklen Himmel herumwirbelten. »Mach dir keine Sorgen.«

»Ich mache mir keine Sorgen«, behauptete Henry, schaffte es aber nicht, den angespannten Ton aus seiner Stimme zu nehmen.

Daisy kicherte, was Pennys Bauch vibrieren ließ. »Du machst dir ständig Sorgen, und ich habe dich dafür sehr gern, aber ich bin auch erleichtert, dass sich in letzter Zeit einiges davon auf Penny übertragen hat. Das lässt mir ein bisschen Luft zum Atmen.«

»Trotzdem mache ich mir noch Sorgen um dich. Dass ich mir viele Sorgen um Penny mache, heißt nicht, dass es bei dir weniger werden, und glaub ja nicht, dass das hier«, er deutete auf Penny, »heißt, dass ich es entspannter sehe, dass du mit Josh zusammen bist. Keine … *Albernheiten*, bevor du mindestens dreißig bist!«

Penny lachte. »Daisy ist viel vernünftiger als du.«

»Daisy vertraue ich ja, aber bei Josh habe ich so meine Zweifel. Ich kann mich noch genau an meine Teenagerzeit erinnern. Da denken Jungs fast ausschließlich an Sex.«

Penny biss sich auf die Zunge, weil sie beinahe gesagt hätte, dass sich für Henry nicht viel geändert zu haben schien; obwohl seine Teenagerzeit schon ziemlich lange her war, war sein sexueller Appetit riesig. Henry wurde rot; offensichtlich wusste er genau, was sie dachte.

»Dad, seit du Josh damals zu Boden gerissen hast, hat er Angst vor dir. Vermutlich wird er noch in unserer Hochzeitsnacht zu verschreckt sein, um sich mir zu nähern. Ich glaube wirklich nicht, dass du dir momentan darüber Sorgen machen musst.«

Das schien ihn ein wenig zu beruhigen, und er wandte seine Aufmerksamkeit wieder dem Schnee zu. Das Stirnrunzeln kehrte zurück.

Bernard wachte auf und streckte sich schläfrig, wobei er Henry im Gesicht traf, was jedoch nicht dazu führte, dass dieser weniger besorgt zum Fenster hinaussah. Der Hund ließ sich von Henrys Schoß fallen und rollte sich vor dem Kamin zusammen.

Penny setzte sich unter Mühen auf, gab Daisy einen Kuss auf die Stirn und ging hinüber zu Henry. Sofort flog sein Blick zu ihr und er registrierte jede ihrer Bewegungen. Er zog sie auf den Schoß und sie küsste ihn sanft auf die gerunzelte Stirn.

»Worüber machst du dir denn Sorgen?«

Er streichelte ihr über den Bauch. »Über alles. Dass es zu stark schneit und wir nicht rauskommen, falls wir es müssen, wie die Straßen wohl aussehen werden, ob wir alles hierhaben, falls wir eingeschneit werden …«

Penny küsste ihn leicht auf den Mund. »Alles wird gut. Aber dich bedrückt doch noch etwas anderes, du bist schon den ganzen Tag lang so angespannt.«

In diesem Moment klingelte der Küchenwecker und zeigte dadurch an, dass die Mince Pies, die Henry gemacht hatte, fertig waren.

Henry blickte besorgt hinüber zum Ofen und dann wieder zu Penny. »Ich mache mir Sorgen, dass dir meine Mince Pies nicht schmecken werden.«

Penny lachte, als er ihr einen flüchtigen Kuss gab, sie von seinem Schoß schob und in die Küche rannte.

Daisy stöhnte. »Dads Mince Pies sind echt schlimm. Ich habe wirklich keine Ahnung, wie man etwas versauen kann, wenn die Füllung aus einer Dose kommt und der Teig aus einer Fertigpackung, aber er schafft es jedes Mal.«

»Diesmal ist es anders!«, rief Henry aus der Küche, wo er einige Pies direkt aus dem Ofen auf Teller beförderte.

»Ich hebe mir meine für später auf!«, erwiderte Penny, obwohl sie köstlich dufteten.

»Nein, du musst zumindest kosten, um mir zu sagen, ob ich auf dem richtigen Weg bin.«

Er kam mit zwei Tellern herein, gab einen davon Daisy und ließ sich dann auf ein Knie sinken, um Penny dramatisch ihren Mince Pie zu präsentieren. Trotz der großen Menge Essen, die sie vor weniger als einer Stunde verdrückt hatte, griff sie eifrig danach; es duftete herrlich.

Als sie den Mince Pie gerade in die Hand nehmen wollte, fiel ihr etwas Glänzendes darauf auf. Beinahe sofort erkannte sie, dass es sich um einen Diamantring handelte. Sie suchte Henrys Blick.

»Penny Meadows, vor etwas mehr als einem Jahr habe ich mich bei deinen köstlichen Mince Pies in dich verliebt, und ich habe mich gefragt, ob du mir heute bei meinen vermutlich nicht ganz so köstlichen Mince Pies die Ehre geben würdest, meine Frau zu werden.«

Penny starrte mit wild klopfendem Herzen auf den Ring. So unerwartet war es eigentlich nicht, beinahe seit ihrem ersten Kuss war klar gewesen, dass es irgendwann darauf hinauslaufen würde, aber heute hatte sie nicht damit gerechnet, und schon gar nicht auf einem Mince Pie.

»Gütiger Himmel, Dad, lange genug hat es ja gedauert. Ich hatte schon Angst, du wartest, bis sie eine ganze Fußballmannschaft geboren hat, ehe du ihr endlich einen Antrag machst.«

»Na ja, ich wollte nichts überstürzen«, behauptete Henry, ohne den Blick auch nur eine Sekunde lang von Penny zu nehmen. Er lächelte schelmisch. »Ich musste mich erst vergewissern, dass sie die Richtige ist.«

Penny erwiderte sein Lächeln.

»Ich liebe dich, Penny Meadows, und ich habe dich immer geliebt. Willst du mich heiraten?« Penny nahm den Ring aus dem Pie und leckte die Füllung ab. Es schmeckte widerlich, wie verbrannter Sirup. Sie schob den Ring auf ihren Finger.

»Ich liebe dich von ganzem Herzen. Natürlich werde ich dich heiraten.«

Sie beugte sich vor, um ihn zu küssen, und er legte die Arme um sie und drückte sie fest. Als sie in ihrem Bauch einen kleinen Tritt spürte, lachte sie. »Ich glaube, dein Sohn ist auch einverstanden.«

Freudig beugte sich Henry vor, um ihren dicken Bauch zu küssen. »Sie hat Ja gesagt«, flüsterte er.

»Wahrscheinlich fragt er sich, warum du so lange gebraucht hast«, meldete sich Daisy vom Sofa, wo sie lächelnd einen großen Bissen von ihrem Mince Pie nahm. Das Lächeln verschwand jedoch schnell und sie schüttelte sich angewidert. »Dad, das schmeckt eklig.«

»Meine Arbeit hier ist erledigt.«

Daisy stand auf und kam herüber. »Herzlichen Glückwunsch. Ich freue mich sehr für euch beide.«

Henry setzte sich in den Sessel, zog Penny auf seinen Schoß, strich ihr über den Bauch und bewunderte den Ring an ihr.

Auch Daisy setzte sich auf eine Armlehne und strich Penny liebevoll über den Bauch. Penny betrachtete ihre kleine Familie und spielte mit dem Holzstern an ihrer Kette, den Henry für sie gemacht hatte. Sie erinnerte sich an den Wunsch, an den sie bei der Sternschnuppe im Jahr zuvor gedacht hatte, und lächelte in der Gewissheit, dass alle ihre Wünsche schließlich in Erfüllung gegangen waren.

Brief der Autorin

Vielen Dank, dass Sie »Weihnachtsküsse in White Cliff Bay« gelesen haben. Ich hatte beim Schreiben dieser Geschichte viel Freude und ich hoffe, dass sie Ihnen beim Lesen genauso viel Spaß gemacht hat.

Danke für Ihr Interesse. Ich wünsche Ihnen ein wunderbares, gemütliches Weihnachtsfest!

Alles Liebe, Holly

Danksagung

Für meine Familie und meine Mum, die mein größter Fan ist und alles, was ich schreibe, hundert Mal liest und der es jedes Mal wieder gefällt. Für meinen Dad, meinen Bruder Lee und meine Schwägerin Julie – danke für eure Unterstützung, Liebe, Ermutigung und eure Begeisterung für meine Geschichten.

Für die bezaubernde Aven Ellis, weil sie eine wunderbare Freundin ist; danke für deine unendliche Unterstützung, den Ansporn und dafür, dass du mich mit wunderbaren Geschichten und Fotos von heißen Männern bespaßt. Obwohl wir uns bisher nie getroffen haben, bist du meine beste Freundin und ich habe dich sehr, sehr gern.

Ein riesiges Dankeschön geht an meine tollen Freundinnen Kirsty Maclennan, Megan Milliken und Victoria Stone für ihre Unterstützung und Liebe. Ihr seid toll.

Für meine Freunde Gareth und Mandie: Danke für eure Unterstützung, Geduld und für eure Begeisterung. Außerdem möchte ich mich bei meinen Freunden Jac, Verity und Jodie bedanken, die den endlosen Berichten über meine Bücher lauschen und sich jedes Mal mit mir darüber freuen können.

Für Sharon Sant: Danke, dass du immer da und eine wunderbare Freundin bist.

Großer Dank gilt auch meiner großartigen Agentin Madeleine Milburn, weil sie sich für mich einsetzt und meine vielen Fragen mit unendlicher Geduld beantwortet.

Bei meiner Lektorin Claire möchte ich mich dafür bedanken, dass sie mir dabei geholfen hat, dieses Buch zu verbessern, und dabei mein exzentrisches Verhalten aushält, mir auf jede einzelne E-Mail antwortet und mit viel Geduld meine Panikanfälle erträgt. Mein Dank geht auch an Kim Nash, weil sie unablässig meine Bücher bewirbt, darüber twittert und mich immer anspornt. Danke auch an all die anderen wunderbaren Menschen bei Bookouture; Oliver Rhodes, das Lektorenteam und die wunderbaren Designer, die dieses absolut herrliche Cover für die englische Originalausgabe geschaffen haben.

Danke an Oliver Mallinson und die RNLI für die Hilfe bei den Einzelheiten zu Rettungsbooten.

Mein Dank geht an Clair bei *Global Ice Sculptures & Ice Styling* für das Beantworten meiner Fragen zum Eisschnitzen; ich habe diesen faszinierenden Vormittag sehr genossen, an dem du mir alles erklärt hast und ich beim Schnitzen zusehen durfte.

Ein dickes Dankeschön geht an die CASG, die beste Schreibgruppe der Welt, eine fantastische Autorentruppe mit viel Talent, die großartige Unterstützung leistet. Ich fühle mich sehr geehrt, euch zu kennen; ihr seid die Besten.

Danke an die wunderbaren Autoren bei Bookouture für eure Unterstützung und eure Ermutigung.

Darüber hinaus möchte ich mich auch bei allen anderen bedanken, die mich ermutigt, unterstützt, gefördert, sich für mich gefreut oder mir einfach zugehört haben: Rebecca Pugh, Lisa Dickenson, Sharon Wilden, Kelly Rufus, Simona Elena, Erin McEwan, Katey Beeden, Maryline, Jo Hughes, Dawn Crooks, Laura Delve, Jill Stratton, Tay Pickering, Emma Poulloura, Aga Klar, Catriona Merryweather, Lynsey James, Lindsay Hill, Ana, Alba Forcadell, Dawn Brierley, Sophie

Hedley, Cesca Major, Rachael Lucas, Kat Black, Helen Redfern, Katy Gough, Emily Kerr, Jaimie Admans, Kate Gordon, Pernille Hughes, Louise Wykes, Paris Baker, Silke Auwers, The Blossom Twins, Daniel Riding, Pat Elliott, Shaun, Mark Rumsey, James Brown, Arron Davenport.

Danke an alle, die an der Blogtour beteiligt waren, und an alle Leser, die sich die Zeit genommen haben, mir zu sagen, wie es ihnen gefallen hat, oder die eine Rezension geschrieben haben. Vielen Dank.

Ich danke euch allen.

22532110R00235

Printed in Poland
by Amazon Fulfillment
Poland Sp. z o.o., Wrocław